二十世紀中國
文學的世界視野

Modern Chinese Literature and Its Global Vision

認識大陸作家系列

劉洪濤 著

目　次

第一輯

比較文學的理論與實踐

對比較文學形象學的幾點思考

一

形象學（imagologie）從比較文學領域中萌芽、壯大，現在的影響遍及整個文學和文化研究，這可以說是比較文學對人文科學的重要貢獻之一。1929 年，我國著名作家、學者鄭振鐸寫過一篇叫〈西方人所見的東方〉的文章，提到英國的一份雜誌議論中國的事情說，慈禧的墓在上海附近。雜誌還刊登了一幅中國軍閥的照片，相貌兇惡，下面卻注明，此乃中國總統孫中山。鄭振鐸批評西方人對東方形象的歪曲和誇飾，他感慨：「東方，實在離開他們（西方人──引者注）太遠了，東方實在是被他們裹在一層自己製造的濃霧之中了！」[1]我們現在還不知道鄭振鐸寫這篇文章的理論背景，僅從題目看，是典型的形象學題目（鄭振鐸或許沒有意識到，他因為寫這篇文章，「一不小心」成了中國形象學研究的先驅）。但總體而言，現代學界對形象學是隔膜的。近幾年不同了，經過孟華等學者的介紹，形象學逐漸為中國所瞭解，它對中國比較文學領域乃至整個學界產生的影響是不可估量的。

形象學的研究對象是某國某民族文學作品中的異國異族形象。形象學關注作家在他們的作品中，如何理解、描述、闡釋作為他者的異國異族，但它並不要求從史實和現實統計資料出發，求證這些形象像還是不像；它拒絕將形象看成是對文本之外的異國異族現實的原樣複製，而認為它只是一個幻象，一個虛影。由於不同國家、

---

[1] 鄭振鐸：〈西方人所見的東方〉，《小說月報》1929 年 20 卷 1 期。

民族在文化上的巨大差異，作者對他者的曲解、誇飾和想像是必然的。形象學的任務，就是探索異國異族神話的創造過程和規律，分析其社會心理背景以及深層文化意蘊。

形象學脫胎於影響研究。傳統的的影響研究已經包含了一些形象學的元素，如在證明 B 國文學受 A 國文學影響時，會引述 B 國作家對 A 國文學、文化的看法和議論。但傳統的影響研究注重影響和接受的「事實」存在，以考據為中心，目的是挖掘文學繼承和創新的資源及其關係。形象學基本擺脫了文化、文學交往中「事實」的羈絆[2]，從而把「影響」和「接受」引申、落實到文學本文中不同文化面對面的衝突和對話上來。

法國是形象學的誕生地。早期有巴爾登斯伯格、讓・瑪麗・卡雷、基亞等，為形象學大聲呼籲並有出色的實踐，近晚又有莫哈和巴柔等在形象學學科史及理論方面的卓越貢獻。早期美國學派以主張平行研究著稱，他們對法國學派重視的影響研究頗有微辭，這也連帶造成他們不能正視形象學的創新意義。韋勒克在他那篇著名的文章〈比較文學的危機〉中說：「卡雷和基亞最近突然擴大比較文學的範圍，以包括對民族幻象、國與國之間互相固有的看法的研究，但這種作法也很難使人信服。」[3]他認為形象學道路與過去的影響研究沒有什麼實質上的區別，充其量只是在狹窄的意義上增加了一些特別的內容。但形象學沒有在批評面前止步，反而獲得了長足進展，包括在美國。

形象學的當代發展能夠從各種後現代理論中獲益。如後殖民主義理論。美國巴勒斯坦裔著名學者愛德華・薩義德在他的《東方主義》中，解剖了西方人眼中作為「他者」的「東方」形象，指出其虛構性和背後隱藏的種族主義和帝國主義意識。另外，後殖民主義

---

[2]　基亞著，顏保譯：《比較文學》，北京大學出版社 1983 年版，106 頁。

[3]　北京師範大學中文系比較文學研究組編選：《比較文學研究資料》，北京師範大學出版社 1986 年版，53 頁。

理論催生的族群研究，重視主流文化與非主流文化關係，多數民族
與少數民族關係在各種文本中的複雜表現，這些和形象學在精神上
都是相通的。受福柯的影響，薩義德把東方主義看成一種話語方式，
指出歐洲在生產東方主義知識的過程中，強化了自己的文化優勢地
位。同時，東方作為歐洲的近鄰，最大、最富饒、最古老的殖民地，
最廣泛、頻繁出現的關於他者的想像，也幫助歐洲（或者說西方）
確立了與其形成對照的物質文明和文化意象、觀念的基本成分[4]。

形象學同樣能從女性主義批評理論中獲益。英國學者蘇珊·巴斯
奈特把重視對旅行者描述異族文化的日記、書信、故事的研究看成「比
較文學最近一些年最重要的變化」，而且認為它是比較文學研究「最
富成果的領域」[5]。支持她的論斷的是女性主義批評理論。她在《比
較文學》一書中，研究了旅行者描述異族時的性別隱喻和想像，以及
這種隱喻和想像背後潛藏的種族文化的差異和衝突。例如歐洲文化史
上從來就有南方與北方的二元對立，萊茵河與多瑙河的的對立。北方
是男性化的、陽剛的，南方（如土耳其）是美豔的、肉感的。這種對
異文化的成見、誤解在一代代歐洲人的記憶中保存著，對人們的思想
行為發生著巨大的影響。她的論述對薩義德的理論提出挑戰：歐洲從
來不是單一文化統一體，也就不是東方主義的必然承載者，至少女性
遊記作家的著作「完全不能納入東方主義的框架」。

現在的情形是，形象學的研究者在很大程度上繞過法國學者精
心建構的理論規則、術語，直接從各種後現代理論中尋找武器，展
開自己的研究。也就是說，對異國異族現象的研究，已經不再是形
象學的專利了。「東方主義」、「異國情調」、「西方主義」、「中
心與邊緣」、「族群認同」等等話語方式在逐漸擠佔形象學原有的
空間。就象比較文學一樣，形象學的面目也越來越難以辨認。我覺

---

[4] Edward Said, Orientalism. New York: Vintage Book, 1979, p. 2.
[5] Susan Basnett, Comparative Literature: A Critical Introduction. Oxford: Blackwell Publishers, 1993, p. 92, p. 94.

得這是好事，也就像沒有人能給比較文學下一個明確的定義，但從來不會懷疑比較文學的價值一樣，對異國異族形象的研究，不管它屬於什麼，它正在極大地改變跨文化的文學研究的面貌。

二

文學理論把形象定義為文學藝術反映社會生活的特殊形式，作家根據社會生活的各種現象集中、概括、創造出來的具有強烈感情色彩和審美意義的具體可感的人生圖畫。而形象學顧名思義是研究形象的學問，它所指的形象與文學理論所言的形象有共同點也有差異。以下作幾點說明。

形象學面對的形象首先是異國異族形象，其覆蓋範圍自然要比文藝理論所討論的形象小得多；再就是創造者自我民族的形象，它隱藏在異國異族形象背後，但對異國異族形象的塑造起決定作用；一般文藝理論把形象看成是作家個人藝術獨創性的結晶，它的研究重點也在這裏，而形象學研究中，作家充其量只被看成媒介，研究的重點是形象背後的文化差異和衝突。

作為「他者」的異國異族形象，在文本中是以多種形式存在的，它可以是具體的人物、風物、景物描述，也可以是觀念和言詞。總而言之，它是存在於作品中的相關的主觀情感、思想、意識和客觀物象的總和。只把形象學的對象局限在人物形象上，顯然是不夠的。

異國異族形象，雖經作家之手創造，但它絕不是一種單純的個人行為。也就是說，作家對異國異族的理解不是直接的，而是通過作家本人所屬社會和群體的想像描繪出來的。文學作品中的異國異族形象是整個社會想像力參與創造的結晶，作家在其中只充當了一個媒介。法國學者把這種在「他者」形象創造中起支配作用的，來自其所屬社會的影響源稱為「社會整體想像物」，認為作家筆下的

「他者」形象，都受制於各自的「社會整體想像物」。比如研究吉卜林筆下的印度，康拉德筆下的剛果，羅伯・格裏耶和加繆筆下的非洲等，都不能忽略當時殖民主義侵略、發現新大陸、探險這樣的文化語境。中國古代作家對異域的想像，也與中華帝國的「世界中心」觀念息息相關。

法國學者認為，社會整體想像物並不是統一的，它有認同作用和顛覆作用這兩種力，存在於意識形態和烏托邦之間。我們說某一作家筆下的異國異族形象是意識形態化的，意思是指作家在依據本國占統治地位的文化範型表現異國，對異國文明持貶斥否定態度。當作家依據具有離心力的話語表現異國，向意識形態所竭力支持的本國社會秩序質疑並將其顛覆時，這樣的異國形象叫烏托邦。其實對大多數作家，認同和顛覆都是相對的，很難截然分開。

他者形象與自我形象的關係也一直受到形象學研究者的關注，這是因為作家在對異國異族形象的塑造中，必然導致對自我民族的觀照和透視。正如胡戈・狄澤林克所說：「每一種他形象的形成同時伴隨著自我形象的形成。」[6]他者形象生成時，一定會伴生出一個自我形象，二者是孿生關係，相輔相成，相得益彰。他者形象猶如一面鏡子，照見了別人，也照見了自己。文本中的自我形象，並不僅限於自我民族的人物，還來自小說的隱含敘述人，由他的語氣、角度、態度、評介等主觀因素聚合而成的本民族意識。它更常見、但較隱蔽。

本世紀以來，世界範圍的移民潮大規模頻繁湧動，作家的族屬和國籍已很難單一劃定，往往你中有我，我中有你，由此給創作帶來的影響也越來越複雜。特別是第三世界的作家進入西方文化圈，或多民族國家內部，少數民族在多數民族的文化語境中寫作，這兩

---

[6]　轉引自雨果・狄澤林克：〈論比較文學形象學的發展〉，《中國比較文學》1993 年 1 期。

種情況，給形象學提出了新的課題。前者如美國的僑民作家，海外華人作家等，他們的作品中，自我形象和他者形象之間面對面的對話和衝突，敘述人在對母體文化和客體文化進行選擇時，表現出來的左右搖擺和深刻矛盾，都有重要的研究價值。

三

　　我們已經知道，他者形象是作家在社會整體想像物支配下創造出來的幻象。從西方人眼中的「東方」形象可以清楚地認識到這一點。保羅‧瓦萊裏這樣解釋「東方」：「為了要使『東方』這個名詞在頭腦中產生充分作用，首先必需不曾到過它所指的那個朦朧的地區。」[7]他直率地說出了所謂「東方」的秘密。法國學者喬治‧居斯多夫在評論孟德斯鳩《波斯人信札》時說：「歐洲的學者們自開始世界探險以來，就發明了東方學和人種志，作為適於瞭解劣等並通常不發達的兄弟的認識方式。稍加思考便會知道，不存在什麼東方，東方不存在於任何地方，其根本理由就是在於東方人從來都是某個人的東方人。」[8]他認為經由社會整體想像物參與創造出來的「東方」完全是靠不住的。

　　「東方主義」這個術語，經過薩義德的使用，已經享有了很高的知名度。東方主義者描述的東方的虛構性，最清楚不過地反映了異國異族形象的普遍特性。但儘管如此，異國異族形象對於本民族來說，它又永遠是可信的、切題的、合乎邏輯的。作家們賦予他者形象以意識形態或烏托邦色彩，總是有意無意在維護、擴張或顛覆自我文化。因此，他者形象一經產生，就會反作用於自己，對自我民族意識發生巨大影響。西方學者已經注意到這個問題，狄澤林克呼籲「急需對形象以及形象結構

---

[7]　轉引自約斯特：《比較文學導論》，湖南文藝出版社 1988 年版，162 頁。

[8]　喬治‧居斯多夫：〈《波斯人信札》序言〉，《波斯人信札》，灕江出版社 1995 年版，14 頁。

的能量和威力進行更為廣泛深入的研究，探索各種形象所帶來的那種特定的、難以駕馭的、似乎無法控制的影響和作用。」[9]

蘇珊・巴斯奈特在《比較文學》一書中，同樣深刻地論證了異族想像如何在國家政治生活中發揮作用。例如納粹德國時期的遊記作者關於冰島的描述，強調那裏的洪荒、孤傲、克制、自律、莊嚴、成熟、強大以及尚武的傳統，在嚴峻氣候條件下生存的人類勇敢的美德。這種體認與德國人對自己種族優越性的神化聯繫在一起，他們把這冰天雪地的北方虛構成德國的過去，德國文化的搖籃和精神的家園，雅利安民族的理想範本及純潔性的象徵。

另一個例子，是美利堅民族形成和美國建國過程中，來自英國的清教徒對美洲大陸的想像和預見所喚起的激情和巨大推動力。美洲這塊古老的土地世世代代居住住著印第安人，所謂「美洲的發現」，主要是歐洲人世俗性質的冒險活動的結果，是資本主義勢力向海外擴張的結果；歐洲人在那裏通過土地掠奪、實行奴隸制和種族滅絕等野蠻手段進行控制。但清教徒們在各種各樣的宗教小冊子、佈道文、清教哀訴故事中把這一切合法化、神聖化。他們發明了一整套宗教語彙，把美洲看成是上帝賜予的土地，是「伊甸園」，是「新迦南」，是新天新地；把橫渡大西洋的航行視為《聖經》中的大遷徙和類似古代以色列人出埃及的行動；把早期以囚犯、冒險家、受宗教迫害者為主的的移民描繪成上帝的選民；視領袖人物為摩西、亞伯拉罕、約書亞等《聖經》中的先知和聖徒；把對印第安土著的掠奪美化為「上帝的戰爭」。這些語言的隱喻賦予清教徒崇高的使命感，並最終積澱為美國精神的一部分。埃略奧特主持編纂的《哥倫比亞美國文學史》就認為，「從大覺醒到美國革命，從向西擴展到南北戰爭，從世界末日善惡大

9　雨果・狄澤林克：〈論比較文學形象學的發展〉，《中國比較文學》1993年1期。

決戰到冷戰和今日的星球大戰，在貫穿美國文化的每一個主要事件中，都可以看到上述精神遺產的痕跡。」[10]

　　塑造他者形象，是進行自我確認的重要手段，也是數千年中外文學表現的一個常數。過去，人們認為有一個絕對、永恆的真理，後來，人們發現對這個世界的任何一種看法，都受認識主體主觀的制約，形象學正是在這種認識論發生轉變的基礎上出現的。於是，原本不是問題的地方出現了問題，奇跡也出現了。這一領域極其廣闊，也深具研究潛力，希望有更多的研究者加入進來。

原載《北京師範大學學報》1999 年 3 期

---

[10] 埃默里·伊里亞德著，朱通伯等譯：《哥倫比亞美國文學史》，四川辭書出版社 1994 年版，27-35 頁。

文學關係還是世界文學？

——對比較文學定義及其相關問題的幾點淺識

　　目前國內對比較文學定義雖有爭議，但重視各種跨界的文學關係，忽視世界文學，在這一點上學者們卻沒有大的分歧。筆者認為，這種取向不夠全面，在一定程度上制約了學科的發展。在此，筆者從世界文學本位出發，對比較文學的定義加以補充；並嘗試總結本土世界文學研究經驗，以期明確並提升世界文學在比較文學理論體系中的地位。

一

　　中國學者給比較文學下定義，這種學術上的嘗試已經持續了20多年。從各種教科書及相關文章呈現的成果看，一個普遍被接受的結論是把比較文學看成是對具有跨越性特徵的文學關係的研究。以陳惇、劉象愚著《比較文學概論》為例，這部在國內有很大影響的著作給比較文學下了一個相當完整的定義：「一種開放式的文學研究，它具有宏觀的視野和國際的角度，以跨民族、跨語言、跨文化、跨學科界限的各種文學關係為研究對象，在理論和方法上，具有比較的意識和相容並包的特色。」[1]這段話中，最核心的部分是「跨民族、跨語言、跨文化、跨學科界限的各種文學關係」，它含有兩個

---

[1]　　陳惇、劉象愚：《比較文學概論》，北京師範大學出版社2000年版，21頁。

要點：其一，它是跨越性的：跨民族、跨語言、跨文化、跨學科界限；其二，它是對各種文學關係的研究。在作者的相關解釋中，我們知道這些文學關係包括了基於影響的親緣關係，基於類型學相似的類同關係，基於跨學科的交叉關係[2]。

同樣值得關注的是中國學者定義比較文學時採用的方式。由於比較文學在中國是一門新興學科，本土資源尚有待進一步開發，因此學者們在提出自己的定義前，多要援引法國學者、美國學者的意見。法國學者的意見以伽列在〈《比較文學》初版序言〉的這段話為代表：「比較文學是文學史的一個分支：它研究在拜倫與普希金、歌德與卡萊爾、瓦爾特‧司各特與維尼之間，在屬於一種以上文學背景的不同作品、不同構思以至不同作家的生平之間所曾存在過的跨國度的精神交往與實際聯繫。」[3]伽列的定義把比較文學看成是文學史的一支，它研究文學之間的影響關係。隨後是美國學者雷馬克在〈比較文學的定義與功能〉的定義：「比較文學是超出一國範圍之外的文學研究，並且研究文學與其他知識和信仰領域之間的關係，包括藝術（如繪畫、雕塑、建築、音樂）、哲學、歷史、社會科學（如政治、經濟、社會學）、自然科學、宗教等等。簡言之，比較文學是一國文學與另一國或多國文學的比較，是文學與人類其他表現領域的比較。」[4]雷馬克的定義擺脫了伽列要求的「實際聯繫」的限制，將文學之間的類型學相似和跨學科交叉關係的研究引入比較文學，從而擴大了比較文學的範圍。前者名曰影響研究，這成為法國學派的標籤；後者稱為平行研究，代表了美國學派的意見。在總結了法國學者和美國學者的意見後，中國學者再提出自己

---

[2]　陳惇、孫景堯、謝天振：《比較文學》，高等教育出版社 1997 年版，58 頁。

[3]　北京師範大學中文系比較文學研究組：《比較文學研究資料》，北京師範大學出版社 1986 年版，43 頁。

[4]　北京師範大學中文系比較文學研究組：《比較文學研究資料》，北京師範大學出版社 1986 年版，1 頁。

的看法。這種定義的構建模式，含有繼承和出新的寓意，似乎法國學派和美國學派的意見被悉數吸納，而中國成為比較文學定義的綜合者和新的開拓者。

　　實際上，中國學者在總結西方學者有關比較文學定義時，擇取範圍是有限的，而且常常只取現成的結論，少有從他們的論述中推導和提煉有價值的意見，對世界文學的疏漏就是一個缺陷。不錯，現有的教科書都涉及「世界文學」，這包括引用歌德、馬克思、韋勒克等對世界文學的看法。歌德最早使用「世界文學」這個概念，在《歌德談話錄》中，他說：「民族文學在現代算不了很大的一回事，世界文學的時代已快來臨了。現在每個人都應該出力促使它早日來臨。」[5]按照歌德的理解，世界文學是「把各民族文學統起來成為一個偉大的綜合體的理想」[6]，它指各國文學在發展過程中逐漸打破孤立割裂狀態，影響融合而形成的一個有機統一體。世界文學時代的到來符合人類進化和完善的信念與追求，因此歌德給予了積極評價。1848 年，馬克思、恩格斯在《共產黨宣言》中指出，隨著資本輸出和世界市場開拓，不僅物質生產，而且精神生產逐漸成為世界性的，「民族的片面性和局限性日益成為不可能，於是由許多民族和地方的文學形成了一種世界文學。」20 世紀中葉，韋勒克提出了世界文學的「三層次」說，他認為世界文學除歌德賦予的涵義外，還指全球各民族文學的總和，或指那些享有世界聲譽的優秀作品。但遺憾的是，中國學者對這些前人的論述停留於一般的介紹，或只舉例加以印證，沒有深入的論述和闡釋。有個別學者注意到我國高等院校中文系開設的世界文學專業，試圖將它引入比較文學理論體系，可惜對其意義也沒有展開論述。正因為此，在比較文學的定義

---

[5]　歌德著，朱光潛譯：《歌德談話錄》，收於《朱光潛全集・第 17 卷》，安徽教育出版社 1989 年版，364 頁。

[6]　韋勒克・沃倫著，劉象愚等譯：《文學理論》，北京三聯書店 1984 版。

中，在學科的理論建構中，世界文學只作為一個「重要的術語」存在，應有的作用遠沒有發揮出來。

在歐美，自歌德提出「世界文學」的概念後，相關的研究成果可以說如汗牛充棟。且不說世界文學史寫作及相關理論問題的探討，僅就比較文學定義而言，有許多著名學者同樣認為世界文學是比較文學一個不可或缺的維度。如美國學者韋勒克，他在《比較文學的名稱和實質》中認為比較文學是「從一種國際的角度研究所有的文學」。[7]從韋勒克的理解和論述看，這裏的「文學」是一個複數，一個集合名詞，指世界範圍內所有的文學。「國際的角度」指把世界範圍內的文學作為一個整體加以把握。韋勒克的意見不是孤立的，與他持相近意見的還有約斯特，他在《比較文學導論》中說，比較文學「要求有一種國際的角度，能夠看到整個文學史與文學研究的未來理想。」[8]法國學者中，梵‧第根的《總體文學概說》值得特別重視。在此書中，梵‧第根將總體文學看成是比較文學發展的高級階段，它指向「一種對於許多國家文學所共有的那些事實的探討」，指向「文學之總體的歷史」[9]，這其實就是世界文學研究。他在此書中，並深入論證了總體文學（世界文學）的研究內容和方法。

在援引了西方一些學者的意見後，反觀中國學者的比較文學定義，可以看出，文學關係說的確具有中國特色。20 多年來，中國學者在對比較文學本質的認識上，儘管具體表述各有不同，但把比較文學界定為對各種跨越性的文學關係的研究，這一點沒有格局上的變化。有些學者在給比較文學下定義時，通常也會借用韋勒克等西方學者所用「世界眼光」、「國際角度」等字眼，但立足點仍是

---

[7]　北京師範大學中文系比較文學研究組：《比較文學研究資料》，北京師範大學出版社 1986 年版，28 頁。

[8]　弗‧約斯特著，廖鴻均等譯：《比較文學導論》，湖南人民出版社 1988 年版，25 頁。

[9]　梵‧第根著，戴望舒譯：《總體文學概說》，載劉介民編：《比較文學譯文集》，湖南人民出版社 1984 版，120 頁。

文學的跨民族、跨國別、跨文化存在，仍是有上述限定的文學之間的關係，其實與韋勒克等學者對比較文學本質的理解有很大出入。一些教材回避對「什麼是比較文學」這個問題直接表態，而通常會引用法國學者基亞、伽列和美國學者雷馬克在文學關係的範疇內解釋比較文學的意見，借此曲折地反映自己的態度。他們奉這些西方學者的意見為圭臬，殊不知自己在以偏概全。還有一種情況比上述給比較文學直接或間接下定義的做法來得隱蔽，卻更能說明問題，這就是中國學者在相關著述中所設論題和舉例向文學關係，甚至中外文學關係的嚴重傾斜。一些在西方主要被用來從事世界文學研究且行之有效的「主題學」、「文類學」、「文學思潮與運動」等角度和類型，在中國，或逐漸淡出比較文學理論體系，或用「文學關係」及「中外文學關係」的經驗和實例進行求證；另一些從事文學關係研究的角度和類型如「形象學」、「譯介學」、「比較詩學」等後來居上，越來越受到重視。在對比較文學定義的認識中，世界文學明顯缺席。

二

　　世界文學和文學關係同屬於比較文學的研究對象、範圍、角度，不能夠相互涵蓋或取代。世界文學是一個整體性的概念，它著眼於世界範圍內文學的自主生成和內在統一性，文學關係是一個差異性概念，它注重世界範圍內不同文學的多樣性、外援性和相互依賴性；在世界文學研究中，對文學共同規律的探討建立在像文類、思潮流派、母題等文學內部因素的整合與統一上，或以特定時間和空間為基礎構建文學的獨立單元，描述文學的獨立發展；在文學關係的研究中，國別、民族、文化差異等外部因素是其關注的中心；世界文學的角度凸顯了文學自身的純粹性和尊嚴，文學關係的角度則按國

籍、族屬、文化身份來分配文學成就的份額。因此，在比較文學研究中，我們需要世界文學，即「從一種國際的角度研究所有的文學，在研究中有意識地把一切文學創作與經驗作為一個整體」[10]，我們也需要文學關係，以使不同民族、國家間文學的雙邊、多邊交往有所依憑，為文學的多樣性保留一塊天地。缺少其中任何一項，比較文學都是不完整的。

　　從比較文學的功能看，世界文學與文學關係一起承擔著弘揚世界主義和民族主義的雙重使命。文學中的世界主義和民族主義是一對矛盾，而這一對矛盾卻共同構成比較文學發展的動力和引擎。眾所周知，比較文學誕生在 19 世紀初歐洲弱小、後進民族追求獨立和解放的浪漫主義時代，它一開始就成為確立民族身份的文化鬥爭的一個組成部分。英國學者巴斯奈特對此十分形象地指出：在那個時代，「比較的方法是被用來評價文化之間的高低優劣的。」[11]比較學者借此尋找自己民族的文化根源，確立自我民族的文學經典和傳統。早期法國學者借助於影響研究，把民族主義發揚到了極致，其情形如韋勒克在《比較文學的名稱與實質》中所諷刺的，出現了「計算文化財富的多寡、在精神領域計算借貸的弊端」[12]。作為對早期法國學者強調文學關係的事實聯繫的反動，韋勒克祭出了世界文學這面大旗。他在《比較文學的危機》一文的結尾十分動情地展望了文學的世界主義時代：文學「不再是各民族之間賒與欠的帳目清算，甚至也不再是相互影響關係網的清理。文學研究像藝術本身一樣，成為一種想像的活動，從而

---

[10]　北京師範大學中文系比較文學研究組：《比較文學研究資料》，北京師範大學出版社 1986 年版，28 頁。

[11]　Susan Basnett, Comparative Literature: A Critical Introduction. Oxford: Blackwell Publishers, 1993, p. 20.

[12]　北京師範大學中文系比較文學研究組：《比較文學研究資料》，北京師範大學出版社 1986 年版，40 頁。

成為人類最高價值的保存者和創造者。」[13]在中國比較文學界，文學關係，尤其是中外文學關係的研究，是促使中國文學走向世界的途徑，它為民族主義的滋生提供了肥沃的土壤；輕視世界文學而重視文學關係，反映了中國作為後進國家在文學領域展示民族自尊心、自豪感的強烈願望。隨著全球化進程的加劇，世界範圍內的文學趨同性日益增強，中國比較學者視野的逐漸「國際化」並培養起由衷的自信心，對文學關係的研究，將越來越無法滿足時代的要求，甚至會成為製造文學紛爭的根源。屆時，世界文學將以其宏大視域、整體意識和相對的客觀性，承擔起比較文學的國際主義責任。文學關係的研究，通常是將主體國文學投入其中的方式去與他國文學比較、溝通，世界文學研究則更多是直接面對全體的文學。從當前中國比較文學的狀況看，如果我們只著眼於文學關係層面，無疑會大大限制比較文學學科的視野。事實上，當前中國比較學者對文學關係，尤其是中外文學關係的過分偏愛，已經受到許多學者的質疑，嚴重者甚至使學科蒙上惡名。當中國文學在具體的研究層面與外國文學以一對一或一對多的方式擺放在一起時，類同關係的探究會傷害中外文學的具體性，在研究方法上流於形式化和庸俗化。對中外文學關係的探討引起了學者對中國文學「被納入到外國文學的標準下被感受、被理解」，比較文學成為「我們自己文學的掘墓人」的擔心[14]。有學者甚至懷疑中外文學關係中影響研究的有效性和可能性[15]。本文無意深入探討各種跨越性文學關係研究的這種弊端，但從比較文學的整體發展來看，世界文學無疑會起到補救缺漏、維持平衡、增強特色的重要作用。

---

[13]　北京師範大學中文系比較文學研究組：《比較文學研究資料》，北京師範大學出版社1986年版，61頁。

[14]　王富仁：〈比較文學研究不能忽視內部比較〉，《中華讀書報》2000年9月9日。

[15]　《20世紀中國文學的世界性因素·編者按》，《中國比較文學》2000年1期。

三

　　真正有價值的定義應該是學科本質屬性最濃縮的概括，應該是整個學科的骨架和支撐，代表著學科的幅員和縱深。用世界文學彌補比較文學定義之不足，意味著世界文學將全面參與比較文學學科的理論建構，例如比較文學功能，比較文學方法論，文學範圍內各種研究類型，跨學科研究，學科史等，都將有世界文學經驗的參與。

　　鑒於世界文學對比較文學學科理論體系的重要性，對其進行深入研究就顯得愈加緊迫。就中國而言，世界文學觀念意識的產生與發展，世界文學史寫作，大學中文系世界文學學科歷史等方面，都需要加大研究的力度。應該在認真總結這些本土經驗的基礎上，構建有中國特色的新的比較文學理論體系。

　　世界文學觀念意識在鄭振鐸寫於 1922 年的〈文學的統一觀〉一文中已經有相當明確的表達。鄭振鐸認為文學是一個統一體，「世界的文學就是世界人類的精神與情緒的反映」。面對統一體的文學，就有從整體上（世界的高度）研究文學的必要，「決不宜為地域或時代的見解所限，而應視他們為一個整體。」「研究文學，就應當以『文學』──全體的文學──為立場。什麼阻隔文學的統一研究的國界及其他一切的阻礙物都應該一律打破！」[16]20 世紀 40 年代是中國世界文學觀念意識形成的關鍵時期。由於第二次世界大戰，中國人的民族意識、國家意識空前覺醒，同時世界一體化的意識也空前增強。學者們試圖瞭解並闡釋中國、中國文化、中國文學在世界中的地位，並構建自己的世界文學觀。1940 年，茅盾在〈舊形式・民間形式・民族形式〉一文中認為，民族文學是世界文學的基礎，是民族文學發展的必然結果。他說：「這個世界性的文學藝術並不

---

[16]　鄭振鐸：《鄭振鐸全集・第 15 卷》，花山文藝出版社 1998 版，140、149、150 頁。

是拋棄現有各民族文藝的成果，不是憑空建立起來的，恰恰相反，這是以同一偉大理想，但是不同的社會現實為內容的各民族形式的文藝各自高度發展之後，互相影響深化而得的結果：是故民族文學更高的發展，適為世界文學之產生奠定了基礎。」[17]1943 年，聞一多寫〈文學的歷史動向〉一文，其中討論了世界四大古老民族在世界文化形成中所起的本源作用。他說中國、印度、以色列、希臘是對近世文明影響最大最深的四個古老民族，這四大文化的融合，就是世界文化的形成：「四個文化，在悠久的年代裏，起先是沿著各自的路線，分途發展，不相聞問，然後，慢慢的隨著文化勢力的擴張，……日子久了，也就交換了觀念思想與習慣。最後，四個文化慢慢的都起著變化，互相吸收，融合，以至總有那麼一天，四個的個別性漸漸消失，於是文化只有一個世界的文化。這是人類歷史發展的必然路線，誰都不能改變，也不必改變。」[18]聞一多論述的世界文化的形成過程，實際上也是世界文學的形成過程。這種強調本土文化在世界文化形成中的源頭作用，預示了後來中國學者世界文學史類著述的基本模式。

　　中國學者第一部世界文學史著述，鄭振鐸的《文學大綱》於 1927 年問世，其後有李菊休、趙景深著《世界文學史綱》（1933 年），嘯南著《世界文學史大綱》（1937 年），胡仲持著《世界文學小史》（1949 年）等相繼面世。1949 年以後，尤其是 80 年代以後，各種以「外國文學史」或「比較文學史」名義的世界文學史類著述更是紛繁疊出。世界文學史著述作為國際比較文學領域一個顯著的學術活動，在中國同樣積累了豐富的成果，若干獨特的範疇和方法已經隱然成型，許多問題得到深入探討。如在中國學者的世界文學史類著述中，「中國」是否應該「缺席」？如果中國文學包含其中，以

17　茅盾：〈舊形式・民間形式・民族形式〉，《戲劇春秋》，1940 年 2 卷。
18　聞一多：《聞一多全集・第 1 卷》，北京三聯書店 1982 版，201 頁。

何種方式加以體現？如何給予它適當的地位？中國學者對此提供了
豐富的答案。在世界文學史發展動力理論的探討上，中國學者提供
了階級論、人性論、世界主義等極有價值的模式。在西方學者的世
界文學史著述中，歐洲中心論的影響根深蒂固。在早期歐洲學者眼
中，世界文學就是歐洲文學。後來，也有一批歐美學者的著述在逐
漸擴大「世界」的涵義，並給東方以一定的地位。如麥茜的《世界
文學史話》頭三章為「書籍之製造」、「文學的開端」、「神秘的
東方」，陳述了東方作為世界文學起源的重要性[19]。它反應了西方
意識中世界文學範圍的擴大，同時也反應了它的局限：西方文學是
主體，東方文學是推動西方文學發展的原動力之一，源頭之一，這
種歐州文學作為世界文學主體的觀念極少發生動搖過。中國學者改
變了這種狀況。強調東西方文學的二元對立，以及東方文學對世界
文學的貢獻，是中國學者世界文學史著述的顯著特色。如王忠祥在
《外國文學教程》前言中說，他們的教材有一大特色，是「實事求
是地總結了外國文學的歷史經驗，形成『兩條線』體系，全書分為
歐美文學和亞非文學兩大部分」[20]。

　　在中國的大學中文系，世界文學還曾經作為一個獨立的二級學
科存在過相當長的時間。當世界文學這一概念具體落實為學術和高
等教育的組織建構時，它的涵蓋範圍只限於外國文學，應該包含的
本土文學存而不論，只作為背景存在。在這種情況下，世界文學就
是外國文學，與此學科對應的教研單位是外國文學教研室，由它承
擔本科生的骨幹課程「外國文學史」和相關選修課的教學，以及世
界文學專業碩士研究生的培養工作。世界文學學科在中文系的存在
和發展，最早可以追溯到 1917 年周作人在北京大學文科，其後在國
文系用中文主講歐洲文學史課程。1930 年至 1949 年間，朱自清主

---

[19] 約翰・瑪西著，胡仲持譯：《世界文學史話》，上海開明書店 1931 年版。
[20] 王忠祥等：《外國文學教程上卷・前言》，湖南教育出版社 1985 年版。

持下的清華大學國文系，對世界文學給予了突出關注。按朱自清的
設計，國文系的必修課程應該分為兩大類：「以基本科目及足資比
較研究之科目為限」。西洋文學、世界文學等課程作為「足資比較
之科目」成為國文系課程的重要組成部分。1938 年，朱自清受國民
政府教育部委託起草「中國文學系科目表」，基本沿用了清華大學
國文系課程設置的宗旨和思路。這是世界文學學科獲得官方認可的
開始。1946 年清華大學復員前後，醞釀學科調整。聞一多就此提出
了一個大膽的設想：把中國語言文學系和外國語言文學系分解另立
兩個系，即文學系和語言系，文學系包括中國文學，也包括其他主
要國別的文學。聞一多的建議大大提高了世界文學學科在大學相關
係別中的地位，它與中國文學之間的關係是平等的，同為「文學系」
的基本組成部分，而不是「謹供參考」的另類。新中國成立後的 50
年代初，大學進行院系調整和課程改革，世界文學學科的發展進入
到新的階段。這次由教育部出面規劃和指導的院系調整與課程改
革，分出綜合大學和師範大學兩個教學系統。綜合大學中文系的外
國文學史課程由外語系的師資承擔，這些教師又按照語種、國別分
工教學。在師範大學中文系，則設立外國文學教研室，外國文學史
課程由此教研室的師資承擔。這種建制延續了近 50 年，一直到 1997
年「比較文學與世界文學」新學科誕生，世界文學學科才結束自己
獨立發展的歷史。

　　以上對中國世界文學領域積累成果的描述挂一漏萬，但足以顯
示其豐厚的內涵和底蘊。對這些成果進行提煉，將使世界文學脫離
抽象的演繹，以飽滿、堅實的姿態全面進入比較文學理論體系的構
建之中。

原載《北京師範大學學報》2003 年第 2 期

中國的世界文學史寫作與世界文學觀

　　世界文學史寫作是國際間一個引人注目的文學研究現象。自歌德在 19 世紀初葉發出「世界文學的時代已快來臨了，現在每個人都應該出力促使它早日來臨」[1]的熱切呼籲後，將人類從古到今的文學視為整體，撰述一部通史，成為描述並展望「世界文學」的最有效途徑。西方學者在一百多年間，留下了大量的相關成果[2]。在中國，第一部世界文學通史類著作，鄭振鐸的《文學大綱》[3]1927年面世，此後近 80 年間，中國學者的同類著述紛繁疊出。在此，筆者嘗試對中國學者的世界文學通史類著述進行梳理，對其中體現的撰述理念、方法、世界文學史的構成要素加以研究，以期總結其中呈現的世界文學觀。由於打通國別、民族、語言限制的「世界文學史」承載著文學大同的夢想，又是推動民族文學步入國際舞臺的重要手段，因此，世界文學史寫作的實踐經驗和哲學寓意值得我們深思。

---

[1]　歌德著，朱光潛譯：《歌德談話錄》，收於《朱光潛全集·第 17 卷》，安徽教育出版社 1989 年版，364 頁。

[2]　歐美及日本出版世界文學史類著述甚多，難以一一列舉。僅就在現代翻譯成中文的，有日本木村毅著，朱應會譯：《世界文學大綱》（昆侖書店 1929 年版），法國洛裏哀著，傅東華譯：《比較文學史》（商務印書館 1931 年初版），美國約翰·瑪西著，胡仲持譯：《世界文學史話》（開明書店 1931 年初版。此著作還有另一個中譯本，即由稚吾譯的《世界文學史》，上海世界書局 1935 年版），蘇聯柯根著，楊心秋譯：《世界文學史綱》（上海讀書、生活出版社 1936 年版）。此外，在中國現代，雖沒有翻譯，但被介紹過的同類著作還有 W. L.理查森和 J. M.歐文編寫的《世界文學》，莫爾頓的《世界文學》，以及約翰·頓克華特的《文學大綱》等。

[3]　鄭振鐸：《鄭振鐸全集·第 15 卷》，花山文藝出版社 1998 年版。

一、「世界文學」中的「中國文學」：在場還是缺席？

　　鄭振鐸的《文學大綱》是中國學者完成的第一部世界文學通史類著述。此後近 80 年間，這類著述層出不窮。1949 年以前的著述，除《文學大綱》外，還有李菊休、趙景深主編，上海亞細亞書局 1933 年初版的《世界文學史綱》；嘯南著，上海樂華圖書公司 1937 年初版的《世界文學史大綱》；胡仲持著，上海生活、讀書、新知書店 1949 年初版《世界文學小史》；余慕陶的《世界文學史》（上冊）等五種。1949 年以後，以「世界文學史」、「外國文學史」、「比較文學史」標目的此類著述不下 30 種[4]。我將各種「外國文學史」也看成世界文學史類著述，這理由有二：第一，這類著述符合國際上多數世界文學史著述「本國文學缺席」的通例；第二，在中國的大學中文系，世界文學專業講授的是外國文學。在專業的範圍內，外國文學就是世界文學，其中的中國文學含而不論。「比較文學史」就是世界文學史，只不過它更強調文學史上民族、國別間的影響和類型學相似罷了。

　　既然是世界文學史，那麼著述者本國的文學要不要包括在其中？這似乎不是問題，但它的確產生了問題。這一問題在國外存在，在中國也存在。日本學者木村毅的《世界文學大綱》（朱應會

---

[4]　1949 年以後在我統計之列的各種世界文學通史類著述有 11 種：朱維之主編《外國文學史》（歐美卷和亞非卷），南開大學出版社出版 1985 年版，24 所高等院校主編《外國文學史》（4 冊），1980 年起陸續出版，林亞光主編《簡明外國文學史》，重慶出版社 1983 年版，王忠祥等主編《外國文學教程》（上中下），湖南教育出版社 1985 年版，楊烈主編《世界文學史話》，黑龍江人民出版社 1985 年版，匡興、陳惇、陶德臻等主編《外國文學史》（講義）（三冊），北京師範大學出版社 1986 年版，陶德臻主編《外國文學史綱》，北京出版社 1990 年版，陶德臻、馬家駿主編《世界文學史》（三冊），高等教育出版社 1991 年版，曹順慶主編《比較文學史》，四川人民出版社 1991 年版，鄭克魯主編《外國文學史》（上下）高等教育出版社 1999 年版，王忠祥、聶珍釗主編《外國文學史》（3 卷），華中理工大學出版社 1999 年版。

譯，上海讀書、生活出版社 1936 年版）不包括日本文學，蘇聯學
者柯根的《世界文學史綱》（楊心秋譯，上海讀書、生活出版社
1936 版）沒有寫蘇聯文學，但美國學者麥希的《世界文學史話》
（胡仲持譯，開明書店 1931 年初版）卻包括美國文學。可見，國
外對此問題亦沒有定見。

　　通觀 20 世紀中國的世界文學通史類著述，儘管名稱不同，以
著述者所屬國文學是否進入文學史為標準，可以分為兩類。第一類
是「排中」的世界文學史。其中那些以「外國文學史」標目的世界
文學史著述，因為是「外國」，自然把中國文學排除在外。需要重
視的是那些以「世界文學史」標目之著述中「排中」的例子。李菊
休、趙景深在 1933 年出版的《世界文學史綱》不包括中國文學。
因為有國外先例可循，兩部文學史的編者不用為「世界」何以「排
中」作出解釋。但作為文學研究者，我們卻忍不住追問，在世界範
圍內，為何有相當多這類排斥本國文學的世界文學史？合理的解
釋，是世界文學史和國別文學史分屬不同的學科，其性質不同，目
標和要求也不同。世界文學史本質上是研究異國異族文學的一門學
問，它以探求人類文學發展共同規律為己任，概括性很強；以它有
限的容量，當然也只能很簡略。而這種概括性和簡略，又與本國讀
者所需要瞭解的世界文學知識的規模、程度相適應，因此，過分細
化是不必要的。國別文學史不同，它需要把本國文學的特殊性在更
深入、更細緻的層面凸顯出來，它要求提供的相關知識是完備的，
專門的。

　　第二類是中國加入其中的世界文學史。如鄭振鐸的《文學大
綱》，余慕陶的《世界文學史》（上冊），嘯南的《世界文學史
大綱》，楊烈的《世界文學史話》，王忠祥的《外國文學史》，
曹順慶的《比較文學史》等著作中，中國文學都佔有一定篇幅。
本國文學加入與否，本身無優劣之分。但從近 80 年來中國學者著
述世界文學史的經驗看，「中國文學」的加入，的確是啟動世界

文學史研究的重要因素。對於上個世紀初剛從「一點四方」中土
觀點桎梏下解放出來的學者，將「中國文學」和「世界文學」聯
繫起來，將「中國文學」看成是「世界文學」的一個重要組成部
分，這一觀念的產生意味著重建中國文學體制，其積極性無論怎
麼評價都不算過分。

　　作者所屬國文學怎麼體現在世界文學史著述中？無論在理論層
面還是操作層面，這絕對是一個世界難題。就中國而言，問題可能
更大。首先，如前所述，世界文學史和國別文學史分屬不同學科，
要將它們硬捏在一起，難免要削足適履。其次，中國文學包含其中，
是為了凸顯本國文學在世界文學中的地位和作用，但文學史本身的
結構，又決定了它不可能占過多篇幅；世界文學史寫作，要追求文
學發展的共同規律，但當中國文學在具體的文學史敘述層面與它國
文學並列擺放在一起時，類同關係的探究往往會傷害中外文學的具
體性，在研究方法上可能流於形式化和庸俗化。再次，被現今世界
文學史著述廣泛引入的中外文學關係內容，或許會引起學者對中國
文學「被納入到外國文學的標準下被感受、被理解」，比較文學成
為「我們自己文學的掘墓人」的擔心[5]。

　　可喜的是，一些學者為將中國文學納入世界文學體系進行了積
極的嘗試，例如曹順慶的《比較文學史》和王忠祥的《外國文學史》。
曹順慶的《比較文學史》共九章，分三部分，第一部分為古代文學，
以文類分目，如「神話」、「史詩」、「戲劇」、「抒情詩」、「小
說散文」等，涵蓋範圍是世界幾大文明古國的文學，包括中國文學。
第二部分為近代文學，以歐美文學為主體，但各章基本都有中西文
學關係的內容。第三部分為亞非文學，有專節述中國文學。中國文
學或按文類與它國文學雜揉交錯在一起，或通過影響關係顯示自己

---

[5]　王富仁：〈比較文學研究不能忽視內部比較〉，《中華讀書報》2000 年
　　9 月 9 日。

的存在，或以國別文學的獨立形態嵌入文學史發展進程。這種既體現中國主體性，同時根據文學史實際，靈活處理主體國在文學史中存在形式的方法，不失為一種有益的嘗試。

二、東方與西方：二元對立模式

中國學者撰述的世界文學史著作，一個最突出的特點是東西二分，強調和突出東方文學的地位，1949 年以後尤其如此。

正如中國學者屢屢指出的那樣，在西方世界文學史著述中，歐洲中心論的影響根深蒂固。在早期歐洲學者眼中，世界文學就是歐洲文學。迪馬說：「中世紀無疑是個文學世界化的時代。……繼文藝復興之後的各大文學和總體文化流派，像巴羅克、古典主義、啟蒙運動，浪漫主義和現實主義，以及上世紀下半葉和本世紀的一些新學派和流派，從高蹈派、象徵主義到超現實主義和表現主義，無不帶有世界化的性質。」[6]這一把歐洲文學等同於世界文學的見解，在韋斯坦因等許多比較學者那裏都多少存在著。

在文學史著述中，也有一批歐洲、美國、日本的同類著述在逐漸擴大「世界」的涵義，並給東方以相應的地位。這種結構，還見於其他多種世界文學史，如沃爾特・布萊克的《世界文學史》[7]，沃勒・弗里德里克的《文學大綱》[8]，木村毅的《世界文學大綱》等，這些著述，都包含了東方文學，這反應了西方意識中的世界文學範圍的擴大。但他們仍然有很大的局限性：西方文學是主體，東方文

---

[6] 亞歷山大・迪馬著，謝天振譯：《比較文學引論》，上海譯文出版社 1991 年版。

[7] Walter Blair. The History of World Literature. University of Knowledge, 1941.

[8] Werner P. Friederich. Outline of Comparative Literature. University of North Carolina Press, 1954.

學是推動西方文學發展的原動力之一，源頭之一，外援性影響因素
之一。這種歐美文學作為世界文學主體的觀念極少發生動搖過。

　　瞭解了西方學者世界文學史著述的概貌後，反觀中國學者撰
述的世界文學史，它的特點就鮮明地呈現出來，這就是真正打破
了西方中心論，東西二分，強調和突出東方文學的地位。如王忠
祥等主編的《外國文學教程》前言中說：他們的教材有一大特色，
是「實事求是地總結了外國文學的歷史經驗，形成『兩條線』體系，
全書分為歐美文學和亞非文學兩大部分」。[9]從編者的這一言論，可
見中國學者在排除「歐洲中心論」影響方面是相當自覺的，他們視
在世界文學體系中突出東方文學，突出東方特色為神聖的責任。當
然，在 20 世紀下半葉的不同時期，東方文學在世界文學史著述中發
揮的具體作用並不完全相同。70 年代突出亞非文學的地位，是我國
反帝反修政治鬥爭、外交鬥爭的重要組成部分。80 年代對亞非文學
成就的強調，成為東方大國中國文學成就的一種隱喻；在當前後殖
民主義理論背景下，亞非文學的存在，還擔著與西方文學相對的批
判者和對話者身份。

　　亞非文學的意義在哪里？學者們對此也作了總結。朱維之主
編的《外國文學史》（亞非卷）提綱挈領地指出：「亞非兩大洲
是人類文明的搖籃，也是世界文化和文學的發源地。」[10]王忠祥
等主編的《外國文學史教程》更深入系統地闡述了亞非文學的世
界意義：「亞非古代文學有過輝煌燦爛的『黃金時代』，對希臘
羅馬文學有過重大影響。亞非中世紀文學百花齊放，空前繁榮，
對世界文學作出了巨大貢獻。亞非近現代文學富有民族民主革命
精神，汲取了近代歐洲文藝思潮的養分，湧現出大批優秀作家作
品。19 世紀下半葉以來的亞非文學，與近代、現代歐洲文學交相

9　　王忠祥等：《外國文學教程上卷・前言》，湖南教育出版社 1985 版，1.13 頁。
10　朱維之主編：《外國文學史》（亞非卷），南開大學出版社 1998 年版，1 頁。

輝映。」[11]對亞非文學的成就及其表述，各家看法並不完全一致，有的教材進一步認為，「中古時期的東方文學，其成就遠遠高於西方」。[12]對近代亞非文學的評價，就有「走入低谷」之說，編者認為這是由於亞非各國「受歐美資本主義的侵襲，不少國家淪為殖民地，經濟文化倍受摧殘」的緣故。[13]從這些論述中可以看出，學者對亞非文學成就的評估，分散在世界文學史發展的各個階段；亞非文學是一極，歐美文學是另一極，亞非文學在和歐美文學對照應合中體現出自身的獨特性。

　　作為世界文學的兩大支柱之一，亞非文學在文學史中如何表述，學者們也作了一些嘗試。一種是東方和西方篇章獨立，互不干擾，在比例上有的相等，有的西方三分之二，東方三分之一。例子如朱維之主編的《外國文學史》，王忠祥等主編的《外國文學教程》及陶德臻、馬家駿主編的《世界文學史》。陶德臻、馬家駿的《世界文學史》前言中對此有所說明：「採用東、西方文學各成系統又彼此結合的體例，改變過去教材中的西方文學部分橫向分段過細的作法，而加強對各國各地區文學縱向發展的整體評述，同時也注意橫向的影響與比較」。[14]另一種情形是混合交叉，在一個統一的文學體系中展開敘述邏輯。古代文學中，東方文學佔有絕對份額，近代文學歐美佔優勢，現代文學東方和西方平分秋色。例如24所高校主編的四卷本《外國文學史》，此書前言中宣稱，這部文學史「在編寫上採取的是東西方文學合一的方式。這是本書在內容和體例上的一個新的嘗試。」編者還具體描述了

---

[11]　王忠祥等主編：《外國文學教程》上卷導言，湖南教育出版社 1985 年版，1 頁。

[12]　匡興等：〈《外國文學史》（講義）前言〉，《外國文學史》（講義），北京師範大學出版社 1986 年版，2 頁。

[13]　二十四所院校：〈《外國文學史》前言〉，《外國文學史》，吉林人民出版社 1980 年版，6 頁。

[14]　陶德臻等：〈《世界文學史》前言〉，《世界文學史》，北京高等教育出版社 1991 年版，1 頁。

這種處理方式的優越性：「我們認為這種東西方文學合一編寫的方式既便於探討世界文學出現前各國之間的文化交流，更便於分析世界文學形成後各國文學繁榮與衰微的歷史和政治原因。」[15]不管哪種模式，都給與東方文學以崇高的地位。

三、三種世界文學史動力理論

在世界文學史發展動力的探討上，中國學者提供了階級論、人性論、世界主義三種有價值的理論。

在馬克思列寧主義隨著十月革命的成功而席捲全球的 20 世紀，世界文學史著述接受馬克思列寧主義指導是順理成章的。如蘇聯學者柯根的《世界文學史綱》，翻譯者在譯後記中讚美作者說：「著者完全正確地把握著史的世界文學發達之總流及其幾個主要契機，辯證法地跟隨著其發展，用科學的唯物論的眼光考察各種文藝思潮之形成、發展，及其轉變之過程與各種文藝思潮相互交替之社會經濟背景，然後系統整然地再現之於這本短小精悍的書上。」[16]這說明了作者對馬克思列寧主義的自覺。匡興主編的《外國文學史》（講義）中說，「在本書的編寫過程中，馬克思主義始終是我們所堅持的指導思想。」[17]

馬克思列寧主義在中國學者著述的世界文學史中的應用，具體被表述為歷史唯物主義和辯證唯物主義。二者各有分工：歷史唯物主義主要用來描述文學史發展的線索；辯證唯物主義主要用來一分

---

[15] 二十四所院校：〈《外國文學史》前言〉，《外國文學史》，吉林人民出版社 1980 年版，5 頁，6 頁。

[16] 蘇聯柯根著，楊心秋譯：《世界文學史綱》譯後記，讀書生活出版社 1936 年版，527 頁。

[17] 匡興等：〈《外國文學史》（講義）前言〉，《外國文學史》，北京師範大學出版社 1986 年版，3 頁。

為二地評價作家，保留其精華，批判其糟粕。二者的實質都是進行階級分析。

歷史唯物主義指導下的文學史分期，在整體格局上與馬克思主義理論家對歷史的階級劃分基本一致。上古文學自原始共產主義社會末期起，到西元 476 年西羅馬奴隸制帝國滅亡。中古文學大體上從 476 年起，至 14-16 世紀文藝復興以前，其性質是封建文學。近代文學從文藝復興時期起，1918 年第一次世界大戰止，性質是資本主義時代的文學。現代和當代文學主要指 1917 年十月革命以後的文學，主要包括 20 世紀批判現實主義文學，無產階級文學和西方現代派文學。

按照歷史唯物主義的階級分析方法，文學發展的動力在於階級鬥爭。在歷史發展中，奴隸社會取代原始社會，封建社會取代奴隸社會，資本主義取代封建社會，社會主義社會取代資本主義社會，文學的發展是螺旋式上升的階級鬥爭並進步階級取代落後階級的歷史。基於這樣一種認識，文學史發展的高峰很自然被安排為蘇聯以及其他進步國家「社會主義文學和無產階級文學」時代的到來，而與此同時，西方文學則走向沒落。面對西方 20 世紀文學事實上的繁榮，80 年代的教科書將其描述成頹廢文學，認為是曇花一現。如朱維之主編的《外國文學史》（歐美卷）指出：「任何事物的發展都不可能是直線進行的，歐美現代文學的發展過程也是如此。然而，不管在當今世界上還存在著多麼複雜的情況，也不管今後世界上會出現什麼樣的曲折和波瀾，無產階級社會主義文學的興盛和資產階級文學的衰落，已是無可懷疑的歷史的必然。」[18]

歷史唯物主義的階級分析方法主要體現在對西方文學本身的認識態度上。匡興等主編的《外國文學史》（講義）中指出：「無論是對外國的古典文學，或是對它的現當代文學，我們都努力遵循馬

---

[18] 朱維之等：《外國文學史》（歐美卷），南開大學出版社 1985 年版，9 頁。

克思主義的批判地繼承和吸收的思想原則，運用批判的研究方法，給予恰當的、實事求是的評價。」[19]在這樣的思想觀念指導下，從古到今的西方文學呈現出的主要是其階級認識的價值：荷馬史詩反映了從氏族社會向奴隸制社會過渡這一歷史階段的各方面特徵。但丁的思想與創作中的矛盾，表現了中世紀與新時代交替階段的階級矛盾。在歐美，資產階級文學的產生、發展和衰落，和資本主義社會產生、發展和衰落的總趨勢基本一致，從中可以認識研究資本主義的發展史。從早期的無產階級文學到 20 世紀的無產階級文學，反映了歐美無產階級革命運動的歷史[20]。具體到單個作家、作品的評價上，辯證唯物主義的階級分析方法是將作家的整體創作分解為進步性與弱點，先進性和反動性的矛盾二重性。

　　在中國學者的世界文學史著述中，階級話語不是中國學者所奉的唯一圭臬，還有其他理論，如世界主義。歌德提出的「世界文學時代」，意味著「把各民族文學統起來成為一個偉大的綜合體」[21]，共同邁向「世界文學時代」。

　　將各國文學的發展過程看成是逐漸打破孤立割裂狀態，相互影響融合而形成一個有機統一體的過程，這種描述和期望，體現在世界文學史寫作中，就是追求世界文學共同體的來臨。於是，「走向世界文學時代」這種進行時態成為一些文學史的敘述模式。例如曹順慶的《比較文學史》。這部著作的緒論，標題是「走向世界文學」。作者把世界範圍內的文學看成一個能夠突破種族、國界乃至文化體系界限，相互關聯的整體，它基於人類的共同根性和交往活動。他從發生學、接觸學、類型學等角度尋求這種共

---

[19]　匡興等：〈《外國文學史》（講義）前言〉，《外國文學史》，北京師範大學出版社 1986 年版，3 頁。

[20]　參閱王忠祥等主編：《外國文學教程》上卷，湖南教育出版社 1985 年版，5 頁。

[21]　韋勒克、沃倫著，劉象愚等譯：《文學理論》，三聯書店 1984 年 11 月版，43 頁。

同性，並呈現出「世界文學時代」已經到來的美好圖景。他因而稱自己的這部文學史是一部「從國際的角度來展望建立全球文學和文學學術」，「超越民族界線」的文學史[22]。另一個典型的例子是王忠祥等主編的《外國文學史》，這部 1999 年出版的力作與1985 年他主編的《外國文學教程》相比，在方法論上有重大變化，就是對「比較」方法的自覺應用和對各階段「世界文學」的描述。如「古代希臘羅馬時期的世界文學」、「文藝復興時期的世界文學」、「20 世紀的世界文學」等節，在「進行東西中外文學比較」中，文學的統一觀和整體觀形成了。

人性論模式是中國學者世界文學史著述所採用的第三種比較成熟的理論和方法。其實這種敘述模式在五四時期周作人所著世界區域文學史《歐洲文學史》（1917）中已經有過成功的應用。這部世界區域文學史上起古希臘神話，截至於 18 世紀末。周作人認為，文學本質上是人性的反應，而人性二元，即情感和理性。歐洲文學的源頭之一希臘文學代表情感，另一源頭希伯萊文學代表理性。其後從中古到 19 世紀的歐洲文學，就是希臘和希伯萊精神的交替出現。這種歷史循環的觀念強調源頭的原創和規範作用。周作人《歐洲文學史》的寫作範式影響了他後來更重要的文學史著述《新文學的源流》的寫作。鄭克魯主編的《外國文學史》沿用了周作人的《歐洲文學史》的思路，但它剔除了歷史循環論，將進化論和人性論結合起來。他把文學史的發展解釋為人性的發展進化過程和對人性的理解逐漸深化的過程。基於人性的共同性，世界文學具有了整體感。這種敘述方法，是對階級分析方法的一個反撥，清除了以往文學史中嚴峻的階級認定和甄別，有利於實現世界文學整體性的構想。

---

[22]　曹順慶主編：《比較文學史》，四川人民出版社 1991 年版，15 頁。

四、世界文學史構成因素及分期諸問題

　　當文學史寫作具體到作家、作品的層面時，撰述者將面對浩如煙海的文本及其相關材料。寫什麼和不寫什麼？如何從中清理出一個合乎邏輯、呈現明顯階段性的歷史線索？這其中尚有許多技術性問題需要處理。

　　從中國的經驗看，我們在處理龐大的文學素材方面，並沒有意識到上述理論上的障礙。韋勒克提出過世界文學的「三層次」說，他認為世界文學除歌德賦予的涵義外，還指全球各民族文學的總和，或指那些享有世界聲譽的優秀作品[23]。世界文學的後兩層涵義具有共同性，即以世界為幅員看待文學的實際存在，區別在於，前者描述世界範圍內文學的量，後者指向世界範圍內文學的質。中國學者撰述的世界文學史，基本上都只取那些在國別文學中「享有世界聲譽的優秀作品」。

　　世界文學史包含的內容是否可以有其他選擇？從西方學者的長期實踐看，有許多經驗和理論值得我們借鑒。梵・第根在《總體文學概說》中，討論到世界文學史的寫作。他認為，國別、民族文學史中的傑作並不必然能夠進入世界文學史，當撰述者擺脫國別、民族的限制，從整體上思考文學的歷史存在時，它的對象和內容會發生變化，「真正的國際文學史絕對不只是各本國文學史的綜合體」，世界文學史的價值觀與國別文學史的價值觀應該有所不同[24]。羅馬尼亞比較學者迪馬對梵・第根的意見作了進一步的說明，他指出能夠進入世界文學史的內容應該包括三個方面：「第一，那些結構相似的作品、流派，以及在同一時代（或相近時期）、在相近的社會

---

[23]　韋勒克、沃倫著，劉象愚等譯：《文學理論》，三聯書店 1984 年 11 月版，43 頁。

[24]　梵・第根著，戴望舒譯：〈總體文學概說〉，載劉介民編：《比較文學譯文集》，湖南人民出版社 1984 年版，145 頁。

政治條件下、在不同的民族同時出現的創作個性；第二，那些或是由於作家本人、或是由於作品蘊含的思想感情、或是由於作品本身的藝術價值而對其他民族文學產生明顯影響的文學現象；最後，是那些不僅僅由於本身的傳播過程，而且還由於自己高度的思想藝術水平而得到了超越自己語言領域的傳播的文學現象。」[25]

在 20 世紀八九十年代，蘇聯科學院組織力量撰寫了雄心勃勃的 9 卷本《全世界文學史》，在此過程中，他們對世界文學史的內容因素也進行了探索。蘇聯學者也同意這樣的意見：世界文學不應該被看成各國文學的機械地累積起來的總和。在處理國別文學和世界文學關係時，蘇聯學者認為，國別文學可看成是「低級文學單位」，它們的歷史流動形成高級的文學單位「世界文學」，這一文學現象互相制約，並在世界歷史過程的系統內發展著。每個民族文學進入世界文學的方式，不僅以其國別作家的名字和作品，而且還以它與其他文學的相互關係——發生學、接觸學及類型學上的關係——所構成的有分支的系統[26]。這一觀點強調了世界文學發展的動態平衡，以及國別文學和世界文學之間建立更密切聯繫的願望。

世界文學史撰述蘊含著人類渴望擺脫孤立狀態，走向一個相互聯結的共同體的持久衝動；同時它也為各民族弘揚自己的文學提供了絕好的場所。這正如全球化進程加劇，而民族意識也在同步增強一樣。由於撰述者的國籍、民族身份以及意識形態諸問題，各自筆下的世界文學史觀呈現出截然不同的面貌。世界文學史撰述需要客觀性和整體性，以擺脫狹隘的民族、區域界限，但民族地方利益也常常是撰述者寫作的重要動機。世界文學史就在民族——世界之間搖擺著尋找動態平衡。中國學者在世界文學史撰述中同樣體驗到這

[25] 亞歷山大·迪馬著，謝天振譯：《比較文學引論》，上海譯文出版社 1991 年版，19 頁。
[26] 請參閱陸肇明：〈「世界文學」與久裏申的「文際共同體」〉，載《中國比較文學》1997 年 3 期。

二種相反但同樣真實的情緒。或許，世界文學史的魅力就來自這種
自相矛盾中！

原載《北京師範大學學報》2004 年第 3 期

世界文學觀念在二十世紀 50-60 年代中國的
兩次實踐

　　在歌德關於世界文學的系列論述中，最受重視、被引述最多的一段文字是：「民族文學在現代算不了很大的一回事，世界文學的時代已快來臨了。現在每個人都應該出力促使它早日來臨。」[1]按照歌德的這一理解，世界文學是指各國文學在發展過程中逐漸打破孤立割裂狀態，影響融合而形成的一個有機統一體。世界文學時代的到來符合人類進化和完善的信念與追求，因此歌德給予了積極評價。然而，歌德在為世界文學能夠「把各民族文學統起來成為一個偉大的綜合體」[2]而歡呼的同時，又念念不忘隨著世界文學時代的到來，「德國人失去的最多」，而「高瞻遠矚的法國人從中得到最大的好處」[3]。人們慣常忽視的歌德的這些論述恰恰暴露了「世界文學」的二重性：一方面，它承擔著文學世界大同的理想；另一方面，當世界文學觀念進入具體實踐時，又會與特定民族的文學利益聯繫在一起。世界文學觀念在中國 100 多年的實踐，同樣貫穿著這種二重性。本文研究二十世紀 50-60 年代中國的兩次世界文學實踐，以挖掘世界文學理論的本土資源，總結其在處理國別文學與世界文學關係中的經驗和教訓。

---

[1]　歌德：《歌德談話錄》，見《朱光潛全集・第 17 卷》，安徽教育出版社 1989 年版，364 頁。

[2]　韋勒克、沃倫，劉象愚等譯：《文學理論》，北京三聯書店 1984 年版，43 頁。

[3]　歌德，范大燦等譯：《論文學藝術》，上海世紀出版集團 2005 年版，379 頁。

一、以蘇聯文學為核心的「世界進步文學」觀念

　　「世界進步文學」觀念的核心是對世界文學進行階級分析，以甄別出代表先進的無產階級利益，反映人類發展方向的所謂「進步文學」。這一觀念徹底顛覆了由約定俗成的經典作品為支撐、以民族國家作為基本單元的世界文學體系，轉而以文學的階級屬性作為劃分世界文學等級的標準。據筆者掌握的資料，這一觀念首次明確提出和應用，是在 1954 年 12 月召開的第二次全蘇作家代表大會上。蘇聯作家協會副總書記吉洪諾夫為大會所作的題為〈現代世界進步文學〉的報告中，系統闡述了在新的國際形勢下，世界進步文學的實質、構成和使命。這是蘇聯爭奪世界文學話語權的一個重大戰略，對中國的世界文學觀產生了重要影響。

　　其實，早在 1934 年 8 月 17 日到 9 月 1 日莫斯科舉行的第一次蘇聯作家代表大會上，與「世界進步文學」觀念相關的一些世界文學理論已經作了初步闡釋。在那次大會上，蘇聯文化部門的領導人時康諾夫發表了題為〈蘇維埃的文學是世界上最有思想、最先進的文學〉的講話，拉德克作了題為〈現代世界文學及無產階級藝術的任務〉的報告。二人發言的核心，都是論述無產階級——蘇聯文學的正統性，及其在世界文學中的領先地位。在他們對世界文學史的描述中，資產階級文學已經走向腐敗和衰落，而無產階級文學不斷壯大，最後發展到蘇聯文學的頂點和高潮。

　　第一次全蘇作家代表大會邀請了來自西班牙、法國、德國、英國、美國、中國、日本等 15 個國家的 41 位作家與會，其成員構成，「簡直可稱為世界作家代表大會」[4]，蘇聯高級別的文化官員在來自世界各地的作家面前闡述世界文學發展大勢，充分展示了蘇聯作為

---

[4] 　《國際文學——第一次蘇聯作家代表大會的彙刊》，上海東方出版社 1939 年版，1 頁。

第一個社會主義國家的大國使命感和世界主義抱負。基於此，二人在講話中，都用了相當篇幅來闡述如何將蘇聯無產階級文學的「火種」播到其他資本主義國家。時康諾夫寄希望於與會的 41 位外國作家代表：「我們堅決地相信，這幾十個在這兒參加大會的外國同志，都是無產階級作家的有力軍隊底核心與胚胎，這是國際無產階級革命在國外創造出來的軍隊。」[5]拉德克認為要「特別注意資產階級文學陣營的分裂，團結其中同情和支援無產階級文學的同盟者」，「用吸引那正在離開資產階級走向無產階級的作家加入我們隊伍的方法」，「來加強無產階級文藝」[6]。

　　第一次全蘇作家代表大會是蘇聯面對外部重重壓力的環境下召開的。其時，蘇聯文學的發展也只有不到 20 年時間，對世界文學的影響仍然有限，因此只能寄希望於未來。隨著第二次世界大戰的勝利，蘇聯在各個方面的實力和世界影響力大增，大國意識及統治欲空前膨脹；而蘇美間之間的冷戰，又需要蘇聯控制一批政治和文化上的同盟國，以與美國為首的西方集團進行對抗。在這種新形勢下，創制「世界進步文學」概念，建構以本國文學為核心的世界文學新體系，可謂正當其時。吉洪諾夫在 1954 年第二次全蘇作家代表大會上的報告，呈現了一幅蘇聯化的世界文學新圖景。

　　吉洪諾夫描繪的世界文學新圖景是饒有趣味的。在報告的引言部分，他將蘇聯比喻成「太陽」，給「苦難重重的、破壞不堪的歐洲」帶來光明和希望。讀者若細讀報告全文，會發現這個比喻絕非信手拈來。事實上，吉洪諾夫正是把蘇聯文學作為「太陽」加以塑造的。在他筆下，整個世界進步文學猶如太陽系，蘇聯文學居於核心，它發光發熱，推動其他國家、民族進步文學的「行星」圍繞自

[5]　《國際文學——第一次蘇聯作家代表大會的彙刊》，東方出版社 1939 年版，11 頁。
[6]　《國際文學——第一次蘇聯作家代表大會的彙刊》，東方出版社 1939 年版，135 頁。

已旋轉。吉洪諾夫通過敘述的先後順序，以及巧妙的措辭，劃分出世界進步文學的不同層次和等級。最裏層的是被蘇聯解放了的東歐人民民主國家的文學，作者列舉了波蘭、匈牙利、捷克、保加利亞等國的名字。中國雖屬於蘇聯所稱的「人民民主國家」，但在蘇聯的世界文學體系中，它的文學和蒙古、朝鮮、越南等亞洲人民民主國家文學一道構成同心圓的第二層。第三層是東方的印度、土耳其、伊朗等國家。這些國家並未建立社會主義制度，其進步文學的出現，主要是爭取民族獨立解放的結果，並受到蘇聯和歐亞人民民主國家共產主義建設和社會制度創新的巨大影響。第四層是資本主義國家進步作家的創作。作者列舉的名單中，有法國的阿拉貢、艾呂雅，英國的奧爾德裏奇、傑克・林賽、多麗絲・萊辛、奧凱西，以及美國、義大利、丹麥等國家的眾多進步作家，他們受到了反動政府的殘酷迫害，但仍在為自由與和平的正義事業而鬥爭。第五層是拉丁美洲各國文學。這些國家「正遭受著北美擴張主義者和南美壓迫者的精神奴役」，進步作家受迫害的事件層出不窮，但進步作家在反對帝國主義和本國統治者的鬥爭中也取得了不小的成就，如聶魯達等。

　　蘇聯文學在世界進步文學體系中的核心作用，當然不是靠語言修辭來實現的，它依靠「偉大的」理論創造，這就是「社會主義現實主義創作方法」。換句話說，這一創作方法是世界進步文學「太陽系」運行的能量來源，而蘇聯文學是這一能量的生產者和提供者。吉洪諾夫在報告中對世界進步文學體系的分層劃類，是以對社會主義現實主義創作方法掌握和應用的程度為依據的。在他的描述中，人民民主國家的作家「正在順利地掌握這種方法」；在資本主義各國進步作家的創作中，這一方法引起極大的注意；在那些受殖民主義和帝國主義侵略和壓迫的國家，這種方法「能夠幫助表現民族特色，吸收民族傳統中一切有生命的東西」，並且「給進步作家以牢

靠的武器去反對反動的外來形式的侵略」[7]。吉洪諾夫進一步指出，除了社會主義現實主義創作方法所發揮的「能量」推動作用，蘇聯文學同世界進步文學的其他部分之間還依靠牢不可破的友誼緊緊結合起來。這種團結表現為蘇聯大量出版其他國家的著作，以及訪問交往的增多。至此，世界進步文學的「太陽系」宣告完成。

　　吉洪諾夫的報告充滿蘇聯式的霸氣和意識形態的優越感，以我們今天的眼光看，這是惹人反感的。但在上個世紀 50 年代，新中國的外交受到美國等西方國家的封殺，國際交往與合作只能是向蘇聯及其盟國「一邊倒」，在文化上也不得不唯蘇聯馬首是瞻。因此，對於蘇聯提出的充滿沙文主義色彩的「世界進步文學」概念，我們是全盤接受的。在此次大會上，周揚代表中國作家團發言，他呼應吉洪諾夫的報告，盛讚蘇聯文學是「人類最先進的、最富有生命力的文學」，這種文學「給了全體進步人類以光和熱，以溫暖和力量」。他用古語「譬如北辰，居其所而眾星拱之」來形容蘇聯文學與世界各國進步文學的關係，承認蘇聯文學「是整個世界進步文學運動的核心」，同時強調蘇聯文學是「我們學習的範例」，而中國作家是蘇聯作家的「年輕兄弟和學生」[8]。可以說，周揚的講話的確代表了當時中國文學界對待蘇聯文學和世界文學的真實態度。翻譯家、批評家辛未艾在 1957 年《文藝月報》發表文章〈蘇聯文學——世界文學的主潮〉，把蘇聯文學的意義擴大到整個世界文學領域，認為蘇聯文學是世界文學的主體，也是世界文學未來的發展方向。在文章中，他指出蘇聯文學在革命性、人民性、黨性、以及社會主義現實主義創作方法等方面的「先進性」表現，用以和「腐朽」、「反動」、「落後」的西方文學進行了對比，以加強自己的論據。到 1959 年，

[7]　《蘇聯人民的文學——第二次全蘇作家代表大會報告、發言集》，北京人民文學出版社 1955 年版，280-314 頁。

[8]　周揚：《在第二次全蘇作家代表大會上的祝詞》，《周揚文集·第 2 卷》，北京人民文學出版社 1985 年版，328-335 頁。

蘇聯第三次作家代表大會召開時，茅盾率團出席。他在賀詞中，仍然堅持認為，「蘇聯文學是全世界進步文學運動的核心，……在四十多年的歷史發展中，蘇聯文學為世界進步文學創造了珍貴的財富，積累了豐富的藝術創造的經驗。」[9]

把蘇聯文學奉為世界進步文學體系的核心，意味著承認中國文學的地位是從屬性的，是圍繞「太陽」旋轉的眾多「行星」中的一顆。這樣的自我定位雖然低調，但在五十年代的特殊條件下是適宜的；同時，這也是對五四以來，尤其是五十年代上半期中國新文學發展所受俄羅斯──蘇聯文學巨大影響的體認，因而在接受上不僅沒有心理障礙，而且投入了極大熱情。1959 年由新華書店編印的一本名為《蘇聯文學是中國人民的良師益友》的小冊子，從一個側面反映了中國人對蘇聯文學的這種熱情。小冊子中既收錄了茅盾、巴金、老舍、葉水夫等作家翻譯家的短文，也收錄了不少普通讀者的言論，大家眾口一詞，向蘇聯文學表達了最崇高的敬意。

中國對以蘇聯文學為核心的世界進步文學觀念的接受，不僅僅停留在認識的層面，還據此改變了大學中文系世界文學教育的體制。1949 年前大學國文系開設的世界文學類課程，絕大多數都是「西洋文學」或「英國文學」，偶爾有「日本文學」。1949 年之前中國學者所著的世界文學史類著作，也只包括西方文學；俄羅斯文學作為歐洲文學的一部分忝列其中，蘇聯文學則遭到排斥。從五十年代至 1966 年，隨著以蘇聯文學為核心的世界進步文學觀念的確立，蘇聯文學成為大學中文系世界文學教學中最重要的內容。1954 年教育部頒布《師範學院暫行教學計劃》，規定在中文系本科第三、第四學年講授外國文學，總計 200 學時。其中第三學年講授歐洲文學，共 90 學時；第四學年講授俄羅斯和蘇聯文學（各占

---

[9]　茅盾：《在蘇聯第三次作家代表大會上的祝詞》，《茅盾全集‧第 33 卷》，北京人民文學出版社 2001 年版，684 頁。

一學期），共 110 學時。[10]1956 年 8 月 6 日至 18 日，教育部召開
「高等師範文史教學大綱討論會」，審定文史系科的二十種教學大
綱，外國文學教學大綱也在審定之列。同年 11 月，教育部印發這次
討論會的意見摘要，對外國文學課程的建議是：「二年級學蘇聯文學，
每周 2 學時；三年級學古代到 18 世紀歐洲文學，19 世紀歐洲文學，
每周 4 學時；四年級學 19 世紀俄羅斯文學，每周三學時。」[11]考慮到
蘇聯文學的歷史只有短短 40 年時間，它所占的課時數可以說已經非
常可觀。

　　這一時期中國學者編過一些世界文學類講義和參考資料。從體
例上看，俄蘇文學與西方文學各自為政，互不關聯。如穆木天在
1956 年編寫的《世界文學基本講義》（華中師範學院印刷廠印行）
不包括俄蘇文學，1959 年高等教育出版社出版的《外國文學參考
資料》也不包括俄蘇文學。俄蘇文學自成系列，如北京師範大學出
版社出版的《十九世紀俄羅斯及蘇維埃文學參考資料》（1957 年）、
《十九世紀俄羅斯及蘇聯文學講義》（1958 年）等。如此處理方
式，一方面說明蘇聯文學的分量和特殊性，另一方面，也說明學者
對如何用世界進步文學觀念整合歐洲文學與俄蘇文學，還沒有提出
成熟的意見。

　　世界進步文學觀念同樣應用到從古希臘至現代的外國文學史
（歐洲文學史）教學中去：按照馬克思主義理論家對歷史的階級
劃分進行文學史分期；挖掘文學的階級認識價值；把文藝復興之
後的西方文學史描繪成資產階級文學產生、發展和衰落的歷史，
以及無產階級文學萌芽、發展、壯大的歷史；把經典作家的整體
創作分解為進步性與弱點，先進性和反動性的矛盾二重性；突出
資本主義國家的無產階級文學和反資本主義的現代進步文學；將

---

[10]　見教育部檔案 98-1954-Y-75.0002。
[11]　見教育部檔案 98-1956-C-111.0007。

現代西方文學指斥為「頹廢文學」、「色情文學」。等等。階級
甄別的擴大化和絕對化，徹底改變了世界文學的面貌，也走到了
世界文學理想的反面。

二、世界文學觀念的東方維度

　　五十年代中期到六十年代初，影響中國的世界文學觀的另一個
重大事件是一系列亞非作家會議的召開，它將中國的世界文學視野
擴展到東方文學。

　　在五十年代中後期，國際形勢出現了一系列新的重要變化。1953
年史達林去世之後，尤其是 1956 年蘇共第 20 次代表大會之後，中
蘇在社會主義國家關係、國際共運以及對國際形勢的判斷等方面出
現重大分歧，兩國關係開始降溫。與此同時，在美蘇兩大政治集團
之外，以 1955 年萬隆會議為標志，以不結盟、反帝反殖民相號召的
第三世界力量崛起。新興中國在外部環境變化的壓力和挑戰面前，
開始逐漸調整國家的外交定位，把目光轉向亞非第三世界，希圖通
過支援和參與亞非反帝反殖民主義運動，來擺脫蘇聯控制和美國封
鎖，尋找新的國際發展空間。中國作家對亞非作家會議的支援和參
與，正是在這一背景下發生的；這種支援和參與也必然成為中國外
交鬥爭的重要組成部分。

　　1956 年 12 月，第一次亞洲作家會議在新德里召開，中國派出
以文化部部長、作協主席茅盾為團長的代表團與會。在這次大會上，
蘇聯東亞和中亞各共和國的代表建議在蘇聯加盟共和國烏茲別克斯
坦首都塔什幹召開下一次亞洲作家會議，受到全體與會代表的熱烈
歡迎。根據 1957 年 12 月在開羅召開的亞非團結大會的倡議，醞釀
中的這次會議擴大了範圍，納入了非洲作家。經過近一年的籌備，
首屆亞非作家會議於 1958 年 10 月在塔什幹召開。來自亞非四十多

個國家的二百多位作家代表與會，中國方面派出了 21 人組成的代表團參加。大會通過了「關於成立亞非作家常設委員會的決議」，發表了「亞非國家作家會議告世界作家書」。

　　1961 年 3 月，亞非作家會議常設委員會緊急會議在日本東京召開。1962 年 2 月，第二屆亞非作家會議在埃及首都開羅召開，來自亞非 45 個國家的二百多位代表出席。中國方面由茅盾率 11 人代表團參加。這次大會通過了「總決議」、「致全世界作家呼籲書」等重要文件。1966 年亞非作家常設委員會緊急會議在北京召開。亞非作家會議的系列活動一直持續到 20 世紀 70 年代，但由於國內政治形勢丕變，中國作家的參與到 1966 年基本結束。

　　中國作家發表的有關亞非作家代表會議的文章，幾乎無一例外都稱道亞洲和非洲文明的優越性，認為她們是世界文明的搖籃，曾經創造過光輝燦爛的文化，對世界文明作出了巨大的貢獻。亞非各國文化自古關係密切，絲綢之路把彼此緊密連接在一起。近代亞非地區的落後是西方帝國主義和殖民主義的侵略造成的。當代的亞非人民正在加強團結與合作，共同反對帝國主義、殖民主義。眾口一詞的表述暗含了區域共同體的概念：在地理上比鄰而居，歷史的發展具有一致性，彼此間的文化相互影響，近代的命運相似，當代的使命相同。事實上，亞非各國，不僅文化、宗教、歷史、種族之間有著極大的差異，而且政治制度、經濟狀況和社會發展階段也各不相同；在亞非作家會議上，一些大國作家因為領導權及路綫問題也常起爭執，意識形態上也高度戒備。但中國作家在公開發表的文章中，一律掩飾了不和和差異，大唱團結、合作的讚歌。可以說，正是在建立國際統一戰線、反對帝國主義和殖民主義的政治需要驅動下，亞非區域觀念、東方文學作為世界文學重要一極的觀念隱然成型。

　　周揚在塔什幹會議上作的《肅清殖民主義對文化的毒害影響，發展東西方文化的交流》的報告，在闡述東西方文學關係時，就表

達了強烈的東方文化本位意識。他批判了西方殖民主義、帝國主義
對東方文化的摧殘、毒害和歪曲;通過引述歌德關於世界文學的論
述,以及伏爾泰關於東方的論述,來論斷東方文化對西方文化的影
響;呼籲亞非作家為建立民族新文化和發展各國文化交流而奮鬥。
周揚在報告中,還介紹了中國在吸收外來文化、發展本國新文學方
面的經驗。他強調,中國在學習其他民族文化時,「首先是學習我
們偉大的社會主義鄰邦蘇聯的先進經驗」,因為他們的新文化「把
我們人類的文明提升到了一個史無前例的新的高度」。他又說:「在
我們東方現在出現了社會主義文化和復興的民族文化,這些文化生
氣勃勃,充滿了活力,正在以一日千里之勢向前邁進。」[12]不難看
出,周揚的這些文字其實含蓄地表述了中國新文學的正統性以及在
東方文學中的先進性,並試圖在亞非文化交流中扮演主導者的角色。

　　參加過塔什幹會議的詩人袁水拍在其文章〈讓塔什幹的火炬永放
光明〉中,評價了會議之於東方文學復興的意義:「許多作家認為塔
什幹會議標誌了東方文藝復興的開始,並且認為這個文藝復興將使歐
洲過去的文藝復興相形見絀。應該說,這絕不是過分的估計。」[13]參
加過塔什幹會議的作家楊朔在其文章中,明確將亞非文學史作為世
界文學史的重要組成部分:「那次會議確實可以稱做人類文學史上
的一場大豐收。那麼多具有代表性的亞非作家,有許多來自曾經是
人類幼年期的文化搖籃地帶,互相交談,互相報告本國的文學情況,
彙集一起,仿佛是一本光彩照人的亞非文學史,而這也就形成世界
文學極其重要的一部分。」[14]

---

[12]　《塔什幹精神萬歲──中國作家論亞非作家會議》,北京作家出版社 1959
　　　年版,66-67 頁。
[13]　《塔什幹精神萬歲──中國作家論亞非作家會議》,北京作家出版社 1959
　　　年版,143 頁。
[14]　楊朔:〈壽亞非作家會議〉,《楊朔文集(上)》,山東文藝出版社 1984
　　　年版,516 頁。

　　對亞非作家代表大會的積極支援和持續參與，把中國人的目光吸引到東方，帶動了翻譯和介紹亞非文學的熱潮。以當時唯一專門發表文學譯作的雜志《譯文》（1959 年 1 月改為《世界文學》，1966 年以後停刊）為例。此前，該雜誌的重點譯介對像是蘇聯及東歐社會主義國家的文學作品。而在第一次亞洲作家會議召開之後，《譯文》大幅度增加了亞非文學的譯介，先後推出了「亞洲文學專號」（1957 年 8 月號）、「亞非國家文學專號」（1958 年 9、10 月號）、「越南文學專號」（1964 年 10 月號）等專號，以及「埃及文學特輯」（1957 年 1 月號）、「悼念日本作家德永直」（1958 年 4 月號）、「塔什幹精神萬歲」（1959 年 1 月號）、「黑非洲詩選」（1959 年 4 月號）等專輯。另據統計，1953 年-1966 年間的《譯文》雜志，共計發表亞非各國文學作品和評論 634 篇，這些作品絕大多數是在 1957 年後 10 年間發表的。而 1953 年-1966 年間《譯文》雜誌發表的俄蘇和東歐社會主義國家文學作品及評論也才 636 篇，發表的美國、英國、法國、德國等西方國家的文學作品和評論只有 588 篇。對比之下，亞非文學譯介的範圍之廣、數量之多，是令人驚訝的。茅盾 1958 年在塔什幹亞非作家會議上的報告中提到，1949 年-1958 年九年間，中國共翻譯出版了 267 種亞非國家文學作品，總印數達到 500 萬冊。在 1962 年第二次亞非作家會議所作報告中，茅盾提到近十年中，中國翻譯出版了二十多個國家 400 多種作品。這些數字說明瞭亞非文學翻譯出版的速度和數量。到 1966 年文革開始前，經過國家文化管理部門的系統規劃，以及各大出版社、雜志社的大力配合，亞非文學作品中譯本及研究資料缺乏的情況已經大為改觀，東方文學的內涵日漸充實，細節也更加豐富。

　　從 1956 年開始，亞非文學進入中文系外國文學課程，被提上了議事日程。1956 年教育部印發「高等師範文史教學大綱討論會」意見摘要，其中就有「逐步創造條件，開設東方文學專題」的意

見。[15]1958 年 9 月，由北京師範大學中文系外國文學教研組師生編寫的《北京師範大學外國文學教學大綱（初稿）》印行，這個大綱涵蓋了西方文學和東方文學。1959 年，北京師範大學中文系外國文學教研組編選的《外國文學參考資料》（東方部分）由高等教育出版社出版。大約從 1958 年到 1966 年，北京師範大學、東北師範大學、吉林大學等高校教師，開始編寫東方文學史講義，並應用於課堂教學。其間，東北地區部分高校還合作編成了東方文學教材。但由於文革開始，這部教材沒有能夠正式出版。從上述教學大綱和部分講義看，其中對東方文學史意義、特點、範圍、分期的認定，與萬隆會議，尤其是亞非作家系列會議召開之後，中國文化領導層的有關亞非文化、文學的論斷是一致的；或者說，東方文學大綱和講義就是這些論斷的具體化。這是中國的東方文學史知識體系的雛形，也是有中國特色的「東西二分」世界文學史體系的發端。

　　世界文學觀念在 20 世紀 50-60 年代中國的兩次實踐，有成功也有失敗。完全拋棄世界文學觀念的既有規則，將蘇聯文學特殊化，把世界文學意識形態化，這條道路前蘇聯沒有走通，事實證明對中國文學的世界發展也是有害的。而當中國的視野轉向東方文學時，真正具有建設性的世界文學觀念產生了。「東西二分」的世界文學觀，為中國文學融入世界文學並在其中扮演更重要的角色，找到了很好的著力點，也極大地激發了中國文學的自信心。這份歷史遺產在全球化時代的今天仍然具有重要意義，值得發揚光大。

原載《中國比較文學》2010 年第 3 期

---

[15]　見教育部檔案 98-1956-C-111.0007。

第二輯

世界文學與中國

中學語文中的外國文學問題

一、「中國語文」與「外國文學」

張志公先生在其主編的《語文百科大典》中，對「語文」的解釋綜合多家之說，認為，「語」指語言，包括口頭語言和書面語；「文」指文字、文章、文學、文化等因素的合稱。因為中國大陸是漢語的故鄉，又是在漢語的背景中討論問題，所以「語文」必然是「中國語文」；不加「中國」二字，是因為不言自明。「語文」的英譯是 Chinese，就能說明這一點。香港地區由於特殊的歷史，它的語文科前就加「中國」二字，名「中國語文」，臺灣地區的語文科叫「國文」，是「中國語文」的縮寫，則再添一個佐證。

既然是中國語文，那麼，教材中選外國文學，理據何在？換句話說，在語文科中外國文學佔有什麼樣的位置？性質是什麼？各個版本的部頒語文教學大綱沒有對這一點提出明確的解釋，2000 年 3 月出版的最新的語文教學大綱只是說學習語文「對於……吸收人類的進步文化，提高國民素質，都具有重要意義。」這是為外國文學進入語文科提供的一個理由，但不充分；因為沒有把外國文學的特殊性給予交代。考慮到中國香港、臺灣地區的語文教材中基本上不包括外國文學，大陸的語文教材架構就顯得十分獨特。所以，意識到這是一個問題，並進行討論，是十分重要的。

中學語文中的外國文學性質，取決於翻譯活動及譯本的性質。翻譯的過程，其實就是使外國作品本土化的過程。儘管翻譯家總是追求忠實於原作，但因為翻譯是從一種語言進入另一種語言，就必然會增加新的因素，同時不可避免地打上譯者的理解、風格等個人

色彩，因此，對原作的誤譯、曲解是必然的。在近代中國翻譯史上頂頂有名的翻譯家林紓，他翻譯過 170 多種外國文學作品，影響過幾代中國作家和學者。他的翻譯以傳神、優美著稱，但未必每一個讀者都知道，他對原作做了多大的「手腳」。他肆無忌憚地改動書名，看到《情天補恨錄》、《鬼窟藏嬌》這樣深和中國傳統小說命名規律的書名，你還能聯想到它是一部外國文學作品嗎？他大量的刪節原作，一部完整的《堂·吉坷德》中譯本有 80 餘萬字，他翻譯成《魔俠傳》，僅剩下五分之一。在具體的翻譯中，林紓對原作的曲解比比皆是，在他的譯筆下，對母親的愛成了「孝」，對情人的愛成了「守節」，天使變成了「仙」。中國沒有合乎正統的女皇，林紓覺得西方也不應該有，所以維多利亞女王就成了「皇后」。如此「本土化」的改造，自然就成了「用西人材料，寫唐宋之事」。當然，林譯小說只是翻譯史上比較極端的例子。在當代的翻譯中，「忠實」被看成是譯作的生命。但翻譯家總是追求個人的翻譯風格，他們的修養和知識背景又千差萬別，再考慮到讀者的欣賞趣味和期待視野，絕對的「忠實」就變得可疑了。從 80 年代對傅雷翻譯的議論，到 90 年代圍繞《紅與黑》的多個譯本的爭論，我們可以看出，「忠實」只是一個夢想，而「歸化」永遠是現實。

瞭解了翻譯的本質，我們把它看成創作的一種特殊的形式，就顯得順理成章了。而這在文學史上是有先例可援的。比如，中國魏晉時期的佛經文學，早已成為中國傳統文學不可或缺的一個組成部分。像《百喻經》、《法苑珠林》等，語言古拙，境界悠遠，今天讀後，仍覺得余香滿口。佛經文學對後世文學也產生過不可估量的影響，魯迅喜愛《百喻經》，為公眾所熟知。沈從文的〈月下小景〉故事集中的作品大部分是改寫翻譯《法苑珠林》而來。詩人龐德對中國詩歌的翻譯，英國翻譯家菲茨傑拉德翻譯的波斯詩人的詩集《魯拜集》，都被視為其本國文學的傑作。因此，我們認定，外國文學作品，雖然來自異域，但是通過中文翻譯，變成了中文作品，也就

理所當然是中國文學的一個組成部分。中外學者的研究實踐支持我們的看法，如法國 70 年代出版的《法國現代文學史》，其中第 27 章討論「1945 年－1969 年間外國作品的翻譯」，外國文學作品的翻譯顯然是作為法國現代文學的組成部分看待的。在我國，類似的例子也不在少數，典型的有胡適的《白話文學史》，陳子展的《中國近代文學之變遷》，王哲甫的《中國新文學運動史》等，其中都設有翻譯文學的專章。把翻譯文學看成本國文學的一個組成部分，在學術界早已是不爭的常識了。

　　外國文學譯作被看成中國文學的一個特殊的組成部分，在學理上如此，從實踐的角度看，這種認識還反映了百餘年來中國白話文發展的實際。任何一個國家都沒有中國這樣，存在著語言上，文言和白話的尖銳對立。漢語發展的實際就是如此。文言基本上是純粹的本土語言，但現代白話文不一樣。它大量吸收西方辭彙、語法、意象。大量的新詞進入漢語，如大本營，副食品、工業、情報等。大量的舊詞被賦予新的涵義，如民主，報紙，帝國、義務等。大量新的隱喻和意象產生，如玫瑰象徵愛情等。再如語法，看這樣一個句子：「從五四以來，以清淡樸訥的文字，原始的單純，素描的美支配了一時代一些人的文學趣味，直到現在還有不可動搖的勢力，且儼然成為一特殊風格的提倡者和擁護者，是周作人先生。」這是沈從文的文章〈論馮文炳〉的第一句話，典型的英式句法，長長的主語從句。總而言之，語言被看成文化的載體，在現代漢語發生了如此巨大變化的今天，它的內涵已大大西化了。因此，學習現代文，和學習用漢語翻譯的外國文學之間，並沒有嚴格的界限和本質的差別。外國文學影響了一個多世紀的中國人，這種影響與中國的現代化進程，與我們的思維結構、思想密切相關。外國文學是我們文化的一個組成部分。

　　但無論如何，外國文學作為中學語文教材的語料的重要組成部分，其特殊性是顯而易見的。譯文不具有原創性，由於種種原因，

大多數譯作的語言，比起本國原創性作品要顯得遜色。相信讀者都有這樣的感受：一部名著，它的譯本卻並不太吸引人，這是因為譯文損害了它的美。我們能從中學課文裏舉出很多例子：莎士比亞的《羅密歐和茱麗葉》詞采華麗，它的譯文這種感覺並不強烈，〈裝在套子裏的人〉、《歐也尼・葛朗台》等都是如此。詩歌問題就更大了，詩歌公認是不可翻譯的。很多有名的詩歌，一經翻譯，味如嚼蠟。如華滋華斯的那首〈孤獨的收割人〉非常有名，而譯文並不很有味道，就是如此。

面對詞采通常達不到範文標準的外國文學名著，強調一下學習的理由是必要的：首先，對外開放，吸收全人類的進步文化發展自己，這是我國的基本國策，而學習外國文學，是實現這一目標的重要途徑。其次，譯本的詞采雖然不盡如人意，但內容的豐富性，思想的多元性，文化的多樣性，卻可以彌補這一缺陷，我們可以從另一角度去欣賞作品的美。再次，這是中國大陸地區語文教學的特色。這一特色過去我們並沒有自覺，在和港臺地區及新加坡的中文教材比較後，它的獨特性才凸顯出來，這需要我們認真加以評價並妥善利用。

二、新舊之別及其意義

2000 年 3 月，新的《高中語文教學大綱》頒佈發行。此前的 1997 年，人民教育出版社新版中學語文教材開始陸續出版。和過去相比，新大綱和教材發生了重大變化。從外國文學語料的角度比較新舊變化，從而把握語文教學發展的方向，就顯得尤為重要。

眾所周知，語文教學有能力培養和思想、道德教育雙重的使命，這是由語文學科的特殊性決定的。1986 年版語文教學大綱中明確規定，語文教學除了培養學生各項語文能力外，「必須以馬克思主義為

指導，培養學生的社會主義道德情操、健康高尚的審美觀和愛國主義精神。」正反映了語文教學的這種特殊要求。可以說，這是選擇外國文學作品作為語文教材的主要依據和標準。問題是，過去受左的思想干擾，對此在理解上是相當片面的。我們以人民教育出版社 1995 年版的高中語文為例。高中第一冊選外國文學作品 1 篇，為法布爾的〈蟬〉。第二冊兩篇，為恩格斯的〈在馬克思墓前的講話〉，高爾基的〈時鐘〉。高中第三冊外國文學作品 3 篇，是巴爾扎克的〈守財奴〉、契珂夫的〈裝在套子裏的人〉、莫泊桑的〈項鏈〉。高中第四冊選外國文學作品 2 篇，是普希金的〈致恰達耶夫〉、惠特曼的〈啊，船長，我的船長！〉。高中第五冊選外國文學作品 1 篇，是歐·亨利的〈警察與讚美詩〉。高中第六冊沒有外國文學作品入選。從比例上來看，外國文學作品只占很少的份額，其中，法布爾的〈蟬〉、恩格斯的〈在馬克思墓前的講話〉，分別屬科普文章和論說文，從審美的意義上來看，並非嚴格的「文學」。儘管所選的文學作品稱得上是名著，但它們放在一起，卻可以看出，選編者考慮的首先是意識形態方面的因素：即批判資本主義的罪惡。其次才是藝術標準。

　　再就是課本與教學參考所規定的閱讀和教育方法。過去，外國文學作品被當作階級鬥爭的工具來使用，對它的理解和閱讀首先是政治性的。例如〈守財奴〉一篇的「提示」說：「馬克思、思格斯曾經提出：『資產階級撕下了罩在家庭關係上的溫情脈脈的面紗，把這種關係變成了純粹的金錢關係。』『它使人和人之間除了赤裸裸的利害關係，除了冷酷無情的現金交易，就再也沒有任何別的聯繫了。』這對我們深刻理解這篇課文的思想內容無疑會有很大的啟發。葛朗台的妻子是作者讚揚的好人物，作者認為篤信宗教才不致陷入金錢的泥沼。課文中對葛妻隱忍賢德的描寫，意在反襯葛朗台的兇狠醜惡。這雖然有一定的揭露作用，也恰恰反映出作者世界觀的局限。」類似的定性，在〈裝在套子裏的人〉、〈項鏈〉、〈警察與讚美詩〉等小說的評價中也能見到。難道讓中國學生學習外國

文學名著，只是為了確認資本主義的反人性和必然滅亡的命運？這是對外國文學作品思想內容的庸俗化理解。

　　其實，這不單純是中學語文教材的問題，整個學術界在幾十年裏，就為了用西方文學的發展規律及其內容，證明資本主義代替封建主義，社會主義戰勝資本主義這樣一個政治命題。與此相對應，現實主義文學被神聖化，它的特點被普遍化為一般的文學標準。現實主義之前的文學被看成是現實主義文學的準備，此後的文學被斥為「頹廢文學」。你只要隨便翻一本前蘇聯的文學研究著作，或中國 80 年代以前的相關書籍，這樣的描述就俯拾即是。如此鍾愛現實主義文學的一個重要原因，是把現實主義文學看成封建制度崩潰、資本主義上升和走向衰落過程的珍貴的歷史文獻。認為現實主義對於封建社會腐朽生活的譴責，對於資本主義及其上層建築的揭露和批判，曾使人們對舊秩序產生懷疑，在歷史上起了很大的作用。學術大背景如此，語文教材的選目多為現實主義作品，並如此評價，就不足為怪了。

　　我們對舊的語文教材持批評態度，是因為新的教材提供了改善的機會。2000 年 3 月版的新的《高中語文教學大綱》，對語文教學提出了新的要求。其中提到「三個面向」，還有「聯繫現實生活」，「注重培養創新精神」，「形成健全人格」等說法。具體落實到外國文學選目上來，變化是巨大的。新的高中語文教學大綱規定：「選文以我國現代作品為主，古代作品佔有適當比例，兼顧外國作品，比例一般可為 5：4：1」。課文總數不少於 140 篇，那麼外國文學作品就占了 14 篇。這是大綱第一次規定了不同文學語料所占的比例。1995 年版人教社高中語文，收課文 141 篇，外國文學 9 篇。二者相比較，外國文學作品所占比例上升，且篇目多了 5 篇。大綱後邊還附了「課外閱讀推薦書目」，共 10 本書，這是最低限度的課外閱讀書目。其中，外國文學作品就占了 5 部。從 1997 年人民教育出版社新版的高中語文教材看，所收外國文學作品不僅大大高過新大綱規定的比例，而且來源範圍更廣，更多樣化，不再只限於現實主義作品。其中，有文藝

復興時期的作品，有啟蒙主義的作品，浪漫主義、現實主義當然沒有缺席，20 世紀現代主義的作品也居然進入中學語文教材。從國別看，有英美法俄等歐美主要文學大國的作品，還有日本、印度、等亞洲國家的作品。不僅如此，教學參考、閱讀提示中對外國文學的基本態度發生了巨大的變化。過去對一部作品只能有一種評價，教師只能按一個模子教學，學生只能有一種理解。這是違背文學接受規律的：真正的文學作品總是具有極大的模糊性，混沌性，包含多重意義，而作品的價值是要在讀者的創造性閱讀和多樣性閱讀中去實現。現在對一篇作品，教材通常提供多種評價，供老師和學生參考。不再有斬釘截鐵的唯一答案，老師和學生都可以提出自己的見解。這種遵從文學接受規律的做法是十分可取的。如對契珂夫的〈裝在套子裏的人〉主題的分析。人教社舊版高中語文教學參考書認為：「作者通過別里科夫的孤僻虛偽和惶恐不安揭示了他維護沙皇統治的反動立場和變態心理，反映了新的生活的變化——無產階級革命運動的高漲，對沙皇制度造成的嚴重威脅，預示著沙皇統治已處於氣息奄奄，搖搖欲墜的危機中。」現在的新版語文教參，則提供了 4 位學者的見解。前三位學者與剛才列舉的觀點相近，而第四位學者的看法則正好相反。對語文教材如此處理，是十分可喜的現象。語文教育在思想、道德方面的目標，正逐漸貼近現實生活，在向樹立「人類文明」的觀念，人文教育和多元文化教育轉變。

當然，新版語文教材並非沒有瑕疵。它把舊版中的大部分外國文學篇目都保留下來，新添的篇目，也沒有脫出「批判資本主義社會黑暗和人性淪喪」的意識形態窠臼。在這一點上，新舊教材是一脈相承的。其次，所選各家看法，並非都是精闢之見，有的還十分陳舊，且有雷同。再者，新版教學大綱後面附的課外推薦讀物中的外國文學部分，也大可商榷。為什麼要選托爾斯泰的《復活》呢？托爾斯泰有更好的作品，如《安娜‧卡列尼娜》和《戰爭與和平》。《復活》是他世界觀轉變後的作品，雖然有對國家制度、社會制度、

教會制度和經濟制度的猛烈的批判，表現了列寧所稱道的「最清醒的現實主義」，但同時，也充斥著「托爾斯泰主義」的說教，如「勿以暴力抗惡」，「道德自我完善」等等。這說教在一定程度上損害了小說的藝術性，使其喪失了《戰爭與和平》和《安娜‧卡列尼娜》中那種雍容宏闊的氣度。希望有關方面在開列課外讀物時，要有寬廣的文化視野與兼收並蓄的氣度，充分信任和尊重中學生的智慧與判斷力。

三、新形勢下的外國文學教學對策

從人教社新版語文教材所選外國文學篇目看，批判資本主義的意識形態動機依然存在，選材雖然寬了，但這個線索還是清晰可見。同時，教材在課文的解釋上又多元化了，而且鼓勵學生發表自己的見解。這兩個看似矛盾的方面是我們必須面對的中學語文教學實際。比如〈項鏈〉的課後練習（一）中提供了小說主題的兩種解釋：1，諷刺小資產階級的虛榮心，揭露資產階級思想對人們的毒害。2，描寫發生在人物身上的戲劇性變化，以及人物自身對於這種變化的無能為力，表現了作者對人物不幸命運的同情。要求讓學生對兩種觀點加以判斷，並發表自己的看法。這兩個觀點若要加以討論，老師首先要把各個觀點的理據加以解釋。老師有參考書，知道這兩種觀點的來龍去脈，所以不成問題。但學生通常沒有外國文學史的知識，對課文中屢屢提及的資本主義社會，並沒有切身感受，他們的看法很可能會是另外一種。按照新大綱的要求，老師要培養學生的創新能力；所以要鼓勵他們發表自己的見解，而高中生已經初步具備了自己的判斷力。這一新的形勢，要求老師對學生可能表達的意見具有預見能力，具有把他們可能不很成熟，但新鮮的見解加以完善，並與教材中的觀點進行綜合的能力。這對老師是一個很大的挑戰。

　　如何面對新形勢的挑戰？讓我們從實例說起。先看契訶夫的〈裝在套子裏的人〉。過去認為別里科夫是俄國沙皇專制制度的縮影，反動，保守，僵化，扼殺一切新思想，同時也虛弱不堪。這種觀點，把別里科夫描繪成沙皇專制制度的直接代表，把他和小說中的其他人物對立起來，把他看成迫害者。教參中所收的前三種觀點與此類似，而第四種看法，注意到小說中人物的另外一層關係：別里科夫性格最大的特點是恐懼。這恐懼表現得很充分，他什麼都怕，尤其是各種新的事物。為什麼害怕？舊的觀點很少去追究這一點。別里科夫其實最害怕統治者，怕到了近乎歇斯底里和變態的地步。正是這種恐懼，導致了他的逃避，同時提醒別人逃避，以免觸犯權威。而逃避本身即是對現存秩序，既成傳統及其官方代表的屈從，以至自覺或不自覺的維護。而這種逃避，屈從，維護，正是奴性的表現。這才是「套中人」的實質。反對奴性，反對妥協，是契柯夫創作的一貫主題，從這一點出發，我們發現〈變色龍〉和〈裝在套子裏的人〉之間的內在聯繫。一個是以「變色」表現奴性，一個以裝在套子裏體現奴性，殊途同歸。〈變色龍〉中的那位中士，不得不以犧牲尊嚴為代價的「變」，來和大人物保持一致。從奴性的角度講，不如說別里科夫與他人一樣怕現存秩序和官方維護者。這樣，對「套中人」別里科夫的批判就轉到了生活本身，轉到對生活於其間的自我的批判。再進一步看，別里科夫在更廣泛的意義上，代表了一類人物形象，反映了人類的某種劣根性——屈從和盲信權威，謹小慎微，懼怕新生事物。如此，這個形象的意義不再限於 19 世紀的俄羅斯。第四種觀點讓我們看到，一部好的文學作品，僅對它作功利主義的解讀和社會學批評，是不夠的。新的思路是把文學作品的意義普遍化，與普遍的人性聯繫起來。人性之於階級性，有更廣泛的代表性，也有助於和學生的個人體驗相結合，變陌生為熟悉。

　　再來看莫泊桑的〈項鏈〉。〈項鏈〉的教參提供了兩種相反的觀點：第一種是傳統型的，認為小說諷刺小資產階級的虛榮心，揭

露資產階級腐朽思想對人們的毒害。這個「資產階級腐朽思想」是指金錢被看成上帝，瘋狂的追求物質享受。路瓦栽夫人就受這種享樂思想和虛榮心的毒害，對自己的生活境遇極為不滿，夢寐以求像上流社會的貴夫人那樣，過起風雅、閒適的生活。為了達到這個目的，她把自己的姿色當作手段，加上盛裝艷服和耀眼的首飾，以抬高自己的身價，希望在教育部長的舞會上取得成功。路瓦栽雖然沒有像她那樣強烈的虛榮心，但是，他同樣意識到，在這次舞會上，可以看見全部「大小官員」，那正是瑪蒂爾德施展她的魅力，改變他們的生活處境的好時機。所以，他把這次舞會叫作「難得的機會」。由此可見，路瓦栽夫婦的行動和動機，都典型地反映了小資產階級那種求虛榮、向上爬的心理。她把項鏈弄丟，花了十年時間才把賠償項鏈所欠的錢還清，為此犧牲了青春，並墜入貧困之中；而那串要命的項鏈竟是假的。這些是虛榮心所遭到的懲罰和戲弄。這是社會學批評，把矛頭指向腐朽的資本主義制度。

　　教參中收入的另一種觀點拋開了社會學批評，從命運的角度看小說的主題。這一觀點認為莫泊桑所要描寫的是「被造化安排錯了的一些女子中的一個」。路瓦栽夫人美貌，聰明，可以和最高貴的命婦並駕齊驅，但不幸她偏偏「生長在一個小職員的家庭」。這是命運。她在幻想中享受上流社會的生活並滿足於此時，命運給她拋來了一個實現夢想的機會：出席部長的舞會，還讓她獲得了成功。正當她憧憬未來時，項鏈丟了。命運再一次捉弄了她，讓她付出了 10 年的代價。小說結尾的「戲劇性轉折」，最有力地顯示了「偶然」在人的生命中的威力，這是造化的安排給人開了一個最殘酷的玩笑。這是課文後所提到的另一個觀點：「描寫發生在人物身上的戲劇性變化，以及人物自身對於這種變化的無能為力，表現了作者對人物不幸命運的同情」的出處。如果大家讀過錢理群那本《名著重讀》的話，會發現，這是錢理群分析中學語文教材的一個很突出的思路。不僅這一篇，對曹禺的《雷雨》他也這麼分析。用命運主題取代批判資本主義的主題，這

種思路是新鮮而有衝擊力的。但命運悲劇說雖然淡化了意識形態色彩，也把主題抽象了。對沒有宗教背景和豐富人生閱歷的中國學生來說，理解命運畢竟不是一件容易的事情。

學生會怎麼看〈項鏈〉？我想，他們最可能是從個人經驗，從直覺，從現實生活的直接體驗出發理解〈項鏈〉。這種思路蘊涵著很有價值的方法論，它排除了教條和預設，體現了個人感受和當下的體驗。這體驗和感受帶有時代特色。路瓦栽夫人嚮往榮華富貴的上流社會的生活。可是又有誰不羨慕呢？每個人都有好的生活的權利和慾望，而不是忍受種種貧困與醜陋。把路瓦栽夫人的這樣的願望看成「虛榮心和受資產階級腐朽思想毒害」，其實反映了中國傳統文化對財富的認識。應該看到，對貧困和財富的態度上，中國和歐洲，特別是英法，有很大的差別。中國有為富不仁的古訓，再加上現代又輸入了階級鬥爭的理論，所以在處理貧困和財富的關係時，財富和富人常常擺脫不了罪感。改革開放以後，形勢發生了很大變化。那麼，學生對路瓦栽夫人的富貴夢有新的理解，應在情理之中。

的確，路瓦栽夫人的遭遇是一個悲劇。如果要尋找悲劇原因的話，最終還是能夠追到法國社會的特徵上。在法國，封建階級和資產階級的鬥爭十分酷烈，先後經歷了法國大革命，拿破崙的統治和在歐洲的征戰，1830 年 7 月革命，1848 年革命等。法國大革命，特別是拿破崙統治，打破了法國和歐洲的封建秩序，這個秩序以門第、等級制度為基礎。拿破崙的陣營中，不乏出生微賤但因為作戰勇敢得到迅速升遷的二三十歲的將軍。但拿破倫失敗後，封建貴族復辟。以後資產階級雖重新得勢，但封建等級制度的影響始終沒有被徹底掃除。路瓦栽夫人就是因為出身低微，只能找個門當戶對的路瓦栽先生。而由於門第，等級關係，路瓦栽先生雖工作勤奮，也永遠沒有出頭之日。學生未必對法國社會的這一特徵有多麼明確的認識，但生活的相似現象和經驗，卻能令他們對路瓦栽夫人的遭遇產生共鳴。

　　路瓦栽夫人在丟失項鏈之後，發生了很大的變化。她拋棄了不切實際的幻想，勇敢地面對現實，「重新安排一切」。她的轉變體現了她性格中固有的美德：誠實，堅忍，勤苦，耐勞。這些美德支撐她戰勝了災難，同時，也把一個嬌豔，好幻想的女子變成了窮苦家庭敢作敢為的婦人。這種奮鬥有一種悲壯的味道，但她畢竟通過自己的努力成功了。難怪在小說結尾她見到佛來思節夫人時，要驕傲地向她講述實情。小說最後，貴夫人告訴她項鏈是假的，我們是不是可以作這樣的合理猜測：真的項鏈會退回給路瓦栽夫人，他們擁有了十年裏掙得的三萬六千法郎，生活好起來了。

　　優秀的文學作品具有多種闡釋的可能性，而多種闡釋之間，哪怕表面上很對立，也是可以整合的。在新的形勢下，對一個老師來說，這種整合能力尤其重要。〈項鏈〉有社會批判的內容，這是作品的現實主義性質決定的。我們否定了對路瓦栽夫人所謂「虛榮心」和「受資產階級享樂思想毒害」的指責，但找到了她的悲劇的另一個根源──等級制度。再有，路瓦栽夫人的幻想──挫敗──堅持三部曲，體現了人性的堅持和扭曲，人的尊嚴和弱點。命運因素同樣值得關注，它和社會批判內容，和人性的內容構成多元統一體。

　　通過〈裝在套子裏的人〉和〈項鏈〉兩個例子，我們可以看到中學語文教材中，外國文學作品主題分析的多樣性和統一性。一般而言，中學語文教材中所有的外國文學作品主題，都可以從三個層次去理解：經驗和人性的層次，社會批判的層次，命運或象徵的層次。主題理解的多元化實踐，有助於學生通過與個人體驗相結合，將遙遠而陌生的異國文學變成自己熟悉的東西，從而加深對作品思想性的認識，並建立起具有包容性的新型世界觀；同時，也是教師應對新形勢下語文教學的良好方法。

原載《北京師範大學學報》2001 年 1 期

現代中學語文中的外國文學作品形態分析

　　在漢語言背景中，「語文」當然是「中國語文」；不加「中國」二字，是因為不言自明。然而就是在這樣一門學科中，長期卻有著外國文學的一席之地。我曾在〈中學語文中的外國文學問題〉[1]一文中，將這一現象看成是「中國特色」，並論述了中學語文教材中外國文學的性質、地位，對比了 1949 年以後中學語文教材兩個重要版本的變化及意義，探討了教學方法方面的問題和對策。本文是前文的姊妹篇，將以 1920 年至 1949 年間中國現代中學語文教材與外國文學的關係為切入點，力圖全面還原外國文學在其中的存在形態，探討其性質、地位和意義，並嘗試描述那個時代的外國文學教學理念和方法。一百多年的中國中學語文教學以 1949 年為界產生巨大斷裂，因此，儘管外國文學從未離開過中學語文教材，但前後絕不可等同視之；相反，清理這一歷史資源，對研究當代中學語文教育有著重要的參考價值。

一、外國文學：性質、存在形式與意義

　　外國文學作品最早出現在由洪北平、何仲英編纂，商務印書館 1920 年出版的中國第一套中學白話文教材《白話文範》（四冊）中，共有四篇：胡適譯法國作家都德的小說〈最後一課〉，劉半農

---

[1] 筆者曾發表有〈中學語文中的外國文學問題〉（《北京師範大學學報》2001 年 1 期）一文，對當代中學語文教材中的外國文學語料進行過分析。

譯英國詩人虎特（作者不可考）的詩〈縫衣曲〉，耿濟之譯屠格涅夫的小說〈航海〉，托爾斯泰的小說〈三問題〉。此後三十年，外國文學與中學語文教材結了不解之緣。

外國文學在中學語文中佔有什麼樣的地位？它的性質是什麼？在現代，政策制定者和學者們對此問題並沒有理論上的自覺，但通過對他們相關的立場和觀點進行分析，仍能找到對這一問題的明確答案。

現代中學語文教育，與 1949 年以後有著相當不同的形態。秉承五四新文化運動精神的白話文，在很大程度上承擔著文學教育的功能，而外國文學的白話文譯本，本質上屬於文學教育的一個組成部分。在中學語文中，這種教育包括兩個方面，即文學史教育和文學欣賞、創造能力的培養。1912 年民國政府教育部頒佈的《中學校令施行細則》第三條涉及學習國文的要旨，有「涵養文學之興趣」一說。章程雖然沒有單獨給予外國文學什麼地位，但在確定選文標準和來源時，卻為其預留了進入的空間，如「實用文」一項，列舉了〈布魯達斯演說詞〉（選自莎士比亞歷史劇《尤利斯‧凱撒》）等演說詞。1932 年《初高級中學課程標準》則強調對「各時代代表作品」的講授，「應注意其派別及流變」，對精讀之專書，要「略講其在歷史上之地位，文學上之價值，作者時代背景，及個人作風等」。1936 年頒佈的《高中國文課程標準》，在擬定的教材大綱中，還給文學史教學一個位置：「選讀教材之原則應順應文學史發展之次第，由古代以至近代，選取各時代中主要作家之代表作品，使學生對於文學之源流及其發展得有系統之概念。」文學教育是現代語文區別於傳統語文的重要標誌，而學者們的見解遠比官方文件來得熱烈、活躍[2]。其中如孫本文的〈中學校之國文教授〉一文主張：「中學國

---

[2]　參閱阮真：《中學國文教學目的之研究》，《中華教育界》1934 年 22 卷 5 期。此文中羅列了眾多學者關於國文教學目的的意見，其中都支持進行文學教育。

文，在授以寫實主義理想主義之普通文學史」[3]，同樣認識到這一點
的孫俍工將文學教學提升到新舊文學決戰這樣的高度去認識，他在
〈文藝在中等教育中的位置與道爾頓制〉[4]中，為中學語文中的文學
教育作了強有力的辯護，指出傳統語文教育不重文學（指純文學，
或美文）而重應用文（雜文學），以致成為「桐城謬種」，「選學
妖孽」滋生的土壤。他主張應該大力提倡文學教育，這有益於實現
教育目標，培養美感，提高國文能力。

在中學語文的文學教育中，外國文學的譯本被視為中國文學的
一個組成部分，它承接著文學史發展的末端，歸屬於新文學。例如
《朱氏初中國文》（世界書局 1933 年出版）中開列了各冊作品時代
分配表：周秦 7 篇，漢魏 11 篇，晉元朝唐、宋 32 篇，元明清 90 篇，
現代創作（包括譯作與創作）196 篇，其中外國文學譯作單獨有 24
篇，分配到六冊中，每冊平均四篇。錢穆在〈中等學校國文教授之
討論〉[5]中談到文體變遷之大勢，他以中國文學發展史為線索，把文
體發展分為四期，第四期是「最近之歐化文」。在他的具體論述中，
可知這個「歐化文」指新文學及外國文學譯本。在《蘇州中學學程
綱要》（1930 年）中，我們能看到一份《文學史學程綱要》，其中
描述的中國文學發展史，在最後一部分「近代」中，列有兩項：最
近新文學之興起及其將來；近代之翻譯文學。從中可見，外國文學
是以翻譯文學來定位的，它是中國文學一部分。更有學者從近現代
中國白話文發展的角度，為外國文學譯本的歸屬尋找理據。《開明
中學講義》（上海私立開明函授學校）第十八冊中所收《西洋文學
的傳來》一文指出，外國文學對白話文的形成產生了重大影響。文
章說：「殊不知文體改革運動，一部分實因他自己（指林紓）努力

---

[3]　孫本文：〈中學校之國文教授〉，《教育雜誌》1919 年 11 卷 7 號。
[4]　孫俍工：〈文藝在中等教育中的位置與道爾頓制〉，《教育雜誌》1922 年 14
　　卷 12 號。
[5]　錢穆：〈中等學校國文教授之討論〉，《教育雜誌》1920 年 12 卷 6 號。

介紹西洋文學的結果哩。到了最近，不但沒有人用古文譯西書，連語體文也漸漸歐化了。語體文的歐化，在中國文字的組織上有不少進步，推本溯源，還是受西洋文學的影響。」的確，任何一個國家都沒有中國這樣，存在著語言上，文言和白話的尖銳對立。文言基本上是純粹的本土語言，但現代白話文卻大量吸收了外來詞彙、語法、意象。如果我們把語言看成文化的載體，那麼，白話文的內涵實際上是大大西化了。因此，學習白話文，和學習用白話文翻譯的外國文學之間，並沒有嚴格的界限和本質的差別。現代人始終沒有從理論上界定外國文學在中學語文中的性質，就是因為他們默認了二者本質的一致性，或無意中混淆了二者的差別。

　　現代學者將外國文學譯本作為白話文並納入中國文學史的體系之後，還要為外國文學在教材中找到一些其他的存在形式，才能使之更好地發揮教學效用。分析表明，其他的存在形式主要有四種：首先是作為文體的存在。中學語文採用單元教學模式，單元的劃類多以文章體式為依歸，文章體式分抒情、記敘、寫景、說明、議論、應用等類，外國文學被分門別類安插其間。其次是作為某種「問題」而存在。眾多教科書的編者將「單元」按「問題」的種類加以構建，這種作法承襲了五四新文化運動中人們關注「人生問題」的思路，又適應了來自權威機構之律令在思想和道德方面的要求。如《朱氏初中國文》（世界書局 1933 年初版）第一冊所收義大利作家亞米契斯的小說《小學的訓話》屬於「敘述家庭中父母的訓誡」。美國詩人洛威爾（James Russell Lowell, 1819-1891）的詩〈初雪〉屬「描寫雪中的景色」。第二冊中泰戈爾的〈花的學校〉屬於「敘述花的生活與花間的故事」一類。這種作法的局限性十分明顯，因為所謂「問題」的認定，太過於主觀，不容易確定一個公認的標準。事實上，絕大多數教材的單元劃類方法是把兩者結合起來，即「以問題為主綱，以各種文體不同的文章為內容。……又如『婦女問題』，可將胡適的《李超傳》，潘家洵譯的易卜生《娜拉》

等聚在一起教授。」[6]外國文學在中學語文中的第三種存在形式是作為語文學習的一個特定階段的「獨立存在」。朱自清認為，高中階段的語文教學「須加重世界文學思潮與本國古代學術思想兩方面」[7]，把這兩個方面看成是提高學生語文能力的更高階段。朱自清的觀點不是孤立的，孫俍工在他編選的〈初級中學國語文讀本〉（共六冊，上海民智書局 1923 年版）中，第一、二編略注重記敘文，「以文理淺潔篇幅短長」劃類，第三、四編注重議論文，「以問題為準」，第五、六編則全為國外小說名作的翻譯，「以作家底國別和時代為准」劃類[8]。孫俍工沒有就他的教材編排方式提供一個連貫的解釋，但難度和新的思想觀念的引介顯然是把外國文學作品安排在第五、六編的理據。外國文學的第四種存在方式是作文教學。1932 年和 1936 年頒佈《高中國文課程標準》中，都有把外國短篇文章譯為文言文或語體文的「作文練習」一項。

　　現代學者對外國文學在中學語文中的特殊性也有不同程度的認識，並對它的意義和局限性進行了探討。種因在〈對於現在中學國文教授的批評及建議〉[9]一文中，反對選古代文學、文章進入中學語文教材，呼籲國文教師應「不抱殘守缺，要勇敢地補救自己『知識的饑荒』，要吸收外來新知識」，包括外國文學的知識。而《標準國文選》（共三冊，馬厚文編，上海光大書局 1935 年改版）的《編輯大意》裏，編者首先肯定學習外國文學的意義：「譯品之佳者，雖來自異邦，而與國情適合，又或他山之石，可為攻錯之資，相容並包，亦可廣世界之知識，博文學之興趣。」但他也意識到中外文化差異造成外國文學不合國情的情況：「惟其不善者，或則失之偏

---

[6]　周予同：〈對於普通中學國文課程與教材的建議〉，《教育雜誌》1922年 14 卷 1 號。

[7]　朱自清：〈中等學校國文教學的幾個問題〉，《教育雜誌》1925 年 17 卷 7 號。

[8]　孫俍工編選：〈初級中學國語文讀本〉，共六冊，上海民智書局 1923 年版。

[9]　種因：〈對於現在中學國文教授的批評及建議〉，《教育雜誌》1920 年 12卷 6 號。

激，或則流於浪漫」，因此，強調要再三斟酌，不可盲目拿來。何仲英反對將大部分古典小說入選中學語文教材[10]，對外國文學，他主張區別對待，西洋戲劇基本上不應入選，理由是「西洋劇譯成國語的，……又因它的意義，與我國國民生活和思想上不盡吻合，難作教材。」而譯體小說，如大仲馬的《正續俠隱記》等，卻可以入選，因為譯文「簡潔真確，所用的白話文，又都煞費苦心，不是依傍人家的。可以說是一部模範的譯體小說，也可以說是一部模範的長篇敘事文。」「此外胡譯（指胡適翻譯）短篇小說，周譯（指周作人翻譯）歐美名家短篇小說，以及新近北京出版的俄羅斯名家短篇小說集，和散見於雜誌的譯體小說，皆可選看。」[11]作者的話中，包含著價值評判在。

二、選文的作者和譯者

　　中學語文中外國文學作品的具體分佈情況如何？筆者通過對1949 年前 24 種比較流行的初中語文教材和 7 種高中語文教材進行統計和分析，掌握了它的基本資料。現代中學語文教材的編寫沒有權威範本，在選文方面往往各以其所好所長，差異極大。有些教材，如《國文》（國定中小學教科書七家聯合供應處，方阜雲等編，1947年版）只有寥寥兩篇外國文學作品，而外國文學作品入選篇目最多的是孫俍工等主編的〈初級中學國語文讀本〉（六冊，上海民智書局 1922 年版），在此教材的第五、六冊，全是外國文學作品。一些教材在選擇上比較適中，每冊 4 篇，到三年級時取消。鑒於這種情況，統計外國文學在教材中所占比例，沒有多大意義。統計文體的

---

[10]　何仲英：〈白話文教授問題〉，《教育雜誌》1920 年 12 卷 2 號。
[11]　何仲英：〈國語文的教材與小說〉，《教育雜誌》1920 年 12 卷 11 號。

比例也缺乏意義，這是因為小說在入選篇目中佔據主體。我採用這樣的方法：選取若干流行的教材，以作者和譯者為兩個單元，在作者單元中，我將按作品被選用的頻率和數量，排出先後順序；在譯者單元中，我將按翻譯作品被選用的頻率，排出先後順序。括弧中的數位是此篇作品在不同教材中出現的次數。因這項統計在選擇教材時帶有隨機性，故能真實反映現代中學語文教材選用外國文學作品的一般情況。我對 24 種初中語文教材[12]中的外國文學作品進行了統計，以下是出現頻率最高的作家的排序及其相關資訊：

第一名是義大利小說家，民族復興運動時期的愛國志士亞米契斯（Edmondo De Amicis，1846-1908），作品入選 14 篇，36 次，譯者是夏尊，具體作品有〈少年愛國者〉（9）（括號中的數字表示該作品在教材中出現的次數，下同）、〈少年筆耕〉（6）、〈義俠的

---

[12] 這 24 種初中語文教材是：1.〈初級中學國語文讀本〉六冊，孫俍工、仲九編，上海民智書局 1922 年版；2.現代初中教科書〈國文〉六冊，莊適編，商務印書館 1924 年版；3.〈新學制國語教科書〉，六冊，商務印書館 1924 年 2 月初版；4.〈初中國文選讀〉十一冊，北京孔德學校編，1926 年版；5.〈初級國文讀本〉三冊，沈星一編，中華書局 1927 年版；6.〈新時代國語教科書〉六冊，胡懷琛編，商務印書館 1928 年版；7.〈初級中學國文教本〉六冊，周頤甫編，商務印書館 1932 年版；8.〈初中國文選本〉六冊，羅根澤、高遠公編，立達書局 1933 年出版；9.〈初中標準國文〉六冊，江蘇省教育廳修訂，上海中學生書局 1934 年出版；10.〈朱氏初中國文〉朱劍芒編，世界書局 1934 年版；11.〈初中當代國文〉，江西省教育編，上海中學生書局 1934 年出版；12.〈創造國文讀本〉六冊，徐蔚南編，世界書局 1932 年出版；13.〈實驗初中國文讀本〉六冊，沈榮齡等編，中華書局 1934 版；14.〈初級中學國文教科書〉六冊，孫怒潮編，中華書局 1934 年版；15.〈國文〉六冊，葉楚傖編，正中書局出版 1935 年版；16.〈初中國文教科書〉六冊，顏友松編，上海大華書局出版 1935 年版；17.〈國文讀本〉六冊，汪震、王述達編，師大附中國文叢社 1937 年版；18.〈初中國文〉六冊，葉楚傖編，正中書局出版 1934 年版；19.〈初中新國文〉六冊，朱劍芒編，世界書局 1937 年版；20.〈初中國文讀本〉六冊，宋文翰、朱文叔編，中華書局 1936 年版；21.〈新編初中國文〉六冊，宋文翰編，上海中華書局 1937 年版；22.〈初中國文〉六冊，教育總署編審會 1942 年編定；23.〈國文〉，方阜雲等編，國定中小學教科書 7 家聯合供應處 1947 年版；24.〈國文〉六冊，國立編譯館編，中華書局 1948 年版。

行為〉（3）、〈學校〉（3）、〈少年偵探〉（3）、〈弟弟的女先生〉（2）、〈上學的訓話〉（2）、〈幼兒院〉（2）、〈街路〉（1）、〈賞牌授與〉（1）、〈少年鼓手〉（1）、〈始業日〉（1）、〈病中的先生〉（1）、〈爸爸的看護者〉（1）。

　　第二名是法國現實主義作家都德（1840-1897），他的作品被選用 6 篇，全是小說，出現 28 次。譯者主要是胡適，另有黃仲蘇等。作品有〈最後一課〉（11）、〈柏林之圍〉（9）、〈賣國的童子〉（4）、〈塞根先生的山羊〉（2）、〈渡船〉（1）、〈知事下鄉〉（1）。

　　第三名是俄國盲人作家愛羅先珂（1889-1952），他的作品被選用 10 篇，出現 16 次。文體多樣，譯者主要有魯迅、胡適等。作品是散文〈春天與其力量〉（2）、小說〈狹的籠〉（2）、論說文〈世界語與其文學〉（2）、散文〈我的學校生活的一斷片〉（2）、小說〈魚的悲哀〉（2）、小說〈池邊〉（2）、小說〈時光老人〉（1）、散文〈恩寵的氾濫〉（1）、散文〈小雞的悲劇〉（1）、論說文〈智識階級的使命〉（1）。

　　第四名是法國現實主義小說家莫泊桑（1850-1893），他的作品被選用 8 篇，出現 16 次，全為小說，譯者是胡適等。這些作品是〈二漁夫〉（7）、〈殺父母的兒子〉（3）、〈梅呂哀〉（1）、〈殉情〉（1）、〈瞎子〉（1）、〈林中〉（1）、〈戰俘〉（1）、〈項鏈〉（1）。

　　第五名是俄國偉大的現實主義作家托爾斯泰（1828-1910），中學語文課本所選，多是他為農民兒童所寫的童話和寓言故事，以及一些短篇小說。他的作品被選用 6 篇，出現 9 次，譯者有鄧演存、孫伏園等。這些作品是童話〈世界上所以有災禍的原因〉（2）、童話〈天真爛漫〉（2）、童話〈三問題〉（2）、小說〈高加索之囚人〉（1）、〈同雞蛋一樣大的穀粒〉（1）、〈祈禱〉（1）。

　　第六名是俄國作家契珂夫（1860-1904），他的作品被選用 7 篇，出現 8 次，全是小說，譯者胡適、王統照等。作品有小說〈一件美

術品〉（2）、書信〈給高爾基的信〉（1）、小說〈一個男朋友〉
（1）、小說〈審判〉（1）、小說〈異邦〉（1）、小說〈賭采〉（1）、
小說〈連翹〉（1）。

　　第七名是日本現代作家鶴見佑輔（一戰後，曾到歐美遊歷，著有
〈思想・山水・人物〉一書，生卒年待考），他的作品被選用 3 篇，
出現 6 次，譯者為魯迅。作品有論說文〈徒然的篤學〉（3）、論說
文〈讀書的方法〉（2）、論說文〈論辦事法〉（1）。

　　南非女作家須琳娜（Olive Schreiner, 1859- ？）與鶴見佑輔並列第
七名。她的作品被選用 3 篇，出現 6 次，譯者有周作人、胡愈之等。
有論說文〈文明的曙光〉（2）、小說〈沙漠間的三個夢〉（2）、
小說〈美術家的神秘〉（2）。

　　第八名是俄國作家屠格涅夫（1818-1883），他的作品被選用 4 篇，
出現 5 次，譯者有耿濟之等。這些作品是小說〈航海〉（2）、散文〈麻
雀〉（1）、小說〈活骸〉（1）、散文詩〈老婦人〉（1）。

　　第九名是俄國作家高爾基（1868-1936），他的作品被選用 3 篇，
出現 5 次，譯者是沈雁冰、董秋芳。有散文詩〈爭自由的波浪〉（3）、
小說〈人的生命〉（1）、小說〈巨敵〉（1）。

　　排在第十名的作家作品依次是波蘭作家顯克微支（ Henryk
Sienkiewicz, 1846-1919），他的作品被選用 4 篇，出現 4 次，譯者
是周作人，有小說〈鐙台守〉、小說〈樂人楊珂〉、小說《願你有
福了》、小說〈二草原〉。林紓譯英國劇作家莎士比亞（1564-1616）
的戲劇〈肉券〉（現譯《威尼斯商人》）（2）、演說詞〈布魯達斯
演說詞〉（3），劉複譯法國作家左拉（1840-1902）的小說〈貓的
天堂〉（2）和〈失業〉（2），周作人譯丹麥作家安徒生（1805-1875）
的童話〈賣火柴的女兒〉（6），周作人譯亞美尼亞作家阿伽洛年（A.
Agdronjan，現代作家，生卒年待考）的小說〈一滴牛乳〉（5），
徐霞村譯西班牙作家阿佐林（Azorin, 1876-1967）的小說〈一個農夫〉
（4），黃仲蘇等翻譯的印度作家泰戈爾（1861-1941）的〈詩七首〉

〈園丁集〉、小說〈歸家〉、小說〈郵政長〉，嚴復翻譯的英國生物學家、作家赫胥黎（Thomas Henry Huxley, 1825-1895）的論說文〈天演論・導言七〉、〈天演論・導言一〉、〈人事與天行〉、〈察變〉。周作人譯波蘭作家哀禾（Juhani Aho，生卒年待考）的小說〈先驅〉（4）。周作人譯波蘭作家什朗斯奇（Stefan Geronski,生卒年待考）的小說〈黃昏〉（3），周作人譯俄國作家梭羅古勃（Ejodor Kuzmitch，生卒年待考）的小說〈鐵圈〉（3），魯迅譯日本作家有島武郎（1878-1923）的散文〈與幼小者〉（3）等。

從譯者的角度統計，會發現另外一些有趣的現象。以譯者的譯文被採用的頻率為指標，可以發現一個排行：周作人以 32 篇譯作 52 次被選用而名列榜首，他的翻譯很雜，涉及俄國、日本以及東歐、北歐甚至非洲國家弱小民族，被奴役民族的作品。其次是胡適 11 篇，41 次，他主要翻譯的是莫伯桑的作品。夏丏尊 14 篇，36 次，幾乎全是義大利作家亞米契斯的作品。魯迅 15 篇，22 次，主要是日本和俄國的作品，如愛羅先珂和鶴見佑輔。這些翻譯家，大多數都是新文學的主將，他們挾在文壇的影響，也獨攬了中學語文中外國文學翻譯的天下。

高中語文教材中，古文的比例大幅度增加，而外國文學則大幅減少。本文統計了七種教材[13]，這七種教材中收入 31 篇外國文學作品，其中選用 2 次以上的作品有嚴復譯英國哲學家赫胥黎的論述文〈察變〉（3）、〈天演論・導言七〉（2），夏丏尊譯日

---

[13] 這 7 種高中語文教材是：1.《高中國文》三冊六卷，朱劍芒編，世界書局 1930 年版；2.《高中國文》六冊，徐公美等編注，江蘇省立揚成中學國文分科會議 1932 年；3.《杜韓兩氏高中國文》六冊，杜天縻、韓楚原編，世界書局 1935 年版；4.《高中當代國文》六冊，江蘇省教育廳選，薛無競等注釋，上海中學生書局 1935 年版；5.《高中國文》六冊，葉楚傖編，正中書局 1937 年版；6.《高中國文》六冊，教育總署審會編，新民印書館股份有限公司 1940 年版；7.《新編高中國文》六冊，宋文翰、張文治編，中華書局 1947 年版。

本作家芥川龍之介的遊記〈西湖雜記〉（2）、〈蘇州〉（1）、〈戲臺〉（1），常惠譯莫泊桑小說〈項鏈〉（2）、周作人譯莫泊桑小說〈月夜〉（1），林紓翻譯的蘭姆改編本莎士比亞戲劇故事〈仇金〉（2）、〈肉券〉（1），林紓譯美國作家歐文的遊記〈遊英倫大寺記〉（3），周作人譯英國作家王爾德的短篇小說〈安樂王子〉（2）等。由於初高中教材很少出自同一編者，故選文常有初高中重複使用同一篇作品的情況，如阿伽洛年著，周作人譯的短篇小說〈一滴牛乳〉等。

三、教育理念和教學方法初探

　　外國文學在中學語文教材中，事實上承擔了思想、品德教育和文學教育的雙重使命。無論官方或學者的個人洞見，在這一點上看法是一致的。就思想、品德教育而言，它又主要包括三個方面，即愛國主義教育、啟蒙教育和人生教育。

　　愛國主義是所選外國文學作品的主旋律。入選頻率最高的作品如〈柏林之圍〉、〈最後一課〉、〈少年愛國者〉、〈賣國的童子〉、〈少年偵探〉、〈二漁夫〉等，都表現了各民族中普通人的愛國主義精神。匹夫未敢忘國，莫泊桑的〈二漁夫〉（今譯〈兩個朋友〉），寫普魯士侵略者圍困巴黎的最艱難的時刻，兩個釣魚人因愁悶出城釣魚，被普魯士軍人抓住。本來他們對自己的政府沒有好感，但當侵略者以性命相逼，強迫他們說出進城口令時，他們選擇了死。亞米契斯的〈少年愛國者〉的主人公是一個 11 歲的義大利少年，因不堪忍受馬戲團的受虐待生活，逃到義大利領事館尋求保護。在回國的船上，衣衫襤褸、總是翻白眼，卻乘二等艙的少年引起人們的注意。太太紳士們知道他的身世後，紛紛解囊相助。少年為意外得到的錢而高興，但當三個喝醉酒的人肆意侮辱少年的祖國義大利

時，少年毫不猶豫地把錢幣摔到他們身上臉上，發出了有骨氣和血性的怒吼：「我不要那說我國壞話的人的東西。」

反抗專制暴政、爭取民主自由、探索民族出路和人類美好前景的啟蒙類作品，也占了相當的篇幅。入選的俄國、東歐、南非等國作家的作品，這方面的居多，如高爾基的〈爭自由的波浪〉、〈人的生命〉、〈巨敵〉，須林娜女士的〈文明的曙光〉、〈沙漠間的三個夢〉等。其中高爾基的〈爭自由的波浪〉是一首氣勢磅礡的散文詩，是唱給大海的頌歌。海岸的岩石代表約束的力量，象徵壓迫，海浪以排山倒海之勢，以頑強的毅力，終於戰勝了它。

外國文學作品中，人生教育的內容也十分豐富，尤其是與青少年學校生活相關的內容。亞米契斯的〈義俠的行為〉寫一個窮苦孩子與欺負他的同學發生衝突，卻把墨水撒到老師身上。老師追查肇事者，另一個俠義的同學主動承擔了責任，老師和學生之間的矛盾在寬恕中最後被化解。〈學校〉是關於勸學的，〈弟弟的女先生〉表彰了富於愛心的女教師。〈賞牌授與〉中，學生波來可西被視學官授予獎牌，雖然他在學業、操行方面堪當此獎，但視學官格外交代，他獲得此獎，主要是因為他的樂觀的「心情、勇氣及強固的孝行」。他的鐵匠父親被邀請到學校訪問，他在大家的祝賀中，對自己常打罵孩子感到內疚，也體驗了對孩子的愛和自豪。亞米契斯敬重關懷、溫愛、同情的精神。日本作家鶴見佑輔的散文〈徒然的篤學〉列舉種種實例，陳述死讀書的害處。〈讀書的方法〉則談心般親切地把讀書的好方法一一加以介紹。

中學語文教材中的外國文學數量龐大，但其思想內容基本上都在這三個方面展開和深入。

作為文學教育的一部分，外國文學教學在方法上自然與後來通行的文章教學法有很大差異，現代學者對此也進行了認真探索，提出不少有價值的經驗。阮真在《中學國文各學程教學研究》（國立中山大學教育研究所叢書之八）一書中，把「世界近代文藝」，列

為高三年級各科普通選修學程，每週二小時，為期一年，共四學分。他對教學目的提出四點具體要求：第一，「使學生略知世界近代文藝名著之大概，為普遍的欣賞」。第二，「使學生略知世界近代文藝之思想與藝術，及於中國現代文藝創作上之影響，以為研究及批評現代文藝之預備。」第三，「使學生擴展對於文藝的眼界，對於中國古代文藝與現代文藝，有些比較的概念。」第四，「使學生認識世界文藝作品之派別，略有具體的概念，並可與文學概論相印證。」他不要求老師在課堂上講解作品，而只需指定閱讀分量、方法，並引起學生之興趣，令學生在課外閱讀，各隨其好，閱讀數種，不作具體限定；將學生寫的讀書筆記或讀書報告作為考評的主要依據，「報告須注意該篇之主要思想，全篇之結構，篇中之精采處，譯者文筆，讀後之感想」等內容。

孫俍工在〈文藝在中等教育中的位置與道爾頓制〉[14]一文中全面探討了外國文學的教學方法。與阮真相同之處，是他同樣強調學生的課外閱讀，但他設計了更精細的作業種類，以保證閱讀的效果。這些作業法包括「分篇作業法」，就是讀一篇作品做一篇札記或讀書錄，寫作內容包括概要、人物形象分析（年齡、性情、思想及相互關係）、主題分析、對作品的感想和評價等。其次是「家別作業法」。即以作家為對象和單元，一個作家寫一篇評論或多篇評論，也可以寫一長篇泛論多個有共同特徵的作家的文章，內容要求包括作家生平、思想學說、藝術上的主張及派別、作家所受時代精神與環境的影響、例證或比較（作家與作家或篇與篇之間）、其他感想和批評等。第三是「國別作業法」。以作家所屬的國別為單元，將作家按國別分類，通過對不同國別作家的評論，進而評論不同國別的藝術思想。第四是「分組作業法」。把若干作品中關於思想或藝術上相同的問題提升出來加以評論，或進行總評。

---

[14] 胡懷琛《中學國文教學問題》一書由商務印書館 1936 年出版。

　　現代語文教材中的外國文學屬於文學教育的一部分，但又有其特殊性，這是因為在翻譯過程中，譯者對原作的刪節改動，以及一些資訊人為的增加或損耗。而收入現代中學語文的譯文，普遍重視名家翻譯，重視文字的優美流暢，不重視譯文的忠實程度，上述問題愈加突出。胡懷琛的《中學國文教學問題》一書中，就舉出外國文學教學在這方面面臨的尷尬。書中所收文章《翻譯問題》舉了三例，一為「兄弟」的譯法，二是把「三層樓」譯成「四層樓」，三是都德小說〈最後一課〉的最後一句，胡適譯為：「在黑板上用力寫了三個大字：『法蘭西萬歲』」，法語沒有問題，可反映在中文裏，明明是五個字！他主張在教學過程中，這些翻譯問題要細細斟酌。胡懷琛的著作中還涉及作文教學，他主張將其中的翻譯廢除：「今人往往把翻譯包括在作文裏面，無論譯外國文為本國文，無論譯古代文為現代文我以為都是錯的。」這是因為「翻譯固然可以練習，但把作文作好了，再練習翻譯，因為翻譯作文是更難的。」

　　現代意義上的中學語文教育發展已逾百年，目前正處在一個關鍵的過渡時期。而借鑒歷史的經驗，無疑對其探索正確的道路有重要的參考意義。

原載《中國現代文學研究叢刊》2003 年第 3 期

中國一九四九年後托爾斯泰研究述評

　　1906 年，托爾斯泰的名字第一次和我國讀者見面，到 1985 年，經歷了 79 年翻譯、介紹研究的歷史。以 1949 年中華人民共和國成立為界，這 79 年可分為兩個時期。1949 年以前托爾斯泰的翻譯、研究情況，有不少專家進行了詳細的論述[1]。這裏，我們把 1949 年以後 33 年的托爾斯泰研究情況總結一下，從中理出一條大致的線索，勾一個輪廓，得出一些經驗教訓，以便為我們以後的研究有一個借鑒。由於本人水平有限，難免有不當之處，請讀者指正。

一

　　讓我們先稍稍回顧一下歷史。

　　本世紀初，列寧先後發表了七篇評論托爾斯泰的文章，這是托爾斯泰研究史上的里程碑。列寧第一次從俄國革命的性質、革命的動力這個觀點出發，解決了托爾斯泰矛盾產生的根源，即它反映了俄國「革命準備時期」處於資本主義衝擊下的俄國千百萬農民的矛盾狀況以及他們的力量和弱點。本世紀 30 年代，匈牙利文藝理論家盧卡契發表了〈托爾斯泰和現實主義的發展〉、〈托爾斯泰和西歐文學〉，對列寧的觀點作了新的解釋。列寧指出了托爾斯泰創作中

---

[1]　參閱戈寶權：〈托爾斯泰作品在中國〉（見《世界文學》1960 年 11 月）、倪蕊琴：〈列夫‧托爾斯泰在中國〉（載《學術月刊》1959 年 9 月）

有力的方面和軟弱的方面。盧卡契卻由此得出結論：「托爾斯泰雖然不瞭解俄國革命的真正性質，但是，作為一個天才的藝術家，他忠實地記錄下現實的某些基本特點。因此就在不知不覺並且違背自己意志的情況下，他變成了反映俄國革命發展某些方面的一面藝術的鏡子。」他又說：「偉大的現實主義作家世界觀中的反動特性，並不妨礙他們概括地正確地描繪現實。」

　　他的理論獲得了一批支持者，胡風就是其中之一。他把盧卡契研究托爾斯泰等作家時得出的結論推廣到整個文藝理論領域，特別強調創作方法對世界觀的改造作用。胡風誇大了現實主義創作方法的反作用，認為先進的創作方法能改造世界觀。他舉托爾斯泰為例，認為托爾斯泰的世界觀是反動的，但現實主義創作方法衝破了世界觀的局限，創作出第一流的作品。

　　這裏之所以首先提出列寧對托爾斯泰的評論以及盧卡契和胡風的觀點，是因為 1949 年以後 33 年的托爾斯泰研究，是以列寧的觀點為指導思想。50 年代中期到 60 年代初，我國文藝界批判了胡風、盧卡契的錯誤觀點，托爾斯泰研究因此而展開。不搞清這條線索，就無法理解當時的托爾斯泰研究。

　　1954 年，文藝界正批判《紅樓夢》研究中的錯誤傾向和檢查工作中的錯誤的時候，胡風提出了三十萬言的《對文藝問題的意見》，系統地闡述了他的文藝觀點。1955 年 1 月，《文藝報》公佈了《意見》中關於文藝思想和組織領導兩部分。同年，周揚在《人民日報》上發表了〈我們必須戰鬥〉，開始了對胡風的批判，一直持續到 50 年代末，和批判盧卡契的運動合流。

　　在批判的眾多的胡風觀點之中，有一個就是我們上文提到的觀點。它被批判者概括為「世界觀和創作方法分裂論」，即：世界觀和創作方法沒有關係，反動的世界觀也能創作出優秀的作品。我們的批判則是證明托爾斯泰的世界觀和創作方法並不分裂，世界觀決定他的創作方法。

　　首先是林希翎。1955 年她發表〈試論巴爾扎克和托爾斯泰的創作〉[2]，認為托爾斯泰被列寧稱為最偉大的藝術家，最清醒的現實主義者，乃是由於他的世界觀中進步的方面完全戰勝了那消極的一面，並由此得出結論：「托爾斯泰的世界觀和創作方法完全一致，他在藝術上的現實主義傾向便完全來之於這種思想上的傾向。」王匡的文章也持這種論點：「……托爾斯泰的偉大成就……不是由於保持了他的舊的反動的世界觀，而是由於『轉變』到新的進步的世界觀上來的緣故。」結論也一樣：「這不正是世界觀和創作主張統一的緣故嗎？」[3]

　　較有價值的是王智量的文章。他比較深入系統地研究了托爾斯泰的創作，因而能從托爾斯泰作品言論的實際出發，得出符合實際的科學結論。他的〈列夫‧托爾斯泰的世界觀和創作方法問題〉[4]，從四個方面論證了托爾斯泰的世界觀決定著他的創作方法：（一）托爾斯泰的世界觀決定著他全部藝術創作的主要傾向；（二）托爾斯泰的各種矛盾觀點在他的作品中都有所表現；（三）托爾斯泰世界觀各個時期的發展變化也相應地反映在他的藝術創作中；（四）他的世界觀同時也決定了托爾斯泰作品的語言結構、情節等各種藝術形式的處理和應用。

　　難能可貴的是，王智量在當時還注意到托爾斯泰作品的客觀意義有時大於他的主觀思想這個現象，認識到「僅僅用他的世界觀來說明他的藝術創作方法是不行的，還有其他原因在創作中發生作用。」他找到了兩個原因：一，有豐富的生活經驗，忠於生活；二，有高度的藝術修養。

　　在隨後的 1957 年，1958 年，仍有不少論證托爾斯泰世界觀和創作方法統一的文章問世，如張文勳的〈關於古典作家的世界觀和

---

[2]　《文藝報》1955 年 21 期。
[3]　《作品》1956 年 1 期。
[4]　《文學研究集刊》1956 年 4 期。

創作方法關係的一些問題〉[5]，錢學熙的〈作家的世界觀與創作方法問題〉[6]等等，但都沒有超出王智量論述的水平。

以上談到的這類文章，在證明托爾斯泰世界觀和創作方法統一的時候，先講托爾斯泰世界觀中有進步的一面，隨後在作品中找它的反映；世界觀有反動的一面，也從作品中找例證，最後得到結論：世界觀和創作方法完全一致。1960 年，卞之琳在〈略論巴爾扎克和托爾斯泰創作中的思想表現〉[7]中，對這種研究方法提出了批評，指出，這種研究帶有機械化的傾向，論證方法是繁瑣的，並沒有從根本上推翻胡風的「世界觀和創作方法分裂論」。

1956 年「匈牙利事件」以後，盧卡契繼 1939-1940 年，1945年兩次被批判後又成了眾矢之的。到 1958 年，批判達到了高潮，東歐、蘇聯都捲入了。我國則把胡風和盧卡契放在一起批判，批判的內容仍舊是他們的「世界觀和創作方法分裂論」。這時，我們借鑒了蘇聯的批判經驗，不再象前期那樣把托爾斯泰的作品和觀點機械地對號入座，而是從盧卡契、胡風理論本身打開缺口，證明托爾斯泰的世界觀決定他的創作方法。錢中文的〈反對修正主義對托爾斯泰的歪曲〉[8]，是這方面的代表作。他指出，「創作方法和世界觀分裂論」的重要前提，便是把托爾斯泰的世界觀全部歸結為他的政治觀點，這是錯誤的。作家的世界觀往往涉及許多方面，如哲學觀點、歷史觀、道德觀等等。而托爾斯泰的政治觀點、宗教道德觀點與他對生活進程，社會關係的理解和揭示之間往往存在著尖銳的矛盾。托爾斯泰之所以能夠在自己的作品中正確、真實地反映當代的社會生活的某些本質方面，只是由於他世界觀中進步的一面。而托爾斯泰世界觀中反動的成分，如政治

---

[5]　《雲南大學學報》1957 年 2 期。

[6]　《北京大學學報》1957 年 3 期。

[7]　《文學評論》1960 年 3 期。

[8]　《文學評論》1960 年 6 期。

觀點、宗教觀點，並非沒有妨礙他的創作方法，而在他的作品中有十分鮮明的反映。

這就從根本上推翻了盧卡契、胡風的論點。

這場托爾斯泰世界觀和創作方法關係問題的討論到此告一段落，但並沒有真正結束。1978 年以後，隨著托爾斯泰研究的繁榮，這一問題又被提了出來。1978 年的時候，倪蕊琴批評馬家駿對「托爾斯泰主義」的解釋時，說了一句：「托爾斯泰的作品雖然在八十年後，越來越滲透著托爾斯泰主義，但由於作家最清醒的現實主義，如此真實而深刻地反映了千百萬我國宗法制農民的觀點和情緒，如此廣泛地展現了俄國農民資產階級革命時代的社會生活圖景。」馬家駿立刻暗示說，這使他想到了胡風的「世界觀和創作方法分裂論」。由此可見這場批判運動影響多麼深廣。有意思的是，現在堅持認為托爾斯泰世界觀決定他的創作方法這一論點的人不多了。謝挺飛的〈論托爾斯泰的世界觀和創作〉[9]，反覆強調托爾斯泰世界觀完全決定他的創作方法。可惜沒有多少人回應。現在的傾向認為，托爾斯泰的創作方法對他的世界觀有巨大的反作用，幾乎改變了他的世界觀。蔣連傑在他的〈托爾斯泰的「心靈辯證法」〉[10]中，就持這種觀點。值得一提的是，王智量似乎也變化了他在 1956 年那篇文章的基本論點，差不多轉到了他原來反對的一邊。只要對比一下〈列夫‧托爾斯泰的世界觀和創作方法問題〉和他在 1980 年寫的〈《復活》的創作過程與作家思想的發展〉[11]，就會看出其中的差別。

[9] 《瀋陽師院學報》1979 年 4 期。
[10] 《河南師大學報》1981 年 1 期。
[11] 文載浙江外國文學學會編：《托爾斯泰論集》，浙江人民出版社 1982 年版。

二

剛剛跨入 60 年代的第一個年頭，我國文藝界就開始批判資產階級人道主義，討論批判繼承文化遺產問題。兩個運動都在托爾斯泰研究領域激起了回聲。

資產階級人道主義問題的討論在一定程度上推動了托爾斯泰研究的發展，托爾斯泰思想的探討大大深入了一步。人們認為，托爾斯泰是資產階級作家，他的世界觀的核心是資產階級人道主義。錢中文的〈反對修正主義者對托爾斯泰的歪曲〉和卞之琳的〈略論巴爾扎克和托爾斯泰創作中的思想表現〉，都對托爾斯泰的資產階級人道主義的進步性和弱點作了一分為二的分析。相比之下，卞之琳更客觀一點。他們都以列寧的論述為依據，列寧指出的托爾斯泰世界觀中有力的一面，在這裏成了托爾斯泰資產階級人道主義思想中進步的一面；列寧指出的托爾斯泰世界觀中軟弱的一面，成了他資產階級人道主義思想中反動的一面。

卞之琳顯然認識到「資產階級人道主義思想」的提法同列寧所說的托爾斯泰「是宗法制農民的代言人」之間的外在矛盾。他把托爾斯泰和巴爾扎克相對照，想調和這個矛盾，這個嘗試是好的。但是卞之琳是用適於評價西歐作家的觀點套托爾斯泰，顯得有些生硬。只有到 1979 年，倪蕊琴在〈車爾尼雪夫斯基和托爾斯泰是資產階級文藝家嗎？〉[12]裏，才解決了這個矛盾。這個問題我們以後還要詳述，在此就不多談了。

隨著這場運動的發展，托爾斯泰的資產階級人道主義思想不再被一分為二，而是全盤否定。人們把托爾斯泰的資產階級人道主義思想和他的世界觀中進步的一面對立起來，他的人道主義全部都成了反動的東西。《合肥師院學報》1960 年 5～6 期和《北京大學學

---

[12]　《外國文學研究》1979 年 2 期。

報》1961 年第 3 期上登的中文系、俄語系學生寫的論《復活》的文章，就體現了這種看法，托爾斯泰研究發展到上，從學術上講，已經沒有多大意義了。

　　同時開始的批判繼承文化遺產問題的討論沒有給托爾斯泰研究帶來任何益處。論者的出發點是：繼承遺產必須經過批判，批判是為了更好地繼承。因此，談到托爾斯泰，讚揚一番，「但是」一轉，又否定了。所涉及的內容，都是列寧論述的擴充，舉幾個例子證明一下而已。和 50 年代唯一不同的地方，就是為了適應當時我國反對美帝國主義的形勢的需要，在可繼承的托爾斯泰遺產中，多了一條托爾斯泰晚年反對帝國主義的內容。茅盾的〈激烈的抗議者，憤怒的揭發者，偉大的批評者〉[13]是紀念性質的文章。馬文兵的〈批判地繼承托爾斯泰的藝術遺產〉[14]，倒是談了一些托爾斯泰創作的藝術特色，這在注重思想內容的當時，是不多見的，但作者沒作深入論述。為紀念托爾斯泰逝世五十周年，合肥師範哲學社會科學學會與學報編委會聯合舉行了一個紀念會，討論如何批判繼承托爾斯泰文學遺產問題，但沒有討論出什麼結果，就草草收場。

　　50 年代末 60 年代初，在運動之外，卻產生了一批有很高學術價值的論文，如戈寶權的〈托爾斯泰作品在中國〉，倪蕊琴的〈列夫‧托爾斯泰在中國〉，唐弢的〈藝術家和道德家〉，[15]韓長經的〈魯迅論托爾斯泰〉[16]。以前兩篇尤佳。戈寶權的〈托爾斯泰作品在中國〉系統地研究了托爾斯泰和中國的關係，托爾斯泰名字最初被介紹到中國的情況以及他的作品在中國的流傳過程，文章以材料的充分、詳實、真實、可靠著稱。他在 1980 年上海召開的托爾斯泰學術討論會上宣讀的同一篇論文又補充了一些新發現的材料，如

13　《世界文學》1960 年 11 期。
14　《文藝報》1960 年 21 期。
15　《文藝報》1961 年 1 期。
16　《文藝報》1958 年 11 期。

對與托爾斯泰通過信的張慶桐（1872～？）的考證，澄清了學術界長期糾纏不清的問題。

倪蕊琴的〈列夫·托爾斯泰在中國〉是倪蕊琴在蘇聯留學期間寫的一篇論文，最初發表在蘇聯科學院俄羅斯文學研究所主辦的《俄羅斯文學》雜誌 1958 年第 4 期上。《學術月刊》1959 年第九期轉載了一小部分。文章介紹了從 20 世紀初到 50 年代初五十年間托爾斯泰作品在中國的翻譯、介紹、研究情況。尤其是研究情況，從林琴南（林紓）、瞿秋白，《新青年》、魯迅，一直到 50 年代批判胡風運動，在紛繁眾多的評論中勾出了一條線索，儘管還比較粗糙，但是和戈寶權的文章互為印證補充，使我們第一次清晰地看到了舊中國托爾斯泰研究的全貌。

三

但是，一場「文化大革命」，把剛剛開始的托爾斯泰研究斷送了。十年浩劫，給托爾斯泰研究領域造成一片混亂。1978 年，在托爾斯泰誕辰 170 周年之際，托爾斯泰研究才重新崛起，以空前的規模繁榮起來，1980 年以後，達到了高潮。

1980 年 5 月，杭州大學浙江省外國文學研究會主持在杭州西子湖畔召開了托爾斯泰學術討論會。對托爾斯泰的世界觀和創作方法關係問題，創作思想與藝術觀、藝術特色及人物形象進行了深入的探討。大會的成果，有一部《托爾斯泰論集》問世，收陳元愷、王智量、朱維之等人 26 篇論文。

同年 11 日，全國蘇聯文學研究會委託復旦大學，華東師大等單位，在上海召開了全國托爾斯泰學術討論會，大會收到論文 36 篇。其中以陳燊的〈歐美作家論托爾斯泰〉，倪蕊琴的〈俄國托爾斯泰研究簡論〉成就較大，代表了當代研究的高水準。陳燊的論文分五

部分，系統地介紹了 19 世紀後半期和 20 世紀前半期歐美作家對托爾斯泰的各種評論：全文數萬言，洋洋灑灑，氣勢磅礴，不愧是大家手法。倪蕊琴的〈俄國托爾斯泰研究簡論〉更注意從史的角度勾勒，從 19 世紀 50 年代到 20 世紀 70 年代一百二十多年浩如煙海的托爾斯泰研究專著、論文、資料中理出了一條線索，系統介紹了不同時期，不同政治派別，不同文學流派對托爾斯泰的評論，展示了俄蘇托爾斯泰研究的發展方向。

從 1978 年到 1983 年，據不完全統計，為兩次討論會提交的論文以及發表在雜誌、學報、報紙上的論文，大約在 100 篇以上。有對托爾斯泰思想的爭議，有對安娜、聶赫留朵夫、瑪絲洛娃形象的不同看法，有對「心靈辯證法」的研究，有對托爾斯泰文藝理論的探討，有托爾斯泰與中外作家的比較等等。為了使大家系統地暸解這六年的研究概況，以下分幾個題目，較為詳細地談一談。

托爾斯泰的思想範疇、「托爾斯泰主義」、晚期托爾斯泰思想的發展

托爾斯泰的思想屬於什麼範疇，這是一個十分複雜的問題，歷來有不同看法。20 世紀 60 年代討論資產階級人道主義的時候，人們認為托爾斯泰屬於資產階級作家，他的思想核心是資產階級人道主義。可列寧說過，托爾斯泰是宗法制農民的代言人。二者之間表面上似乎存在著矛盾。1960 年，卞之琳曾經想把二者之間調和起來。「文化大革命」期間，姚文元一夥誣衊托爾斯泰是資產階級作家，不屬學術爭論，不在討論範圍。1978 年以後，這個問題又被提了出來，大致有三種看法。第一種認為托爾斯泰是資產階級的作家，第二種認為托爾斯泰是宗法制農民的代言人。杭州召開的學術討論會上，不少人支持這種意見，說托爾斯泰的學說反映的不是資產階級的東西，而是表達了原始的農民民主的情緒，是封建社會中

宗法式農民所要求的一種空想社會主義。在資產階級作家中，極少有象托爾斯泰這樣對國家制度，教會制度和私有制度統統加以否定；也很少有他這樣出身豪門，卻處處代表人民的利益，表達人民的願望，反映人民的要求，而且力求使物質生活平民化，參加體力勞動，最後還離家出走。因此，給他扣上資產階級作家的帽子，是不科學的。以上兩種觀點是截然對立的，而倪蕊琴卻把它們統一起來，把宗法制農民的思想歸入了資產階級思想範疇。她在〈車爾尼雪夫斯基和托爾斯泰是資產階級文藝家嗎？〉中認為，托爾斯泰是宗法制農民的代言人。這個農民，是革命前後宗法農民，是半封建的個體勞動者，他們的最高政治理想是「要求徹底剷除官辦的教會，打倒地方和地主政府、消滅一切舊的土地佔有形式和佔有制度，掃清土地，建立一種自由平等的小農的社會生活」（列寧）。這種政治理想就是「原始的農民民主主義」，「為實現這一政治理想而進行的革命就是農民資產階級革命，」而這一革命的必然結果卻是為資本主義的發展掃清道路。所以，個體農民在沒有接受無產階級領導以前，往往充當資產階級的同盟軍。他們的思想屬小資產階級範疇。因此，作為宗法制農民代言人的托爾斯泰的思想也資產階級範疇。

關於「托爾斯泰主義」的爭論

1978 年《陝西師大學報》第一期刊登了馬家駿的〈有關馬列文藝論著的一點淺注〉，對馬克思、恩格斯、列寧文藝論述中疑難之處作了解說，談到列寧論托爾斯泰的七篇文章時，對「托爾斯泰主義」下了一個定義。他認為，列寧文章中所用的「學說」，「觀點」，「主義」都同一個概念，都是指「托爾斯泰主義」而言。托爾斯泰主義「具體化就是托爾斯泰的觀點、作品，它都是包括強大的和軟弱的，清醒的和愚昧的、批判的和反動的、抗議的和忍耐的……兩

個方面。這兩個方面都是消極的，不好說是積極的。」馬家駿的意思是，托爾斯泰主義包含著進步和反動兩個方面的內容，是矛盾的統一體，它貫穿於托爾斯泰不同時期的全部作品和論文之中。

倪蕊琴寫了〈也談「托爾斯泰主義」〉，對這個定義提出了批評，馬宗駿又當即寫了：〈〈淺注〉的一點淺說〉，兩篇文章同時登在《陝西師大學報》1978 年第八期上。倪蕊琴認為，「主義」不等於學說，它只是學說的一部分，而且是糟粕部分。「托爾斯泰主義」作為一個歷史概念，形成於 19 世紀 80 年代，是托爾斯泰世界觀發生激變以後的產物。80 年代是俄國歷史上的黑暗時期，封建農奴制度迅速瓦解，資本主義開始在俄國紮根，政治上，沙皇專制政權利用 1881 年民意黨人刺殺亞歷山大二世事件，在全國實行白色恐怖，革命受到很大挫折。改良主義的「小事情論」，宣揚苟且偷安的市儈主義等資產階級，小資產階級思潮氾濫。這是托爾斯泰主義形成的歷史根源。「托爾斯泰主義」包括不以暴力抗惡、人類愛和道德自我完善，其核心是不以暴力抗惡。它一產生就是反動的。

馬家駿在答覆的文章裏，仍舊堅持自己在《淺注》中的論點。

1980 年五月杭州召開的討論會上，有些學者在倪蕊琴所下定義的基礎上，又提出新的看法，認為「托爾斯泰主義」就其政治實踐與時代意義來說無疑是反動的，但是，它作為一個熱愛人民的作家的人道主義動機來說，仍有可取之處。

近幾年的研究成果表明，托爾斯泰晚年思想有新的發展。

周敏顯在〈20 世紀的一個殉道者〉[17]中認為，托爾斯泰並非轉到宗法制農民立場上就止步不前，「儘管他自以為從『農民的真理』中找到了解決矛盾的關鍵，實際上，他的視野遠遠超越了宗地制農

---

[17]　文載上海譯文出版社編：《托爾斯泰研究論文集》，上海譯文出版社 1983年版。

民的狹隘範疇，世界觀發生『突變』以後的托爾斯泰關心的已經是整個人類的命運了。他所否定的並不僅僅是地主的土地私有制，而且是一切私有財產，包括他自己從事腦力勞動所獲得的著作版權。單單這一點就大大超過了宗法制農民的思想水平。」

托爾斯泰一生的最後十年，產生了主張以暴力抗惡的思想。1902年，托爾斯泰和柯羅連科談話時，贊成對某些沙皇政府大臣進行暗殺，對農民騷亂，「搶大戶」的行動也表示贊許，這使柯羅連科非常吃驚，以至得出「他的『不抗惡』的主張幾乎完全消失了」的結論。1905年資產階級大革命中，沙皇政府大肆屠殺工人時，托爾斯泰毫不猶豫地站在工人一邊，認為「革命者的暴力和政府的暴力不一樣……政府的暴力同竊賊的暴力是一回事，革命者的暴力則是另一回事。」他晚年所寫的小說〈為什麼？——波蘭起義的故事〉，尤其是〈哈吉·穆拉特〉，從精神上和道德上肯定了革命者的鬥爭活動，塑造了充滿反抗的精神的藝術形象，這更和原來的「不以暴力抗惡」的主張格格不入。

這一研究成果被大多數人所接受，在《大百科全書·外國文學卷》中，陳燊把這一條收了進去。

安娜·卡列尼娜、聶赫留朵夫、瑪絲洛娃

儘管人們都說安娜這個形象爭議很大，但就我掌握的材料看，並沒有多少不同的看法。六十年代，廖世健有一篇〈試論安娜·卡列尼娜的形象〉[18]，談了安娜悲劇產生的原因，他列舉了六條：（一）農奴制社會解體，資本主義迅速興起，資產階級個性解放的思想深入人心；（二）外表美，精神更美，真誠、善良、有旺盛的生命力；（三）卡列寧的虛偽，冰冷、僵化；（四）上流社會的圍攻；（五）

---

[18]　《中山大學學報》1962 年 1 期。

愛情的幻滅；（六）羞恥心負罪感和對兒子強烈的愛與追求愛情之間的衝突。大致就這些，現在也基本相同。使人感到奇怪的是在文章的第二部分作者熱情洋溢地讚揚安娜，第三部分卻把安娜全盤否定，說在安娜的心目中，愛情至上，她的愛情就是完全佔有一個男人，是以金錢、地位、漂亮的儀錶為基礎。她所追求的個人幸福，乃是在物質上，精神上獲得最大限度的享受。這是十分典型的貴族、資產階級的戀愛觀、幸福觀。最後，作者斷言，在「我們今天社會主義時代，它只能是我們無產階級批判的對象。」廖世健的後一種觀點，在粉碎「四人幫」後的 1979 年，周杞雲的〈〈安娜・卡列尼娜〉愛情描寫的進步意義和局限〉[19]中，又得到了它的回聲。「文化大革命」期間，安娜被說成是「愛情至上主義者」。一九七九年，李明濱發表〈安娜是「愛情至上」主義者嗎？〉[20]，為安娜平反，認為她是貴族上流社會的叛逆者。後來杜宗義又反駁，說安娜是愛情至上主義者，[21]但兩人的主導思想和討論完全一樣，都肯定了這一形象，極力強調安娜形象的典型意義。

　　現在的傾向，是越來越拔高安娜形象。80 年上海召開的討論會上，人們比較客觀一點，認為安娜是貴族婦女的佼佼者，但不是時代的先進婦女的代表。在小說的結尾時，安娜真誠品德向壞的方向轉變了。可是也有人發表文章，說「在安娜的毀滅中，看到了人的覺醒。聞到了新生活的氣息，反映了人民要求解放的願望。因此，安娜的形象，是一個被毀滅了的新生命的胚胎，是黑暗王國的一線光明。」[22]這種提法是否恰當，我們不敢苟同。

---

[19]　《華南師院學報》1979 年 1 期。
[20]　《外國文學研究》1979 年 3 期。
[21]　《外國文學研究》1980 年 1 期。
[22]　《江西大學不學報》1980 年 3 期。

近幾年中，對《復活》中的人物爭論較多。關於聶赫留朵夫形象屬性問題，陳燊認為他是懺悔的貴族[23]，吳尚寧說他是貴族的叛逆者[24]，也有人認為他是貴族資產階級人道主義者，如易漱泉就持這種觀點。

第一種意見為多數人贊同。他們的觀點是：聶赫留朵夫真誠地懺悔了自己的罪惡，憤怒地批判了貴族資產階級腐化墮落，傳達了人民的願望，但是，他在行動上始終搖擺不定，沒有真正走向人民。陳燊認為：這一點在聶赫留朵夫與瑪絲洛娃的關係上充分表現出來：「他向她求婚，但始終沒有把她放在和自己平等的地位上。他對她沒有真正的愛情，只有自己地位的優越感。」[25]

吳尚寧認為聶赫留朵夫是貴族的叛逆者，同時批評把「懺悔的貴族」這個概念作為對托爾斯泰一系列探索型的主人公的概括。他指出，過去人們認為，聶赫留朵夫是完全轉到人民立場上的「懺悔的貴族」，既然是「貴族」，又何以轉到人民立場上？因此，這個定義是不科學的。吳尚寧堅持聶赫留朵夫完全轉變一說。

易漱泉的定義，是以托爾斯泰是資產階級人道主義者為前提的。

其次是聶赫留朵夫形象真實性問題的討論。

否定聶赫留朵夫形象真實性的，以徐京安為代表。他在〈《復活》的主題及其對現實主義創作的破壞〉[26]一文中，提出了一個很有分量的觀點：「懺悔前聶赫留朵夫的一切，與懺悔後聶赫留朵夫所不滿的一切，恰巧在本質上是一致的，在表現形式上也是相同或是相似的。如果說聶赫留朵夫『復活』是可能的，那麼為聶赫留朵夫所不滿的一切人『復活』也是可能的。然而作品本身所否定的貴族地主階級中那些不可救藥的人的行徑，就揭露了這『復活』是一個彌天大謊。」

[23] 陳燊：〈論《復活》的主人公形象〉，《蘇聯文學》1980 年 4 期。
[24] 吳尚寧：〈獨一無二的叛逆者的典型〉，浙江外國文學學會編：《托爾斯泰論集》，浙江人民出版社 1982 年版。
[25] 陳燊：《論《復活》的主人公形象》，《蘇聯文學》1980 年 4 期。
[26] 浙江外國文學學會編：《托爾斯泰論集》，浙江人民出版社 1982 年版。

　　趙先捷也認為：「從小說的思想內容和結構來看，……聶赫留朵夫……在一定程度上只不過是女主人公的陪襯，有著承上啟下的『組織作用』……這個形象並不典型。」

　　劉念茲、許克勤也發表文章，支持這一說法。劉念茲有一篇〈《復活》新論〉[27]，其中一段說：「……小說的情節剛一發端，聶赫留朵夫的精神便臻於完成……托爾斯泰需要的是一開始就復活了的聶赫留朵夫……目的是讓他『用現在對事物的看法』，代表作家表達思想轉變後的觀點」。

　　劉念茲等人的看法，否定了聶赫留朵夫的心理發展過程，也就是說，聶赫留朵夫成了托氏精神的單純的傳聲筒，從而也就否定了這個人物形象的藝術價值和真實性。

　　肯定聶赫留朵夫真實性的意見在評論界仍居大多數。他們從三個方面論證這個形象的真實性：第一、法庭上的猛然醒悟有深刻的社會基礎、思想基礎、性格基礎和契機；第二、聶赫留朵夫的精神復活有深刻的艱巨性和可信的心理過程；第三、結尾聶赫留朵夫皈依基督教，在福音書中找到答案，是聶赫留朵夫性格的必然發展。

　　對於瑪絲洛娃的看法，沒有多大分歧。一般認為她是一個被壓迫被踐踏的下層婦女，最後精神上復活，走向新生活，走向人民。關於瑪絲洛娃復活的動力，現在越來越強調革命者對她的影響，認為只有在革命者的影響下，才意識到自己的尊嚴和人格，有了自己的思想，從而成為一個獨立的女性。聶赫留朵夫對她復活的影響，已經很少提及了。

　　值得注意的是，瑪絲洛娃形象越來越受到重視，貶低聶赫留朵夫拔高瑪絲洛娃已經形成一種趨勢，這種趨勢，是和否定聶赫留朵夫形象真實性的意見相呼應的。按傳統看法，聶赫留朵夫是主要人物，瑪絲洛娃次之，現在卻顛倒過來了。大家一致認為，托爾斯泰

---

[27]　浙江外國文學學會編：《托爾斯泰論集》，浙江人民出版社 1982 年版。

原來只是想寫聶赫留朵夫的復活，把他塑造成一個奉行「道德自我完善」和主張「全人類愛」的人物，但是，世界觀轉變之後的托爾斯泰，已經用宗法制農民的眼光看問題，不可能再回到懺悔的貴族這類人物上，只能在人民中間尋找新的人物，表達他轉變後的思想。《復活》經過幾次修改，到最後定稿時，以瑪絲洛娃為中心的「為民清命」的思想牢固地成為作品的主要傾向，聶赫留朵夫自我完善的主題雖未消失，實際上只剩下一些蒼白無力的表現。以王智量的《《復活》的創作過程與作家思想的發展》[28]中的意見最有代表性。

　　但是，上述傾向持續到 1983 年底，卻被打破了。白曉朗等發表〈如何理解《復活》中「復活」〉[29]，對瑪絲洛娃提出了完全相反的看法。文章充滿論戰色彩，值得一看。

「心靈辯證法」與意識流小說

　　當托爾斯泰帶著《童年》、《塞伐斯托波爾的故事》剛一步入文壇，車爾尼雪夫斯基就發現了它在心理描寫方面的革新意義，指出，托爾斯泰感興趣的是「心理描寫過程，它的形式，它的規律。用特定的術語說，就是『心靈辯證法』」。車爾尼雪夫斯基對托爾斯泰心理描寫特點的傑出概括，被學術界奉為經典，沿用下來，成為人們研究托爾斯泰心理描寫的依據和指南。

　　「文化大革命」前，托爾斯泰「心靈辯證法」的研究是個空白，1978 年以後，這方面的工作才全面展開。管瓏的〈托爾斯泰的「心靈辯證法」〉[30]系統地論述了托爾斯泰「心靈辯證法」產生的主客觀原因，以及表現「心靈辯證法」的藝術手法。蔣連傑的〈托爾斯泰作

28　《華東師大學報》1980 年 1 期。
29　《外國文學研究》1983 年 4 期。
30　文載上海譯文出版社編：《托爾斯泰研究論文集》，上海譯文出版社 1983 年版。

品中的「心靈辯證法」〉[31]則深入到「心靈辯證法」的內部，細緻地
分析了它的內容，特點形式。趙先捷的〈托爾斯泰八十－九十年代的
中篇小說〉[32]研究了「心靈辯證法」在晚期的發展、變化。夏仲翼的
〈托爾斯泰和長篇藝術的發展〉[33]，把「心靈辯證法」放在長篇小說
發展演變的歷史長河中，指出它的革新意義和價值。

　　國外有些人，把托爾斯泰說成是意識流小說的首倡者。法國的
一位作家就說，托爾斯泰小說中獨白的目的，「與其說是為了刻劃
人物或說明其行為動機，不如說是力圖表現同無心的聯想有關係的
意識和引導這種運動的外部印象。」車爾尼雪夫斯基稱為「心靈辯
證法」的，「無非是現代小說家的意識流。」

　　近幾年，意識流小說傳入我國，引起了廣泛的討論，也有人把
「意識流」小說跟托爾斯泰扯在一起。劉立天在〈〈安娜‧卡列尼
娜〉的潛意識描寫〉[34]中就聲稱：「……意識流小說中的自由聯想
及『心理時間』的運用，都可以在這本書中找到痕跡。」有的則說
得比較含蓄：「不妨說，在上世紀的 70 年代，傑出的現實主義大師
托爾斯泰在創作《安娜‧卡列尼娜》時，就已經對此（指意識流）
作了嘗試」[35]。也有的學者不同意這種看法，以為托爾斯泰不過將
意識流作為心理描寫的一種形式，而不象後來的意識流小說家，完
全撇開情節和人物性格，把對「意識流」本身的描寫作為目的[36]。

　　在 1980 年召開的兩次討論會上，這個問題也被提了出來，引起爭
論。陳燊在〈歐美作家論托爾斯泰〉中，嚴厲駁斥了把托爾斯泰的「心

[31]　《河南師大學報》1981 年 1 期。
[32]　同註 30。
[33]　同註 30。
[34]　《外國文學研究》1982 年 4 期。
[35]　劉國屏：〈略談《安娜》的心理描寫〉，《托爾斯泰論集》，浙江人民出版
　　　社 1982 年版。
[36]　袁學軍：〈《安娜‧卡列尼娜》中的心理描寫〉，《托爾斯泰論集》，浙江
　　　人民出版社 1982 年版。

靈辯證法」同意識流小說扯在一起的看法，指出：「這完全是主觀主義的武斷」，「他不會出於欣賞而去刻劃人物內心的卑鄙齷齪的本能，而往往揭示心靈的豐富性，這是他同意識流根本分歧之處。」

四

　　中國 1949 年後的托爾斯泰研究，經歷了三十三年曲折的發展。總結一下經驗教訓是很有好處的。

　　一般說來，我們研究托爾斯泰（搞外國文學也是如此），要比蘇聯人自己研究，困難得多，很簡單，不同的國家，不同的語言，就造成了材料交流的困難。那麼怎麼辦？我想，有三個辦法：第一，加強材料的翻譯工作，大量介紹國外的研究情況。眼界開闊了，才能比較、鑒別、趕上時代的潮流。近幾年來，倪蕊琴、陳燊等人在這方面作了大量的工作。倪蕊琴出版了一本《俄國作家批評家論托爾斯泰》，我們也希望陳燊出一本〈歐美作家論托爾斯泰〉的集子。這是我們研究的眼睛，沒有它，一切都無從講起。第二，揚長避短，這一點也很重要。就是研究要適應我國國情，發揮我們自己的優勢。研究托爾斯泰作品在中國的流傳，演變，我們占絕對優勢；研究托爾斯泰對中國作家的影響，我們也占絕對優勢。這是一個很廣闊的研究領域。陳元愷、戈寶權、倪蕊琴做了許多開拓性工作，我們希望更多的人加入他們的行列。第三，是比較。近幾年，比較文學興起，對作家的研究超越本國，本民族的界限，而從世界文學的角度加以考察。這種研究方法是十分科學、先進的、而且也比較容易出成就。

本文原名〈我國解放後托爾斯泰研究述評〉
原載《外國文學研究》1986 年第 4 期

托爾斯泰在中國的歷史命運

　　82度春秋並非白駒過隙，托爾斯泰（1828-1910）在世紀的轉折時期（1900年）闖入中國，在文藝思潮的交替更疊中留下一部悠長的評論史，對作家創作影響史。今天，我們翻檢前人發黃的紙張上迸出火星的論戰和激昂的文字，會生出多少感慨呢？

一

　　托爾斯泰生命的最後十年，與中國對其作品、思想的引進一齊度過。他晚年的巨大聲譽和「托爾斯泰主義」的廣泛傳播，在中國，激起了對這位曠世巨人的無限仰慕和對他的宗教道德思想的迷戀。「新聖」、「泰斗」、「偉人」之類頌詞紛至沓來，最早的中譯本叫《托氏宗教小說》，林紓譯《羅剎因果錄》、《現身說法》，馬君武譯《心獄》（今譯《復活》），或選取宗教作品，或以帶宗教色彩的名字命名；零星的評論，多用宗教術語附會：「托爾斯泰即佛也，佛者大慈大悲是也。」[1]

　　以1915年《青年雜誌》創刊為標誌，托爾斯泰以嶄新的面貌參與了中國新文化運動進程。1915年到1925年，林紓、耿濟之、瞿秋白等人翻譯托爾斯泰作品，不下40種，托爾斯泰評論文章漸增，總數在50篇（部）以上。以托爾斯泰作為立論依據的各類文

---

[1]　閩中寒泉子：〈托爾斯泰略傳及其思想〉，載1903年11月上海教會編印《萬國公報》。

章更是數不勝數。魯迅、瞿秋白、周作人、陳獨秀、茅盾、郭沫若等新文化運動主將，都對托爾斯泰傾注極大熱情。在他們眼中，他不再是一個宗教聖人，走下了神壇，成了向舊秩序、舊傳統、舊制度衝殺的戰士。從五四徹底的不妥協的反封建精神出發，人們強調他「撕破一切假面」，對反動、黑暗社會的批判態度。陳獨秀在《青年雜誌》1 卷 3、4 號撰文《現代歐洲文藝史譚》，稱道托爾斯泰「尊人道、惡強權、批評近代文明」。郭沫若讚賞托爾斯泰是向舊秩序挑戰的「真正的匪徒」[2]。魯迅在〈再論雷峰塔的倒掉〉中說：「托爾斯泰⋯⋯等輩，若用勃蘭兌斯的話來說，乃是「軌道破壞者」，其實他們不單單破壞，而且是掃除，是大呼猛進，將礙腳的舊軌道⋯⋯一掃而空。」[3]

　　五四知識份子還從托爾斯泰身上尋求他們夢寐以求的理想和希望。他們把托爾斯泰奉為導師，領袖，焦灼地翻檢他的人生觀，宗教觀，哲學觀，家庭觀，歷史觀，教育觀，科學觀等[4]，以期獲得啟示。托爾斯泰以「最大的」人道主義者身份，帶著誠摯、科學、和平、正義、平等，在中國普度眾生。在這個中國現代史上最開放，最自由的時期，人們把他的思想與社會主義、共產主義思想相提並論，成了拯救人類和中國人的救世良方。當時最有影響的雜誌的《新青年》、《東方雜誌》連篇累牘刊發介紹他的文章，認為他「醉心於自由之共產主義」，「反對私人所有權」，是「社會主義之實行家」，「20 世紀社會革命家」等等[5]。

　　在這個需要巨人登高而呼的時代，五四知識份子抬出了托爾斯泰，自覺不自覺地強化著他的力量與影響，藉以擴大宣傳效果，增強新文化運動的聲勢和實力。儘管這與托爾斯泰思想的實際相去甚

---

[2]　見郭沫若 1920 年 4 月作詩《巨炮之教訓》、《匪徒頌》。
[3]　文載《語絲》周刊 1925 年 2 月 15 期。
[4]　五四時期，以《托爾斯泰 x x 觀》命名的文章屢見不鮮。
[5]　文載《東方雜誌》1914 年 6 月 10 卷 12 期。

遠。茅盾就把當時在蘇聯、歐洲湧動的紅色潮流，歸因於托爾斯泰的影響和策動：「今俄之布爾什維克主義已經彌漫於東歐，且將及於西歐，世界潮流，澎湃動盪，正不知其伊何底也，而托爾斯泰實在是最初之動力。」[6]《新青年》1 卷 2 號也刊登署名文章，認為「使托氏學說再假以時日，流傳播布，薰陶人心，今日歐陸之戰，可以不作。」

　　五四新文學亦從托爾斯泰文學理論與創作中受益。1921 年，文學研究會舉起「為人生」大旗時，正值耿濟之譯《藝術論》出版。鄭振鐸在譯序中呼籲文學應當像托爾斯泰所倡導的那樣，具有嚴肅的目的性，「成為一種要求解放、征服暴力，創造愛的世界的工具。」《小說月報》推出「俄國文學研究」專號，對托爾斯泰的文學觀給予極大關注。張聞天幾乎是逐字逐句分析了《藝術論》的內容，他從中得出結論：「藝術應該成為為人類的進步和幸福所不可一日或缺的器官。」[7]郭紹虞注意到《藝術論》反對貴族享樂、頹廢文學，讚賞與自然和勞動大眾相聯繫的健康的文學傾向，指出：《藝術論》「差不多是標榜他人道主義的旗幟。他反對享樂主義，而謂藝術必須與人生有關係。」[8]作家們從《藝術論》中找到了同道和支持者。《藝術論》也幫助作家深化了對新文學的認識。值得重視的是周作人，他著名的〈人的文學〉、〈文學上的俄國與中國〉兩篇文章[9]，在闡釋托爾斯泰文學理論與創作時更為深入、具體。「人的人學」的響亮口號，包含了比只寫「工廠之男女工人，人力車夫、內地農家，各處小商販及小藥鋪一切痛苦情形」（胡適）更廣闊的情感與生活，因此，托爾斯泰的《安娜‧卡列尼娜》成了絕好的人的文學。」周作人還談到了托爾斯泰創作的內在驅動力，即深刻的懺悔意識。

[6]　茅盾：〈托爾斯泰與今日之俄羅斯〉，《學生月刊》1919 年 6 卷 4-6 號。
[7]　張聞天：〈托爾斯泰的藝術觀〉，見 1921 年 9 月《小說月報》號外。
[8]　郭紹虞：〈俄國美論與其文藝〉，見 1921 年《小說月報》號外。
[9]　分別見《新青年》1918 年 5 卷 6 號、1921 年 8 卷 5 號。

「……描寫國內社會情狀的，其目的也不單在陳列醜惡，多含有懺悔性質，在……托爾斯泰著作中，這個特徵很是明顯。」周作人也試圖尋找中俄文學在「為人生」的旗幟下相互契合的原因，並以此號召向俄國文學學習，向托爾斯泰學習。

二

　　1925 年以後，五四知識份子紛紛投身激烈的現實鬥爭，洶湧的文化思潮稍稍平息，對托爾斯泰的研究也告一段落。1928 年，托爾斯泰誕辰 100 周年之際，高潮才再度迭起，持續到 1935 年，紀念托爾斯泰逝世 25 周年之後止。

　　較之五四時期，這次托爾斯泰熱具有更大的規模，涉及 40 餘家刊物、報紙、出版機構，發表評論文章 100 餘篇（部）。魯迅主編的《奔流》1 卷 7 期推出「托爾斯泰專號」，《東方雜誌》25 卷 10 期、《小說月報》19 卷 12 期開設「托爾斯泰專欄」，其他刊物也群起效法，一時蔚為大觀。

　　俄國革命和馬克思列寧主義的傳播決定了第 2 次接受托爾斯泰的基本格局和傾向。各刊都以大量篇幅翻譯、介紹俄蘇馬克思主義經典作家的托爾斯泰論，計有普列漢諾夫、盧那察爾斯基、高爾基、托洛斯基等。列寧論托爾斯泰的幾篇文章，也在這一時期與中國讀者見面。五四時期從托爾斯泰身上尋找救世真理的熱情此時已經消退，變得更為理性。在對托爾斯泰表示無限崇敬的同時，具體認識和觀點發生了巨大變化。人們把托爾斯泰的思想與馬克思主義、共產主義、社會主義加以區別，開始強調他思想的內在矛盾與危機，強調他思想的空想色彩，強調在革命鬥爭進程中所起的麻痹和反動作用。《東方雜誌》25 卷 19 期發表陳叔諒的〈托翁的生涯和他的思想〉一文，認為托爾斯泰「攻擊人事失於偏頗」，「破壞多於建

設」，「目標雖高，熱誠雖篤，終究是不易生效力的理想」。魯迅在《文藝與政治的歧途》一文中，批評托爾斯泰「主張用無抵抗主義來消滅戰爭。」[10]茅盾表示，他喜歡《戰爭與和平》甚於《復活》，原因是那時，「托氏還沒有建立他的無抵抗主義的『哲學』」[11]。周立波 1935 年發表《紀念托爾斯泰》[12]一文，一方面讚賞托爾斯泰作品是「一代人生的寶庫」，另一方面也指出了「對惡不抵抗」的不足。在行文模式上，著意仿效列寧。1908 和 1920 年，魯迅瞿秋白分別批評托爾斯泰時[13]，回應者廖廖，現在卻彙成一股潮流。對馬克思主義在組織和思想上的忠誠以及對蘇聯觀點的片面理解，使一些作家把托爾斯泰思想打入冷宮。

　　1928 年至 1934 年的三次文藝論戰，又把托爾斯泰推進文藝鬥爭的漩渦。梁實秋以托爾斯泰為例，論證文學沒有階級性：「文學家……是屬於資產階級或無產階級，這於他的作品有什麼關係？托爾斯泰出身貴族，但是他對平民的同情真可說是無限量的，然而他不主張階級鬥爭。」[14]蘇汶攀附托爾斯泰的聲望，指責文藝大眾化運動：「這樣低級的形式還產生得出好作品嗎？確實，連環畫裏產生不出托爾斯泰的。……但是他們要……托爾斯泰什麼用呢？」[15]林希雋也抬出托爾斯泰，藉以否定雜文的意義：「雜文的意義是極端狹窄的」，「俄國為什麼能夠有《戰爭與和平》這類偉大的作品的產生？而我們的作家，豈就永遠寫寫雜文而引起莫大的滿足麼？」[16]魯迅總是站在文藝鬥爭的前列，對種種借托爾斯泰之名，行攻擊無

[10]　見 1928 年 1 月 29-30 日上海《新聞報》。
[11]　見《世界文學名著講話》開明書店 1936 年版。
[12]　見上海《生活知識》1 卷 4 期。
[13]　見魯迅 1908 年寫〈破惡聲論〉和 1920 年瞿秋白在《婦女評論》12 卷 2 期發表的〈托爾斯泰的婦女觀〉。
[14]　梁實秋：〈文學是有階級性的嗎？〉，《新月》1929 年 2 卷 6、7 號合刊。
[15]　蘇汶：〈關於「文新」與胡秋原的文藝論辯〉，《現代》1932 年 1 卷 3 期。
[16]　林希雋：〈雜文和雜文家〉，《現代》1934 年 5 卷 5 期。

產階級文學之實的言論給予堅決回擊，有《硬譯與文學的階級性》、《論「第三種人」》和《〈准風月談〉後記》等文[17]。魯迅的深刻性在於，他並沒有因為對手製造托爾斯泰與無產階級文學之間的對立而否定托爾斯泰的意義，他在時代思潮已經確立起來的認識模式內，盡力建立托爾斯泰與無產階級文學之間的內在聯繫，拓寬無產階級文學接受托爾斯泰的範圍：「左翼也要托爾斯泰」，「從唱說書裏是可以產生托爾斯泰的」。「不知為什麼，近一年來，竟常常有人誘我去學托爾斯泰了。也許就因為沒有看到他的「罵人文選」，給我一個好榜樣，可我見過歐戰時候他罵皇帝的信。」魯迅發掘托爾斯泰思想的多重性，從最優秀的人類文化遺產中，尋找無產階級文學發展的合理性與必然性。這一巨大努力，今天仍值得我們深思。

三

列寧論托爾斯泰的 6 篇文章寫於 1908-1910 年間。1928 年初，其中一些觀點經由日本傳到中國。1928 年 10 月，最重要的一篇〈托爾斯泰——俄羅斯革命的明鏡〉，由嘉生翻譯，在《創造月刊》2 卷 3 期發表。1932 年，1934 年，又有匡亞明、瞿秋白等人的譯文[18]。列寧的論述在托爾斯泰評論史上具有雙重影響：他第一次從俄國革命的性質、動力這一角度，指出了托爾斯泰思想矛盾產生的根源，即它反映了「革命準備時期」處於資本主義衝擊下的俄國千百萬農民的矛盾狀況以及他們的力量和弱點，成為托爾斯泰研究史上最重要的里程碑。另一方面，列寧文章，本身在不同時代產生了不同理解，從而引發了

---

[17]　分別見於《萌芽月刊》1930 年 1 卷 3 期，《現代》1932 年 2 卷 1 期，1934 年出版《准風月談》後記。
[18]　黃錦濤編：《托爾斯泰印象記》，上海南強書局 1932 年；匡亞明編：《托爾斯泰論》，思潮社 1934 年；瞿秋白譯文見 1934 年《文學新地》創刊號。

一場曠日持久的論戰。1928 年，馮乃超稱托爾斯泰是「卑污的說教人」[19]，以及文壇把思想家托爾斯泰和藝術家托爾斯泰對立起來的傾向，都與曲解列寧論述有關。1936 年，1944 年，匈牙利文藝理論家盧卡契發表了〈托爾斯泰和現實主義的發展〉、〈托爾斯泰和西歐文學〉，又對列寧文章的觀點作了新的解釋：「托爾斯泰雖然不瞭解俄國革命的真正性質，但作為一個天才的藝術家，他忠實地記錄下現實的某些基本特點，因此，就在不知不覺並且違背自己意志的情況下，他變成了反映俄國革命發展某些方面的一面藝術的鏡子。」又說：「偉大的現實主義作家世界觀中的反對特性，並不妨礙他們概括地正確地描繪現實。」

　　這種雙重影響決定了 50-60 年代第三次托爾斯泰熱的基本特徵和走向。

　　首先是 50 年代中期開始的世界觀和創作方法關係問題討論。胡風把盧卡契研究托爾斯泰時得出的結論推廣到整個文藝理論領域，特別強調先進的創作方法對世界觀的改造作用。他舉托爾斯泰為例，認為托爾斯泰的世界觀是反動的，但現實主義創作方法卻衝破了世界觀的局限，創作出一流的作品[20]。這一論點，被批判者不恰當地概括為「世界觀和創作方法分裂論」，即世界觀和創作方法沒有關係，反動的世界觀也能創作出優秀的作品。開始大加討伐。

　　這次討論可以看成是黨加強對文藝工作領導、幫助文藝工作者樹立馬克思主義世界觀的一個重大步驟，與政治需要有明顯的對應關係。但由於一些批判者所持態度蠻橫，常識性錯誤時有發生；加之批判技巧貧乏，致使討論的整體水平不高。有張文勳〈關於古典作家的世界觀和創作方法關係的一些問題〉[21]，錢學熙〈作家的世界觀和創作

19　馮乃超：〈藝術與社會生活〉，《文化批判》1928 年 1 月創刊號。
20　胡風：〈對文藝問題的意見〉見 1955 年《文藝報》21 期。
21　《雲南大學學報》1957 年 2 期。

方法問題〉[22]，林希翎〈試論巴爾扎克和托爾斯泰的創作〉[23]等。為了論證托爾斯泰世界觀並不分裂，就講托爾斯泰世界觀中有進步的一面，隨後在作品中找它的反映；世界觀有反動的一面，也在作品中找例證。最後得出結論：「托爾斯泰世界觀和創作方法完全一致，他在藝術上的現實主義傾向便完全來之於這種思想上的傾向」。

　　價值最高的是王智量〈列夫‧托爾斯泰的世界觀和創作方法問題〉和錢中文的〈反對修正主義對托爾斯泰的歪曲〉[24]。前者注意從托爾斯泰作品言論的實際出發得出今人信服的結論，並意識到「僅僅用他（托爾斯泰）的世界觀來說明他的藝術創作方法是不行的，還有其他原因在創作中發生作用。」後者突破了一段時期流行的對號入座的機械方法，指出盧卡契，胡風理論本身存在嚴重缺陷，即把托爾斯泰的世界觀全部歸結為他的政治觀點。

　　60年代第一春，文藝界開始批判資產階級人道主義，討論批判繼承文化遺產問題。兩個運動都在托爾斯泰研究領域激起回聲。

　　人們認為，托爾斯泰是資產階級作家，他的世界觀的核心是資產階級人道主義，錢中文的〈反對修正主義對托爾斯泰的歪曲〉和卞之琳的〈略論巴爾扎克和托爾斯泰創作中的思想表現〉[25]，都對托爾斯泰的資產階級人道主義的進步性和弱點作了一分為二的分析。他們都以列寧的論述為依據，列寧指出的托爾斯泰世界觀中有力的一面，在這裏成了托爾斯泰人道主義思想中進步的一面；列寧指出的托爾斯泰世界觀中軟弱的一面，在這裏成了人道主義思想中反動的一面。

　　隨著運動的發展，托爾斯泰人道主義思想不再被一分為二，而是全盤否定。人們把他的人道主義思想與他世界觀中的進步因素對立起來，前者成了反動的東西。《合肥師院學報》1960年5-6期和

---

[22]　《北京大學學報》1957年3期。
[23]　《文藝報》1955年21期。
[24]　分別見於《文學研究集刊》1956年4集，《文學評論》1960年6期。
[25]　《文學評論》1960年3期。

《北京大學學報》1961 年 3 期登載的中文系、俄語系學生寫的論《復活》的文章。就體現了這種看法。

　　同期開始的批判繼承文化遺產問題的討論也沒有給托爾斯泰研究帶來任何益處。論者的出發點是：繼承遺產必須經過批判，批判是為了更好地繼承。談到托爾斯泰，讚揚一番。「但是」一轉，又否定了。所涉及的內容，都是列寧論述的擴充，舉幾個例子證明一下而已。和 50 年代唯一不同的是，為了適應反帝形勢的需要，可繼承的遺產中，多了一條托爾斯泰晚年反對帝國主義的內容。當時，為紀念托爾斯泰逝世五十周年，合肥師院哲學社會科學學會與學報編委會聯合舉行了一個紀念會，討論如何繼承托爾斯泰文學遺產問題，但終於沒有結果。就草草收場。

　　十年文革，托爾斯泰被掃地出門。文革後，文化界的復蘇使大批學者重新彙集在托爾斯泰旗幟下。1978 年至 1979 年，研究以撥亂反正為特色，因襲舊有的思路，在原有的範圍內，從對立面為托爾斯泰張目。斗轉星移，進入 80 年代，托爾斯泰瞬間的崛起受到西方現代派的猛烈衝擊。時代的需要把現代派推到激烈演進的文學思潮的前列，托爾斯泰研究與文藝思潮脫節之後獨立發展。一個與過去截然不同的嶄新時代開始了。

四

　　考察托爾斯泰評論史，有一個問題留住了我們沉思的目光。托爾斯泰是世界文學史上屈指可數的幾個頂峰之一，且在中國傳播最久，聲望最高，然而，他對中國作家創作的具體影響，反遠不及其他一些西方作家[26]。為什麼？

---

[26] 現代文學史上，創作明顯受托爾斯泰影響的作家只有茅盾、巴金。這與他的

　　外國文學引進，應該與中國作家的消費之間建立起某種平衡。平衡的破壞說明接受機制的某些環節發生了故障。比較文學的重要課題之一。應該是洞察故障產生的原因及其破壞性。研究中國托爾斯泰評論史，意識到這一點尤其重要。

　　托爾斯泰主要藝術成就在卷帙浩繁的長篇小說，但五四時期被翻譯的全譯本只有《復活》（1923）。另有二個用文言翻譯的刪節本即《安娜・卡列尼娜》，《婀娜小史》（1917）和《現身說法》（即《童年、少年、青年》，1918）。這種局面，到1928年第二次托爾斯泰熱興起時，也無太多改觀，致使作家很難直接把握托爾斯泰藝術創作的內在構成和風格。再者，五四時期，寫短篇小說成一時風氣，作家喜歡用這一快捷，能夠急章草就的藝術形式對現實問題作焦灼思考，托爾斯泰凝重、深長的精神歷程，及作品中出現的天皇貴冑、宴飲射獵的上層社會場面對中國作家還相當陌生並不合時宜。還有，五四前後，風雲變幻的國際形勢，把托爾斯泰推上政治鬥爭的舞臺，他在國際上的影響，遠遠超出文學領域。人們攀附他的文學聲望，熱衷的卻是他的政治觀點、主張和行動。由於這種國際背景和中國的實際需要，人們更多接受的是作為思想家的托爾斯泰，而不是藝術家托爾斯泰。對前者的接受甚至造成對後者理解的偏差。1920年2月，胡愈之在《東方雜誌》撰文〈屠格涅夫〉，認為：「托爾斯泰是最大的人道主義者；屠格涅夫是人道主義者而又是最大的藝術天才。」趙景深、耿濟之也在不同場合多次表示，托爾斯泰「太偏於思想和主義」。「至於藝術描寫方面。屠格涅夫是高過托爾斯泰的。」[27]

　　如果說，五四時期忽略了藝術家托斯泰，那麼，1928-1935年，第二次托爾斯泰熱興起時，他的思想又受到衝擊。托爾斯泰創作內

地位極不相稱。而果戈理、契訶夫、高爾基、易蔔生對中國現代作家的影響，比托爾斯泰大得多。

[27]　趙景深：〈《羅亭》譯後記〉（文載《羅亭》，商務印書館1928年版），耿濟之：〈《前夜》譯後記〉（文載《前夜》，商務印書館1921年版）。

在的複雜性被解釋成思想家和藝術家的矛盾，他的思想從對俄國革命所起作用的角度分析之後，又籠統地成了「不抵抗」的「反革命的」的「托爾斯泰主義」。

此時開始的文藝大眾化運動，又從另一個角度把托爾斯泰拒之門外。蘇汶諷刺大眾文藝產生不了托爾斯泰，固然有失偏頗，但托爾斯泰的確與初期大眾文藝倡導者宣傳的主張格格不入。1941 年，周立波在延安魯藝主講托爾斯泰，安娜‧卡列尼娜動人的形象大受延安女子的崇拜，甚至在服飾上也競相效仿。但這一傾向很快由於只談「提高」，沒有注意到「普及」而受到制止。1958 年，在大躍進民歌運動中，托爾斯泰被偏激者指責為代表貴族資產階級，在被壓迫階級當家作主的時代「沒得用。」

五

60 年代世界觀與創作方法關係、人道主義、批判繼承文化遺產問題的討論，在某種程度上糾正了一段時期全面否定托爾斯泰思想的傾向，但也帶來了更為嚴重的後果。在政治需要左右下，托爾斯泰豐富的思想藝術寶庫被概括、抽象為幾條枯燥的結論，從而形成一個堅硬的外殼，阻礙人們進一步深入理解托爾斯泰思想藝術中更為深邃、永恆、動人心魄的東西。儘管 40 至 60 年代，由於特殊的政治環境，中國進行了空前規模的俄蘇文學、尤其是托爾斯泰的普及活動，幾乎沒有一個中國作家沒有閱讀過托爾斯泰。但上述觀念的束縛，又使他們失去了深入理解托爾斯泰的機會。

1980 年始，離開文藝思潮之後，托爾斯泰研究水平獲得長足進展，先後出版了《托爾斯泰研究論文集》（上海，1983），《托爾斯泰論集》（杭州，1982）、《列夫‧托爾斯泰比較研究》（上海，1989）、《托爾斯泰作品研究》（西安，1985）等論文集。〈歐美作家論托爾

斯泰〉、（1980）、《俄蘇作家批評家論托爾斯泰》（1982）等譯文
集，大型《托爾斯泰辭典》也在編寫中。一大批托爾斯泰研究學者崛
起：陳燊、錢中文、倪蕊琴、王智量、雷成德等。中國托爾斯泰傳播
史，歐美、俄蘇評論家的托爾斯泰論，托爾斯泰比較研究，文論研究，
文化學研究等方面成果疊出。

　　但是思潮與研究的分離所帶來的副作用也不容忽視。它致使文學
生產的主體——作家的價值取向和向心力轉移。長期以來，由於現實
主義與政權結合，文學對政治的衝擊勢必決及現實主義文學。西方現
代派獨受作家青睞，被當作創作靈感的源泉和發展方向，一時轟轟烈
烈，高歌猛進。對現實主義大師托爾斯泰的豐碩研究成果無法被作家
消費。據《外國文學評論》「中國作家與外國文學」專欄提供的材料，
俄國文學，包括托爾斯泰，已不再象對五四時期和三十年代作家那
樣，是「導師」和「朋友」。林斤瀾、浩然、鄧友梅、張抗抗、梁曉
聲、宗璞、葉文玲等一大批新中國培養起來的作家，大致都經歷這樣
兩個階段：少年時代閱讀托爾斯泰，被他的精深博大折服。同時也閱
讀俄蘇文學和西方古典文學。文革後，注意力又全都轉向西方現代
派。由於觀念和風尚的變化，梁曉聲懺悔自己對托爾斯泰、高爾基等
作家的偏愛，認為，「閱讀俄蘇文學是落伍了。」鄧友梅、浩然表示，
自己作品沒有受托爾斯泰影響。更年輕的一些作家初登文壇，就受現
代派的浸淫，對托爾斯泰全無敬意。王朔說：「對托爾斯泰等人的作
品，幾乎沒有一部看完的。不管這些作品是多麼偉大，……老實講，
我仍不能擺脫冗長乏味的印象。」[28]

　　作家自身修養的提高，創作風格的形成，靈感的汲取，可能來
自方方面面，托爾斯泰並不是唯一的選擇。但是，托爾斯泰對中國
當代文壇深刻的啟示意義是任何西方作家都無法取代的。這位巨人
的創作，跨越了 19、20 世紀。他的思想探索和藝術追求，被 20 世

---

[28]　文載《外國文學評論》1989 年全年各期。

紀作家繼承、延伸。普魯斯特、海明威、喬伊斯都對托爾斯泰表示過極大尊敬，意識流小說家、存在主義作家推托爾斯泰為自己流派的先驅者。三位諾貝爾文學獎獲得者羅曼‧羅蘭，肖洛霍夫、帕斯捷爾納克，他們的史詩巨著《約翰‧克利斯朵夫》、《靜靜的頓河》、《齊瓦哥醫生》，更是直接師承托爾斯泰的《戰爭與和平》。蘇聯當代文學中的史詩化和道德化傾向，也秉承托爾斯泰傳統。

　　中國新時期文學已經走過十幾年的歷程。雖然好作品層出不窮，但真正的傳世之作並不多見。人們熱切甚至焦灼地期待著中國文學能夠走出國門，摘取諾貝爾獎桂冠，在世界文學中占居一席之地。托爾斯泰創作具有的特質恰恰能夠彌補我國作家創作的不足。托爾斯泰對道德完善、靈魂純潔，人生的目的和意義所作的苦苦探索，在現代物質文明衝擊面前的困惑、苦鬥，為現代人類尋找出路所做的努力，以及他思考的凝重、深長和巨大的包容性、涵蓋性，無疑會幫助克服當代作品思想的匱乏、狹窄、瑣碎。托爾斯泰結構鴻篇巨製的能力，那種心雄萬夫、氣吞山河、大起大落、縱橫稗闔的史詩藝術，我們的作家如果能夠學到九牛一毛，也會大大改善短篇小說一統天下的局面。近年來，「文學向內轉」呼聲日漸高漲，這本應該成為文學向高層次邁進的絕好契機，但由於偏激觀念的局限，「向內轉」被當成只轉向潛意識、情結、本我之類，種種陰暗、萎瑣、畸形的小說怪胎應運而生。托爾斯泰的「心靈辯證法」，是文學「向內轉」過程中的中間環節，承上啟下，使 20 世紀作家大受稗益，他所發掘的人的豐富的心理過程，對心理過程與自我完善、自我純潔之間關係的揭示，心理過程描寫與反映現實生活之間高度完美的統一，正是當代作品所缺乏的。

　　不能再失去托爾斯泰。

原載《外國文學研究》1992 年第 2 期

易卜生《玩偶之家》在中國的四種讀法

　　挪威戲劇家易卜生（1828-1906）的《玩偶之家》在現代中國，尤其是五四時期，影響之大，是今日讀者難以想像的。易卜生的易卜生主義和社會問題劇，尤其是《娜拉》（現譯《玩偶之家》）極大地滿足了那個時代的批判現實、追求變革的需要，因而受到熱烈的讚賞和追隨。一些當事人曾高度評價易卜生造成的這種影響。傅斯年這樣說：「……據我看來，胡適之先生的〈易卜生主義〉，周啟孟先生的〈人的文學〉和〈文學革命論〉、〈建設的文學革命論〉等，同是文學革命的宣言書。」[1] 1925 年，茅盾在〈譚譚《傀儡之家》〉一文中說：「易卜生和我國近年來震動全國的『新文化運動』是有一種非同等閒的關係；六七年前，《新青年》出『易卜生專號』曾把這位北歐的大文豪作為文學革命，婦女解放，反抗傳統思想……等等新運動的象徵。那時候，易卜生這個名兒，縈繞於青年的胸中，傳述於青年的口頭，不亞於今日之下的馬克司和列寧。」[2]

　　易卜生的優秀作品很多，如《培爾‧金特》、《社會支柱》、《玩偶之家》、《群鬼》、《人民公敵》、《野鴨》、《海上夫人》等。在現代中國，他的大多數作品都介紹到國內，但沒有一部作品有《娜拉》那樣大的影響。《娜拉》在中國登場頗富戲劇性，當時名震遐邇的《新青年》雜誌 1918 年 4 卷 4 號卷首刊登「本社特別啟事」，聲稱將在 1918 年 4 卷 6 號推出「易卜生號」，並從海內外廣徵關於易卜生的著述。4 卷 5 號上，又刊登「本刊特別通告」，列出「易卜生

---

[1]　傅斯年：〈百年文化與心理學的改革〉，《新潮》1919 年 1 卷 5 號。
[2]　茅盾、譚譚：《玩偶之家》，《文學週刊》1925 年 176 期。

號」上將發表的易卜生劇本和相關文章的目錄，並聲稱「此為中國文學界雜誌界一大創舉」。顯然《新青年》同仁們非常重視這件事，在進行宣傳造勢。到 4 卷 6 號，「易卜生號」終於與讀者見面。這期雜誌的頭條是胡適的長篇大論〈易卜生主義〉，隨後是易卜生的劇本《娜拉》、《國民之敵》（節選）、《小愛友夫》（節選），殿后的是袁振英的《易卜生傳》。可以看出，這是經過精心策劃的。

　　《娜拉》在中國第一部公開發表的譯本，就是《新青年》「易卜生號」上的這部，譯者是大名鼎鼎的胡適，以及羅家倫。《娜拉》是一部社會問題劇，涉及家庭、婚姻、法律、女權等等問題。劇中的娜拉在丈夫重病時，為救丈夫性命，從放債人柯洛克斯泰手裏借了一筆錢。在過去的挪威，女子沒有資格向別人借錢，不諳世事的娜拉不想讓丈夫參與此事，父親又臥病在床，於是她擅自冒用父親的名義，並偽造父親簽字借到了這筆錢。許多年後，娜拉的丈夫海爾茂即將上任銀行經理，他應娜拉請求，為她的朋友林丹太太在銀行謀一職位；不料此一職位原為柯洛克斯泰所有。他為保住職位，用偽造字據罪威脅娜拉和海爾茂。如果他的圖謀成功，不僅娜拉會聲敗名裂，海爾茂的信譽也會大受影響。娜拉瞭解到事態的嚴重性後，想了許多補救辦法，甚至準備以自殺承擔責任，為丈夫開脫。海爾茂一直以為自己很愛娜拉，「寶貝兒」、「小鳥兒」整天不離口，但得知娜拉的輕率舉動後，竟怒不可遏，嚴厲叱責，還辱罵娜拉的父親。海爾茂正大動肝火時，柯洛克斯泰因與舊情人林丹太太重續前緣，良心發現，把字據寄還給了海爾茂。海爾茂脫離險境，又回過頭來甜言蜜語地安撫娜拉。娜拉由此看到海爾茂的自私、虛偽，也看到自己在家中不過是個玩偶。她如夢初醒，意識到自己應該去追求獨立、自主的生活，於是離家出走了。

　　婚姻家庭問題最容易引起人們普遍的關注和興趣，五四時期的個性解放運動及其文學表現，多從這裏著手，是不難理解的。《娜拉》恰好為此類問題提供了經典的文學表達方式，這就難怪它會如

此強烈地抓住和激動讀者觀眾的心。娜拉最後作為一個覺醒了的人，和海爾茂平等而開誠佈公的「討論」（其實是一篇理性很強的宣言），她出走後那「砰」的關門聲，都極富戲劇性。善良美麗，敢承擔責任，勇於犧牲的娜拉，被糟糕的海爾茂圈在家裏當玩偶，實在讓讀者觀眾看得憋氣；現在她一吐胸中塊壘，句句點中要害，真是大快人心。娜拉走後「砰」的關門聲，是比任何武器更有威力的。以後，「出走」簡直成了中國現代文學作品中最經典的姿勢。

　　一部作品創作完成後，它的命運就交給了社會，人人各取所需，一部作品在各人眼中也變得形態迥異。《娜拉》正是這樣。比如娜拉的出走，一直是中國現代文壇議論的話題。因為編選《易卜生在中國》一書，筆者對中國現代歷史上這段《玩偶之家》的流播史進行了一番梳理，發現胡適、魯迅、茅盾、郭沫若四位文壇巨匠都對這部作品發表過極為重要卻有巨大分歧的意見，而這意見，成為中國新文化運動發展的一個縮影。

　　胡適在〈易卜生主義〉中如何看待娜拉的出走呢？胡適看重娜拉精神的覺醒，即有個人意志和懂得對自己負責。在胡適看來，如果有了自由精神和獨立意志，出走與不走，並無本質上的區別。他在〈易卜生主義〉中，舉易卜生後期作品《海上夫人》為例，劇中「寫一個女子哀梨姐少年時嫁給人家做後母，她丈夫和前妻的兩個女兒看她年紀輕，不讓她管家務，只叫她過安閒日子。哀梨姐在家覺得做這種不自由的妻子，不負責任的後母，是極沒趣的事。因此她天天想跟人到海外去過那海闊天空的生活。她丈夫越不許她自由，她偏越想自由。後來她丈夫知道留她不住，只得許她自由出去。」[3]我們在這裏連胡適敘述劇情的話都引述，是因為這「敘述」也反映出他的主觀傾向性。胡適接著發揮說：「個人若沒有自由權，又不負責任，便和做奴隸一樣，所以無論怎麼好玩，無論怎麼高興，到底沒有真正樂趣，

到底不能發展個人的性格。所以哀梨姐說有了完全自由，還要自己擔干係，這麼一來，樣樣事都不同了。」哀梨姐最後沒有走。娜拉的出走和哀梨姐的決定不走，都是自由意志的反映。胡適在他的「娜拉式」劇作《終生大事》中，雖然捨不得不用「出走」的套路，但田亞梅女士畢竟只是「暫時告辭」而已。

魯迅可不這麼看，他對那種戲劇性的「覺醒」抱有極大的不信任。他懷疑「覺醒」能否持久，以及這「覺醒」有無實際價值。在生活條件極度嚴酷的中國社會，離開經濟支撐，一切精神的追求都難以成功。魯迅看到了這一點，並從這一點理解《娜拉》。所以他 1923 年12 月 26 日在北京女子高等師範學校以〈娜拉走後怎樣〉為題作演講時才會問：「娜拉走後怎樣？」回答是悲觀的：「……從事理上推想起來，娜拉或者也實在只有兩條路：不是墮落，就是回來。」[4]魯迅在其小說〈傷逝〉（1925）中，把這種看法形象地表達出來。子君隨同涓生戲劇性的出走，被放到幕後。他們一起同居的「新生活」，逐漸被為柴米油鹽奔波的疲憊弄得索然無味，又逐漸被經濟的困窘逼上絕路。魯迅在〈娜拉走後怎樣〉中認為，娜拉出走後，如要避免上述兩種結局，就須要有錢，要有經濟權，能夠在經濟上自立，「經濟權是最要緊的了」。對如何獲得經濟權，魯迅說「要戰鬥」，要「劇烈的戰鬥」，要進行「深沉的韌性的戰鬥」。

南京的磨風社，在 1935 年初公演了易卜生的《娜拉》。劇中娜拉一角由南京的一位小學教師王光珍女士扮演，另有三位女學生也在其中扮演角色。校方以「行為浪漫」為理由，將她們解職開除了。事情搞得沸沸揚揚，茅盾為此寫了〈〈娜拉〉的糾紛〉[5]一文。十多年前《玩偶之家》初介紹到中國來的時候，社會上沒有婦女的地位，現在這種情況大為改觀，職業女性隨處可見了。似乎由此可以得出結論，女子的社會地位已然大大提高。但茅盾說：「然而這是表面的變

4 魯迅：《魯迅全集・第 1 卷》，人民文學出版社 1981 年版。
5 原載於《漫畫生活》1935 年 3 月 20 日 7 期。

化」。五四時期，人們以為婦女問題根本上是經濟問題，女性能自食其力，有獨立生活，她們的地位就提高了。茅盾對此是不同意的，他說，要真正提高女性地位，「還有比純粹的經濟問題更中心的問題在那邊呢！」[6]是什麼，應該做什麼，茅盾沒有說，但他無疑意識到任重道遠。

　　郭沫若的戲劇《三個叛逆的女性》，是盛行於五四時期典型的「娜拉劇」，其中張揚個性解放和反抗封建壓迫，是啟蒙精神的反映。但郭沫若寫於 1941 年的文章〈娜拉的答案〉[7]，卻被階級革命和鬥爭的思想支配。此文原為紀念秋瑾革命生涯而作，郭沫若把秋瑾革命前的際遇比作《娜拉》中的娜拉，把出走後的娜拉比作秋瑾，把參加革命看成婦女解放的終極之路：「脫離了玩偶之家的娜拉，究竟該往何處去？求得應分的學識與技能以謀生活的獨立，在社會的總解放中爭取婦女自身的解放；在社會的總解放中擔負婦女應負的任務；為完成這些任務不惜以自己的生命作犧牲——這些便是正確的答案。」[8]

　　娜拉出走的問題引得中國現代最重要的四位作家都發表了自己的看法，這見解又分佈在不同的歷史時期，與現實的發展需要相適應，呈現明顯的階段性；更有趣的是，讀者也必然能夠看出，後來者似乎有意在針對前者。娜拉就這樣離開挪威本土的環境，逐漸和中國社會的發展結合起來，成為女性解放運動的一部分。如果說胡適還在努力尋求原作真意，那麼凝重、沉鬱的魯迅已經在借題發揮，而郭沫若的豪邁浪漫不能不讓人瞠目結舌：娜拉出走後有那種可能性嗎？娜拉在臨走時，並沒有把回家的路子完全堵死，她還等著「奇跡中的奇跡」呢！但事實上，在相當長的時期，郭沫若的看法，卻是「唯一正確」的版本，在 1949 年後主宰學界 10 餘年，胡適的意見被批判得狗血淋頭，你毫無辦法。

---

[6]　茅盾：《茅盾全集・第 16 卷》，人民文學出版社 1988 年版。
[7]　原載於 1942 年 7 月 19 日重慶《新華日報》。
[8]　郭沫若：《沫若文集・第 12 卷》，人民文學出版社 1959 年版。

　　《娜拉》是說不盡的。當年女權主義分子因為《娜拉》寫了女
性的覺醒而向劇作家致敬，儘管易卜生說自己甚至連所謂女權運動
的真意都不明白，但人們仍然自說自話。學者都說易卜生後期的表
像主義或曰象徵主義很重要，中國讀者卻不買賬，他們對易卜生中
期的社會問題劇樂而不疲。再如《娜拉》中涉及的法律問題，柯洛
克斯泰與娜拉都偽造字據，為什麼前者因此聲敗名裂，而娜拉能得
到人們的同情和諒解？娜拉受到法律的威懾時，胡適因此覺得法律
是反人性的，劇中的娜拉也如是看法，可今天的讀者觀眾會不會冒
出法律面前應該人人平等的念頭？……總之，讀者觀眾會把想像投
向易卜生做夢也難以設想的事情。

　　一部作品，能給讀者留下闡釋的無限可能性，能和接受者的思想
精神水乳交融，正是它的生命力所在。時代在變化，讀者的閱讀體驗
也會不同。例如在 20 世紀 50、60 年代，《玩偶之家》所屬的現實主
義文學被神聖化，它被看成歐美文學發展的高峰，現實主義之前的文
學被看成是現實主義文學的準備，此後的文學被斥為頹廢文學，它的
特點被普遍化為一般的文學標準。所以，在 1980 年，當西方現代派
文學進入中國時，以現實主義文學為基礎建立起來的一般文學標準受
到衝擊，二者構成對立關係。但如今，人們已經開始從現實主義文學
中尋找它的現代性，尋找現代主義文學與現實主義文學之間的繼承關
係了。其實易卜生的《玩偶之家》的魅力遠不止這些，甚至上述大師
們的意見也難以窮盡它。我們可以從思潮流派的緯度接近它，從人
性、社會性、階級性的緯度接近它，但民族性是不是也能成為理解它
們的緯度？還有文類、母題、題材等方面的承傳等，都有可以發揮的
空間。文學是永遠抗拒進化論規律的，不是新的就是好的，優秀的作
品會有永恆的魅力，只是看你的眼睛能否發現它。

原載《湛江師範學院學報》2003 年第 4 期

美國《當代世界文學》雜誌與中國文學

　　2008 年 10 月 16 日-18 日，由北京師範大學文學院與美國《當代世界文學》（*World Literature Today*）雜誌社共同主辦的「當代世界文學與中國」國際學術研討會在北京隆重召開，來自中國、美國、德國、加拿大、韓國等國家和地區，包括詹姆斯・拉根、里拉・艾斯丘、克瓦梅・道斯、蔚雅風、大衛・達莫若什、顧彬、莫言、余華、格非、張煒、遲子建、艾偉、畢飛宇等著名作家、學者在內的 160 余位代表應邀與會，共同探討全球化語境下世界文學發展的狀況，探討當代中國文學與世界文學的聯繫，探討中國文學如何走向世界。作為會議的主辦方之一，設在美國奧克拉荷馬大學，有著 80 餘年悠久歷史的國際知名英語學術期刊《當代世界文學》也走進了中國讀者的視野。

一

　　瞭解《當代世界文學》的歷史，讀者就會發現它與中國合作方共同主辦這次高規格、高水準國際學術會議絕非偶然，而是它長久關注中國文學發展脈動的一個必然結果。《當代世界文學》雜誌由美國奧克拉荷馬大學學者羅依・坦普爾・豪斯博士在 1927 年創辦，最初名為《海外書覽》（*Books Abroad*），1977 年改用今名。這份雜誌主要刊載當代世界文學評論，也發表各國優秀作家作品。作為世界文學的重要組成部分，中國文學自然會受到它的關注。早在 1935 年，《海外書覽》（《當代世界文學》，下同）雜誌就把目光投向中國。當年的冬季號登載了 Meng Chih 的「轉折時期的中國新文學」（The New

Literature of Changing China）的文章。文章一開頭就糾正西方學者認為中國「停滯不前」的錯誤認識，強調近二十餘年來隨著中國政治、經濟的巨大變革，文學也發生了根本性的變化。這種變化的最大特徵，是以白話文為載體的新文學代替了以文言為載體的古典文學。文章把胡適推舉為新文學運動最重要的領袖人物，還介紹了新文學在詩歌、小說、戲劇、散文以及傳記方面的代表作家和作品。

此後的 1939 年至 1967 年，《海外書覽》還刊登過 8 篇長短不等的文章、消息，介紹、總結中國新文學的發展與成就。其中 1939 年夏季號上的「偉大的中國小說家」（China's Great Novelist）和 1967 年冬季號上的「中國：魯迅」（China: Lu Hsun）兩篇文章，是介紹魯迅的專文。前一篇文章稱魯迅「憤世嫉俗」，是「絕望的理想主義者」[1]，認為他的作品批判了人性的弱點。「中國：魯迅」是一組諾貝爾文學獎專題討論文章中的一篇，贊魯迅的〈狂人日記〉是中國新文學的第一個里程碑。文章提到 60 年代中國對魯迅的神化，但作者強調指出，即便沒有這種神化，魯迅的影響也是史無前例的。

1954 年夏季號刊登的「當代中國文學」（Contemporary Chinese Letters），是一篇對三十年新文學進行總結的長文，描述了五四以來中國新文學的發展，探討了新文學產生的原因。文章指出，新文學的產生取決於三個重要因素：對傳統文學的繼承、政治的影響、西方文明的激勵。作者尤其認為，西方文明的影響主要通過翻譯文學及作家到國外留學的途徑，它是新文學產生的根本原因。作者詳細列舉了林紓、嚴復的翻譯，以及魯迅、胡適、周作人、郭沫若、巴金、老舍、徐志摩、冰心、聞一多等在不同國家留學的經歷，作為自己觀點的佐證。

《海外書覽》雜誌刊登的上述 9 篇文章，對中國新文學的描述雖浮光掠影、掛一漏萬，但基本上反映了美國學界對中國新文學的

---

[1]　Wang Chi-Chen. "China's Great Novelist." *Books Abroad* (Summer 1939): 312.

認識。從把胡適奉為新文學最重要的領袖，到追認魯迅為「偉大的中國小說家」，新文學的「第一個里程碑」，顯示出這種認識不斷調整到更符合實際。更重要的是，《當代世界文學》對中國新文學雖然還相當陌生，但它秉承了刊頭語所引述的歌德關於世界文學理想的論述，致力於促進各民族文學的相互交流、理解和包容，對待中國新興文學的態度友善、親和，沒有歧視和偏見。

文革10年，中國文壇萬馬齊喑，《當代世界文學》雜誌也沒有刊登一篇介紹中國文學的文章。1978年改革開放之後，中國文壇百花齊放，欣欣向榮，剛剛改過刊名的《當代世界文學》立刻就嗅到了中國文學新的氣息。1979年秋季號發表三藩市州立大學的葛浩文（Howard Goldblatt）教授的文章「當代中國文學與新《文藝報》」（Contemporary Chinese Literature and the New *Wenyi Bao*），圍繞《文藝報》的復刊展開評論，認為復刊是中國文學的一個「標誌性事件」，是經過「文革」的長期禁錮之後，文學重新獲得生機的一個「充滿希望的信號」[2]。1981年冬季號又刊載葛浩文教授的「重放的鮮花：中國文學復蘇」（Fresh Flowers Abloom Again: Chinese Literature on the Rebound），繼續傳播著改革開放後新時期新文學獲得解放的消息。前一篇文章中，葛浩文教授對中國文學能否持續解凍態度謹慎。僅僅兩年之後，葛浩文教授的態度有了根本改觀，表示「有理由對中國文學的未來的繁榮保持樂觀」。歡呼「四人幫」的倒臺和文學春天的到來。最後作者充滿希望地指出：「現代中國文學三十年產生了大師魯迅，而最近的解禁有希望給文學帶來真正的繁榮」[3]。

事實正如葛浩文教授所斷言的那樣：中國文學進入了發展的黃金時代，而《當代世界文學》追蹤中國文學動態，關注中國文學發

---

[2]　Howard Goldblatt. "Contemporary Chinese Literature and the New *Wenyi Bao*". *World Literature Today*（Autumn 1979）: 617.

[3]　Howard Goldblatt. "Fresh Flowers Abloom Again: Chinese Literature on the Rebound". *World Literature Today* (Winter 1981): 7.

展，也進入一個嶄新的階段。不僅發表文章的數量大幅度增加，論題所涉範圍、探討的深度也都史無前例。從 1991 年起，《當代世界文學》更開始用專刊的形式集中介紹中國文學。當年的夏季號刊發了 11 篇有關中國文學的文章和訪談，如 John Marney 的「九十年代的中國政治與文學」（「PRC Politics and Literature in the Nineties」）、Michael S. Duke 的「走向世界：中國當代文學的一個轉捩點」（「*Walking Toward the World: A Turning Point in Contemporary Chinese Fiction*」）、Jie Min 的「變革中的中國小說」（「Chinese Fiction in Transformation」）、William Tay 的「從王蒙看現代主義與社會主義現實主義」（「Modernism and Socialist Realism: The Case of Wang Meng」）、Bettina L. Knapp 的「中國婦女作家的新紀元」（「The New Era for Women Writers in China」）等。2000 年夏季號推出莫言專刊，刊登了莫言的講演稿「我的三本美國書」（「My Three American Books」），另發表了「莫言的文學世界」（「The Literature World of Mo Yan」）、「西方人眼中的莫言」（「Mo Yan through Western Eyes」）、「土地：從父性到母性——論莫言的《紅高粱》和《豐乳肥臀》」（「From Fatherland to Motherland: On Mo Yan's *Red Sorghum* and *Big Breasts and Full Hips*」）等 4 篇研究論文。2001 年冬季號重點介紹了 2000 年獲得諾貝爾文學獎的高行健。2007 年 6-7 月號推出新的「當代中國文學專刊」，2008 年 11 月-12 月號推出了北島專刊。縱觀 1978 年至今的《當代世界文學》雜誌，從沒有哪個國家的文學享受過如此尊榮。

　　在此專刊潮中，尤其值得一提的是 2007 年 6-7 月號推出的「當代中國文學」專刊，它被稱為「Inside China」（來自中國內部），是因為《當代世界文學》編輯部把部分組稿權交給了北京師範大學文學院的專家學者。其中張檸的「中國當代文學的基本格局」，張頤武的「近年來中國文藝思潮的轉變」，張清華的「狂歡與悲戚：21 世紀中國文學印象」，以及食指、陳東東等詩人的詩，都來自國

內的供稿。這種模式，為西方讀者提供了零距離觀察中國文學的途徑，也把中國當前文壇新銳的文學創作和批評推向了世界。

《當代世界文學》雜誌社與北京師範大學文學院仍在繼續挖掘雙方合作的潛力。2008 年 10 月，雙方共同主辦的《當代世界文學》（中國版）創刊。「中國版」的《當代世界文學》第一期精選了原版 2007 年 6 期中的內容，保留了原版最有特色的三個欄目：繪本文學、瀕危語言文學、書評。其他文章按新設欄目重新編列，這些新設欄目是：詩歌選萃、國別文學綜論、當代作家評論、作家訪談。「中國版」把西方的世界文學類期刊的理念，觀察世界文學的角度，以及當前世界文學的最新資訊帶到了中國，實現了中國與世界的雙向交流。未來雙方還規劃擴大「中國版」的稿源範圍，除選登原版內容外，也直接在世界範圍內約請學者撰稿，並固定開闢「中國文學與世界」的欄目，真正把「中國版」辦成一個世界文學交流的視窗。

二

《當代世界文學》雜誌社除每年出版 6 期雜誌（2006 年之前是季刊，之後改為雙月刊）外，還評選兩年一屆的紐斯塔國際文學獎（Neustadt Prize for International Literature）。紐斯塔獎創設於 1969 年，是第一個在美國設立的世界文學獎項，授予被公認為在詩歌、小說或戲劇方面取得突出成就的作家，並僅以作品的文學價值為授予依據。一個由 8 到 10 名作家組成的國際評委會負責評獎活動。獎項包括 5 萬美元、一個銀鑄的獎章，還有一張證書。這一獎項在國際上久負盛名，有「美國的諾貝爾獎」之稱。在它存在的近 40 年間，與紐斯塔獎相關的 25 名評委、候選人、獲獎者都先後得到了諾貝爾獎，就是最好的證明。

　　紐斯塔國際文學獎與中國的淵源也很深。自中國改革開放以來，先後有聶華苓、蕭乾、巴金、北島等中國或華裔作家先後擔任過紐斯塔國際文學獎的評委，巴金、戴厚英、莫言、北島等作家被提名為該文學獎的候選人。通常《當代世界文學》雜誌都會對重要的評委和候選人加以介紹。聶華苓的專訪（1981 年冬季號）、巴金的介紹（1981 年秋季號）、蕭乾的介紹（1987 年夏季號），以及莫言和北島的專刊都與該獎項的評選有關。但遺憾的是，迄今為止還沒有一位華裔或中國作家獲得這一獎項。筆者在 2007 年對雜誌的主編助理丹尼爾・西蒙（Daniel Simon）博士進行採訪時，曾向他詢問其中內情。西蒙博士告訴筆者，紐斯塔獎的評委由《當代世界文學》的社長和編輯們遴選，在推選評委時，會盡可能地照顧地區的多樣化，同時要求候選人的作品有英語、西班牙語、法語的譯本，以便每一個評委都可以對候選人的作品發表意見。對具體投票過程，西蒙博士表示不便透露，但他說，編輯部的同仁們「強烈希望一位中國作家最終能夠獲得這個獎項」[4]。

　　隨著在 2008 年剛設立的紐曼華語文學獎把首屆獎項授予莫言，中國作家在紐斯塔獎上的挫折感得到了一定程度的補償。紐曼獎由美國奧克拉荷馬大學美中關係研究所設立，每兩年頒發一次，旨在表彰在世的對華語寫作做出傑出貢獻的作家。紐曼獎以文學價值作為唯一的衡量標準，由傑出專家組成的國際評委會通過特定程式提名候選人並遴選出獲獎者。紐曼獎的總協調人，奧克拉荷馬大學美中關係研究所所長葛小偉（Peter Gries）在新聞稿「莫言榮獲美國紐曼華語文學獎」中談到創建此獎的目的時說：「紐曼獎是第一個基於美國的華語文學獎。我希望該獎能加深美國讀者對當代華語文學的繁榮及人文精神的理解，並進一步促進美中關係的改善」[5]。

---

[4]　劉洪濤：〈世界文學的諸種可能——美國〈當代世界文學〉雜誌訪談錄〉，《外國文學動態》2008 年 3 期。

[5]　參見美國奧克拉荷馬大學美中關係研究所官方網站新聞報導「莫言榮獲

　　首屆紐曼獎評委員會由來自美國、中國大陸、中國臺灣和香港的七名專家組成。他們分別是：鄧騰克（俄亥俄州立大學）、葛浩文（聖母大學）、劉洪濤（北京師範大學）、彭小妍（中央研究院）、許子東（嶺南大學）、張頤武（北京大學）、趙毅衡（四川大學）。他們共提名七位作家及其代表作參評：莫言《生死疲勞》（2006）、閻連科《丁莊夢》（2006）、寧肯《蒙面之城》（2001）、王安憶《長恨歌》（2000）、朱天心《古都》（1997）、王蒙《活動變形人》（1985）、金庸《鹿鼎記》（1967－1972）。評委們在四輪投票程式後，一致推舉莫言當選。莫言的提名人及其長篇小說《生死疲勞》的譯者葛浩文在提名信中寫道：「莫言是當今中國最傑出也是國際知名度最高的作家。他的作品風格突出、意象詭異、語言超凡脫俗。但在我看來，莫言最獨到之處還是他另闢蹊徑的歷史想像，他的作品會因其對藝術性和人性的完美糅合而揚名後世」（「Nomination Statement」）。

　　紐曼華語文學獎並不由《當代世界文學》雜誌社直接運作，但它是介紹和評論獲獎作家的重要視窗。在「當代世界文學與中國」國際學術研討會上，《當代世界文學》雜誌社社長大衛斯‧昂第亞諾教授向與會者鄭重宣佈了莫言獲獎的消息，並表示將在明年推出特刊介紹莫言。這將是《當代世界文學》第二次出莫言專刊，縱觀雜誌 80 餘年的歷史，還不曾有此先例。

三

　　為慶祝《當代世界文學》2007 年 6-7 月號「中國當代文學」專刊出版，《當代世界文學》雜誌社與北京師範大學文學院在當年 6

美國紐曼華語文學獎」，2008 <http://www.ou.edu/uschina/newman/winners-chi.html>。

月共同召開了一個座談會，莫言、余華、格非、食指等中國當代著
名作家、詩人、學者、批評家應邀與會，《當代世界文學》雜誌社
派代表石江山（Jonathan Stalling）教授參加了會議。這次會議雖然
規模不大，但成果豐碩，氣氛融洽。正如石江山在回顧這次會議時
寫到的：「當我們試圖理解並欣賞躋身於世界最古老、最高貴文明
之列的 21 世紀中國文明時，這一創舉意味著交流的重要機遇；它
還讓我們有機會想像世界大同，並探索持續轉變中的當代世界的本
質」[6]。正是在這次會議上，雙方有了舉辦一個大型國際學術會議
的動議。經過一年多的籌備，「當代世界文學與中國」國際學術研
討會終於成功召開。

　　二天半的會議，共安排了三場主題發言，三場分會發言和四場分
組發言。三個分會場的議題是「全球化與當代世界文學」、「全球化
語境與批評視界」、「全球化與比較文學」。四場分組的議題是「當
代漢語詩歌與世界」、「英語視域中的世界文學」、「漢語視域中的
世界文學」、「世界文學理論與中外文學比較」。美國著名作家詹姆
斯·拉根、里拉·艾斯丘、克瓦梅·道斯、蔚雅風、中國著名作家莫
言分別作了題為「藝術家的高貴與良知」、「美國中心地帶的種族與
救贖」、「締造獨特的雷鬼情調：《乘公車去巴比倫》」、「《梅花
之舞》與『五行』哲學思想體系」、「影響的焦慮」的主題發言。作
家們從各自的體驗和感受出發，暢談了全球化時代文學家的身份和責
任，所受外來文學影響，藝術創作的可能途徑諸問題。國內外知名學
者大衛斯·昂第亞諾、羅奈爾得·施萊費爾、童慶炳、張炯、吉狄馬
加、雷達、盛寧、陳眾議、陳思和、楊慧林、王寧、孟華、曹順慶、
趙毅衡等也出席會議並發表了重要講話。

---

[6]　Jonathan Stalling. "Old Stories and New Voices in Beijing." *World Literature
　　 Today* （January- February 2008）: 42.

　　10 月的會議名為「當代世界文學與中國」，中國文學與世界文學如何互動，中國文學如何走向世界，自然成為大會熱衷討論的議題。這裏著重介紹三位作家學者主題發言的要點。莫言在名為「影響的焦慮」的主題發言中認為，在全球經濟一體化背景下，全球文學也在日益趨同化，文學的克隆和近親繁殖越來越嚴重。但正如我們不可能重新閉關鎖國以應對金融危機一樣，文學的趨同化也不應該成為中國作家拒絕與外國的同行們交流和學習的理由。相反，我們應該以更加開放的心態，更加積極的態度，更高的熱情和更大膽的手段去與外國的同行們交往，去向外國的同行們學習和借鑒。而且，隨著中國文學經過近三十年的發展，取得了豐富的經驗和豐碩的成就，中國作家不必再像 80 年代那樣去仰視甚至膜拜外國的同行，我們完全可以與他們平等地談話，平等地交流，而且還能夠從他們的作品中發現不完美之處。就借鑒與創新的關係問題，莫言說，對今天的作家而言，如果要寫出有個性、有原創性的作品，必須盡可能多地閱讀外國作家的作品，必須盡可能詳盡的掌握和瞭解世界文學的動態，讓別人的作品喚醒、照亮自己所體驗和感悟到的生活。

　　著名文藝理論家、北京師範大學童慶炳教授作了題為「當代中國文學怎樣才能具有世界性」的主題發言。相對於莫言的樂觀，童教授對近二十年中國文學的總體評價不高。他認為「世界性」是評價文學優劣的一個重要標準，而中國當代作家缺乏真正意義上的世界性。為改善這種狀況，童教授提出三點意見：一，文學創作要有新的思想精神元素的深刻發現。要用自己的眼光，自己的人文的視野、自己的詩意的深度，去深入鑽研和理解當代中國及其複雜的生活，並從中提煉出新的思想精神元素來。其二，要努力創作出具有新質的人物形象。人是文學的永恆主題，人物的創造是文學敘事的中心人物的精神、性格、命運總是吸引讀者最重要的藝術力量。其三，要有文學文體意識真正徹底的覺醒。文體是一種文學語言體式，

其背後反映作家的創作個性和時代的、民族的精神。這種文體延伸為藝術性的發揮，作家通過他們的文體，寫出作品的氛圍、情調、韻味和色澤，從而展現出鮮活的生命的美麗。

　　著名漢學家、德國波恩大學顧彬教授也在題為「語言的重要性，或母語與世界文學的關係」的主題發言中為中國文學把脈。顧彬一如既往對中國當代文學提出嚴厲的批評，認為中國作家受市場誘惑，熱衷於渲染色情和犯罪，寫得太快太爛。更為嚴重的是，漢語的詩意和美感在極左時期遭到嚴重破壞，當代中國作家受不懂外語的局限，無法從其他民族語言文學中直接汲取營養，來改善自身語言貧乏的境況。後一點顧彬在發言中闡述得最為充分。他從自己懂英、法、拉丁語、希臘語、希伯來語、日語、漢語等外語的「資歷」說起，並拿現代中國的優秀作家大都掌握外語，甚至可以用外語寫作為例，指出當代中國作家不懂外語的危害。顧彬在發言中，偏激之詞比比皆是，如說中國作家不懂外語是「一種災難」，中國作家就像「太監戀愛」一樣，想創作出偉大的作品，卻受到自身的局限。他忘記了他的同胞歌德在短短幾個星期之內，寫出《少年維特之煩惱》、《親和力》這樣偉大的作品，中國現代作家沈從文不懂外語，卻寫出了〈邊城〉等傳世之作。儘管顧彬宣稱自己是中國文學「嚴厲的朋友」，儘管他對中國作家的告誡「只有通過他者，一個作家才可以真正發現他自己，發現他的語言和真正的能力」[7]。也許是真誠的，但他的「診斷」是否有效，他的傲慢態度是否會讓中國作家產生拒斥情緒，還需要時間來檢驗。

---

[7]　本文第 3 部分所引莫言的〈影響的焦慮〉、童慶炳的〈當代中國文學怎樣才能具有世界性〉、顧彬的〈語言的重要性，或母語與世界文學的關係〉3 篇文章，以及《當代世界文學》雜誌社社長大衛斯·昂第亞諾在大會上的發言，都收入《全球化時代的世界文學與中國——「當代世界文學與中國」國際學術研討會論文集》，北京中國社會科學出版社 2009 年版。

　　美國《當代世界文學》雜誌 80 餘年的發展歷史，見證了中國文學的百年滄桑和巨變。《當代世界文學》雜誌社社長大衛斯・昂第亞諾教授在 10 月北京會議上說，這份有著沉甸甸的學術含量和廣泛國際影響力的雜誌，關注中國文學的模式目前已經發生轉型，「即從帶有判斷性的遙遠的學術視角變成了一種參與和合作的視角。也就是說，為了達到互相理解這一目標，我們用創造性的學術合作代替了曾經的那種對中國文學嚴謹的學術審視」②。它是一面鏡子，反射出中國文化的豐富性和力量，以及它在 21 世紀的日益增長的影響力。

原載《外國文學研究》2009 年第 5 期

第三輯

中國現當代文學與世界

沈從文在上海

——文學與城市複雜關係的一個考察

一

今天的學者已很少再單純去附和或發揮作家對城市的批判所含的道德價值與政治寓意了，他們更重視城市帶給作家多方面的良性影響。這種傾向是對二十世紀世界文學本質特徵的呼應。城市是現代主義文學的發源地：城市的罪惡、城市的混亂和速度「是文化上產生深刻異議的基礎」，「城市的吸引力和排斥力為文學提供了深刻的主題和觀點。」[1]同時，也只有城市，才能激發和容納先鋒作家對藝術如醉如癡的創新與實驗。我本人很神往本世紀初葉的彼得堡和莫斯科，這兩座古老的城市因擁擠著許多革命家和先鋒派文學團體而充滿勃勃生機。政治或思想革命本來就和激進的文學藝術互為表裏！阿克梅派、謝拉皮翁兄弟，山隘派，真正藝術協會……馬雅科夫斯基、勃洛克、紮米亞金、巴別爾、左琴科……我能一口氣列出許多文學團體和作家的名子，他（它）們都和象徵主義、表現主義、未來主義聯繫在一起。

二十年代後期的上海，在文學的現代轉型方面發揮的作用不亞於世界上任何一座大都市。茅盾曾經指出：「都市里的人們生活在機械的『速』和『力』的漩渦中」，「也許在不遠的將來，機械將

---

[1] 布雷德伯里主編：《現代主義》，上海外語教育出版社 1992 年 6 月（中文版），77 頁。

以主角的身份闖上我們這文壇吧,那麼,我希望對於機械本身有讚頌而不是憎恨。」[2]茅盾的預言在劉吶鷗這裏得到了應和:「……電車太噪鬧了,本來是蒼青色的天空,被工廠的炭煙布得黑濛濛了,雲雀的聲音也聽不見了。繆賽們,拿著斷弦的琴,不知飛到那兒去了。那麼現代的生活裏沒有美的嗎?哪裏,有的,不過形式換了罷,我們沒有 Romance,沒有古城裏吹著號角的聲音,可是我們有 thrill, carnal intoxication,這就是我說的近代主義,至於 thrill 和 carnal intoxication,就是戰慄和肉的沉醉。」[3]上海作為中國現代都市的代表,刺激並最終實現了作家關於新型文學的構想。普羅文學的昂揚亢奮,新感覺派的標新立異,新月派的紳士風度和對西方最新文學潮流的深刻把握,都與這東方大都會息息相關。

　　1928 年 1 月,沈從文離開北京,來到充滿喧嘩與躁動的上海。

二

　　現將沈從文在上海的時間和主要活動分述如下:

　　1928 年 1 月,離開北京到上海,住法租界善鐘里。

　　　　3 月,胡也頻、丁玲來上海訪沈從文。

　　1929 年 1 月 10 日,《紅黑》雜誌創刊。

　　　　1 月 20 日,《人間月刊》創刊。

　　　　8 月,沈從文應胡適之邀到中國公學任教。

　　1930 年秋,赴武漢大學任教。

　　1931 年 1 月,武大放假,沈從文回到上海。

---

[2]　茅盾:《機械的頌贊》,《申報月刊》載 1933 年 4 月 15 日 2 卷 4 期。

[3]　劉吶鷗 1926 年 11 月 10 日致戴望舒信,見孔另境編:《現代作家書簡》,花城出版社 1982 年版。

　　1 月，胡也頻被捕，為營救他四處奔走。

　　4 月，送丁玲母子回湖南，很快返回上海。

　　1931 年秋，應楊振聲之邀，到青島大學任教。

　　除去 1930 年秋至 1931 年 1 月約 5 個月時間，他在武漢大學任教，寓居上海的時間有三年多一點（1928-1931）。這時間，比在青島的兩年（1931 年秋-1933 年夏）稍長，比在北京的十三年（1923-1927，1933-1937，1946-1949）和在昆明的八年（1938-1945）短得多。

　　據不完全統計，沈從文在上海時期完成的小說共 69 篇（部）。為便於我後邊的分析，茲將這 69 篇（部）作品按湘西和都市的題材劃類開列如下：

湘西小說	都市小說
1、爹爹（1928 年 2 月）	1、舊夢（1928 年 2-9 月）
2、柏子（1928 年 8 月）	2、阿麗絲中國遊記（1928 年 3-10 月）
3、采蕨（1928 年 9 月）	3、煥乎先生（1928 年 5 月）
4、雨後（1928 年 9 月）	4、上城裏來的人（1928 年夏）
5、闕名故事（1928 年 9 月）	5、第一次作男人的那個人（1928 年 8 月）
6、阿金（1928 年 12 月）	6、除夕（1928 年夏）
7、石子船（1928 年）	7、一個母親（1928 年春）
8、阿黑小史（1928 年）	8、不死日記（1928 年 8 月）
9、龍朱（1929 年 1 月）	9、有學問的人（1928 年 9 月）
10、參軍（1929.2）	10、誘一拒（1928.10）
11、說故事人的故事（1928 年）	11、某夫婦（1928 年 9 月）
12、媚金‧豹子‧與那羊（1929 年 2 月）	12、夜（1928 年冬）

13、旅店（1929 年 2 月）　　13、中年（1928 年 12 月）

14、神巫之愛（1929 年 3 月）　14、落伍（1929 年春）

15、七個野人與最後一個
　　迎春節（1929 年 3 月）　15、元宵（1929 年春）

16、道師與道場
　　（1929 年 6 月）　　　　16、燈（1929 年 5 月）

17、夫婦（1929 年 7 月）　　17、寄給某編輯先生（1929 年 7 月）

18、一隻船（1929 年 8 月）　18、大城市中的小事情
　　　　　　　　　　　　　　　（1929 年 8 月）

19、牛（1929 年夏）　　　　19、煙斗（1929 年秋）

20、會明（1929 年夏）　　　20、腐爛（1929 年 8 月）

21、我的教育（1929 年夏）　21、冬的空間（1929 年）

22、菜園（1929 年夏）　　　22、紳士的太太（1929 年）

23、還鄉（1929 年）　　　　23、一日的故事（1929 年）

24、漁（1929 年）　　　　　24、血（1930 年 2 月）

25、建設（1929 年）　　　　25、樓居（1930 年 3 月）

26、蕭蕭（1930 年 1 月）　　26、微波（1930 年 4 月）

27、丈夫（1930 年 4 月）　　27、平凡的故事（1930 年 7）

28、夜（1930 年 4 月）　　　28、夜的空間（1930 年 8）

29、逃的前一天
　　（1930 年 7 月）　　　　29、薄寒（1930 年夏）

30、三個男人與一個女人
　　（1930 年 8 月）　　　　30、道德與智慧（1931 年 4 月）

31、一個女人（1930 年 9 月）31、虎雛（1931 年 5 月）

32、醫生（1931 年 4 月）　　32、呆官日記（1928 年 12 月）

33、三三（1931 年 8 月）　　33、一個天才的通信（1929 年 6 月）

34、第四（1930 年 4 月）　　34、篁君日記（1929 年）
　　　　　　　　　　　　　　35、一個女演員的生活（1930 年）[4]

　　《沈從文文集》收小說 177 篇，加上未入集的作品，共有大約 200 餘篇小說，上海時期的創作，計 69 篇，占這個總數的三分之一。產量可謂驚人，作品質量更讓人刮目相看。他的風格成熟於這一時期，最優秀的短篇小說創作於這一時期，尤為重要的，這也是他藝術實驗最為活躍的時期。這一切，都與上海這座國際大都市有關。

三

　　沈從文對自己生活過的幾個城市，都留下了不少評價性文字。他懷念北京的「一槐一棗廬」：「一個小小院落中，一株槐樹和一株棗樹，遮蔽了半個院子。從細碎樹葉間篩下細碎的明淨秋陽日影，鋪在磚地，映照在素淨紙窗間，給我對於生命或生活一種新的經驗和啟示。」[5]青島的天光水色草木，他喜歡：「天與樹與海的形色氣味，便靜靜的溶解到了我絕對單獨的靈魂裏。我雖寂寞但不悲傷。因為從默會遐想中，感覺到生命智慧和力量。」[6]在昆明看雲，更是他心馳神往的：「雲南的雲似乎是用西藏高山的冰雪，和南海長年的熱浪，兩種原料經過一種神奇的手續完成的。」[7]唯獨對上海，始終沒有留下一點好印象。這裏遠離自然，吵鬧擁擠，充斥著商業欺詐和腐化墮落，讓剛到上海一星期的沈從文，所受教育，「比在老窄而霉齋

---

[4]　這個統計主要依據金介甫《沈從文傳》提供的著作目錄，肯定還有不少遺漏。但初步的清理足以說明問題。
[5]　〈水雲〉，《沈從文文集·第 10 卷》，花城出版社 1984 年版，279 頁。
[6]　〈水雲〉，《沈從文文集·第 10 卷》，花城出版社 1984 年版，265 頁。
[7]　〈雲南看雲〉，《沈從文文集·第 10 卷》，花城出版社 1984 年版，78 頁。

中一年的還多」[8]。他不無誇張地說：「我儼然遊過地獄看過一切羅剎變形了」[9]，並得出結論：「我想我是不適宜住上海的人」。[10]

沈從文終於還是在上海住了下來。從北京的窄而霉齋移到上海弄堂裏的亭子間，終日埋頭一邊擦鼻血一邊寫文章；不久又與胡也頻、丁玲一道，為創辦《紅黑》和《人間月刊》奔忙；隨後到中國公學任教；胡也頻被捕，他傾全力營救。在上海，他目睹了現代資本主義工商業運作的整體圖景，體味到空前的生存壓力。同時，都市五光十色的霓虹燈、咖啡店、樓宇的森林，以及豔裝時髦女郎……興奮了他的神經，使感覺也異常敏銳起來。正如他的一篇小說〈誘一拒〉的題目表白的那樣，他怒火滿腔攻擊上海的同時，也接受了上海的誘惑。

生活在上海的沈從文，承繼和發展了北京時期形成的城市批判主題，把攻擊的矛頭指向紳士階層、商業習氣和黨派爭鬥。

沈從文眼中的紳士，大致指在政府為官，在高校任教，或作寓公的顯貴們，他們高居社會上層，生活優裕，氣度不凡，談吐風趣，經常出入各種社交場合。沈從文對他們本來面目的揭露，一向不遺餘力。〈有學問的人〉寫一位紳士太太與男主人之間一次不成功的性引誘。男主人向來訪的紳士太太示愛，女子屬於那種家庭幸福，又希冀有點豔遇的人，正中下懷，準備在適當的防守後交出自己。但男子在即將成功時，膽怯了，不敢跨出最後的一步。電燈亮，妻子回，機會失，彷彿一切沒有發生。男子保住了紳士風度，沈從文卻把這所謂「風度」背後隱藏的虛偽、懦弱和盤托出。〈紳士的太太〉寫盡了豪門巨族的情欲氾濫，道德淪喪。〈平凡的故事〉嘲諷的是一群候補紳士，雖還是在校學生，但他們的虛榮、浮誇、趨潮和媚俗，絲毫不讓前輩，沈從文認為他們是一群缺乏個性、激情，沒有思想的可憐蟲。在沈從文筆下，紳士雖有迷人的風度，但內在生命力枯竭。在〈薄寒〉中，沈從文安排

[8]　沈從文：〈南行雜記〉，《晨報副刊》1928 年 2 月 1 日-4 日，2189 期-2192 期。
[9]　同前註。
[10]　同前註。

了一位美麗女人，把她作為男性生命品格的試金石。有一大群男人在追求她，用盡了種種以為能夠奏效的辦法：「客氣的行徑呀，委婉的雅致的書信呀，略帶自誇的獻媚呀，凡是用在社交場中必須具有紳士風度的行為，都有人作過」，卻一一失敗。這個女人，她需要的是力，是粗暴，強壯，「她的貞節是為這勇敢的、熱情的男子保留」，而都市卻只出產萎靡不振、喪失活力的男人。

　　沈從文自己是彌漫在上海灘的商業行徑、習氣的直接受害者，自傳體的〈煥乎先生〉、〈樓居〉、〈一日的故事〉等，詳盡描繪了這方面的情形。斗室裏躺著生病的母親，營養不良的妹妹，家中等米下鍋，等錢看病，自己只好一邊擦鼻血，一邊拼命趕稿子。為多得稿費，與書店討價還價；而書店方面卻只想借他的名賺大錢，稿費一壓再壓。為書能暢銷，有時他不得不違心迎合大眾口味，炮製一些低劣作品。[11]記得沈從文曾住常德某旅館，一泡半年，房租拖了又拖，店主惹急了，也只是拿著帳本當面講理，叫窮許願一通就搪塞過去了[12]。北京的房東出於對詩人作家的仰慕，會把數月的房租一筆勾銷[13]。這種充滿人情味的善舉在上海恐怕是打著燈籠也難以找到，房東會為一個子兒和他斤斤計較，千方百計苛扣伙食。交不上房租，馬上叫你走人。

　　除了反映現代都市中個人面臨的殘酷的經濟剝削和嚴峻的生存壓力外，沈從文還關注資本主義金錢關係對人性的腐蝕。〈某夫婦〉寫一對夫婦合謀以色詐財，在設計程式時，二人意見不合，打作一團。女人吃了虧，欲報復丈夫，遂在引誘客人時，假戲真做。丈夫捉姦不成，反戴上綠帽，賠了夫人又折兵。小說情境安排頗得莫泊

---

[11] 像〈舊夢〉這樣的作品，冗長而無聊，給人的感覺，它的「長度」與情節發展關係不大，而主要出於雜誌連載的需要。沈從文在一些城市小說裏，承認自己為掙錢粗製濫造。

[12] 沈從文：〈一個傳奇的本事〉，《沈從文文集・第10卷》，144頁。

[13] 沈從文：〈記胡也頻〉，《沈從文文集・第9卷》，64頁。

桑小說神韻，在冷靜、機智的敘述中，活畫了二人天良盡失，唯利是圖的醜態。

　　沈從文另一些作品中，出現了舞女妓女形象。他對這些現代商業文明溫床上養育的「惡之花」，寄予深切同情。〈第一次作男人的那個人〉寫男主人公與一妓女春風一度，雙方把金錢與肉體的交換關係拋在一邊，都動了真情。女人雖身遭不幸，卻仍不失本真和高潔，可敬可歎。〈夜〉的主角是一個舞女，跳舞時，蒙一翩翩風度的男子禮遇，就想入非非，以為能嫁給他，跳出這火坑。一夜夢幻，醒來又一切照舊，於是「她明白了，舞女的生涯白天是睡」，「到夜裏，她將得陪人跳舞」，不會有奇跡發生，這是命。

　　沈從文一貫謹守文人本分，與政治保持相當距離。他對普羅作家以筆代槍，進行革命鼓動，頗不以為然[14]；自己的好友丁玲、胡也頻跳進政治風浪去搏殺，沈從文認為這是年青人頭腦發熱，受人利用，不務正業。[15]這是沈從文的糊塗處。但他對國民黨欺世盜名，搞白色恐怖，卻一貫保持清醒認識，給予有力揭露。在轟轟烈烈的北伐戰爭洪流中，大多數人盲目信從，被「進步」、「解放」之類漂亮口號迷惑、激動，以為革命即將成功，中國有了希望，沈從文卻一針見血揭露了其反人民性的兇殘本相。〈血〉指出，許多熱血男兒真誠信奉的所謂「革命」，其實只是利益集團之間的權利遊戲和交易。〈煙斗〉通過對工廠職員在政治風浪中的升遷，諷刺「革命」是換湯不換藥。〈上城裏來的人〉借一鄉村婦人之口，指控「革命軍隊」在農村燒殺姦搶之令人髮指的劣跡。〈大城市中的小事情〉寫工廠主假革命之名，行壓迫剝削之實，指出革命的表層性，沒有真正觸動資本家的利益。魯迅寫於 1920 年的〈風波〉是對辛亥革命實質的深刻反省，沈從文上述作品，都完成於大革命高潮中，即

---

[14]　沈從文幾乎所有的批評文字都可以作證。
[15]　參閱〈記胡也頻〉、〈記丁玲〉。

有如此精到、透徹的分析，不能不讓人驚歎。再聯想到同時期一些普羅作家的作品，充斥著狂熱的理想主義和亢奮的革命情緒，這些凝聚了沈從文人生體驗與沉思的作品，不是意味深長嗎？

四

橘在江南為橘，逾淮為枳。文學受地域影響，為環境制約，這道理，是不需要求證的。城市在現代文學生成中發揮著巨大作用——正面的或負面的——可以由這常識引申出來。但文人對於上海，卻貶斥多於讚譽。「海派」在他們眼裏，是一個臭名昭著的詞，它彙集了現代文明的一切罪惡：金錢勢力，商業習氣……。這是不公正的。文學從上海這座現代大都市獲益，同樣是事實。對於研究者，認識到後一點更為重要。

本節討論上海在沈從文創作風格變化，創作方法形成，及藝術形式創新中發揮的積極作用。在論文總體構思中，本節是我研究城市空間在沈從文創作中所占地位時重點解剖的一個實例；就研究的學術意義而言，我希望城市問題引起研究者足夠的注意，因為新文學的輝煌，與城市（主要是上海和北京）的刺激有絕大關係。

沈從文北京時期寫的湘西作品，有〈往事〉、〈臘八粥〉、〈玫瑰與九妹〉、〈船上〉、〈堂兄〉、〈瑞龍〉等 30 餘篇，其中大多是回憶性文字。他寫幼時栽花，吃臘八粥，走親戚，翹課，逛街等，寄託對往昔鄉間無拘無束生活的思念，回憶中散漫著談談的愁情別緒。這一切，並不出魯迅開創示範的鄉土小說的格局和路數。沈從文自己也承認：「由魯迅先生起始，以鄉村回憶做題材的小說正受廣大讀者歡迎，我的學習用筆，因之獲得不少勇氣和信心。」[16]當然，沈

---

[16] 〈《沈從文小說選集》題記〉，《沈從文文集・第 11 卷》，69 頁。

從文的師承，絕不止魯迅一脈，周作人同樣對他產生過強大影響。以周作人為核心的《歌謠週刊》，專事收集民間歌謠、傳說、風俗，得到沈從文的積極回應，他收集過幾百首「鎮竿謠曲」，整理過故鄉特異的風俗[17]。沈從文作品中風俗描寫成分增加，準確率提高，與此大有關係。還有廢名，這位「由於對周先生的嗜好，因而受影響，文體有相近處」的小說家[18]，同樣令沈從文神往。沈從文小說〈老實人〉中，借人物之口，把自己和魯迅、周作人、廢名並列[19]。〈夫婦〉後記交待：「……寫鄉下，則彷彿有與廢名先生相似處，由自己說來，是受廢名先生的影響……」。沈從文自己這一時期的作品，有「一種樸素的憂鬱，同一種文字組織的美麗」[20]，這同廢名的「有一點憂鬱」[21]，和「用十分單純而合乎『口語』的文字，寫他所見及的農村兒女事情」[22]之間，該有相當深的淵源吧？

　　北京時期的沈從文，作為剛剛起步的文學青年，想在文壇占一席之地，需要尋找前輩大師的庇護，尋找可以依靠的文學圈子，[23]因此，創作上追求時尚，在所難免。但到 1927 年時，情況發生了變化，經過幾年磨練，他羽翼初豐。周作人說：「在冷靜寂寞中（可以）

---

[17] 寫於 1925 年 12 月的〈臘八粥〉，回憶家鄉吃臘八粥的習俗，而 1925 年 1 月 4 日《歌謠週刊》75 號有「臘八粥」專欄，這恐怕不是巧合。
[18] 沈從文：〈論馮文炳〉，《沈從文文集‧第 11 卷》，97 頁。
[19] 原文是：「我歡喜魯迅。歡喜週二先生。歡喜……在年青人中那《竹林的故事》的文字就很美。還有這本書（指自傳性主人公的作品），我看也非常之好。」
[20] 沈從文：〈老實人〉，《沈從文文集‧第 11 卷》，112 頁。
[21] 沈從文：〈論馮文炳〉，《沈從文文集‧第 11 卷》，100 頁。
[22] 沈從文：〈論中國創作小說〉，《沈從文文集‧第 11 卷》，180 頁。
[23] 沈從文這方面的活動並不太順利。他在〈記胡也頻〉中說：「那時，正是《語絲》趣味支配到北方文學空氣的時期，許多人的名字，以各種方便因緣，都成為各樣刊物上時髦的名字。我們對這個時代是無法攀援的。我們只能欣賞這類人的作品，卻無法把作品送到任何 1 個大刊物上去給人家注意的。」沈從文只有一篇〈福生〉在《語絲》上露過面，還是胡也頻托的關係。沈從文想與魯迅交往而受到奚落，是眾所周知的事。若不是徐志摩接編《晨報副刊》，沈從文恐很難有出頭之日。但《晨報副刊》不是同人出版物，也缺少自己鮮明突出特色。

產生出豐富的工作」[24]，此時的沈從文恰恰最耐不住寂寞。他身上帶有邊地山民的樸質，也混合了未經文明教化的蓬勃的生命元氣和旺盛情欲，他很難克制自己對感官享樂的興趣[25]。不用說，他做不到廢名那種出自本真的清心寡欲，也學不會周作人的平和沖淡。沈從文若想最終修成正果，取得大功業，當下最緊迫的，怕是要走出大師的陰影，到喧鬧浮華的塵世去遊歷。壓抑個性，繼續在北京清寂環境中待下去，會毀掉一個天才也未可知。

　　所幸的是他在最適當的時候離開北京，到了上海。

　　到了上海的沈從文，在最短的時間裏，創作進入最佳狀態。

　　上海時期寫的湘西作品，與城市世界在時空上拉大了距離，著重凸現湘西世界蠻荒自然狀態和原始初民的神性、強力、元氣，一掃往昔湘西作品中在文明籠罩下的感傷色彩、記實傾向和溫雅的田園牧歌情調。

　　為達到這一目的，沈從文加大了情愛渲染、鋪排的力度。

　　沈從文城市作品中，以作家身份出場的自傳性主人公[26]，頻繁出沒於街道、影院、公園、妓院、旅館，追逐異性，尋找豔遇，放縱情欲；同時，又裝模做樣地懺悔自責。二種情形糾纏，形成十分可笑的景象。應該說，這類作品，雖有它獨特的率真和單純，不似張資平一路作家作品那樣豔俗，充滿「商業競賣」的銅臭氣，但也終究給人輕佻、浮躁的印象。這也是他城市小說成就不高的主要原

---

[24]　周作人 1929 年 8 月 30 日致胡適信，《知堂書信》，華夏出版社 1994 年 9 月版，130 頁。

[25]　如〈舊夢〉、〈煥乎先生〉、〈中年〉、〈元宵〉、〈微波〉、〈篁君日記〉、〈樓居〉一類作品，在敘述人和主人公之間，缺乏距離感，主人公對女人毫不掩飾的慾望在某種程度上可以看成是沈從文個人生活和情感的反映。以往學者們出於各種各樣的考慮，很少正視這一問題。

[26]　如〈舊夢〉、〈煥乎先生〉、〈中年〉、〈元宵〉、〈微波〉、〈篁君日記〉、〈樓居〉一類作品，在敘述人和主人公之間，缺乏距離感，主人公對女人毫不掩飾的慾望在某種程度上可以看成是沈從文個人生活和情感的反映。以往學者們出於各種各樣的考慮，很少正視這一問題。

因。但是，由於另一個世界——湘西的存在，沈從文身上被上海這座大都市啟動又羞於正視的情欲，在那裏找到了家園和歸宿。對照城市小說〈舊夢〉、〈中年〉、〈篁君日記〉，和湘西小說〈阿黑小史〉、〈採蕨〉、〈雨後〉，你會發現它們之間在情愛的表達方式上相互滲透的微妙關係，但都市的情欲是萎瑣的，而在湘西，情欲歡暢淋漓的宣洩正是生命力旺健的象徵。沈從文湘西小說〈雨後〉，曾被指責為「黃色小說」[27]，「黃」當然不是，但它的確大膽描寫了兩性之間相互引誘，終於野合的全過程，對話赤裸直率。〈柏子〉、〈采蕨〉、〈旅店〉等充斥著性隱喻，〈道師與道場〉、〈參軍〉、〈丈夫〉裏，大量使用性的雙關語，〈龍朱〉、〈神巫之愛〉、〈三個男人與一個女人〉、〈醫生〉、〈夜〉等寫奇情、哀情、畸情，但所有這些作品絲毫感覺不到是寫色情，我們從其中領略到的是湘西世界的奇幻與浪漫，和原始初民生命的自在與強健。

　　沈從文清醒地意識到自己創作風格的前後變化。在〈論馮文炳〉一文中，他取廢名和自己各一組作品，加以比較，強調了他們之間的差異。廢名「其作品顯示出的人格，是在各樣題目下皆建築到『平靜』上面的」，而他自己，「表現出農村及其他去我們都市生活較遠的人物姿態與言語，粗糙的靈魂，單純的情慾，以及在一切生產關係下形成的苦樂。」[28]他選取自己的作品，皆寫於上海時期。當年沈從文與廢名認同，現在又自覺疏離，前後對照，耐人尋味。沈從文認為，廢名

---

[27]　參閱英武〈拉開人與獸的距離——試評沈從文先生的〈雨後〉〉，鄧小波〈是色情還是愛情——從沈從文的〈雨後〉等文談開去〉（載《洞庭湖》1983年第4期）。

[28]　沈從文：〈論馮文炳〉，《沈從文文集・第11卷》100、101頁。劉西渭在〈〈邊城〉與〈八駿圖〉〉（載1935年6月《文學季刊》2卷3期）一文中，比較了這兩位作家，茲錄如下，聊備一考：「他（廢名）根本上就和沈從文先生不一樣。廢名先生仿佛一個修士，一切是內向的；他追求一種超脫的意境，意境的本身，一種交織在文字上的思維者的美化的境界，而不是美麗本身。沈從文先生不是一個修士。他熱情地崇拜美。在他藝術的製作裏，他表現一段具體的生命，而這生命是美化了的，經過他的熱情再現的。」

後期的創作，表現出「不健康的病的纖細」，而這原因，是「在北平地方消磨了長年的教書的安定生活，有限制作者拘束於自己所習慣愛好的形式」[29]。從側面肯定了上海給自己創作帶來的良性影響。

為進一步求證 1928-1931 年間沈從文的創作風格與上海地方相關，有必要再拿他 1931 年秋離開上海，赴青島，後又到北京期間寫的作品相互參證。道理似乎不用多講，若後來的創作風格沒有變化，可見風格與城市無關，前邊的話統統白說。

來到青島的沈從文，像〈鳳子〉中那個隱者，在藍天白雲下，海風落日中，沉思生命的玄秘[30]。後又回到北京的沈從文，加入了京派的圈子，飽受京派人士風度趣味學識浸淫。遠離囂塵，歸返道山，由動入靜，沈從文實現了生命的又一次超越。創作上，情感和文字追求含蓄、純淨、優雅，思想趨於古典化，與傳統文化尋求認同。〈月下小景〉除「序曲」外的 10 篇故事及〈知識〉，都是點化佛經故事而成[31]，把湘西初民對命運的順從和在災難面前可驚的忍耐力，吸納進佛家「犧牲」、「因緣」、「果報」的思想範疇；〈顧問官〉、〈張大相〉，以及這一時期的都市小說〈王謝子弟〉，強調主人公的奇趣、迂闊和名士風度[32]，也不出古典審美情趣；〈邊城〉中人物舉止談吐，更合「發乎情，止乎禮儀」的古訓。在前一時期湘西作品中大肆張揚的性愛描寫，讓位給更節制的愛情表現。總體創作風格，由雄邁、駁雜向淳厚、精巧轉化。

這裏我無意品評前後風格的優劣，我想說，城市的遷移推動沈從文不斷突破、超越自己，而上海時期是一個極重要的中間環節。

上海時期的沈從文，還提出了自己的創作方法──寫客觀。

---

[29] 沈從文：〈論馮文炳〉，《沈從文文集·第 11 卷》，101 頁。
[30] 參閱〈水雲〉。青島時期完成的主要小說有〈鳳子〉、〈月下小景〉、《黔小景》等。
[31] 〈月下小景〉故事出處請參閱拙作《沈從文小說與現代主義》，台北秀威資訊，2009 年版，196-202 頁。
[32] 汪曾祺繼承的主要是沈從文這一路作品的風格。

　　北京時期的沈從文，很少談到如何寫的問題。有限的幾篇文論性文字，如〈藝術雜談〉[33]、〈第二個狒狒引〉[34]、〈到世界上自序〉[35]、〈捫虱〉（一）[36]〈捫虱〉（二）[37]，除譏諷他人拙劣作品，抱怨文壇風氣不利後進者出頭外，沒有提出自己明確的藝術主張和方法。到上海後，情況發生了變化。在〈一個母親〉序中，他聲稱，「表現的技術」引起了他足夠的重視，這個「表現的技術」就是「客觀的態度」：「我並不大在幾個角色中有意加以責備或祖護的成見，我似乎也不應當有」[38]，「我只是以我的客觀態度描寫一切現實，而內中人物在我是無愛憎的」[39]。他意識到自己與文壇主流派作品中敘述人「有血有淚有口號」，愛恨分明[40]的做法的巨大分野，但他固執己見：「我正想在這單純中將我的處理人事方法，索性轉到我自己一條路上去」[41]，他準備接受挑戰：「我願意在章法外接受失敗，不想在章法內得到成功」[42]。沈從文的方法深得現代小說奧妙，倒是許多左翼作家違背了起碼的藝術常識。當然，沈從文對這一點未必清醒，但他對自己採取這一方法，能夠取得成功，還是抱有足

---

[33]　載 1927 年 12 月 21 日《晨報副刊》2149 期。

[34]　載 1926 年 8 月 2 日《晨報副刊》1425 期。

[35]　載 1927 年 10 月 26、27 日《晨報副刊》2102、2103 期。

[36]　載 1925 年 10 月 24 日《晨報副刊》1295 期。

[37]　載 1925 年 11 月 23 日《晨報副刊》1402 期。

[38]　《沈從文文集‧第 5 卷》，2 頁。

[39]　《沈從文文集‧第 5 卷》，2 頁。

[40]　沈從文同時代的一些評論家就是從這方面要求沈從文的。賀玉波批評沈從文湘西小說《入伍後》：「但說話的語氣卻是偏重於軍隊方面的，而對於那些被剝削的人民 1 點也不曾加以同情」。（賀玉波〈沈從文的作品評判〉，收入賀玉波 1936 年上海大光書局版《中國現代作家論》第 2 卷）。凡容舉《貴生》為例，認為沈從文歪曲粉飾了現實（〈沈從文的〈貴生〉〉，載 1937 年 5 月《中流》2 卷 7 期）。

[41]　〈阿黑小史〉序，《沈從文文集‧第 5 卷》，192 頁。

[42]　〈石子船〉後記，《沈從文文集‧第 3 卷》，90 頁。

夠的信心：「冷眼作旁觀人，於是所見到的便與自己離得漸遠，與自己分離，彷彿更有希望近於『藝術』了」[43]。

　　沈從文把用此方法寫成的〈一個母親〉稱為「試驗性的作品」[44]，〈阿黑小史〉同樣「便是我初步用客觀敘述方法寫成而覺得合乎自己希望的。[45]」沈從文在上海及後來寫的絕大部分湘西作品，都符合「客觀」標準，不止這兩篇；離開上海後，他的「寫客觀」的議論依然很多。由此可見，沈從文標舉「客觀」，並非為和左翼文學爭一日之長的權宜之計，這一創作方法在上海形成，貫穿在他後來的創作中。

　　「寫客觀」，作為對敘述人在小說中權力的一種約束，在沈從文小說中實現的具體途徑，在中國現代小說史上的意義，與世界小說發展潮流的關係，這些問題，此處不一一贅述了。

　　電影作為一種新的藝術門類，在 20 年代末的上海，正如雨後春筍，蓬勃發展；與此同時，把電影技法應用於文學的嘗試也在進行中。以介紹法國新派作家保爾·穆杭和日本新感覺派作家著稱的雜誌《無軌列車》，開了這方面的先例。該雜誌連續三期開闢專欄，介紹「影戲」藝術；第四期刊載由劉吶鷗翻譯的〈保爾·穆杭論〉一文，把穆杭與莫泊桑、吉卜林等著名小說家並列，據稱，就因為「穆杭就在這時出現來推展他第四種方法」，這第四種創作方法，就包括「影戲流的閃光」。師承穆杭的日本新感覺作家，當然也竭力學習電影技法，以更新感覺。中國較早把電影技法應用於文學的，是《無軌列車》車主劉吶鷗，可他這方面並不太成功，《遊戲》、《風景》、〈流〉這些作品，除對色彩格外注意，並有出色描寫外，其餘就不值一提了。倒是 30 年代初的穆時英，多方吸納電影手段，拓展了小說表現能力，成績不可小覷。

---

[43]　〈阿黑小史〉序，《沈從文文集·第 5 卷》，192 頁。
[44]　〈一個母親〉序，《沈從文文集·第 5 卷》，2 頁。
[45]　〈阿黑小史〉序，《沈從文文集·第 5 卷》，192 頁。

　　上海時期的沈從文，在穆時英之前[46]，劉吶鷗之後，用電影技法於小說創作。讀者可以在〈元宵〉（1929年）、〈腐爛〉（1929年）、〈夜的空間〉（1929年）等作品中尋出端倪。

　　〈元宵〉仿電影腳本，不太長的篇幅，竟分了17節，16個場景（最後一節無場景）。這些場景依次是：家中——書鋪——街上——花店——街上——車中——大世界——街上——家中——花樓——特別包廂——車中——金花樓——車中——特別包廂——車上。場景內容空洞，有水分被擠幹的感覺，似乎要等待拍電影時，用音響和色彩來填充它。唯場景本身不斷重複循環，主人公在各場景中穿梭遊走，賦予作品以文學意義——都市空間使人智性喪失，人格墮落。〈腐爛〉中展現的也是一個個都市場景：空場坪、旅店、員警巡夜、小孩奔跑逃竄、糞船無聲劃行、妓女厚顏拉。如果要在這些場景中找尋一條中心線索的話，那就是隱含敘述人的視覺：他的眼睛象攝像機一樣，把都市「腐爛」的夜景，徐徐留在膠片上。這些鏡頭的組接按相鄰原則，轉換十分自然。〈夜的空間〉以夢為連綴線索，把不同場景組接在一起，依次是：屠戶的夢、水手的夢、短工的夢，然後是無夢的紡織女工在勞作。

　　沈從文在《論穆時英》[47]一文中，稱許穆時英「平面描寫有本領」，這也是沈從文最心儀的電影技法之一。〈夜的空間〉副標題是「一個平面的記錄」，已能說明問題。〈腐爛〉無一貫穿始終的人物，純粹是場景在空間的橫向展開。〈元宵〉16個場景濃縮了城市物化的生活方式，時間只半天。三篇小說共同特點是「平面」，這是對他的湘西小說中慣用的歷時性故事的一個反撥。小說注重空間感，使時間的延續受阻，長度被收縮，甚至壓擠到零度，而共時性空間中的內容大大豐富了。

---

[46]　穆時英的「新感覺」創作，始於1932年，他的小說集《公墓》為證。
[47]　見《沈從文文集・第11卷》。

　　1933 年夏，沈從文來到北京，加入了京派圈子，同年 10 月，他發表〈文學者的態度〉一文[48]，對上海作家有所諷刺。12 月，蘇汶發表〈文人在上海〉一文[49]加以反駁。沈從文 1934 年初又寫了〈論海派〉和〈關於海派〉二文[50]。許多作家紛紛捲入討論。這就是史家稱為「京海之爭」公案的大致情形。沈從文引出許多議論的三篇文章，本身並無太多新意，不過是 20 年代末以來一直堅持反對文學政治化和商業化思想的延續。倒是問題提出的方式和時機耐人尋味：他以前的同類文章，都沒有明確把種種文壇劣行冠之以「海派」；這三篇文章是到北京後發表的。給人的印象，這場文學爭論帶有濃重的地方色彩。爭論中的是非長短我們不必去管它，這場爭論，最可注意的，是它隱含了一個極富文學價值的話題：文學在向城市靠攏，以城市劃界。文學中北京和上海兩座城市的對立，通過這場爭論明朗化了。在「五四」時期，周作人認為，新文學是從國外引進的，要在本國的土壤中紮根，使之本土化、民族化，因此，就需要提倡鄉土文學[51]。十年後，文學追求現代性，尋求在更高的層次上發展，城市就成了它的引擎。儘管沈從文對上海不抱好感，但上海給予他的一切，並不隨他的憎惡態度而失去；他的創作，證實了城市對文學的巨大意義。

原載《上海文化》1994 年第 6 期

---

[48]　載 1933 年 10 月 18 日天津《大公報・文藝》11 期。

[49]　載 1933 年 12 月《現代》4 卷 2 期。

[50]　分別載 1934 年 1 月 10 日天津《大公報・文藝》32 期，1934 年 2 月 21 日天津《大公報・文藝》43 期。

[51]　參閱周作人〈地方與文藝〉（收入《談龍集》），〈《舊夢》序〉（收入《自己的園地》），〈《希臘島小說集》序〉（收入《永日集》）等文。

沈從文與象徵主義

一

　　沈從文在一篇叫〈主婦〉的小說中說：「有人稱我為『象徵主義者』我從不分辨。」隨後又加重語氣：「一個象徵主義者，一點不錯。」這是沈從文第一次明確承認自己與象徵主義的關係，時間是 1945年，地點昆明。可能是雲南的「光景異常動人」[1]的山光雲影讓沈從文悟徹了「過去」與「目前」，「抽象」與「偶然」背後隱伏的形而上意義[2]，因為「自然是座大神殿」，在那裏，「顏色，芳香與聲音相呼應」[3]。更主要的，還是西南聯大特有的學術文化氛圍影響了他。葉公超、燕卜蓀、馮至、卞之琳等，「在介紹現代派文學方面起了先鋒作用。他們在課堂上開講現代派課，自己通過著作、翻譯和編輯活動介紹現代派作品，對在校的青年學子和文藝界有很大影響。」[4]作為當事人，袁可嘉如是說。金介甫也證實，沈從文在這裏瞭解了喬伊絲等作家。[5]此時的沈從文熱衷於談論象徵主義，所寫〈青色魘〉、〈新摘星錄〉、〈燭虛〉、〈潛淵〉、〈長河〉、〈長庚〉……篇篇提及「象徵」，幾乎到了言必稱象徵主義的地步。昆明時期，沈從文對象徵主義的迷戀深刻地影響了他的思想，改變了他作品的面貌。

[1]　沈從文：〈雲南看雲〉，《沈從文文集・第 10 卷》，78 頁。
[2]　參閱〈水雲〉、〈燭虛〉、〈潛淵〉、〈長庚〉、〈生命〉、〈青色魘〉等作品。
[3]　見波德賴爾詩〈應和〉，這裏採用的是梁宗岱的散文。
[4]　袁可嘉：〈西方現代派文學在中國〉，《半個世紀的腳印──袁可嘉詩文選》人民文學出版社 1994 年 6 月，297 頁。
[5]　金介甫：《沈從文傳》，湖南文藝出版社 1992 年 2 月版，355 頁。

　　但是，沈從文最初接觸象徵主義，卻不是在昆明。時間至少要上溯到二十年代中後期，他與胡也頻、丁玲蟄居在北京西山時。沈從文曾說：胡也頻「詩的形式，無疑的從李金髮詩一種體裁得到暗示。」[6]其實，受象徵派詩人李金髮影響的名單中，沈從文自己可能也在列。他稱讚《微雨》「在詩中另成一風格」，「不缺象徵意味」[7]，1926 年 8 月寫成的〈laomei,zuohen！〉引了李金髮的〈月下〉、〈她〉、〈幽怨〉三首詩中的句子。

　　此時沈從文的一些詩作，模仿李金髮的精神導師波德賴爾：我夢到手足殘缺是具屍骸！／不知是何人將我如此謀害！／人把我用粗麻吊著項！／掛到株老桑樹上搖搖蕩蕩！這是《夢》中一節，再看〈無題〉中的一節：把快意分給了妒嫉你的女伴，／把肉體餵了蟲蛆；／只留下那個美豔的影子，／刻鏤在你情人的心上[8]。

　　寫夢境、屍體、死亡、墳墓、蟲蛆，從惡與醜中尋找詩美，是波德賴爾一路象徵派詩人慣用手法。沈從文這樣的詩，雖僅見這兩首，寫得卻老辣、精到，不讓前師。

　　沈從文最早使用「象徵派」一詞，是在 1927 年 8 月發表的〈長夏〉中。小說主人公畫了一幅自畫像，長髮、白臉、紅唇，他給情人解釋是「摻和象徵派的方法作成的」。1929 年 1 月 10 日《紅黑》雜誌創刊，由沈從文執筆寫的「釋名」中，又一次提到了「象徵」。可見他對象徵主義已有了相當瞭解。

　　沈從文對象徵主義的興趣綿延不絕，經過〈蕭蕭〉、〈微波〉、〈八駿圖〉、〈邊城〉、〈長河〉等小說的具體實踐，已經達到相當高的操作水平。昆明時期，象徵主義對沈從文來說，不再純粹是一個小說敘事的技術問題，進而成了他把握世界的方式，上升到本

6　沈從文：〈記胡也頻〉，《沈從文文集·第 9 卷》，69 頁。
7　沈從文：〈我們怎麼樣去讀新詩〉，《沈從文文集·第 12 卷》。
8　分別見於 1926 年 4 月 8 日《晨報副刊·詩鐫》2 期，1926 年 4 月 3 日《現代評論》3 卷 69 期。

體論的高度。他借助象徵主義提供的思維方式，探索生命、永恆等終極問題，並且試圖建立自己獨特的象徵主義理論體系。

　　沈從文強調沉思。徜徉海灘，案頭獨坐，陽光下，或面對星空，在大自然恬靜、和諧的懷抱裏，沈從文的思緒隨時會離開眼前的經驗世界和世俗社會，進入抽象的精神王國；任何一點小小觸發，都會立即喚起沈從文的回憶、聯想、獨白、辯難。靈魂異常敏感，彷彿一個安裝就緒的機括，一觸即發。「我之想像，猶如長箭，向雲空射去，去即不返。長箭所注，在碧藍而明靜之廣大虛空。」（〈生命〉）沉思是感知世界的方式，更是本體的生存方式。所謂心無旁鶩，了無芥蒂，全為「虛空」、「彼岸」敞開，個體生命亦在沉思中得到昇華。

　　為進入沉思，沈從文祈求寧靜。「我需要清淨，到一個絕對孤獨的環境裏去消化生命中具體與抽象。」「我需要寧靜，用它來培養『知』，啟發『慧』，悟徹『愛』和『怨』等等文字相對意義。」（〈燭虛〉）他遠離塵囂，皈依自然，更追求心境的坦蕩與空靈。

　　沉思的專注、持久，常使沈從文墜入白日夢中。「行」與「思」一體化，沉思成了本體的存在方式。這給他帶來了頓悟的喜悅，感到有神性附體，但愈陷愈深，將進入迷狂狀態，尚存的最後一絲理性和現實感使他對此感到恐懼，怕難以自拔，以至「發瘋」。他說：「一顆心若掉到夢想，幻異境界中去，也相當危險」，「掙扎出來並不容易」（〈水雲〉）。每遇到這種情形，他會「趕忙離開樹下日影，向人群集中處走去。」（〈水雲〉）可見，沈從文的玄想、冥思，沒有走向波德賴爾或葉芝的神秘主義，而更接近西南聯大詩人圈子偶像 T. S. 艾略特的睿智、理性。他探求具象之外，但在終極意義上，並不相信在現世之外，有一個自在的天國或彼岸。

　　沈從文的沉思對象是生命：生活的形式、生命的質量、生命的意義。他相信萬物有靈，自然界草木花卉、蟲魚走獸、陽光白雲，

「無不相互之間，大有關係。」一隻兔子，其生命「精巧處和完整
處」，並不比人類遜色；一群白色蜉蝣蚊蠓，在陽光下旋成一個柱
子，享受著「暫短生命的悅樂」；一隻小甲蟲，其生命形式體現著
造物的鬼斧神工，令人「無限驚奇」；長腳蜘蛛，為吸引異性而施
展技藝，「可見出簡單生命求生的莊嚴與巧慧。」宇宙萬物，生命
取予形式有萬種鳳儀，「一切離不開象徵」（〈長河〉）、「一切
由具體轉入象徵」（〈新摘星錄〉），「彷彿若有神跡在其間」（〈水
雲〉），有所暗示，有所希冀，背後潛藏著那種「抽象」、「虛空」
和秩序，或者說，宇宙的終極意義。

　　沈從文認為，人穿游於這萬方生命中，並不是萬物主宰或什麼「靈
長」，不擁有支配、調度一切的特別權力。人類與其他綠色生物的區
別，「不會比……斑鳩與樹木的區別還來得大。」這並不是對人的辱
沒，人與自然的和諧、統一，可以造就一個健康、誠實的生命。「我
發現在城市中活下來的我，生命儼然只剩下一個空殼」，「無所皈依，
亦無所附麗」。大多數都市中人，埋頭於蠅營狗苟之事，只有「生活」
而無「生命」，「而沉思者能擁有堅實的生命，能反觀自身，燭照抽
象」。通過沉思，而與自然對話，能重新實現向充實生命的跨越。沈
從文把生命賦予智者，也賦予貼近土地，與自然為鄰，亦如自然之一
部分的「鄉下人」。

　　此時的沈從文，也形成了較成熟的象徵主義創作觀。他相信創
作的靈感和源泉在於內心深處，是「情感」、「偶然」與理性相互
衝突的結果。衝突難以平衡，寫作為它提供了發洩的渠道。從中，
我們能看到佛洛伊德「白日夢」說和廚川白村「苦悶的象徵」說的
影子。「情感」、「偶然」，一次在青島，一次在北京，一次在昆
明，她們如一條虹，一粒星子，出現在沈從文生活中，在心中激起
波瀾，喚起慾望。這慾望和偶然是如此之美，令人難以拒絕，沈從
文在靈魂中接納了她們。唯其「偶然」，表示湊巧，出乎意外，不
以人的意志為轉移。沈從文坐在海角崖石上，兩個自我的對話，讓

人想到美國意象派詩人弗羅斯特的名詩〈沒有走過的路〉。僅僅是沙灘上這條路，你能料定在返家途中會遇到一些什麼？會給你今後的生活產生什麼樣的影響？實在是生活中的命運、機緣，影響人更大一些，理性的預設在這種場合是無能為力的。沈從文一任「偶然」在心中激蕩、奔突、煎熬，從中提煉出「自己的心和夢的歷史」，於是有了〈八駿圖〉、〈月下小景〉、〈邊城〉、〈看虹錄〉、〈新摘星錄〉、〈長河〉等優秀作品。

　　沈從文並不排斥理性的作用，理性代表人倫準則、道德規範。他不像許多象徵主義大師那樣，藝術與生活一體化，把頹廢、狂放帶進作家的社會關係中。具體而言，沈從文在社會生活與藝術創作之間劃了一條界線。在精神領域，他渴望偶然與理性之間的衝突過程，因為「家庭生活無從消耗感情上積壓的東西，需要一點傳奇，以及出於不巧的痛苦經驗，一份從我的『過去』負責所必然發生的悲劇。換言之，即完美愛情生活並不能調整我的生命，還要用一種溫柔的筆調來寫愛情，寫那種和我目前生活完全相反，然而與我過去感情又十分相似的牧歌，方可望使生活得到平衡。」而在生活範圍中，沈從文強調節制：「我所注意摘取的卻是自己生命追求抽象原則的一種形式，我只希望如何來保留這種熱忱到文字中。對於愛情或友誼本身，已不至於如何驚心動魄接近它了。」[9]沈從文把節制提到作家個體生命質量的高度去認識：「生命的真正意義是什麼？是節制還是奔放？是矜持還是瘋狂？」沈從文自己已經找到了答案：「我發現了節制的美麗。」[10]

---

[9]　〈水雲——我怎麼創造故事，故事怎麼創造我〉，《沈從文文集‧第10卷》，287頁。

[10]　〈水雲——我怎麼創造故事，故事怎麼創造我〉，《沈從文文集‧第10卷》，287頁。

二

　　沈從文第一篇有象徵意味的小說是〈誘—拒〉，寫青年男子木
君在電影院與一女子相遇，男追女誘，男子漸次放肆，女子來者不
拒，終於男子隨女子離開影院，轉過街巷，走進了一所院落。小說
的趣味不算高，作者以木君自況，在性批判中，難以掩飾性嗜好。
唯其小說對兩性發現、引誘過程的處理上別樹一幟，不使二人有一
次對話和言語交流，提示心理活動當然是一種路數，同時，也採用
意象象徵手段。小說三次提到影戲：第一次是電影中，一女子先後
被兩男子吻抱，前拒後從，引起木君對身邊女人可能持何種態度的
猜測。第二次是走出影院，木君信心大增，以為電影中男主角表達
愛情時說的「精彩透闢話語」，等到用時，自己也會口若懸河。第
三次，木君與那女子靈犀已通，又一次提到電影，木君已經在考慮
電影上哪一種擁抱接吻方法可以在目前應用了。象徵的製造，在現
代小說中，主要靠意象的重複加變化，意象在特定場合下反覆出現，
暗示人物關係和心理活動的變化。引影戲意象入小說，與沈從文這
一時期酷愛看電影有關。〈誘—拒〉以影戲為象徵，蘊含了對都市
人逢場做戲、只有肉慾衝動，毫無真情實感的諷刺。

　　另一篇是〈微波〉。男子其生到西湖遊玩，在春日醉人的風景
中，渴望有一些豔遇。恰逢房東太太也來此度假，受春天撩撥，很
識風情，見其生後，遂起引誘之意。其生幾番試探，心中雖想入非
非，但終缺乏勇氣，兼及婦人老醜，他放棄了這次冒險。小說中有
一個意象群落：老梅、屠戶、女人的肥腿等，雖嫌粗劣，但明顯在
小說中發揮了它的象徵功能。

　　在沈從文的湘西小說中，較早使用意象象徵的，是〈蕭蕭〉。
蕭蕭被花狗引誘失身，恰逢小丈夫被毛毛蟲螫了手，兩件本不相
干的事疊合起來，就有了深意，它象徵花狗的性侵入。蕭蕭抓住
小丈夫被螫的手又呵又吮，慌作一團，是追悔自己做了錯事，想

把那體內污穢清除出來。春去秋來，萬物到了成熟的季節，蕭蕭懷孕待產，毛毛蟲也結繭變蛾，蕭蕭對那繭蛾全無好印象，見了「就想用腳去踹」。

在現代作家的小說中，意象多半由早期使用的比喻發展而來。沈從文不像老舍和錢鍾書，愛立巧喻，追求新怪奇崛，且比喻疊出，令人眼花繚亂。雖然沈從文飽受民間文學浸淫，對比喻卻不濫用，除在特定場景中，人物之間打趣弄情引出一些關於性的雙關語和隱喻外，並不使他們發展成意象，行使象徵職能。象徵意象，其來源另有途徑。湘西山川靈秀，草木繁茂，風物別致，是出產意象的資源寶庫，沈從文在其中左右逢源。也許因為這一點，他一般並不過分吝惜那些材料，使用上帶有隨機性，一次性使用後，常常不再理睬，如〈雨後〉中吃草莓，〈蕭蕭〉中的毛毛蟲，〈柏子〉裏提到的「牛」，「纜繩」，〈旅店〉中的黑貓等，都有寓意在其中，本可以大力發展，但沈從文輕易把他們丟棄了。但也有相當一批意象，反覆使用，效果極佳。試舉例如下：

魚。有性意味。〈雨後〉提到四狗在阿姐身上胡亂摸索：「象捉魚，這魚是活的，卻不掉，是四狗兩手的感覺。」〈道師與道場〉寫師兄經不住師弟和翠翠白日調情的撩撥，也來做夢，「自己狎浪海灘，腳下還能踹魚類。」〈邊城〉中翠翠初次和二老相識，是在河邊，二老與翠翠打趣：「回頭水裏大魚咬了你」，翠翠回答：「咬了我也不管你的事。」這魚咬人的趣話，翠翠告訴了爺爺，兩年後，爺爺與翠翠舊事重提：「前年還更有趣，你一個人在河邊等我，差點兒不知道回來，我還以為大魚會吃掉你。」後來爺爺又強調：「現在你長大了，一個人一定敢上城看船不怕魚吃掉你了。」端午節上，翠翠看龍舟競渡，見站在船頭搖旗指揮的二老，「心中便印著三年前的舊事，『大魚吃掉你』，『吃掉不吃掉，不用你管！』」二年間，翠翠與二老的感情在魚的意象上得到滋養、維繫，「魚咬你」，「被魚吃」，象徵兩性之間的佔有和順從。

　　狗。狗常作為男性象徵。〈雨後〉男主人公叫四狗，〈蕭蕭〉中引誘蕭蕭的男子叫花狗。四狗與阿姐在山野幽會，希望在擁抱接吻之外再討些便宜，「那時節四狗只想學狗打滾」。以狗比人，在沈從文小說中，貶斥意味很淡。除象徵男性外，狗還被當作守護神。〈邊城〉中翠翠身邊有這樣一條忠實的黃狗；〈長河〉中，夭夭身邊也有一條狗，保安隊長對夭夭起了非份之想，是狗嚇退了他。夭夭向隊長介紹這只狗：「它很正經，不亂咬人」，它只咬壞人。

　　鹿。這靈性動物，非湘西出產，意象取自《聖經》和佛經。沈從文對《聖經》和佛教典籍《法苑珠林》皆爛熟於心。《聖經‧雅歌》將新婦比作小鹿、母鹿的例子很多，如「你的兩乳好象百合花中吃草的一對小鹿，就是母鹿雙生的」。鹿在佛經故事中，是有神性的溫和吉祥動物，沈從文取自佛經的〈月下小景〉故事集中，〈扇陀〉一篇和〈一匹母鹿所生的女孩的愛〉，都曾寫到鹿如何變人，墜入情網的故事，寫得悽楚動人。鹿作為意象，發揮象徵作用，是在〈阿黑小史〉和〈看虹錄〉中。〈阿黑小史〉中這樣寫：

> 　　把笛子一吹，一匹鹿就跑來了。笛子還是繼續吹，鹿就呆在小子身邊睡下，聽笛子聲音醉人。來的這匹鹿有一雙小腳，一個長長的腰，一張黑黑的臉同一個紅紅的嘴。來的是阿黑。

　　本體阿黑和喻體鹿同時出現，人轉鹿，鹿變人，人鹿交替、疊合，寫盡了阿黑的嫵媚可愛。

　　〈看虹錄〉中，男主人公充當了一個情癡和引誘者的角色，他寫了一個鹿的故事請女主人看，故事講獵人如何捕獲鹿這美麗動人生物。鹿眼見危險來臨，卻不逃避，與獵人之間似乎有所契合。故事雖玄遠，用意卻功利，鹿的故事模擬兩人當時情狀：心

已默許，唯束縛尚未最後解除。故事看完，女人果然就範，成就了這個故事。

〈邊城〉、〈長河〉、〈看虹錄〉是三部象徵色彩最為濃重的小說。關於〈邊城〉的象徵系統，已有多人進行分析[11]，我不再重複。這裏談〈長河〉和〈看虹錄〉。

〈長河〉中的意象營造，稍顯直露。如保安隊長巧取豪奪，商會會長不敢不依，但在送錢時，說起本地一隻野豬騷擾鄉里，若有所指；隊長走後，會長這個念頭依然不絕，以至看金魚缸裏的石山，也像一隻倒放的野豬頭。同隊長一道，鼓如簧之舌行騙的師爺，長得「尖鼻小眼煙容滿臉」，「儼然一匹老耗子」。二人在長順家敲詐沒有成功，出了門，師爺「一腳踏進路旁一個土撥鼠穴裏去」，可謂適得其所。隊長和師爺走後，長順鬱悶不樂，「用竹篙子打牆頭狗尾草」出氣，夭夭勸解的話也大含深意：「那些野生的東西不要管它，不久就會死的」，見出樂觀和信心。這些意象羅列手段，雖近於老套，但也不俗。

與此同時，還有一個象徵系列。首先是夭夭，她是自然的精靈，作者並不給她分派實際角色，她身上突出體現了人與自然的和諧以及由此獲得的神性和力量。夭夭一出場，作者就把她安排在青山綠水之間，眼目所及，心念所繫，皆是自然物象，沒有絲毫俗念。她不理睬老水手的玩笑，而是「指點遠處水上野鴨子給姐姐瞧」，隨後，又「注意水中漂浮的菜葉」和坳上「葉子同火燒一樣，紅上了天」的大楓樹。在橘園摘橘子，夭夭也能把它變成一場遊戲，拿一隻網兜子，在各個樹下跑動，專選最大的摘，卻不為勞動所役。遇到蜻蜓，看見野花，她會放下手中活計，一路追過去。小小心子，裝的全是下河摸魚，到河州捉鵪鶉。遇到有危險，她會象〈邊城〉中的翠翠一樣，「倒拖竹耙拔腳向後屋竹園一方跑了。」那裏是她的安全屏幛。

[11]　參閱凌宇《從邊城走向世界》，三聯書店 1985 年 12 月初版，還有聶華苓、王潤華的文章。

其次是火燒。在第九章，因夭夭約滿滿到沙洲捉鵪鶉，初次提及野燒。秋後草木枯黃乾燥，有好事兒童用火點燃，火借風勢，常常經久不息，這時「對河整天有人燒山，好一片火，已經燒了六七天了。」最後一章，夭夭與滿滿相約去看儺戲，又目睹了野燒壯美景象：「遠山野燒，因逼近薄暮，背景既轉成深藍色，已由一片白煙變成點點紅火。」演戲結束，野燒又吸引了老少兩人的目光。老水手若有所思，他說：「夭夭，你看山上那個火，燒上十天了，還不止息，好象永遠不會息。」夭夭人小精靈，一語道破天機，「滿滿，你的煙管上的小火，不是燒了幾十年還不息嗎？日頭燒紅了那半個天，還不知燒過了千千萬萬年，好看的都應該永遠存在。」那是一股無從遏制的力量，它正形成燎原之勢，湘西人的韌性、勇氣、信心從這野燒中得到體現。

〈看虹錄〉是一篇典型的象徵主義小說，是沈從文象徵主義理論的出色實驗品。它寫一個男人在一個特定的狀態中，理性隱退，情感抬頭，生命脫離了習慣的軌道，暫時擺脫了社會習俗和道德約束，去進行小小冒險。在這無拘束的放任中，體驗到生命的充盈和靈魂的自由。全篇寫主人公心理活動，而心理變化帶動情節推進，則完全靠意象系統昭示。

〈看虹錄〉中意象繁密，古奧，試一一索解。

梅花。「我」深夜在街頭獨行，「空闊似乎擴張了我的感情，寂靜卻把壓縮在一堆時間中那個無形無質的『感情』變成為一種有分量的東西」，「我」「忽聞嗅到梅花清香」，尋訪蹤跡，便走進一個小小庭院，而「在那個素樸小小房子中，正散溢梅花芳馥」。屋外瑞雪紛飛，房中溫暖舒適，女主人圍爐火而坐，一切皆適宜談些親密話題，生些非份之想，這時，「我」覺得「梅花很香」。其實，並沒有實物梅花的出現，梅花只是作為情感聚合物的虛擬的意象，用以隱喻女主人。在片刻的放縱和狂熱之後，男子離開那小小庭院，從體驗轉為沉思，剛才發生的一切恍如夢境，「我」覺得，

「一朵枯乾的梅花，在想像的時間下失去了色和香的生命殘餘」，令人感傷。但轉念又一想，「梅花香味雖已失去，尚想從這種香味所現出的境界搜尋一下，希望發現一點什麼」，發現的是生命在解除禁錮之後的愉悅形式，片刻的本相顯露，彌足珍貴；而梅香也通過記憶，得以永存。

女主人不具姓名，除梅花以外，另一圍繞她的意象是百合。百合花在《聖經·雅歌》中反覆出現，熟讀《聖經》的沈從文曾在〈篁君日記〉中，就引了〈雅歌〉的詩句：「我的妹子，你身如百合花，在你身上我可以嗅出百合花的香氣。」四十年代，沈從文更對百合鍾情，在〈生命〉一文中，提到綠百合夜來入夢，「頸弱而花柔，花身略帶點青漬，倚立門邊微微動搖」。他還因法國作家法郎士寫有〈紅百合〉，受到觸發，想寫〈綠百合〉，「用形式表現意象」[12]。在〈看虹錄〉中，百合花又一次開放：

1. 主人因此低下頭（一朵百合花的低垂）。
2. 百合花頸弱而秀，你的頸肩和它十分相似。
3. 燈光照到那個白白的額部時，正如一朵百合花欲開未開。
4. 你長眉微蹙，無所自主時，在輕饗薄媚中所增加的鮮豔，恰恰如淺碧色百合花帶上一個小小黃蕊，一片小墨斑。

《聖經》中吟唱「佳偶在女子中好象百合花在荊棘中」，沈從文用這具神性的花卉象徵女主人，用意也在賦予這上帝創造的奇異生命以神性（這篇小說中「神奇」、「離奇」、「天堂」、「上帝」一類字眼很多，它們與百合花意象和鹿的意象相輔相成，以烘托生命的神性）。

比起梅花的清豔和百合的驕羞，陪伴男主人公的意象——馬，則突出它的執拗、放肆和動感。男主人公一進屋，就注意到窗簾上那群花馬：「窗簾已下垂，淺棕色的窗簾上繪有粉色花馬，

[12]　沈從文：〈生命〉，《沈從文文集·第11卷》，296頁。

彷彿奔躍入房中人眼下。」馬作為男性象徵，動感十足。這馬隨
二人關係進展，每每撲入男主人公眼簾，形態各自不同：

開始階段，「客人繼續游目四矚，重新看到窗簾上那個裝飾用
的一群小花馬，用各種姿勢馳騁」。

女主人公暫時離開房間，我「重新看那個窗簾上的花馬。彷彿
這些東西在奔躍，因為重新在單獨中。」

在女主人公的默許下，男主人公躍躍欲試。這時，他又看見
那馬：「馬似乎奔躍於廣漠無際一片青蕪中消失了。」這是對性
關係的暗示。接下來的文字，又引出一個獵人捕鹿的故事，女主
人無從逃避，也不想逃避，狂熱與忘情控制了他們。雲霽雨散，
馬的意象重新出現，這時，「他已覺得窗簾上花馬完全沉靜了。」
馬由動至靜，勾劃出情緒散步的一個完整的弧線。

這篇寫人的意識流動與精神歷程的象徵主義小說，即使在四十
年代，也算得上相當前衛。象徵，作為一種敘事手段，在〈看虹錄〉
中，充分行使了敘事職能。當敘述人隱退，不再以全知的身份交代
關節和前因後果時，意象象徵填補了這個空缺，心理活動與變化，
通過意象得到暗示，使之具象化。中國現代小說中，這樣的作品是
極其罕見的。

〈看虹錄〉可以看成是沈從文走出湘西—城市空間格局，探索
新的創作方向，並取得成功的標誌性作品。但非常遺憾，沈從文沒
有能沿著這條路一直走下去。1949 年的社會變革當然是重要原
因，可他在西南聯大進行文學實驗時面臨的重重壓力，亦不容忽
視。據金介甫及當事人金隄提供的材料，一些朋友、同行都勸他「另
走一條創作的路子」[13]，因為這些作品晦澀難懂；還有文學青年，
指責他模仿勞倫斯[14]。他聽從了他們的勸告。我本人十分重視沈從

---

[13]　金介甫：《沈從文傳》時事出版社 1991 年 7 卷 2 版，247 頁、249 頁、265 頁。
[14]　孫陵：〈沈從文《看虹摘星》〉，載臺灣正中書局《浮世小品》1961 年版。

文面臨的這種不利的文學創作環境，這方面的詳細材料還有待進一步發掘，但至少現在我們可以肯定，沈從文的創作生命，在創造力自然衰退之前，被人為地扼殺了。

原載《吉首大學學報》1995 年第 3 期

徐志摩致奧格頓英文書信的發現及其價值

一、書信發現的背景

中國現代著名詩人徐志摩曾於 1921 年-1922 年在劍橋大學留學，其間與許多英國著名作家、學者相識，有的還建立了深厚友誼，其中就包括查理斯・凱・奧格頓（Charles Kay Ogden, 1889-1957）。香港學者梁錫華先生搜集、編輯、翻譯的《徐志摩英文書信集》出版於 1979 年，為讀者瞭解徐志摩在劍橋與羅素、羅傑・弗賴、魏雷等人的交遊提供了重要的線索。但限於當時的學術條件，梁錫華先生還無從知道徐志摩給奧格頓寫過信。

那麼，徐志摩致奧格頓的六封英文書信又是如何來歷呢？原來，奧格頓有收藏書籍、保存文件的習慣，他是學界名人，交際極其廣泛，財力又雄厚，因此一生有大量積累。奧格頓終身未婚，沒有子嗣，他於 1957 年去世後，遺產被弟弟弗蘭克・奧格頓（Frank Ogden）繼承。弗蘭克不久就把奧格頓的 10 萬冊藏書出售給了加利福尼亞大學洛杉磯分校，但留下了奧格頓的文件，因為他發現，這些文件中有眾多奧格頓與喬伊絲、維特根斯坦等作家、學者的通信，相當重要。弗蘭克去世後，奧格頓的大部分文件輾轉到正語學會——這是他生前一手創辦，推廣基本英語的一個機構——由奧格頓的律師朋友馬克・海默（Mark Haymon）管理。在 1980-1981 年，奧格頓書信文件中的百分之八十由正語學會委託英國克魯肯鎮的拍賣商勞倫斯（Lawrence of Crewkerne）拍賣，加拿大麥馬士德大學（McMaster University）購買了其中的百分之九十，包括徐志摩寫給奧格頓的書信在內，其餘則被英國倫敦大學、美國德克薩斯大學等

大學買下。徐志摩的書信就這樣來到了麥馬士德大學,與奧格頓的其他文件一起,保存在大學圖書館的威廉・雷迪檔案與研究資料庫（The William Ready Division of Archives and Research Collections）。圖書館還特別建立了奧格頓檔案（C. K. Ogden Archive）,並將這些書信歸入 30 號箱。

梁錫華先生編輯翻譯的《徐志摩英文書信集》中的一部分英文書信即在 70 年代從加拿大麥馬士德大學羅素檔案館獲得。但由於麥馬士德大學在 1981 年才購進奧格頓收藏書信,所以梁錫華先生沒有能夠見到徐志摩給奧格頓的這六封英文書信,世人也以為不會再有徐志摩的英文書信,這使它們在麥馬士德大學奧格頓檔案館又靜靜地躺了 24 年。根據這些信件提供的線索,徐志摩與奧格頓的密切關係才浮出水面。經由對這些書信所涉人事背景的考證,徐志摩在劍橋活動的許多具體內容和細節進入了我們的視野。

二、見證友誼,討論語言學問題

奧格頓曾就讀於劍橋大學美德林學院,學生時代就已經有很大名氣。他是劍橋一個重要的學術、思想組織邪學社（Heretics Society）的創始人之一,長期擔任該學會主席,邀請過眾多思想、文化界名人舉辦講座。奧格頓還創辦了《劍橋雜誌》,在第一次世界大戰期間,這份雜誌成為一個有關政治和戰爭的國際論壇,引起廣泛注意。後來奧格頓把精力集中於編輯出版學術著作,以及語言學研究。再後來,他將其語言學研究成果應用於實踐,創立了「基本英語」,在全世界掀起了轟轟烈烈的「基本英語」運動。

徐志摩與奧格頓相識,大約在 1921 年 7 月間。徐志摩給奧格頓的頭兩封信分別寫於 1921 年 7 月 12 日、18 日,當時他還在劍橋以南六英里的沙士頓（Sawston）住。第一封信告訴奧格頓,自己因為

要去倫敦，所以與他無法在星期二見面，希望把見面的時間推遲到下星期。從這封信的口氣推斷，徐志摩是在和奧格頓安排他們的初次見面。6 天後，徐志摩給奧格頓寫了第二封信。顯然在此期間徐志摩已經見過奧格頓。徐志摩告訴奧格頓，有兩位張姓中國朋友也想見他，希望他能安排一個時間，到莎士頓來與大家會面。徐志摩 1922 年 9 月離開歐洲回國。在回國的第一時間，他就給奧格頓郵了一張明信片，報告自己旅途順利，只是天氣太熱。同時徐志摩請奧格頓給自己寄一本弗賴（Roger Fry，1866-1934）在 1920 年出版的《視覺與構圖》。

　　1923 年 5 月 10 日，徐志摩又給奧格頓寫信。此前奧格頓給徐志摩來過信。在這封信中，徐志摩要求奧格頓給自己郵寄一本他和理查茲（Ivor Armstrong Richards, 1893-1979）合著的《意義之意義》（*The Meaning of Meaning.* London: Kegan Paul, Trench, Trubner & Co., Ltd, 1923）。他還告訴奧格頓，自己已經把他的信在兩份大報上發表，並且就奧格頓在信中所討論的問題徵求了一些中國學者的意見。遺憾的是，到目前為止，我們還不知道奧格頓給徐志摩的這封信發表在什麼報紙上，也不知道信的具體內容。但根據現有資料，可以推測奧格頓的意見會涉及他這一時期正在進行的語言之魔力的研究。《意義之意義》這本艱澀的著作，應用 20 世紀初期心理學、語言學方面最新研究成果，深入探討了語言的歧義現象，語言與思想的關係，對語言的控制和利用等。西方學者認為，《意義之意義》是二十年代最為重要的著作之一。就奧格頓和理查茲本人而言，《意義之意義》可以說是他們後來一系列學術發展的起源，如奧格頓的「基礎英語」，理查茲的新批評理論，都把根紮在《意義之意義》的思想資源之中。理查茲曾說中國人不像西方那樣注意語言活動的方法和結構，這是實話。況且在 1920 年代，中國的現代語言學研究剛剛起步，對奧格頓、理查茲的語言學思想可能還無從知曉。因此，徐志摩告訴奧格頓，他信中討論的問題在中國很難

找到知音:「我只見到極少數對這個問題感興趣且有專門研究的學者,但令我感到困惑的是,我發現他們的意見很少中肯,和你觀點也極少接近。」徐志摩信中說他在去年耶誕節時給奧格頓郵了一本胡適的《論邏輯》(即胡適的英文著作 *The Development of the Logical Method in Ancient China*. Shanghai: The Oriental Book Company, 1922.),好心的徐志摩希望奧格頓能在這本書中找到一些對自己思考有益的東西。

三、為梁啟超、胡適出版英文著作穿針引線

徐志摩 1921 年 11 月 7 日曾給羅素寫信(見梁錫華編譯《徐志摩英文書信集》),討論「心理學、哲學與科學方法國際文庫」叢書(以下簡稱「國際文庫」)擬出版的一本介紹中國哲學思想的書的作者人選問題。徐志摩 1923 年 5 月 10 日,1923 年 11 月 15 日給奧格頓寫信,也涉及到奧格頓擔任學術編輯,羅素擔任學術顧問的這套系列叢書。奧格頓 1920 年曾協助創辦《心理》(*Psyche*)雜誌。由於要打理雜誌的印刷、出版、發行等事務,奧格頓與該雜誌的出版商 The London Firm of Kegan Paul, Trench, Trubner & Company 建立了聯繫。後來他被該出版公司聘為學術編輯,為出版商策劃選題,編輯出版。奧格頓先後為這家出版社策劃了五套叢書選題,「心理學、哲學和科學方法國際文庫」即為其中之一。這套叢書在頭十年間出版了 100 卷之巨,把那個時代許多大師的著作都囊括其中,如維特根斯坦的著作。

「國際文庫」叢書的本意是介紹世界範圍內各民族最優秀的哲學思想,包括中國是理所當然的事。羅素剛從中國訪問歸來,瞭解中國哲學界情況,他推薦胡適的《中國哲學史大綱》,顯然是經過深思熟慮的。但徐志摩在上述給羅素的信中認為,胡適的《中國哲

學史大綱》並不適合翻譯出版。理由是這部著作只寫出了上卷，其中又包括大量西方讀者不感興趣的枯燥考據，篇幅太長，而且胡適太忙，恐怕沒有時間做這件事情。這些理由十分充分。繼而徐志摩建議，由梁啟超承擔一本「有關中國思想的書」。他在信中介紹梁啟超「是中國最淵博學者中之一，也很可能是具有最雄健流暢文筆的作家。他在解放中國思想，以及介紹普及西學方面所作的不懈努力，值得我們萬分欽仰。他在學問上吸收與區別的能力是別人永不能望其項背的。」徐志摩是梁啟超的入室弟子，他如此熱情漾溢地舉薦老師，一方面固然因為梁啟超是理想人選，但徐志摩與梁啟超的這層師生關係恐怕也是他舉薦的重要原因。而徐志摩與胡適建立深厚友誼是後來的事情。

　　羅素對梁啟超並不陌生。梁啟超發起創辦的講學社是邀請羅素到中國講學的主要團體之一。羅素在中國期間，與梁啟超多有交往，並留下深刻印象。所以羅素和奧格頓當即接受了徐志摩的建議。梁啟超也十分高興地接受了這個建議，這後來促成了他的《先秦政治思想史》一書的出版。梁啟超在《先秦政治思想史‧自序》中說：「治中國政治思想，蓋在二十年前。」[1]也就是說，他在二十年之前即有意寫這樣一部著作。但顯然羅素和奧格頓的邀請，大大增加了梁啟超實現多年夙願的動力。與此同時，在 1922 年秋冬間，梁啟超應聘在東南大學和北京政法專門學校舉辦中國政治思想史講座，1923 年初由商務印書館出版的《先秦政治思想史》即根據這些授課的講義整理而成。

　　梁啟超完成的《先秦政治思想史》與羅素、奧格頓要求的「中國思想」在涵蓋範圍上有一定出入。對此徐志摩的解釋是，「這和總體上的思想史大致是一碼事」。（徐志摩 1923 年 5 月 10 日給奧

---

[1]　梁啟超：《先秦政治思想史》，收於《梁啟超全集‧第五冊》，北京出版社 1999 版，203 頁。

格頓的信）梁啟超完成的是中文本，翻譯成英語的任務最初由徐志摩承擔。徐志摩的翻譯工作開始於 1923 年 4、5 月間。他在給奧格頓的信中說：「到目前為止，我只翻譯了導言。書的篇幅很長，翻譯成英文，我想不會少於 350 頁。如果我下決心幹，估計需要整整一個夏天。不管怎樣，我個人認為此書是來自東方的重要貢獻，我願意花幾個月時間翻譯它。」（徐志摩 1923 年 5 月 10 日給奧格頓的信）徐志摩顯然十分認真地對待此事，他甚至準備把部分譯文寄給英國漢學家翟理斯和魏雷，要聽取他們的意見。但不幸的是，徐志摩這一時期太忙，到 1923 年 11 月不得不放棄了翻譯計畫。這在徐志摩 1923 年 11 月 15 日給奧格頓的信中得到證實，徐志摩說：「至於梁先生的書，我真是慚愧極了，一方面對不起你，另一方面也對不起梁先生。我不是不願意承擔這一翻譯工作，但這意味著要花三個月時間全身心投入，而我擠不出這麼多時間。同時，西伯利亞的秩序已經恢復，我現在正計畫再一次去歐洲旅行。我不久還會給你寫信。」

　　梁啟超在《先秦政治思想史・自序》中有「徐志摩擬譯為英文」[2]的話，這說明在書出版前梁啟超與徐志摩已經有了翻譯的約定，徐志摩也預估能在 1923 年夏天完成翻譯工作。因此，「國際文庫」在 1923 年出版之著作的扉頁，都印上了梁啟超將要出版的《中國思想的發展》一書的書目。由於徐志摩沒有能夠完成英譯，出版之事只好一拖再拖。到 1927 年，「國際文庫」擬出版書目中仍然有梁啟超的《中國思想的發展》。由於主編奧格頓以及羅素對中國思想文化的重視，他們始終支持促成梁啟超這部著作英譯本的出版。徐志摩放棄翻譯後，改由北京一位「世界通解叢書」的編輯 L. T. Chen 接手完成。最後，梁啟超的《先秦政治思想史》英譯本終於忝列「國

---

[2]　梁啟超：《先秦政治思想史》，收於《梁啟超全集・第五冊》，北京出版社 1999 版，203 頁。

際文庫」，由英國科根出版社於 1930 年出版。這個英譯本增加了譯者弁言，作者生平概略和重要術語索引等三部分內容。[3]

　　羅素和奧格頓接受了徐志摩請梁啟超寫一部著作的建議，但也沒有放棄請胡適寫一本類似著作的打算。由於梁啟超提供的是一部斷代政治思想史，寫一本全面介紹中國思想的書的任務就落在了胡適頭上。徐志摩 1923 年 11 月 15 日給奧格頓的信對胡適接受這個建議抱有信心：「胡適博士幾天內就會來北京。我可以有把握地說，他會很高興把自己的書在英國出版。我見到他後再寫信給你。」1924 年 2 月 11 日的信告訴奧格頓，胡適接受了在英國出版他的著作的建議：「胡適博士很高興你打算在英國出版他的書。我相信他不久就會給你寄去他改定的稿子。或許他已經寫信給你了。」事實上，胡適並未寫信給奧格頓，奧格頓檔案中也沒有胡適這部「改定的稿子」。可能是胡適並未寄出稿子。但奧格頓仍然一直在等待。我們從 1930 年「國際文庫」叢書扉頁上印製的擬出版書目中，還可以看到胡適的《中國思想的發展》。遺憾的是，羅素和奧格頓所期許的這部著作，胡適終於沒有完成。

四、 為松坡圖書館選購英文書籍、遭遇喪親與失戀的雙重打擊、關於泰戈爾訪華

　　徐志摩 1923 年 5 月 10 日，1923 年 11 月 15 日給奧格頓的信中，都提及為剛剛成立的松坡圖書館添購外文圖書事宜。我們知道，反對袁世凱稱帝的蔡鍔（字松坡）將軍 1916 年病逝後，梁啟超即打算建一座圖書館紀念這位共和英雄。經多方奔走，松坡圖書館終於在

---

[3]　Liang Chi-Chao. *History of Chinese Political Thought: During the Early Tsin Period*. London: Kegan Paul, Trench, Trubner & Co., Ltd, 1930.

1923 年春天成立，館址設在北京石虎胡同 7 號。徐志摩受聘擔任剛剛成立的松坡圖書館（西單石虎胡同 7 號）第二館的幹事。第二館專藏外文書籍，徐志摩就負責外文書籍的採購以及英文函件的處理。從上述兩封信看，奧格頓顯然是徐志摩在國外採購圖書的重要代理人，而奧格頓也的確是適當的人選。一則奧格頓與徐志摩的私交到了稱兄道弟的程度，願意不辭辛苦為他選購圖書。二則如前所述，奧格頓與出版社關係密切，對圖書市場瞭若指掌，他主編的「國際文庫」叢書薈萃了當代哲學、心理學、社會學等領域學術研究的精華。三則奧格頓本人就是出色的學者，站在學術前沿，有選購優秀書籍所必須的敏銳眼光。第四，奧格頓性喜藏書，對書的嗜愛令他把選書購書看成一件樂事。徐志摩在信中告訴奧格頓，如果諸事順利，每年松坡圖書館能有 500 鎊用於購書。徐志摩還告訴奧格頓，他郵寄的第一批四包書已經收到。他準備請梁啟超再彙一些錢給奧格頓，以便他繼續購置圖書。他要求奧格頓也贈送一些「你認為我們需要的書」，這其中包括徐志摩格外點名的奧格頓與理查茲合著的《意義之意義》。

徐志摩 1924 年 2 月 11 日給奧格頓的信，透露了在祖母病逝和失戀的雙重打擊下的痛苦、哀傷體驗。徐志摩祖母於 1923 年 8 月 27 日病逝，追求林徽因無望，令他精神十分頹廢。他在信中寫道：

> 我偶爾出去旅行，有時也寫點東西，在臺上台下講講話，有時哀悼一下（我的老祖母去年夏天過世了），歎歎氣，除此之外就是徹底的茫然。丘比特的箭或許永遠地拒絕了我的光臨，這是我思想麻木、精神空虛的原因。不僅社會本身，就是當前的時局也完全讓我厭煩；我相信，他們在我身上也看不到任何吸引人的地方，結果我就是孑然一身。我現住在老家城郊的一棟房子裏，附近有一片樹林，風從林中刮過，傳

來陣陣呼嘯聲，應和著我的嘆息，在我就像一曲莊嚴的交響
樂。這裏的鳥多極了，而且非常鬧，我經常聽它們的聲音，
對它們說話。鎮上的人把我叫半仙，或譏諷我是詩人。我本
來內心就有一種虛榮，他們的譏諷，反而助長了我的怪僻。
我的態度正變得越來越粗魯，精神也越來越憤世嫉俗，腔調
也越來越古怪，──簡直像幽靈一樣叫人捉摸不定。真的，
從兩邊的窗子向外看，再沒有什麼比眼前這番景象更像亡靈
居所──到處都是墳岡，碑銘，敞開的棺木，墓地，祖宗靈
堂，牌位，匾額──那樣扎眼了。據說就是這棟房子裏鬧鬼。
毫不奇怪，我也變得和鬼差不多了。[4]

徐志摩生動真實傳達這種情感的書信寥寥無幾，這封信即為其
中之一，因此有很高的參考價值。此信還提到泰戈爾即將訪華，他
要擔任陪同，以及他對泰戈爾訪華可能造成的影響的推測：

我猜泰戈爾在劍橋沒有贏得多大的欣賞，但你們不至於太苛
刻，叫他騙子或小人或討厭鬼──這種名號在你們這些知識份
子口中非常時髦。他備受中國年輕人的愛戴，簡直不可思議，
其中的主要原因是，在所有用英語寫成的詩歌中，唯有他的詩
歌具有他們稱為「完美的智慧」的東西。因此，他對中國的訪
問將證明是激動人心的，他會比以前到中國講學的人更受歡
迎，人們會以更大的熱情迎接他。[5]

後來的事實證明了徐志摩的推斷。此外，徐志摩還把接待泰戈
爾訪華，看成是從痛苦情緒中擺脫出來的良藥。鑒於徐志摩追求林

---

[4]　徐志摩著，劉洪濤譯：〈徐志摩致奧格頓的六封英文書信〉，《新文學史料》
　　2005 年第 4 期。
[5]　同上註。

徽因，以及泰戈爾訪華之經過，已經為中國讀者所熟知，這裏就不多作介紹了。

五、徐志摩劍橋交遊的意義

眾所周知，徐志摩是一個交遊非常廣泛的人，這一性格特點在劍橋表現得淋漓盡致。梁錫華在他的《徐志摩新傳》（臺北聯經出版事業公司 1982 年 10 月第二版）中引述徐志摩的朋友、文學批評家理查茲給他的信說：「徐志摩朋友遍劍橋」，這一點在徐志摩 1924 年 2 月 11 日給奧格頓的信中再一次得到證實。徐志摩寫道：

> 狄老和亞瑟・魏雷不久前讓我振奮了一下子。蘭姆瑟有一段時間沒有消息了。瑟伯斯坦有一兩次胡亂寫了幾筆，其他人則音訊全無。我真的很想聽到劍橋的消息。只要是英國信封的款式和味道就能讓我激動，更不必說大家的字跡了。為什麼理查茲和福布斯從未有片言隻語？還有伍德和布瑞斯維特？當然，我自己也從未給他們寫信，但請代我向所有這些朋友問好，讓他們知道，如果他們肯經常屈尊施愛與我，他們會發現我不是毫無感激之情的。[6]

在徐志摩給奧格頓的信披露之前，人們已經知道他與狄更生（即此信中所稱的「狄老」）、羅傑・弗賴、羅素、魏雷、嘉本特、威爾斯等英國學者、藝術家、作家的深厚友誼，知道他拜訪過哈代、曼斯費爾德等著名作家，還知道他與康拉德、蕭伯納等

---

[6]　徐志摩著，劉洪濤譯：〈徐志摩致奧格頓的六封英文書信〉，《新文學史料》2005 年第 4 期。

著名作家見過面。但這封信提供了一批新的名單，把徐志摩在劍橋的交遊圈子進一步擴大了。筆者打探到這些劍橋學者的情況，發現他們個個來歷不凡：

弗蘭克・蘭姆瑟（Frank Plumpton Ramsey，1903-1930），數學家、哲學家，就讀於劍橋大學溫徹斯特學院和三一學院。後來成為劍橋大學國王學院的研究員，劍橋大學數學講師。著有《數學原理》、《論形式邏輯問題》，在數理邏輯、經濟學的等領域方面有突出貢獻。蘭姆瑟還是著名的劍橋學術思想組織邪學社的創始人之一。

瑟伯斯坦（Sebastian）是徐志摩的劍橋朋友對斯普如特（Walter John Herbert Sprott，1897-1971）的昵稱。斯普如特是社會學家，1919年進入劍橋大學克雷爾學院學習道德科學，後來長期擔任劍橋心理學實驗室的試驗員，是經濟學家凱恩斯、作家福斯特的密友，著有《性格與身份》（1925）等。

理查茲（Ivor Armstrong Richards, 1893-1979），文學批評家，教育家，劍橋大學英語系的創始人之一。著有《意義之意義》（與奧格頓等人合作）、《文學批評原理》、《孟子論心》、《實踐批評》、《科學與詩》等。理查茲開創了新批評流派，為英美現代主義文學奠定了理論基礎。徐志摩在劍橋期間，與理查茲交往密切。理查茲曾在1929年-1930年到北京清華大學擔任訪問教授。

福布斯（Mansfield Duval Forbes，1889-1936），歷史學家，時任劍橋大學克雷爾學院研究員。他提攜過文學批評家理查茲，對劍橋大學英語系創建有過貢獻。

伍德（James Edward Hathorn Wood），徐志摩在劍橋時的朋友。曾與理查茲、奧格頓合著《美學基本原理》一書。

布瑞斯維特（Richard Bevan Braithwaite，1900-1990），哲學家，劍橋大學國王學院研究員。

1920年代是劍橋大學人文學術的黃金時代，而徐志摩是這個時代的見證人。上述人物中的絕大多數都在相關領域作出過突出貢

獻，青史留名。從徐志摩與他們的交遊中可以發現，他是一位出色
的文化交流使者。經由他與這些學者、作家的交往，他把英國知識
界最新的潮流帶到中國，把英國知識精英的注意力吸引到中國；同
時，徐志摩也給英國知識界見證了新文學在異國土壤中萌芽的過
程，以及中國傳統文化在新一代作家身上的延伸和發展。最早論述
徐志摩在這方面貢獻的英國學者是新批評理論家理查茲，在他寫於
1932 年的〈中國的文藝復興〉（ *"The Chinese Renaissance"* ）一文中，
論述了五四新文學特徵以及所受外國文學，尤其是英國文學的影
響。理查茲認為，中國文藝復興一個極其重要的特徵是中斷了與本
國傳統的聯繫，轉而向西方學習。中國向西方學習過程中面臨的兩
大困難：其一是古漢語無法發揮應有的翻譯媒介作用；其二是西方
文學中的浪漫情感與中國傳統道德規範相齟齬。理查茲樂觀地指
出，一些作家詩人已經成功克服了這些障礙，徐志摩就是一個典型
的例子。徐志摩是理查茲在文中論述的一個重點，他追憶了與徐志
摩在英國和中國的交往，還引述了徐志摩的一首詩。理查茲認為，
由於徐志摩在中西文化交流過程中所發揮的重要作用，他的去世不
僅對中國是一個損失，對世界也是一個損失。但理查茲並不氣餒，
在文章結尾，他斷言中西文化交流的趨勢不可阻擋，「一個新的時
代正在被這場東西方的聯姻所開創。」[7]

　　徐志摩當年在劍橋的一位至交，漢學家魏雷（Arthur David
Waley, 1889-1966）在 1940 年曾寫過一篇文章〈欠中國的一筆債〉。
他在文中深情回憶了徐志摩在劍橋的學習和交遊經歷，論述了他對
戰後英國知識份子的影響。魏雷指出：「我們對中國的文學藝術所
知已不少了，也略懂二者在古代的中國人中所起的作用。但我們卻
不太清楚文學藝術這些東西在現代中國有教養的人士中的地位如

---

[7]　Ivor Armstrong Richards. "The Chinese Renaissance". *Scrutiny*, 1/2 (Sep. 1931).

何。我們從徐志摩身上所學到的，就是這方面的知識。」[8]魏雷同時指出，徐志摩的影響是多重的，他豐富了中國人關於英國的知識；他是如此動情地描寫英國風景和建築的第一個中國人，他讓中國人知道，英國不單有人口密集的商業中心，也有拜倫潭、國王學院的教堂，以及康沃爾海岸。此外，徐志摩還翻譯了不少英國詩歌，把英詩格律介紹到中國。魏雷進而認為，徐志摩對英中文化關係走向「一個偉大的轉捩點」做出了貢獻卻沒有受到重視，這是英國知識界「欠中國的一筆債務」[9]。

原載《齊魯學刊》2006 年第 3 期

---

[8]　Arthur David Waley. "Our Debt to China". *The Asiatic Review*. Vol. 36(July 1940).

[9]　同上註。

張愛玲小說中的戲曲意象

一

張愛玲喜歡中國戲曲，京劇、平劇、崑曲、申曲，甚至蹦蹦戲，
都喜歡。她在童年及敵偽時期的上海，所寫數量有限的散文小品，
就有十餘篇談到戲。街頭走過，無線電裏傳來申曲，她也會低首留
連，「我真喜歡聽，耳朵如魚得水，在那音樂裏栩栩游著。」[1]

看戲，談戲，張愛玲卻不以行家自居，自稱於戲是「有濃厚興
趣的外行」[2]。因為是「外行」，對程式、套路、內容就不會一板一
眼追根尋底，自由觀看，隨意聯想，時間久了，反悟出意味來，覺
得戲劇活動與女性生命的本義聯繫著。於是，戲曲意象紛繁湧進她
的小說，戲曲空間中角色的生存形態，戲中搬演的傳奇故事，甚至
戲曲觀眾的視角都具有了特殊意義。

戲劇活動進入小說，並非張愛玲獨創。中國古典小說和民國通
俗小說，都與戲有千絲萬縷的聯繫。戲院為人物活動提供場所、背
景，人物與戲子的交往構成情節線索，戲子的命運與人物命運形成
參照，甚至戲子成為小說的主要人物。張愛玲的主要功績是對戲劇
活動在小說中的作用進行了大規模的改造，戲劇活動與人物的具體
活動分離，構成人物無法感知、參與的象徵系統。

---

[1] 來鳳儀編：《張愛玲散文全編》，浙江文藝出版社 1992 年版，298 頁。
[2] 來鳳儀編：《張愛玲散文全編》，浙江文藝出版社 1992 年版，8 頁。

二

　　張愛玲在〈《傳奇》再版的話〉裏，談到戲，談到女人：「將來的荒原下，斷瓦頹垣裏，只有蹦蹦戲花旦這樣的女人，她能夠夷然活下去，在任何時代，任何社會裏，到處都是她的家。」這是作者為《傳奇》作的一個注腳，卻被研究者忽略了，張愛玲小說中的女性，才只會被看成滬港洋場社會孕育的畸形生命的標本。其實，作者沒有格外塑造理想人物，而是在最本色、最普通的女性身上，尋找與動盪不寧的時代、社會相抗衡的品格，尋找生存哲學。

　　「這是亂世」、「荒蠻的時代」[3]，張愛玲一再說。與五四一代高舉啟蒙旗幟不同，張愛玲時時感到空前的生存壓力。一方面，她眼裏的歷史充滿血腥與動盪，小說主人公的生命歷程跨越清末、辛亥革命、袁世凱復辟、北伐、敵偽統治、內戰，歷史的發展帶給人們的不是生存質量的改善，而是不變的破產、貧困、饑餓，未來亦不容光觀，「已經在破壞中，還有更大的破壞要來。」[4]另一方面是社會的普遍墮落，五四革命的鋒芒已鈍，西方物質文明與封建殘餘的奇異混合，催生出畸形的滬港洋場社會，經理、商人與遺老遺少雜處，電梯、廣告背後是靠遺產、收租過活的舊式人家。社會結構的內在紊亂、失衡衝擊著人們的價值觀念、精神世界。同時，這種生存壓力更是張愛玲在敵偽時期特殊的心靈體驗。她雖沒有直接參加敵偽政權，但涉及和胡蘭成的關係，及《雜誌》月刊的背景，仍擺脫不開「當漢奸」的指責，行為與道義的衝突，使她備感生存的艱難。當然，對生存的強調，也未嘗不是替自己的選擇尋找現實的依據。張愛玲就把她小說的人物安排在這樣的背景下，生存成了這

---

[3]　來鳳儀編：《張愛玲散文全編》，浙江文藝出版社 1992 年版，273、188 頁。
[4]　來鳳儀編：《張愛玲散文全編》，浙江文藝出版社 1992 年版，186 頁。

些人物的唯一目的，唯一意義。她強調，在這樣的背景下，「人只能活得很簡單，而這已經不容易了。」[5]

於是，張愛玲想到了戲。戲中的女子，戲中的故事，從「天地玄黃」、「宇宙洪荒」的時代就有了，時代更替，天翻地覆，戲臺下的看客一代追著一代，都不曾使這些故事、這些人消失走樣，它們借著舞臺演出，從古到今，一直自在地「活」著，將來也依舊。張愛玲從戲曲人物藝術生命的永恆性、超越時間性中，聯想到「女人性」，她們就像戲中的人物，不管外邊是政治動盪，還是戰爭風雲，總能夠夷然地活下去。不變的是婚戀嫁娶、飲食繁殖，不變的是對服飾、對口角的興趣，不變的是對金錢、對男人的興趣，這種女性的本能在任何時代都不會改變。它象徵安穩、恒定、踏實，「人生的安穩的一面則有著永恆的意味……它是人的神性，也可以說是婦人性。」[6]

動盪的時代、動盪的社會，不正需要這種「婦人性」嗎？以靜對動，以不變應萬變，堅守自己，生命才得以延續。這正是亂世中人的生存哲學。

我們記得，《怨女》中，銀娣第一次登場，作者就把她引到戲劇情景中。她的臉在燈光下，像戴著演戲用的面具。銀娣結婚時，作者寫道，「她以後一生一世都在臺上過，腳底下都是電燈，一舉一動，都有音樂伴奏。」她的一生是一場戲，與哥哥說話，「像舞臺上的耳語」，為老太爺做壽，她「臉上塗得紅紅的，像戲子」，「她也在演戲，演得很高興，扮作一個為人尊敬愛護的人。」銀娣與戲子的聯繫，正揭示了她生命的恒定性。眾所周知，《怨女》是〈金鎖記〉的再創作，銀娣較之七巧，最突出的變化有兩個：其一，心性中陰毒的一面淡化；其二，小說中正面敘述的她的生活歷程大幅度延長，向前追溯到少女時代，而且一直活著。這兩點變化，與

---

[5]　來鳳儀編：《張愛玲散文全編》，浙江文藝出版社 1992 年版，187 頁。
[6]　來鳳儀編：《張愛玲散文全編》，浙江文藝出版社 1992 年版，112 頁。

作者主旨的變化是相合的。她以自己的不變，同飛速前進的時代抗
衡。清亡、袁世凱復辟、北伐、日本侵略，劇烈的動盪和破壞接踵
而至，她的生活方式、生活內容卻固執地保持著一貫性、連續性。
周圍她所怨恨的人：大爺、二爺、三爺，一個個死去，她仍然在。

　　亂世的生存哲學，並非逆來順受的苟怯哲學。生命的存在與延
續對女主人公來說，不是先天賦予的自在之物，常常要靠強大的韌
性和不竭的鬥爭獲取。葛薇龍、霓喜、小艾等，都出生卑微，無依
無靠，除了性別、青春、再無資本可言，但她們都以自己堅韌的努
力，獲得了生存的權利。〈連環套〉並非如一些評論家所批評的，
是「遊戲之作」[7]，把她放到上述語境中考察，就會發現它所蘊含的
意義。霓喜一無所有，十四歲被賣給印度商人雅赫雅，為他生了兩
個孩子後，被趕出家門。繼而作藥房老闆竇堯芳的姨太太，老闆死，
又與英國人湯姆生同居。霓喜一次次跌到生活的最底層，被賣、被
趕、被騙，又一次次爬起來，在社會提供給她最狹小的空間裏生存，
像壓在石板下的小草，尋找著一切可能的生機。

　　張愛玲進而把這種恒定性、「女人性」，投放到更為深廣、久
遠的時間長河中，同時間抗衡。當張愛玲用女性纖弱的手，撫摸時
間在臉上留一下的斑斑印記時，她的感喟是深遠的，因為個體生命
經不住歲月的侵蝕，都要老去，死去。她把這種對時間的驚懼帶到
小說中。她少用倒敘、插敘，而是平鋪直敘，宛如時間流本身，永
遠向前。讀〈小艾〉、〈連環套〉、《怨女》、《半生緣》，令人
驚訝的是那麼短的篇幅竟容納了一個人的大半生，越寫到最後，作
者落筆越倉促，時間追趕著故事，攆著它朝前跑。她還以高超的技
巧，捕捉到時間的稍縱即逝性。〈金鎖記〉中七巧照鏡子，時間的
大幅度跳躍、間隔，就在這種最不經意的瑣事上發生，它動輒就消
耗掉一個人十年、二十年的生命。好了，張愛玲把戲中人物的神性、

---

[7]　迅雷（傅雷）《論張愛玲的小說》，《萬象》月刊 1944 年 5 月，11 期。

不朽移植給了小說中的女主人公，讓女人性戰勝了時間。不是嗎？
〈傾城之戀〉中，范柳原指著那顯然從古久的歷史中走來的城牆，
對白流蘇說，「這城牆，不知為什麼使我想起了天老地荒那一類話。
有一天，我們的文明整個毀掉，什麼都完了……燒完了，炸完了，
塌完了，也許還剩下這堵牆。」這堵牆正是女人性的象徵。香港戰
爭，模擬的是任何時代、任何一場戰爭，漫天戰火，金戈鐵馬，都
不曾傷這堵牆毫毛。戰爭結束，白流蘇又想起那堵牆，她「確定知
道淺水灣附近灰磚砌的那一面牆，一定還屹然站在那裏。」《怨女》
裏，銀娣身上女人性的勝利，更是對時間而言的。小說結尾，銀娣
超越了時間，站在時間之外，看時間裏著別人的歲月從眼前流逝，
她發現，「時間永遠站在她這邊，證明她是對的。日子越過越快，
時間壓縮了，那股子勁真大，在耳邊嗚嗚吹過，可以覺得它過去……
但是，那種感覺不壞。」她回憶起童年，木匠的一聲聲呼喚，使時
間倒流，帶她返老還童。

三

　　同時，張愛玲從不放棄挖掘女主人公身上的惡。最典型的例子是
〈金鎖記〉中的七巧，被壓抑的性慾和對金錢的貪欲把她變成一個虐
待狂，用鴉片、拳頭、冷言惡語葬送了兒子長白兩房媳婦的性命，拆
散女兒長安的愛情，自己也變成了沒有靈魂、甚至沒有人氣的活鬼。
〈沉香屑——第一爐香〉裏，梁太太年老色衰，不能赤膊上陣，就把
葛薇龍訓練成交際花，替她引誘男人。〈沉香屑——第二爐香〉敘述
了一個令人毛骨悚然的故事：寡居的蜜秋兒太太和她的兩個女兒都對
結婚深懷恐懼，這種恐懼感根源於一個神話：男人不是人，她們在新
婚之夜會以野獸般的粗暴摧殘女人，使她們痛不欲生。事實上，她們
母女三人才是嗜男人血的女鬼，她們的丈夫都死在她們手裏。

　　問題在於，張愛玲為什麼要把女性的惡同戲相聯繫？戲曲意象在什麼層面上象徵女性的惡？

　　張愛玲從戲裏清理出古代美女的故事。妲己、褒姒、楊玉環的故事，朝朝代代在戲裏搬演，成為一種符號，一種固定的聯想模式：紅顏─禍水。她們有天仙般的美貌，但同時又是妖，用自己的美貌迷惑君王，使他們沉溺於享樂，荒廢朝綱，終致諸侯反叛，國破人亡。張愛玲認同了這一聯想模式，並把這一模式與她所開掘的女性惡銜接。這樣，時空阻隔被打破，歷史與現實相交融，女性的惡就被置於深廣的人類文化背景上，獲得普遍的意義。因此，張愛玲揭示的惡，多不是根源於個人的品格教養，也多不是環境使然。儘管生存壓力提示著與人物生命異化之間的關係，但張愛玲顯然無意遵循現實主義原則，使這種聯繫成為小說的主要表現對象。這種惡被抽象出來成為女人永恆的本性，它與「唱蹦蹦戲花旦」的根性是並存的，天地玄黃，宇宙洪荒，這本性永在。

　　張愛玲的代表作〈傾城之戀〉就是按照這一神話圖式營造的。故事在中國戲曲最常用的樂器──胡琴的伴奏下開場，「胡琴咿咿啞啞拉著……說不盡蒼涼的故事……胡琴上的故事應該由光豔的伶人來搬演的，長長的兩片紅胭脂夾住瓊瑤鼻，唱了，笑了，袖子擋住了嘴。」外邊的胡琴曲一聲聲遞進來，女主人公白流蘇「依著那抑揚頓挫的調子……不由的偏著頭，微微飛了個眼風，做了個手勢。」寡居的流蘇閒時做戲開心，並不悖常理，但作者接下來的敘述，卻讓讀者頗費猜測：「她對著鏡子這一表演，那胡琴聽上去便不是胡琴，而是笙簫琴瑟奏著幽沉沉的廊堂舞曲。」樂器在感覺中由胡琴變為笙簫琴瑟，場景便由舞臺轉到宮庭，「蒼涼的故事」的主角也就不再是伶人，而成了妃子王后之類。白流蘇的「演戲」實際上成了一個儀式，借此成了古代美人的化身。她很美，二十八歲了，仍然「纖細的腰，萌芽似的乳」，這美貌，使范柳原第一次和她跳舞，就迷上了她，稱她是「真正的中國女人」。范柳原不凡的家世暗示

他承擔著君王的角色。流蘇對范柳原大施手段,「一代君王」對她迷戀日深。她也會像古代美女那樣禍國害人,「她忽然笑了──陰陰的,不懷好意地一笑」,於是,就有了妹妹寶絡親事的失敗。家裏人指桑罵槐,她不動聲色,劃一根火柴,看火柴慢慢燃燒,「旗杆也枯萎了,垂下灰白蜷曲的鬼影子」,流蘇已成竹在胸。再到香港,「她又戴上綱子,把那發綢的梢頭狠狠地銜在嘴裏,擰著尾毛」,活脫脫一個女鬼,滿臉殺氣,要害人性命。於是,當初意氣風發、滿臉傲氣的薩菲夷妮公主現在失意了,「黃著臉,把蓬鬆的辮子胡亂地編了個麻花髻,身上不知從哪里借來一件青布棉袍穿著。」這個印度女人的頭銜是大有深意的,公主的高貴身份叫人聯想到王宮的妃子,她在爭寵的傾軋中失敗,降為平民。最後流蘇以傾國傾城的代價取得了勝利,把「君王」范柳原用情感和婚姻緊緊拴住。並不是香港的陷落成全了她,小說更深一層的意蘊以違背事物發展因果關係的形式揭示出來:「或許就因為成全她,一個大都市傾覆了。成千上萬的人死去,成千上萬的人痛苦著。」流蘇當然「不覺得她在歷史上的地位有什麼微妙之處」,從現實關係看,她只是一個普普通通的世俗女子,但張愛玲通過取自戲曲意象的鋪陳演繹,把她置於深廣的文化背景中,她的活動過程便程式化,她成了女性惡的象徵。

四

　　張愛玲在〈洋人看京戲〉裏說:「用洋人看京戲的眼光看中國的一切,也不失為一椿有意味的事。」[8]道理在於,洋人很難真正理解中國戲,看只看服飾、扮相、動作,即看「熱鬧」,而做不到隨劇情張弛在情感反應上同步,就是說,他們與戲的內容保持著距離。

8　《張愛玲散文全編》,浙江文藝出版社,1992 年版,8 頁。

張愛玲自稱對戲是「有濃厚興趣的外行」，所取視點正與洋人相同，是站在圈外看，是旁觀。

　　張愛玲生於封建官宦之家，而留過洋的母親又把西方的價值觀念、生活方式灌輸給她，使她能從中車個視角體察她身邊的生活。她輾轉於滬港兩地，身份是學生、公寓的無業者，因此，她的行為方式更多地是看，而不是參與。日復一日，站在高層公寓的窗前，看日出日落，看熱鬧得透著奇怪的眾生，遠遠聽嘈雜的市聲。於是，張愛玲成了人生這幕大戲的看客，以「外行觀眾」的身份打量她筆下人物的生活。張愛玲的同時代人就說：「張女士是用一個西洋旅客的眼光觀賞著這個古舊的中國的。」[9]

　　張愛玲自稱是為上海人寫香港傳奇，為香港人寫上海故事，全然一副局外人的架式。主要幾篇小說，〈金鎖記〉、〈第二爐香〉、〈茉莉香片〉，都是由不相干的第三者講出來的。她讓你點一爐香，沏一杯茶，彷彿只為了消磨一個清寂的夜，把故事徐徐道來，一爐香點完，一杯茶喝完了，故事也結束了。她客觀得近乎冷酷，不對人物的道德品格、價值取向做非此即彼的選擇，不讓敘述人的情感好惡參雜到故事中，對人物的生老病死、榮辱沉浮都取超然的態度。

　　這種「外行戲劇觀眾」的視角，給張愛玲的小說帶來了一片嶄新的氣象。我們注意到，由於敘述人對自身功能的限制（主要是評價、態度的限制），人物的活動、思想獲得了獨立的品格，出現了有價值的不同聲音共存的局面。〈傾城之戀〉裏，流蘇對哥哥說：「你把我的錢用光了，你就不怕我多心了。」哥哥說：「我用了你的錢？我用了你幾個錢？現在你去打聽打聽，米是什麼價錢，我不提錢，你倒提起錢來了。」相互矛盾的陳述在同一語境出現，作者並沒有引導我們去辨明真偽是非，事實可能只有一個，但陳述之於陳述者都是可信的。更為重要的是，道德判斷、價值取向的控制本

9　《雜誌》月刊 1944 年 9 月，152 頁。

身就表達了對小說人物、行為所取的態度，這就是容忍與放任。張愛玲以寬厚的胸懷，包蘊了對立、鬥爭的雙方。她的價值觀是相對的，她的視界是富於彈性的，在她眼裏，沒有絕對的惡，也沒有絕對的善，惡或許有不得不惡的理由，善也會因自私的目的露出馬腳，所以，不必去互為否定。在她的小說裏，世界總是走向相反的兩極：大自然的形態、色彩是犯沖的，社會景觀是衝突的，人的根性也是矛盾的，張愛玲接受了這一事實的存在，卻沒有做出決絕的姿態，硬去分辨青紅皂白。張愛玲問：「對於人生，誰都是個一知半解的外行吧？」[10]何必要板起面孔訓人，又有什麼資格指手劃腳！為什麼不多一點寬容與諒解呢？

　　摒棄了由特定思想、政治背景中直接演繹出來的傾向性對小說人物世界的參與，張愛玲卻把對這個世界的終極體驗、關懷保留下來，這就是悲涼感。張愛玲經常使用的另一些辭彙「蒼涼」、「荒涼」，也表達了相似的含義。當她面對不如人意的世事無可奈何時，當她發現世界的荒誕、沒有意義時，當她察覺時間像曠野的風帶走青春、歲月、生命時，悲涼感油然而生。這種悲涼感不是一些批評家所指出的，是情緒上的感傷主義，而是哲學層面的，是對人、對人生本質的深刻體驗，帶有濃厚的宿命論和悲觀主義色彩，她會說：「有一天我們的文明，不論是昇華還是浮華，都要成為過去。」[11]

　　夏志清有言：「中國舊戲不自覺地粗陋地表現了人生一切饑渴和挫折中所內藏的蒼涼意味。」[12]言外之意，悲涼感多半是張愛玲從「外行戲劇觀眾」視角出發獲得的獨特體驗。觀眾與戲曲內容間交流的中斷，製造出間離效果，於是戲曲就被置於不合諧的氣氛中，失去了存在的合理性與依據。中國戲曲向來熱鬧、喧囂、排場，視角的轉換使這種熱鬧、喧囂、排場的意義與真實性受到懷疑進而被

10　《張愛玲散文全編》，浙江文藝出版社，1992年版，8頁。
11　《張愛玲散文全編》，浙江文藝出版社，1992年版，186頁。
12　夏志清：《中國現代小說史》，傳記文學出版社，1985年11月新版，402頁。

否定，顯出虛假與滑稽來，悲涼感由此而生。「鑼鼓喧天中，略帶點淒寂的況味」，明朗、火熾的色彩也是「哀愁的」[13]。

因此，張愛玲在小說中，才會大量借用戲曲意象傳達對人生的悲涼感。只要讀一讀小說《秧歌》，讀者定會對其中戲曲意象所渲染的悲涼感所震撼。戲曲意象對小說的敘述結構人物活動起著支配作用：村莊是一個大舞臺，廟裏神鬼塑像烘托出舞臺的陰森之氣，人生被戲劇化了，他們餓著肚子，瘦臉上打著濃重的紅胭脂，投入到與他們處境有極大反差的歡樂慶典——扭秧歌中。人的命運被異己的力量牽動、左右，靠「女人性」也無濟於事了。

張愛玲創作中多用意象象徵，戲曲是其中一類。其他如日、月、花的意象，已有臺灣學者論及[14]。時下研究尚停留在對文本中意象進行搜尋、整理階段。對意象象徵在現代文學中的積累、流變以及對張愛玲的影響的研究，還要我們花費更大的力氣。

原載《香港文學》1994 年 8 月刊

---

[13]　《張愛玲散文全編》，浙江文藝出版社，1992 年版，12 頁，14 頁。
[14]　張健主編：《張愛玲的小說世界》，臺灣學生書局，1984 年 7 月版。

新感覺的解剖

——論劉吶鷗、穆時英的都市小說

一

劉吶鷗在 1926 年 11 月 10 日致戴望舒的信中有這樣一段話：

> ……電車太噪鬧了，本來是蒼青色的天空，被工廠的炭煙布得黑濛濛了，雲雀的聲音也聽不見了。繆賽們，拿著斷弦的琴，不知飛到那兒去了。那麼現代的生活裏沒有美的嗎？那裏，有的，不過形式換了罷，我們沒有 Romance，沒有古城裏吹著號角的聲音，可是我們卻有 thrill，carnal intoxication，這就是我說的近代主義，至於 thrill 和 carnal intoxication，就是戰慄和肉的沉醉。[1]

這頗似未來主義的文學主張以及後來由劉吶鷗啟動、穆時英發揮的所謂「新感覺創作」，為中國現代文壇帶來了現代意義的都市小說。喬伊絲從都柏林汲取靈感，創作《尤利西斯》；巴黎、彼得堡養育了普魯斯特、陀斯妥耶夫斯基；在二十年代末、三十年代初，上海作為一個國際大都會，也為劉吶鷗、穆時英提供了這樣一個想像和創造的空間。這裏，高聳的建築、喧鬧的市聲、追求肉慾與快感的夜生活、藝術與政治的辯論、金錢的主宰……它的吸引力與壓力構成他們創作的母題。

---

[1]　見孔另境編：《現代作家書簡》，花城出版社 1982 年版。

　　「新感覺」是劉吶鷗、穆時英把握這種都市生活時選取的角度和進路，也是指導其創作的藝術原則。對新感覺的執著不僅使他們筆下都市印象煥然一新，也推動了意象、象徵的營造和心理過程描寫，同時，也深刻影響了小說敘述模式和人物精神狀態。

　　我們的研究從解剖「新感覺」開始。

二

　　這裏所言感覺，是文學用語，而非嚴格的心理學概念，主要指感覺器官通過看、聽、觸、嗅而獲得的關於外部世界的綜合印象。其實，任何文學作品，都離不開感覺的存在，敘述人對外在世界的觀察是情節發展的基本動力。只是，在劉吶鷗，尤其是穆時英這裏，感覺被誇張、放大，感覺發生了變異，有了特殊意味。

　　都市的喧囂與瘋狂刺激著穆時英小說敘述人的神經，撩撥著他的情欲。他站在街頭，貪婪地注視著都市脈膊的律動。有時，是快節奏的掃描：「上了白漆的街樹的腿，電線杆木的腿，一切靜物的腿……revue 似地，把擦滿了粉的大腿交叉地伸出來的姑娘們……白漆的腿的行列。「用相同的句式，把紛繁呈現的景物整齊排列，景物撲入眼簾的高速度使收視者無暇分辨它的細節。有時是悠閒的眺望；〈街景〉裏，我們彷彿看到敘述人坐在街角的長椅上，一杯咖啡在手，街景成了助他消化的美餐：修女們的談話飄入耳際，野宴去的跑車從眼前駛過，老乞丐彳亍獨行……。當然，更多的時候，他的感覺不是以速度為標誌，而是求新，走了變異的路。這是真正意義上的新感覺。外界物景不再以原始、自然的形態進入作品，他調動了視覺、聽覺、觸覺、味覺，以聯覺打通它們之間的界線，使之分解並重新組合。（物景經過主體的改造，發生了順隨人意的變化。傳統小說，用外在物景製造氣氛時，是通過對它的挑選完成的：用陰雨、深秋、寒冬與憂鬱、失

敗、悲劇搭配；用春日、陽光、鮮花比擬歡樂、上升、成功。而穆時英是在創造物景，使物景的形態、音響、色彩及呈現規則無不聽憑主體的操作並打上心靈烙印。「流汗的雲彩」、「大廈的斷崖」、「桃色的興奮」……這類例子不勝枚舉。）

　　在穆時英的小說中，不僅外在的世界以前所未有的形態擠佔了小說有限的空間，而且，感覺的形式、節奏外化為小說的敘事結構。〈上海的狐步舞〉、〈街景〉就是兩個突出的例子。小說沒有一個貫穿始終的人物，沒有貫穿始終的故事，它靠隱含敘述人視角的流動、視覺的轉換把各個場面銜接起來。場面本身，主要也是視角的產物。〈街景〉有五個場景：修女談話，野宴跑車，老乞丐之死，情人購物，孩子放學。如果要在這些場景中尋找一條中心線索的話，那就是隱含敘述人的視覺，他的眼睛象攝像機一樣，把都市「浮著輕快的秋意的街」景，徐徐留在了膠片上。研究者認為，穆時英如此安排小說結構，是受電影技法的影響，這當然有道理，電影本身就是視覺的藝術。但電影中，鏡頭的組接多遵循對比法、相似法，穆時英小說裏，場面與場面的銜接是靠相鄰關係支配的，如〈上海的狐步舞〉裏，一個人在鐵道口被槍殺，接著資產者劉有德回家，正巧就路過鐵道口，小德和劉顏蓉到舞廳鬼混，他們又是劉有德的兒子和妻子。場景是線性連接的，按歷時性演繹開去。

　　穆時英另外兩篇分總式結構的小說：〈夜總會裏的五個人〉、〈五月〉，也和感覺，尤其是視覺，有深刻的內在聯繫。無論從哪個角度看，它們都象電影腳本：場景的共時性並置，場景的安排，場景的轉化……穆時英在按照電影藝術的規則進行小說創作。不少論者誇耀他的小說中出現的這一異質性因素，以為是小說藝術的一大突破。其實，電影腳本只是電影成品前的草稿，而非完整的藝術品，它需要經攝影師按導演意圖拍攝成具體可感的畫面，才算完成藝術創造，文學卻是語言的藝術。穆時英忽略了這一差別，照搬現套，致使線索過分龐雜，而內容本身卻壓縮到失去水分的地步。對於長篇小說，這樣的

結構尚有發展潛力，至於短篇，就難以承受了。〈五月〉的失敗就是明證。

　　由於過分放縱視覺行為，敘述人普遍染上了窺淫癖。按弗洛依德的見解，「觀望」是達到對某一客體進行支配、視覺佔有或把握的姿勢，而單獨的觀望行為從潛在性方面講是一種反常活動。羅伯特‧康‧戴維斯在分析了愛倫‧坡的作品後，得出結論，「在坡的小說中，想察看而不被察看的傾向即觀淫癖，是一種占支配地位的格局」，「眼睛欲支配、欲控制的力量變得具有魔力」[2]。這些分析我認為同樣適合於劉吶鷗、穆時英。他們的小說中，男主人公總願意處在不與性對象交流的安全地位，充滿激情地窺視、猜度女性的肉體。他們的眼睛像解剖刀，經過若干掃描之後，總是快捷地集中到女性的性感地帶：胸、胯、下身。主動迎合女性示愛的場合少見，並不是他們不想，他們甚至願意以生命換取與女性的親近，他們內心充滿情欲，尋找宣洩，但真正遇到機會時，卻往往退縮。他們喜歡看，喜歡視覺的觸摸。〈流〉中主人公偷看黃色電影，〈白金的女體塑像〉中謝醫師對女性肉體的迷戀都屬此類。最著名的兩個場景分別出現在劉吶鷗《禮儀與衛生》和穆時英的《Craven A》裏。前者寫到過姚啟明對正在作裸體模特的白然的窺視：「他拿著觸角似的視線在裸像上處處遊玩起來。」白然的身體成了自然美景，山崗、低谷、叢林、溪流，美不勝收。有趣的是，姚啟明剛剛還在自問：隔絕了欲念，「這樣地把對象當作個無關心的品物看時真是這麼愉快的嗎？」旋即就「不知道怎麼才能把他心理湧起的一些莫名其妙的情緒制止下來了。」穆時英的《Craven A》中，「我」對舞女余慧嫻的窺視顯然脫胎於劉吶鷗的上述描寫，只是更精緻一些。「我」遇到余慧嫻時，宣稱：「仔細地瞧著她——這是我的一種嗜

2　參見王逢振、盛寧等編：《最新西方文論選》231 頁至此 51 頁，灕江，1991
　年 10 月 1 日版。

好。」余慧嫻的形體被他比擬為一幅地圖，人體的各個器官都在自然界中找到了對應物，用景物的變遷、運動來模仿性行為。作為窺視者，小說裏的男主人公多是在社會中被拋棄之人、都市的對立物，他們承擔著被動、消極的角色，被女人拋棄、玩弄、作賤。被窺視對象——女性，天然就是都市的化身，她們是性快感的發動者、引導者、享受者，她們的顛狂與妖媚，正與都市的顛狂與妖媚相同。有趣的對立！窺視行為成了一個隱喻——都市文明帶給現代人壓力和誘惑，人的被扭曲和發展的渴望。

三

　　韋勒克說：「意象是感覺的遺留。」[3]以新感覺相標榜的穆時英、劉吶鷗等人，在作品中如此注重意象的開掘、使用就不難理解了。談到意象，人們自然會聯想到同時代以意象豐富著稱的廢名、沈從文等人，吊腳樓、白塔、小橋、桃園、竹林都曾使讀者歎為觀止。就營造意象所使用的材料來看，穆時英等人算不得獨樹一幟，雖然他們引大量的城市景觀進入作品，但同時也擇取自然風物。龐德說：意象是「一種在瞬間呈現的理智與情感的複雜體驗」，[4]龐德強調的是物象背後隱藏的文化意蘊。正是在這一點上，穆時英等人與京派作家的區別呈現出來：後者強調的是一種情緒體驗，營造的是智者和善者才能分享並暢遊其間的高妙境界；而前者的運用範疇拓展到各色人等，折射出都市的動感、緊張感和情欲的膨脹、氾濫。

　　最見劉吶鷗、穆時英功力的還是意象的營造。感覺的更新，在文學作品中，實際上涉及語言的陌生化處理問題，因此，他們對意

---

[3]　韋勒克、沃倫：《文學理論》，三聯，1984 年 11 月 1 日版，202 頁。
[4]　同上註。

象的營造，從來不遺餘力。常見手法，是韋勒克所稱的「乖異的矛盾語法」，讓表現聽覺、觸覺、味覺的語詞違反語言慣例、生活邏輯地搭配、移植，造成所謂通感，破壞了典範語言過於平衡、標準的狀態，給出新的語境。「桃色的眼，湖色的眼，青色的眼」，把表現顏色的詞，突兀地用在沒有色彩的詞前面，拼湊成一種種屬關係。「鐘的走聲是黑色的，古龍香水的香味也是黑色的」，表示聽覺的詞與表示視覺的詞搭配，表味覺的詞與視覺的詞搭配，視覺的故意錯置，等等，使感覺相互勾通，意象得以凸現。

　　雅各布森在比較了傳統文學和現代主義文學後斷言，傳統文學主要是轉喻的，現代主義文學是隱喻的。[5]所謂轉喻，即舉出事物的屬性、修飾語、原因或後果來意指事物本身，而隱喻，以相似性和置換原則為前提。穆時英、劉吶鷗營造意象時基本上遵循的是隱喻的路子。「紅嘴唇象閉著的蚌蛤」（穆時英），本體和喻體之間連接的根據是二者性質上的相似性。紅嘴唇充滿誘惑，也充滿危險，它伺機而動，把冒闖禁地的男子誘入陷井。蚌蛤珍寶隱於內，兩扇貝殼對來犯之敵嚴陣以待。「小的櫻桃兒一綻裂，微笑便從碧湖裏射出來。」以櫻桃喻嘴，碧湖比眼，在文學作品中已成老套，但穆時英這個比喻，捨棄了本體嘴和眼睛，讓喻體單獨行使敘述職能，就使意象煥然一新。地圖的意象，表面看，當然是展示女性的綽約風姿，更深的意蘊我想是它的公開性：山川林木、河澤堤壩，一任遊覽者踏訪徜徉，女性形體與地圖的置換，暗示余慧嫻、白然人盡可夫。在穆時英作品中，最出色的意象恐怕是《被當作消遣品的男子》裏那隻大夜蝶：

5　布雷德伯里、麥克法蘭編：《現代主義》，上海外語教育出版社 1992 年 6 月 1 版，452 頁。

在銀色的月光下面，（她）像一只有銀紫色的翼的大夜蝶，沈著地疏懶地動著翼翅，帶來四月的氣息、戀的香味、金色的夢。拉住了這大夜蝶，想吞她的擦了暗紅的 Tangee 的嘴。把髮際的紫羅蘭插在我嘴裏，這大夜蝶從我的胳膊裏飛了去。嘴裏含著花，看著翩翩飛去的她，兩隻高跟鞋的樣子很好的鞋底在夜色中舞著，在夜色中還顫動著她的笑聲，再捉住了她時，她便躲在我懷裏笑著，真沒有法兒吻她啊！

本體蓉子和喻體大夜蝶同時出現；人為蝶，蝶化人，相互交換，寫盡了女子的撫媚、輕浮。

劉吶鷗、穆時英作品中的意象，按相似性和置換原則營造，具備了隱喻功能，這離象徵就只有一步之遙了。劉吶鷗作品裏，有一個與主人公敵對的意象世界，它由一些兇猛的動物、獸類、鬼怪組成：「兩匹黃狐跳過來，蹲在碧眼的女兒肩上」（〈流〉），青雲「正象一條出洞的青絲蛇！」（〈流〉），「濛霧裏的大建築物的黑影，恰像是都會的妖怪。大門口那盞大頭燈就是一對嚇人的眼睛」（〈熱情之骨〉）。這些意象作為整體，暗示了都市與人心靈、精神的對立，作為這種暗示的補充，作者經常使用一些「吞」、「嚙」、「滾出」之類表示佔有和破壞的字眼，增強都市的異己感。穆時英作品中的火車、大夜蝶等意象，也有向象徵發展的潛力。

如韋勒克所言：象徵「具有重複與持續的意義。」[6]意象獲取象徵功能的關鍵一步，是意象的重現。同一個意象在作品中反覆出現並與指稱對象形成固定聯繫，才會成為象徵。日本新感覺派作家橫光利一曾敏銳地指出，穆時英的〈黑牡丹〉是一篇象徵小說[7]。

6　韋勒克、沃倫，劉象愚等譯：《文學理論》，北京三聯書店 1984 年版，204 頁。
7　穆時英死後，日本《文學界》1949 年 7 卷 9 期曾出穆時英悼念號，片岡鐵兵，橫光利一等都有悼念文章。關於劉吶鷗、穆時與日本新感覺派的關係，本文不作評論。

小說的情節很簡單：我與舞女蕭珠相識、重逢，目睹她絕處逢生。但肖珠的姓名在小說只出現過一次，她作為社會人的特徵也十分模糊，情節的實指性受到削弱。替換物是黑牡丹意象：她一襲黑色服裝，在「我」眼裏象一株美麗的牡丹花；被「我」的友人聖五收留後自稱牡丹花妖，對花園種植的那株黑牡丹倍加愛護；黑牡丹奇跡般地二度開放。黑牡丹意象重現加變化，在更高的層次上複製了情節，並提供了可猜度性。可惜，這樣的例子實在是鳳毛麟角。經過作家陌生化處理的意象，又被他們過分隨意地丟棄了，極少有一個意象在作品中出現過兩次，感覺的標新立異使他們不屑於重複。劉吶鷗、穆時英的小說終於沒能時入象徵小說的行列。

四

　　從心理學角度看，感覺是心理活動的一個組成部分。有關客觀世界的一切資訊都要經過感覺器官的傳遞，它是意識的中介和橋樑。從某種意義上講，劉吶鷗、穆時英標榜新感覺，就暗含了對心理描寫的關注。這主要表現在以下幾個方面：他們的作品中，感覺活動的發送者常常由隱含敘述人轉到人物。如〈上海的狐步舞〉裏工地工人臨死前的感覺活動。其二，由作品中人物（經常是第一人稱）直接出面引導感覺活動，例子有〈被當作消遣品的男子漢〉、《Craven A》等。第三，穆時英在後期一些作品中，有意識擴充心理描寫內容。如〈白金的女體塑像〉、〈Pierrot〉、〈五月〉，其中，心理活動已不單純限於感覺範圍，出現的方式也很奇特，在人物間對話之後，用括弧標誌，很象戲曲裏的旁白或電影中的畫外音，貯藏無法示人的潛意識或與社交語言對抗的真實聲音，為心靈保持一塊自由流動的天地。其四，劉吶鷗的〈殘留〉和穆時英的〈街景〉裏關於老乞丐的那個片斷已經具備了現代心理小說的某些特徵，我

指的主要是意識流小說。〈殘留〉裏，作者對文本的參與、干涉降到最低限度，情節的起承轉合全部由人物承擔，更確切地說，由「我」的心理活動完成。人物的視覺、聽覺、嗅覺、聯想、回憶、潛意識、性本能不斷交錯、演進，揭示出一位新寡婦人在性慾和生存危機雙重煎熬下的處境，從勾引丈夫好友白文始，至被外國水手強暴終。《新文藝》1929 年 2 期編者亦云：「〈殘留〉是劉吶鷗先生自己很滿意的新作，全篇用著心理描寫的獨白，在文體上是現在我們創作上很少有的」。穆時英的〈街景〉裏，意識的流動雖然只是一個片斷，但在地位上十分重要。它找到了一個意識發動的支點：轟隆隆開過的火車，這個意象推動意識在不同時間段跳躍。他乘火車離開故土，火車引出他刻骨銘心的鄉愁，他乞求檢票員讓他乘火車回家，最後被火車壓死。視覺對象不斷嵌入，打斷心靈流程，而心理流程又頑強地被火車牽引著持續下去。心理過程不再象同時代許多作品那樣，呈秩序性、規則性，而還原到「心靈的真實」。同樣，心理描寫在劉吶鷗、穆時英作品中呈未完成性，沒有獲得充分的發展就夭折了。

　　循著劉吶鷗、穆時英開闢的路，文壇出現了一批表現「新感覺」的追隨者，徐霞村、葉靈鳳、黑櫻等，先後都有仿作問世，但格調較低，終難成大器。真正的突破，是在十年以後，張愛玲異軍突起之時。

原載《文藝理論研究》1993 年第 6 期

周立波：民間文化與主流意識形態

　　一般我們把周立波看成主流作家，他以左翼批評開始自己長達數十年的文學生涯；又有延安魯藝的工作經歷，從《暴風驟雨》，《鐵水奔流》到《山鄉巨變》，也無不打上社會主義革命和社會主義建設的深深烙印。在本世紀五、六十年代，極左思潮時常氾濫，文學表現空間過於狹窄，使作家只能在歌唱主旋律中延續自己的創作生命，周立波當然也不例外。但周立波的藝術個性與才華，卻在其中得到完滿展示，取得驚人的藝術成就，我指的主要是他紮根於湖南鄉土的《山鄉巨變》和二十餘篇短篇小說。這當然不是說，所謂「路線正確」，會產生什麼偉大作品。唯一的答案，可以在區域民間文化與主流意識形態之間衝突和相互瓦解所形成的藝術張力中尋找。區域民間文化在周立波湖南背景的作品中，顯示出強大能量，在註定被改造的命運中，以潛在的形式，完成了對主流意識形態的反改造。作為藝術家的周立波，更偏愛鄉土，民風，習俗，而作為黨的文學工作者，理所當然負有教化民心的使命，這矛盾，以一種微妙的方式，反映到作品中。於是，在當時文壇以周立波為例，歡呼「革命文藝路線」取得「重大實績」之後三十年，我們卻從他的這些作品中，讀解出另一種資訊，這感覺是頗有趣味的。我將從三個方面談這個問題。

一、「改造」與文學的主旋律

　　1949 年，新政權在中國誕生以後，各行各業開始了大規模的社會主義改造。黨帶領剛從深重災難中掙脫出來的民眾，除舊佈新，

想以最快的速度進入共產主義。但由於社會主義建設經驗不足，產生了不少極左過激行為，如階級鬥爭擴大化，大躍進等；也在「移風易俗」口號下，對民間文化形態進行了清理和改造。文學創作在以民間形式，如快板，鼓詞，土語等進行藝術包裝的同時，對民間意識，思想，行為，持批判態度。對後者進行改造，被看成農村推進合作化運動的重要步驟，矛盾也主要圍繞改造與反改造展開。周立波的〈翻古〉，寫鄉間傍晚，老人李二爹帶孩子選茶籽，孩子在這種特定情勢中，請求老人擺古講故事。這是一種民間娛樂形式。老爹作勢準備講，消息傳開，一下子湧進來七、八個孩子。小夥子們對未知的神仙鬼怪感興趣，要他講海龍王。但在新形勢下，那些老話已不合時宜，老人明白這一點，他「想到目前作興向後生子們進行階級教育」，就講了自己在舊社會親身經歷的受壓迫，受剝削的往事。政治教育滲透進民間習俗中來。〈禾場上〉寫夏季夜晚，鄉間百姓習慣在吃過飯後，到禾場上乘涼。那裏成了人們擺談故事，聊閒話的場所。縣裏派來的鄧幹部利用這個機會，向人們宣講高級農業社的好處，動員大家加入高級社。他的談話收到很好效果。〈臘妹子〉寫清溪鄉一個潑辣，皮實，霸蠻的小姑娘臘妹子，有用彈弓打鳥，百發百中的本事。上級號召除四害，他的本領有了用武之地，他也被吸納到幹部隊伍中來。民間行為要在為社會主義建設服務中取得合法性。〈下放的一夜〉更具典型性。在巫風極盛的湘楚大地，人們對一些超自然的現象保持信仰是容易理解的。一位下鄉幹部王鳳林夜間睡覺時，遭蜈蚣叮咬，鄰里都來圍觀慰問。這給卜老倌提供了一個宣講神巫的機會。他由這隻蜈蚣扯起，說山那邊一個專捉蜈蚣的人，曾給一個被蜈蚣咬了的人，喝下一碗法水，當即治癒。又說到蜈蚣精會變美女，專門勾引男子。還說蜈蚣精最怕雞公。他的思維，完全按民間神話的的思維方式運行。但他的志怪老話，不斷遭到其他人，尤其是在新社會成長起來的年輕人的質疑和反駁。他老伴戳穿他說，那個被蜈蚣咬的人，「記得也是上邊伯娘治好的。」

關於蜈蚣精擒人，一個小夥子馬上接口：「世界上根本沒有精怪。」至於蜈蚣精怕雞公的事，一個孩子天真地發問：「怕不怕雞婆？」這話讓卜老倌十分難堪。他的每一句話，都被拆解，抵消，受到善意的嘲諷。

在周立波的小說中，一批老班子的人（年長者），總是在習慣和習俗的引導下行事，但往往失敗，最後受到新的現實的教育。〈桐花沒有開〉中的張三爹重節令，守皇曆，信經驗。一般按農時，在桐花開後選種泡種，因此張三爹反對生產隊長採用新技術提前泡禾種。後生隊長盛福元克服種種困難，泡種搶種成功。老習慣失敗，張三爹受到後生們的嘲笑。〈漂沙子〉中，「漂沙子」是對瘦弱、不能生育的母牛的稱呼。隊長王桂香從鄰社買回六頭牛，有一頭是漂沙子，張老倌看罷，說風涼話，責怪隊長不應該亂花隊裏的錢，賣回一隻不中用的牛。後來隊長一家經過精心餵養，母牛長得膘肥體壯，還產下一仔。張老倌在母牛生仔的當日，為自己的話感到羞愧，藉故去親戚家，躲開了。〈掃盲志異〉寫何大爺封建思想嚴重，對男女關係問題十分提防。公社派了個男教師幫他的兩個兒媳婦掃盲，何大爺疑神疑鬼，處處監視，後又以為抓住把柄，就跑到公社告狀，並要叫在工地幹活的兩個兒子回來。公社書記趕來調查，證實教師無辜。為再引起誤會，公社給換了個女教師來。兩個兒子回來，發現有女教師幫他們掃盲，十分高興。但何大爺又起了新的疑心，擔心女教師與兒子會有什麼問題。在作品中，何大爺的保守思想受到諷刺。

老班子的人行事，對諺語十分重視，但現在他們說話已很難有權威性，反倒常常受到質疑。也是在〈桐花沒有開〉中，大家在一起閒聊，有人說：「聽說，今年山鄉老虎多，老班子說『虎出太平年』，今年的好收成是靠得住的了。」馬上就有人反駁：「又迷信了，老虎那裏曉得世道好不好，太平不太平。」說話人不得不為民間信仰找出「科學」的理由：「你不要小看老虎，這

傢伙比貓還有靈性，它只用鼻子一嗅，就能聞出年成好不好，天氣好不好。」反駁者對這有悖常理的話並不信服：「照你說的，老虎應該調到氣象臺去工作？」二人的鬥嘴，顯示民間信念的基礎已開始動搖。〈臘妹子〉裏，說到麻雀糟蹋五穀時，一個老婆婆又「引經據典」：「老班子都說：『糟蹋了五穀六米，要遭雷打』。」一個男子將信將疑：「雷公倒不管這些。」另一個男子乾脆不信：「根本就沒有雷公。」

　　至於一些民間崇神祭祀活動，照例也在改造之列。〈胡桂花〉中，團支書動員青年姑娘胡桂花演戲，遊說的理由是社員馮老二搞迷信：「這個馮駝子最近在他屋場後邊頭一株栗樹下，用泥磚砌了一個土地廟，……請了左鄰右舍去替菩薩開光，說是開了光，土地老倌就百靈百驗，有求必應。」他讓胡桂花用健康、積極的娛樂方式與封建迷信鬥爭。胡桂花演出大獲成功，卜支書趕來告訴胡桂花，說馮老二受演戲的影響，把家裏的土地廟拆了。〈張潤生夫婦〉中，原隊長信巫好鬼，喜歡賭咒，且每回賭大咒都要拖只雞來宰，他老婆這年餵的五隻雞，已被他斬盡殺絕，連過年的閹雞也沒有留下。年底開會，他誇口說明年畝產能打五百斤，一個鬍子老倌不信，他又賭咒。別人知道他老毛病又犯了，就逗他殺雞。他用眼睛搜索到一個目標，身手敏捷地捉了來，找刀要斬，以此顯示他說話的分量，證實他預言的可信，並從這種儀式中得到快樂。結果，妻子趕來，奪了雞，把他數落了一頓，讓他當眾出醜。過年時，張潤生夫婦殺豬，豬嚎叫響亮悠長，原隊長說好，一個年輕後生不明就裏，問為什麼叫聲長了好，原隊長不敢承認自己迷信，另一個花白鬍子說了他想說的話：「不長不吉利。」這話馬上被一個初中生斥為「迷信」。這一切表明，民間文化以及它的代表人物正受到全面的衝擊。

二、民間文化的隱形存在與顛覆性

民間文化涉及鄉土人物的生活方式、習慣，以及風俗等方面內容，1949 年以後，它在文學的作用受到嚴格限制。儘管有一浪高過一浪的「向民間學習」的運動，領袖人物也號召向人民大眾學習「喜聞樂見的形式」，但在文學作品中，一般民間觀念、習俗等都受到「落後」的指責，面臨被改造的境遇；只有一些形式因素，如快板、鼓詞，得以被借鑒。在這樣的背景下，周立波對民間文化的深刻理解和熱愛，就顯得相當獨特。在〈翻古〉中，他寫當地講古話的習俗時，深情地寫道：「古代和現代的智慧、幻想，悲愴和歡喜，由老人的口，一輩一輩傳下來，一直到永遠。」這充滿詩意、傷感的文字，出自一個五十年代作家之口，使我們驚訝，令我們敬佩。在〈桐花沒有開〉中，從意識形態角度看，張三爹是個落後人物，但作者對他倍加呵護，開場就介紹他的隨身寶貝「實竹煙袋」的來歷和作用。這非但突出不了主旋律，而且「有害」，因為使主人公顯得可親可愛。作者這樣寫道：「他這根煙袋，除抽煙外，還有好幾宗用處：一是走夜路時用來打蛇，一是碰到小孩子長了瘡疤子，或是摔破了腦殼，他蘸一點煙袋裏的煙屎，給揉一揉，據他說立敷立效；再一宗，就是把煙袋嶄勁地在地上磕得崩咚崩咚響，生氣時拿來出氣，吵架時拿來助威。」這種鄉土人物手中的民間器物，在周立波動情的描寫中，似乎已成了某種具有神性的法寶。

周立波經常在作品中，努力凸現民間習俗的存在。〈山那邊人家〉寫敘述人翻山越嶺趕去參加一對新人的婚禮。儀式前，鄉長念了一段寫包辦婚姻苦的舊民歌，又引出湘西津市土家和苗族的哭嫁習俗。「哭嫁」起因自然與包辦婚姻有關，但演化中，悲劇因素減弱，發展成本民族獨特的婚俗，而帶有喜慶色彩。周立波所寫益陽地區地處湘東，故有人對哭嫁鬧不懂，詢問時，鄉長解釋：「那邊興哭嫁，嫁女的人家，臨時要請許多人來哭，鬧的請好幾十個。」又說：「在津市，有種專門替人家

哭嫁的男女，他們是幹這行業的專家，哭起來，一起一落，有板有眼，好象唱歌，好聽極了。」作者沒提到鄉長從哪裡知道這習俗，她的話音未落，窗外偷聽的姑娘們已經笑成一團，屋內也有人笑了。他們雖未演示這古老習俗，但無疑已經從中領略到無盡的樂趣。

　　現在，讓我們再回到〈下放的一夜〉。前面說到卜老倌演說神巫，但不斷受窘。這只是問題的一面，還有另一面。從小說提供的場面看，圍觀者十分樂於聽卜老倌的連篇「鬼話」，其中也不乏迷信者。卜老倌信口打哇哇：「同治年間，這裏出過一個蜈蚣精。」卜大媽接下來的話不是反駁沒有蜈蚣精，而是糾正卜老倌在時間記憶上的謬誤：「哪里？我記得是光緒年間。」可見她對蜈蚣精是深信不疑的。卜老倌的回答耐人尋味：「都一樣。」同治和光緒怎麼一樣呢？老人如此說，說明他在講一個源於民間信仰的故事，而非可求證的史實。關於蜈蚣精變美女擒男子的事，得罪了聽眾中一個年輕美貌的女子，她說：「你這是侮辱婦女。」這話證明她相信有蜈蚣精，因為相信，所以她怕「後生子們把她當精怪，都不理她，那就糟了。」圍觀者正是對卜老倌的話有興趣，談話才能夠維持下去。妙得是王鳳林被蜈蚣所咬，救治方法也浸潤著巫風。小說中交代，他開始用西醫療法，無效，鄰里建議找七十五歲的卜媽。卜媽先叫找一隻蜘蛛放在患處把毒吸出來，蜘蛛不肯合作，又叫捉一隻公雞，剪一點雞冠，將血塗上去。這方法果然奏效，王鳳林的傷好了。在種種民間儀式中，雞血有神奇的功用：盟誓、賭咒、祛病，除災等；再加上卜媽人老靈精，眼目炯炯，「名堂不少」，因此讓人自然想到巫術巫婆之類。周立波以貌似科學的名義，不露聲色地寫下了這段有趣故事，在「破除迷信」的攻勢中，弘揚了民間文化的魅力。

　　更妙的是當事人王鳳林。他的傷治好後，卜老倌和其他人閒聊，他始終在場，並從頭至尾聽完了大家的「胡說八道」，但他未置一詞，連一種表示、一個動作都沒有。在場，卻不讓他發言，這正是周立波的高明之處。除了說明他喜歡聽，還能有別的解釋嗎？

　　民間文化全面發揮顛覆作用，是在《山鄉巨變》中。這部長篇小說分上、下兩部，上部 26 節，寫清溪鄉初級合作社籌建始末。下部 23 節，寫初級社轉為高級社後，社員們齊心協力、發奮圖強，取得第一年大豐收的經過。這條線索是顯在的，它與意識形態相合，也與同時代作品的主旋律相合。那些作品，大都以一場豐收，或某個合作社的成立，作為情節發展的頂點和收束，以此驗證路線和政策的正確性。周立波也不能離開這個框框。但在這條情節背後，如果我們進行洞微燭幽的索隱工作，會發現作品中還存在著一條相反的解構的線索。上述在農村中推進的政治運動和生產活動中，每一個有代表性的事件、場面的敘述，周立波每每旁溢斜出，有意無意把它們還原成民間儀式、民間活動、民間習俗和民間信仰。民間文化以其強大的娛樂性、趣味性和傳統慣性，擠佔了政治和生產活動空間，對後者構成反諷，使後者的目的被消解，內容被置換。

　　《山鄉巨變》中寫副社長謝慶元吃水莽藤草自殺，起因是他負責看護的牛被人砍傷。在這之前，他受了老婆一頓惡氣，還被龔子元嚇唬，一時想不開。被發覺後，大家手忙腳亂準備把他送醫院，亭麵糊有經驗，說不用，他力主按民間的老方子，「灌他幾瓢大糞，再拿杠子一壓，把肚裏的傢伙都壓出來，馬上就好了。」他的建議，引起大家熱烈討論，莫衷一是。這裏還沒有商量出一個結果，盛家大翁媽又對謝慶元「好端端，怎麼吃起水莽藤來了」，生了疑，她擔心：「莫不是碰到水莽藤鬼了？」清溪鄉一個老書生李槐老反駁：「鬼是沒有的。」盛家大翁媽並不理睬，仍自說自話：「水莽藤鬼，落水鬼，都要找替身，才好去投胎。」湘楚民風尚鬼信神，認為萬物有靈，山有山精，水有水怪，水莽藤草當然也有神性。盛家大翁媽的話有深厚的民間背景。這一點，可以從中國當代作家莫應豐的小說〈死河的奇跡〉中得到印證。這篇小說也寫到水莽藤草的毒性和神性：

> ……吃了水莽藤才是真正嚇死人呢。河岸上多的是水莽藤，
> 有大毒。問大人，水莽藤是什麼樣子的？大人多半不說，只
> 告訴你，牛不吃的就是水莽藤。牛眼跟人眼不一樣，牛眼能
> 看見鬼。每一根水莽藤旁邊都有一個枉死鬼，每一個吃水莽
> 藤的人都要化成一根新的水莽藤。枉死鬼都要找替身，他就
> 千年百年站在河岸上，不能走。牛能看見鬼，見鬼就躲開，
> 從來沒有一條牛誤吃了水莽藤死去。人就不同，……

　　莫應豐的這篇小說中，也有一個人物吃水莽藤草自殺。有趣的
是，人們發現後，也用與治謝占元的辦法對付吃毒草的芳妹。只不
過，在謝占元身上，這法子沒有施行，而對芳妹真的那麼做了。大
家把芳妹捆成一個肉粽子，抬到竹席上，舀來大糞來，給她灌了進
去。這法子看來是有效的。芳妹得救了。之後，全村「都在談論水
莽藤鬼的事。他們說，芳妹是被鬼尋了。她娘家沒有罵她，男人也
沒有打她，只是拌了兩句嘴就去尋死，不是鬼又是什麼呢？有人歷
數著吃水莽藤死去的人，有年輕的，有年老的，有眼見的，有耳聞
的，一數就數出幾十個來。何止呃！一路來都是水莽藤鬼，誰數得
清？」《山鄉巨變》的盛家大翁媽也抱相似的看法。
　　在謝占元吃毒草被發現之前，還有一個場面讓人忍俊不禁，那
是亭麵糊與謝占元的一段對話。亭麵糊收工回家，路上發現謝占元
臉色不好，神情沮喪，就問東問西，提出種種建議寬慰對方。而謝
占元滿懷憂苦，不斷暗示自己將要離開這個世界，只差沒有說自己
服了毒。一個糊塗而熱心，一個大放哀辭，可二人誰也未明白誰，
以致談話牛頭不對馬嘴，充滿民間故事中對話的趣味，即假定性和
預設性。謝占元最後問亭麵糊，自己為什麼如此倒楣，亭麵糊的思
維一刻也沒有離開民間信仰的範圍，他認為，人倒楣一定是冒犯了
什麼神靈或禁忌，於是有一連串發問：「你在堂客曬小衣的竹竿底
下過過身嗎？」「你用女腳盆洗過澡沒有？」「兩公婆打架，你挨

過她的鞋底吧？」謝占元連連搖頭，亨麵糊又自信地說：「要不，一定是你們小把戲早晨方了快（說了不該說的話）。我們老駕最怕放快了，一黑清早，如果家裏有人講了鬼怪老蟲，他就一天不出門。後來，他在堂屋裏貼塊紅紙，上面寫道：『老少之言，百無禁忌』。你也貼吧？我去請李槐老給你寫一張。」這場性命攸關的政治事件，就這樣淹沒在民間文化的汪洋大海中。

小說中「捉怪」一節，把劉雨生與盛家秀的戀愛故事完全按照民間故事的形式編排了一回。劉雨生與妻子離婚後，生活無人照料，日日冷鍋冷灶。但有一天他回家，發現飯已做好，以後日日如此。他覺得奇怪，就躲在屋裏，想看個究竟。這才把象狐仙一樣，偷偷來做飯的盛家秀「活捉」。從這一節的標題，到情節設計的超驗規定性，都透出民間文化的影響。只有在民間故事中，那些仙女、精靈與凡間男子的愛情，才會如此鋪排演繹。

開始時，劉雨生發現天天回家有飯吃，以為是媽媽來為他做的。待證實不是之後，他心裏已經明白了十之八九。但劉媽卻嚇壞了，她擔心兒子遇到了精怪。丈夫和兒子都不信，劉媽嘮嘮叨叨舉著例子，說精怪如何可怕，不可得罪。雙方為此事爭執著，劉媽說：

> 雨生，你不要信他們的，鬼神、精怪，都是有的，梓山村的那個堂客，敬老爺、沖鑼，都不見效，到底給狐狸精籠死了。狐狸精見了女的，就變個飄飄逸逸的美貌的少年郎；見了男的，就變個美女。伢子，下次見了烘魚臘肉什麼的，切莫再吃了。那是吃不得的呀。吃了茶，巴了牙，吃了她的肉，她就會來籠你了。

劉媽的擔心，其他人的反駁，誰也說服不了誰，談話由此維持在一種似真非真的狀態，避免下判斷。周立波很善於借這樣「批判」

的場合，給民間文化一個表現的機會，讓讀者從談話本身欣賞民間
文化的趣味。

　　小說中，階級鬥爭的激烈和嚴峻性，在對龔子元夫婦的監視和
逮捕上表現出來。但作者對相關事件的處理，仍充滿民間傳奇情調
和民間趣味，並從中挖掘人物的鄉土根性。社裏派盛淑君和陳雪春
監視龔子元，二人發現情況，趕緊回來彙報。她們都急於表功，爭
著說話，於是互不相讓，以致互相譏諷，相互拆臺：

> 「有件大事，我們巡邏到茶子山邊，發現……」盛淑君氣喘吁
> 吁地說到這裏，停了一下。
> 「發現龔子元那個傢伙。」陳雪春搶起來說。
> 「你莫插嘴，讓我來說好不好？」盛淑君推開她的同伴。
> 「你一個人講不清。」陳雪春爭起來說。
> 「你講得清，你伶牙俐齒，請你說吧。」盛淑君生氣了。

　　嚴重而緊急的事件被擱置在一邊，周立波的興趣集中在這兩個
缺乏「訓練」的小偵察員的鄉土性情的表現上，對她們身上未被馴
化、規範化的東西表達了由衷的好感。作者的筆觸就這樣再三遊移，
使「中心」的突出地位被削弱。

　　鄧秀梅派亭麵糊到龔子元家探口風，勸他入社。這是敵我第一
次正面較量，卻被亭麵糊這個帶有民間喜劇色彩的人物攪得一團
糟。他為一瓶好酒所迷，被龔子元灌得迷迷糊糊，不僅任務忘得一
乾二淨，回家的途中，還摔傷了腳。作者詳盡地敘述了這個經過，
對亭麵糊的「拙劣」演技極盡鋪排，對龔子元的「狡猾」卻不置一
詞。周立波冒了喪失「原則性」的風險，在敵我鬥爭中，使正面的
一方受到揶揄。究其原因，我想，就與作者實在捨不得丟棄展示亭
麵糊身上的民間特色有關。

三、不變的鄉土人物根性

　　社會主義改造觸動了千千萬萬農民的根本利益，給農村帶來天翻地覆的變化。以土地為主要生產資料的農民，必然因佔有土地的多寡，而對這場社會變革持不同態度，有不同反應。與周立波同時代寫農村生活的作家，無一例外地都觸及到這個問題。但大多數作家把它描述成不同階級的對抗和衝突。周立波則拒絕階級鬥爭對鄉土生活的介入，即使這矛盾如何尖銳，酷烈，周立波都把它嚴格限定在「人民內部」。因為一旦「上綱上線」，敵對者的命運將面臨不測，而作者似乎不忍心這些與土地有密切聯繫的鄉土人物遭受如此待遇。

　　短篇小說〈卜春秀〉中的女主人公卜春秀與軍人相愛，拒絕了華而不實的追求者黃貴生。黃貴生不甘心，趕到山上，對卜春秀欲行非禮。這已經是很嚴重的事態了，「敏感」的作家會從中找到不少階級鬥爭的「苗頭」。但周立波似乎很「遲鈍」，並未把黃貴生寫得多麼險惡，只把這理解為一般青年的自然慾望和衝動。事態被制止，對其動機就不再追究。類似的事件在長篇小說《山鄉巨變》中也出現過。符賴子追求盛淑君，而盛淑君衷情陳大春。符賴子是鄉間無賴青年，有不少劣跡。他對女人沒有常性，朝三暮四；又沒有頭腦，常被其他別有用心者利用，盛淑君不喜歡他理所當然。符賴子此時正害單相思，情急之時，他觀察盛淑君清晨行走的路線，在半道堵住她。荒山野嶺，符賴子的行為一如黃貴生。盛淑君聰明機警，許個假願，逃之夭夭。若在同時代其他作家筆下，這次事件可能被渲染成階級鬥爭的大搏鬥，但符賴子無階級鬥爭意識，也無險惡居心，他也沒有受到「上綱上線」的懲罰。符賴子的歸宿是光明的，他贏得了另一個他喜愛的女子的歡心，並被公社推薦到株州當工人。

　　在《山鄉巨變》描寫的清溪鄉合作化進程中，所遇困難和阻礙十分巨大。農民的鄉土根性在勢如破竹的改造風潮面前，受到嚴峻挑戰，也激起他們不同反映；農村富有者不願放棄土地私有，要掙扎反

抗，也是必然的。周立波從不迴避這一矛盾，他在《山鄉巨變》中塑造了菊咬、秋絲瓜等與此相關的人物。

王菊生吝嗇、貪心，狡猾，故有「菊咬」的綽號。他貪戀滿家田產，自願過繼到滿家，開始對老人極盡討好，掌握了財政大權後，卻百般刁難，甚至不讓老人吃飽，在鄉里名聲不好。他家勞力強，家底厚，堅決不入合作社。他說公社「場合不正經，早晚要垮臺。」他上山偷砍公社林木，被發現後死不認帳。他女兒人小火氣大，對前來檢查的人破口大罵：「強盜，搶犯！」一家人逞勇發狠要與合作社競爭，存心要比垮合作社。菊咬總覺得這「對自己會有好處，至少至少，他這老單，可以幹得長遠些。」他一家在與社員挖塘泥的競賽中，因互相看不順眼，惡言惡語，最後拳腳相加，打在一起。

秋絲瓜比菊咬多了一份心機，他「八面玲瓏，喜歡同各個方面都取得聯繫。」他練過武術，有一身好拳腳。在堅持單幹的道路上，他比菊咬走得更遠。菊咬只管自己，秋絲瓜懂得聯合，他「常常利用砍柴的機會，跟富農曹連喜在山裏碰頭。他希望和所有的單幹戶，包括王菊生在內，都連成一氣，結成一體。他與暗藏的特務龔子元往來頻繁，討主意，問計策，指使符賴子探消息，散佈謠言。在眼看絕望之際，他把自己的牛趕上山，寧可將牛偷偷宰掉，也決不把它入到社裏。鄧秀梅率眾人聞訊趕到，將秋絲瓜團團圍住。秋絲瓜擺開架式，對付七八個壯實小夥不在話下。這一邊，鄧秀梅等持刀槍在手。雙方對壘，一觸即發。如此緊張激烈場面，周立波卻並未過多引申，只解釋說秋絲瓜未明白黨的有關政策。牛沒有宰掉，公社就未再追究。秋絲瓜依然我行我素，未因這次教訓有所悔悟。

謝占元是黨員，副社長，卻私心極重，愛做表面文章。領養的一頭牛被龔子元的老婆蓄意砍傷，他背了黑鍋，加上其他不順心的事，一時想不開，吃毒草自殺。行為頗左的中心鄉黨委書記朱明得知後，定性為叛黨行為，責成公社書記李月輝嚴肅處理。李月輝不以為然，於是事情就拖著不辦。不辦又不行，在李月輝計窮之時，作者出面為他解了圍：

他將此事從情節的緊張進行中，突然分離出去，暫時擱置不提。只在很久以後，作者才輕描淡寫地說起他受了處分。這種人為阻斷情節正常發展的辦法，無疑使結構的完整性受到損害。但作者似乎在所不惜。

龔子元夫婦的存在意味深長。他們是《山鄉巨變》中唯一定性的階級敵人。他們散佈謠言，拉攏單幹戶，砍傷耕牛，破壞合作化運動。最後，他們與外地暗藏國民黨分子密謀暴動，結果天機洩露，被公安局一網打盡。在以寫階級鬥爭為風尚的當時文壇，周立波在這樣的長篇巨制中，很難回避這一主題。但他避免讓階級鬥爭滲透進那些鄉土人物中間，而安排了龔子元夫婦作為「階級鬥爭」的點綴和裝飾。他們夫婦不是土生土長的當地人，早年逃荒到清溪鄉，獨門獨戶住在離村子很遠的地方，很少跟村中人往來。不會幹農活，卻有吃有喝。他們對清溪鄉合作化進程影響很小。最後被捕，是因為他們密謀與臺灣聯繫，進行暴動，奪取地方政權，與清溪鄉及小說中其他人物毫無關聯。他們的活動，總的說來，和鄉土生活關系不大。由此可見周立保護鄉土民間生活的良苦用心。

按照五、六十年代文學的經典模式，反映農村合作化進程，必然伴隨著一個思想改造過程。世界觀轉變了，思想進步了，覺悟提高了，現實的目標才能夠實現。二者相互結合，相互推進。最典型的是柳青的〈創業史〉。而周立波作品中的人物是相反的一群。由於周立波在作品中覆蓋了一層民間文化的底色，給人物心性、精神，提供了賴以生存的土壤，使他們的鄉土根性，保存了原汁原味。秋絲瓜、菊咬、謝占元這樣的「落後」分子，自始至終本色依舊，不曾因受到「教育」而改悔。周立波在刻劃亭麵糊這一形象時，更是注意強調他身上鄉土根性的一貫性和持久性。他彷彿是從民間故事中走出來的人，他的「進步」，不是因為階級覺悟高；「落後」之處，也沒有意識形態的動機。龔子元夫婦被抓後，他尚不知情，記起盛清明交代的任務，仍去打探情況，見到的是龔子元家一片狼藉，一口打開的破箱子裏，亮著「粉盒、手帕和兩條淺紅的褲衩，還有

一條月經帶。」他連聲叫「背時背時」，慌忙退了出去。我們記得，前邊謝占元說自己倒楣，亭麵糊認為他違犯禁忌，觸動了女人物品。「從女人曬褲子的竹竿下過身，看見女人貼身之物等，是他生平最忌諱的。因為他相信，這樣一來，人會背時，用牛會出事，捉魚不得手，甚至人會得星數（短壽）。」此時，他又犯忌，怎會不緊張呢？作者開頭欣賞他的罵人「藝術」，結尾又讓他有如此「迷信」、「不覺悟」的表現。前後呼應，讀者可以從這個「頑固」的「純土地性人物」身上，更充分地領會周立波固守民間立場的良苦用心。

　　《山鄉巨變》問世後，曾引起熱烈的反響和爭議。多數人在肯定它的成就時，也為其「缺陷」感到遺憾。有評論認為：「小說沒有充分寫出貧苦農民走互助合作道路的強烈願望和自覺要求，彷彿農業合作化運動這場深刻的社會主義革命只是自上而下，自外而內地帶進了這個平靜的山鄉，而不是這些經歷過土地改革的風暴和受過黨的教育和啟發的莊稼人從無數痛苦的教訓中必然得出的結論和堅決要走的道路。」[1]甚至在幾十年後，還有人這樣說：「作品偏離了從生活出發的現實主義精神，把常青社建成後出現的一連串矛盾、糾紛的根子，都歸到龔子元夫婦的陰謀破壞上，最後還編造了龔子元持刀脅迫張桂秋，去泗廟聯絡同黨，妄圖發動反革命暴動，拉隊伍上山這樣一些聳人聽聞而又顯得不大合情理的情節，這就明顯地誇大了反革命分子的破壞作用。」[2]這些指責的確抓到了問題的實質和要害，但我不同意以往否定性的評價。我認為，對民間文化獨立地位的強調，造成了這些「缺陷」，但卻使周立波湖南背景的作品，取得了輝煌的成就，具有了深遠的意義。

原載《文藝理論研究》1994 年第 3 期

---

[1]　轉引自胡光凡：《周立波評傳》，湖南文藝出版社 1986 年版，294 頁。
[2]　轉引自胡光凡：《周立波評傳》，湖南文藝出版社 1986 年版，294 頁。

區域文化與鄉土文學

——以湖南鄉土文學為例

一

　　鄉土文學是 20 世紀中國文學的重要組成部分，自魯迅開創鄉土文學流派以來，近 80 年的時間裏，它一直常勝不衰，不僅名家迭出，還產生了有廣泛影響的流派，如「山藥蛋派」、「白洋淀派」等。費孝通先生有一個著名論斷：「從基層看去，中國社會是鄉土性的」[1]，這可以解釋鄉土文學在中國的發達。在 1949 年以後，鄉土文學甚至受到政權的庇護，政治上享有崇高的地位。

　　鄉土文學歸根結底是區域文化的產物，但對於這個大前提，研究者在很長的時間裏，像忽視許多不該忽視的問題一樣，將它忽視了。人們一直認為，鄉土文學中滲透的區域文化與國家主體文化屬於同一文明形態，二者的差別只是進化的階段不同，區域文化於是扮演起「愚昧」、「落後」的角色，成為現代化進程中的阻礙因素，被改造和批判的對象；研究的主要目的成了證明國家主體文化的優越性。區域文化只是在這種情形下才有意義：塑造人物，增強作品的藝術性，所謂「地方色彩」、「鄉土情調」實際上成了裝飾品。

　　在當今世界文化發展日趨多元化的背景下，重視區域文化的呼聲不斷高漲，區域文化的獨立性、自足性、排它性日益被凸現出來。

---

[1]　費孝通：《鄉土與中國》，三聯書店 1985 年，1 頁。

它從國家主體文化的不甚光彩的「落後」面，一躍成了國家整體文化中最富活力的部分。人們認為，區域文化的發揚有助於國家的強大，期待充滿活力的區域文化能在國家整體文化的更新中發揮作用，通過將地方的長處融合於整個國家，來探索建立全民族新的精神氣質的途徑。激進一些的學者可能還會將兩種文化完全對立起來，鼓吹區域文化至上，把區域文化用於民族解放一類現實的目標服務，投身到從國家分離出去的行動中去。

　　文化背景的上述轉換，提示我們去重新理解、評價構成鄉土文學基本內容的區域文化，它的存在形式，及其與國家主體文化之間遠非那麼簡單的關係，並嘗試從中尋找鄉土文學發展的正確道路。在此，我們以湖南鄉土文學與湘楚文化的關係為例，初步討論一下這些極有意義的問題。

二

　　湖南是中國鄉土文學的重鎮。縱觀湖南鄉土文學，最讓人驚歎的是其不斷更新和發展的能力。當年魯迅把鄉土文學初步界定為作家寄居異地而寫故鄉，並「隱現著鄉愁」的作品。後世對五四時期，在魯迅示範下出現的這一新的文學流派的研究中，不會忘記湖南籍的黎錦明和彭家煌。在以後的歲月裏，湖南鄉土文學歷盡世事滄桑，依舊光華不減，不僅湧現了周立波、古華、何立偉、韓少功、孫建忠、蔡測海等一大批著名作家，更造就了沈從文這樣的文學大師。特別是 1996 年底，韓少功出版了他的長篇小說《馬橋詞典》，以其特別的格式，深邃的內涵，開創了湖南鄉土文學的新階段。湖南鄉土文學的未來發展是不可限量的。

　　對湖南鄉土文學產生巨大影響的湖湘文化，大致包括三個方面：一、先楚文化；二、以少數民族習俗、傳說為代表的民間文化；三、近現代湖湘文化。它們與湖南鄉土文學關係極為密切。

　　一、先楚文化。楚國是先楚文化的主要創造者，楚國的先民據認為是居住在北方中原地區的祝融部落。祝融部落後來裂變分化出八個新的氏族（史有「祝融八姓」之說），八姓中的季連部落，為尋求安全、富庶的生存環境，南遷到江漢流域。周成王時，這個部落受封，有了「楚」這個正式的國號和族名，定都於丹陽。

　　楚國在立國之初，景況並不佳。後艱苦創業數百年，戰國時期，楚國才跨入雄強之列。戰國後期，更成為和秦國並立的兩個泱泱大國之一。楚國在日益擴張的過程中，不斷學習、吸收、融合中原華夏文化和南方土著民族文化，創造了具有鮮明、獨特品格的先楚文化，它被學者看成是與北方中原文化鼎足而立的中華民族文化的兩大源頭之一。先楚文化最輝煌的傑作之一，是以屈原為代表的楚辭，它成了中國文學的兩大傳統之一。

　　楚國被秦始皇所滅。中國統一後，先楚文化走向衰落，但並未真正消亡，它的精神、氣韻一直滲透到在這片土地上生活的人民的血液之中，冥冥中規範著他們的行為方式。它也是一段歷史遺跡，一個紀念碑，以它往日的輝煌，使人們樂於自覺聚集在它的旗幟下，分享祖先的榮光。先楚文化在文學方面的代表屈原，他的璀璨華章《九歌》，據認為是整理加工湘沅一代土著居民祭神樂歌而成[2]，這一點，極大激發了後世作家的想像力，鼓勵他們深入民間，從事鄉土創作。這一切，形成湖南鄉土作家中強大的文化凝聚力的基礎。對於 20 世紀湖南鄉土作家來說，先楚文化主要是以典籍形式存在的文化傳統，作家們都希望把自己的創作與這一傳統對接。沈從文的重要作品《湘行散記》、〈湘西〉和〈鳳子〉中，頻繁地提及屈原和楚辭，執著於從山川河澤中打撈先楚文化的遺存[3]，這原因除了強調湘西物景的原始、停滯和盎然的古意，除了強調自己創作和楚文

---

[2]　王逸：《楚辭章句》。
[3]　見《沈從文文集・第 9 卷》，花城出版社 1984 年版，239、281、330、351 頁。

化的密切聯繫之外，我認為還有更深的企圖。是沅水的靈秀和綺麗，
成就了屈原，沈從文這樣認為：

> 兩千年前那個楚國逐臣屈原，若本身不被放逐，瘋瘋癲癲來
> 到這種充滿奇異光彩的地方目擊身經這些驚心動魄的景物，
> 兩千年來的讀書人，或許就沒有福分讀《九歌》那類文章，
> 中國文學史也就不會如現在的樣子了。[4]

　　而如今，「屈原雖死了兩千年，《九歌》的本事還依然如故。」[5]
那麼，它還能否再成就一個如屈原同樣偉大的作家呢？這提問無疑是
極富誘惑力的。沈從文滿懷豪情地給予了肯定的回答：「我相信還可
以從這口古井中，汲取新鮮透明的泉水。」[6]這份自負，源於他對自
己作品偉大價值的自信。他以先楚文化在 20 世紀的承繼者自居，認
定自己的事業是「用一隻筆來好好保留最後一個浪漫派在二十世紀
生命取與的形式。」[7]以第一個「浪漫派」屈原為代表的先楚文化在
衰微了兩千年後，由「最後一個浪漫派」沈從文使它發揚光大，這
是多麼宏大的氣魄！
　　當代著名的湖南鄉土作家韓少功對先楚文化也有著特殊的偏
愛，他認為，先楚文化並未徹底消失，現今尚保存在湘西少數民族
文化中。他在那篇影響巨大的〈文學的「根」〉一文中陳述了他的
發現：從他當過知青的汩羅縣（屈原投江處），溯湘江而上，許多
楚辭中出現過的地名還在，但都被佛教和北方諸神占居著；而進入
湘西，楚辭中所寫到的神祇、祭祀、儀式還是活生生的，對人們的

4　沈從文：〈湘行散記・箱子岩〉，《沈從文文集・第 9 卷》，281 頁。
5　沈從文：〈鳳子〉，《沈從文文集・第 4 卷》，387 頁。
6　沈從文：〈鳳子〉，《沈從文文集・第 4 卷》，387 頁。
7　沈從文：〈水雲──我怎麼創造故事，故事怎麼創造我〉，《沈從文文集・
　　第 10 卷》，294 頁。

精神、行為還發生著影響。韓少功說：「我以前常常想一個問題，綺麗的楚文化流到哪裡去了？」現在他有了答案，「在湘西！」「看來楚文化流入湘西一說，是不無根據的。」[8]

　　這一極富想像力的文學表述，引起了湖南鄉土作家的莫大興奮。試想，被認為已經消失兩千年的一種燦爛文化，突然回到了他們身邊，幾乎唾手可得，而且它還與偉大的楚辭文學傳統相關聯，這讓作家們感到無上的榮耀和自豪。這一發現，帶動了湖南鄉土作家在 80 年代中期亟不可待地跟從，掀起了一個「尋楚文化之根」的熱潮；並開了尋根文學的濫觴。對於湖南鄉土作家來說，它主要是以典籍存在的文化傳統，作家都希望把自己的創作與這一傳統對接。它代表著顯赫、偉大的開端。

　　二、以少數民族習俗、傳說為代表的民間文化。在湖南，生活著苗族、土家族、瑤族等少數民族，他們的族源相當複雜，說法紛紜。關於苗族的起源，較通行的一種說法認為，距今五千年前，在長江中下游和黃河下游一代居住著一個名為「九黎」的原始部落聯盟，蚩尤為其首領。與此同時，另一個以黃帝為首領的原始部落崛起於黃河上游的姬水。這個部落向黃河下游發展，和九黎有所接觸。兩大部落可能和平相處過一段時間，但不久就爆發了激戰，蚩尤大敗。

　　這場戰爭可以說鑄成了中國未來幾千年「南北兩分」的局面。北方黃帝部落及其後裔在歷史中佔據了正統地位。「九黎」的殘部被迫向南遷徙，退守長江中下游。在這個過程中，它吸收、兼併了一些新的部落，形成了一個叫作「三苗」的部落聯盟。在堯、舜、禹三代，北方華夏集團日益強大，不斷擴充疆域，與南部的近鄰三苗集團時有戰爭。由於三苗尚十分強大，故戰爭相當酷烈。這戰爭持續了幾百年，在禹的時代，三苗集團的力量被徹底削弱，聯盟瓦解。其殘部又被迫放棄江淮和洞庭、彭蠡之間的廣闊平原，開始向

[8]　文載《作家》1985 年第 4 期。

西南遷徙，最後困居在湘、黔、川、鄂、桂五省毗鄰的山區。許多個世代裏，又陸續由此遷往更遙遠的地方，離政治、文化的中心地帶越來越遠。這部分三苗後裔，由於深居大山密林河澤，其發展緩慢起來，在相當長的歷史時期，一直過著原始氏族部落制的生活。而聚居在湘西、貴州、鄂西等地的苗族先民，由於地域的相對封閉性，得以避免同化，進一步向單一民族發展了。湖南鏡內的其他土著民族如土家族、瑤族的遭遇同苗人相似。

雖起源不一，族屬不一，但各少數民族都有發展滯後的共同特點。他們都長期生活在深山密林，與世隔絕，像陶淵明的《桃花源記》中所描述的武陵人氏一樣，與山外社會完全脫節。在中國已經步入 20 世紀之時，他們還停留在刀耕火種的原始初民狀態，風俗習慣與開化民族迥異。又由於三個少數民族的居住地相鄰，甚至混居，他們又享有許多共同的特徵。清人的記述中，把幾個民族統稱為苗，最多會把土家、瑤民，看成苗族中的幾個亞類[9]。跳月、哭嫁、跳儺、還願等，在各民族中都能見到，它代表著湘楚文化中的民間層面。湖南鄉土作家熱衷於表現的鄉風民俗，如崇神信巫、喜歌善舞等，多出自這些少數民族之中。湖南鄉土作家筆下區域文化的特異性，實際上是由湖南少數民族文化的特異性決定的。甚至可以這樣說，沒有少數民族文化，就沒有湖南鄉土作家作品中格外表現的區域文化。

三、近現代湖湘文化。近現代湖湘文化的形成，與兩個重大事件有關：一是經世致用學風的倡導和風行，二是湘軍的興起。鴉片戰爭前後，一批湖南學者，如魏源、陶澍、賀長齡、賀熙齡等，反對程朱理學和重考據義理的漢學的繁瑣空疏，主張於治國平天下有實際作用和幫助的經世之學。這批學者注重研討漕運、鹽政、水利、商務等有關國計民生的問題，抨擊時弊，提出種種社會改革方案，

9　參看《黔書·續黔書·黔記·黔語》，貴州人民出版社 1992 年版。

並身體力行。有人指出：「經世之學的濫觴與發展，便成為鴉片戰爭以後近百年獨特的湖南學風。」[10]這說法極是。

　　湘軍起，湘運興。湘軍在鎮壓太平天國起義中扮演了主要角色，為清政府立下汗馬功勞，大批湖南籍人士，亦隨之躋身統治集團。湘軍主要將領，多士子出身，又皆受經世之學的影響。經世之學可以說是湖湘軍取得驕人成功的思想基礎；而經世之學又借湘軍之威，得到更廣泛的流傳播布。兩者互相推動，奠定了湖南百年來榮耀和輝煌的基礎。

　　自楚國滅亡以後，在許多個世紀裏，湖南文化作為楚文化所在主要區域之一，一直湮滅無聞，少有獨領風騷的人物。而晚清以降，湘籍名人卻層出不窮，對百年中國政局產生持久、重大的影響，應驗了嶽麓書院門牆上鐫刻的那句話：「唯楚有才，於斯為盛。」譚嗣同在詩中曾豪邁地吟詠：「萬物昭蘇天地曙，要憑南嶽一聲雷。」梁啟超說：「湖南天下之中，而人才淵藪也，……其可以強天下而保中國者，莫湘人若也！」此等議論，在近代如汗牛充棟，不一而足。它是一份無上的光榮，也成了後世持久的夢想和抹不去的情結。《湖南近現代史》中說：「自曾國藩編練湘軍，取得鎮壓太平天國的勝利之後，湖南士人養成了一種倨傲強悍的風氣。指劃天下，物議超野，是甲午戰爭前湖南人士的通性。」[11]尚勇好武，指點江山，是近現代湖南人一貫追求的時尚。沈從文在歷數湖南著名人士時的那份豪邁，提倡「新湖南精神」時的那份自信，莫不以此為根據。[12]當代湖南作家以「文壇湘軍」自許自勵；在湖南文學跌入低谷時那份焦躁，試圖重現往日輝煌的那份急切，也可以從近代形成的湖湘文化傳統中找到解釋。

---

[10]　林增平等：《湖南近現代史》，湖南師範大學出版社 1991 年，35 頁。
[11]　林增平等：《湖南近現代史》，湖南師範大學出版社 1991 年，131 頁。
[12]　沈從文：〈給駐長沙一個炮兵小軍官〉，《沈從文文集・第 11 卷》，374 頁。

　　孕育了沈從文的湘西，在近現代以來的變化，對民風民性的形
成，雖然與上述事件有關，但也有其特殊性。它的根源要追溯到清康
熙中葉以後「改土歸流」政策的推行。清政府在全國政局穩定以後，
一改在西南少數民族地區施行了幾百年的土司制度，裁革由當地土著
豪紳世襲的土司土官，設置府、縣，代之以流官統治；同時，也加大
了「開闢」、「同化」土著地區的力度。此舉改變了湘西土著民族長
期在封閉環境中獨立自主發展的局面，開始了在外來勢力主宰下殖民
化的過程。改土歸流的最直接的後果，是引發了雍乾、乾嘉、咸同三
次苗民大起義。起義在重創清軍後，遭到失敗。清政府為從根本上解
決苗民問題，設辰沅永靖兵備道，擴大、加固了明代已有的長城，並
創辦綠營軍。當地的綠營軍，主要從當地漢人、熟苗中招募，戰時打
仗，平時屯墾、耕作，職責是預防、鎮壓「生苗」造反。綠營兵是世
襲制的，並享受政府津貼。沈從文出生的鳳凰縣，是清政府在湘西最
主要的軍事基地。沈從文說：他「家鄉是個屯兵的地方，住在那個小
小石頭城中的人，大半是當時的戍卒屯丁。」[13]鳳凰人多以當兵為職
業，並在這職業上終其一生。滿清政府被推翻，全國大部分地區綠營
軍被取消後，湘西主要地區的綠營軍制還保留了很長時間，儘管已經
不再用來對付苗民了。

　　1860 年，太平天國起義爆發，鎮壓太平天國的主要力量──湘
軍應運而生。在湘軍中，活躍著一支筸軍，其成員主要來自湘西鳳
凰，他們多是賣柴賣草亡命之徒，慣於衝鋒陷陣。隨著戰功的增加，
他們以驚人的速度擢升，有數人官至提督，這其中，包括鬧出青岩
教案的貴州提督田興恕和沈從文的祖父沈宏富。筸軍取得赫赫戰
功，與綠營軍培養出來的當地人良好的軍事素養有很大關係。

　　綠營軍和筸軍的傳統，共同培育了湘西人的尚武精神。在鳳凰，
任何一個男子皆不缺少當兵的機會。沈從文證實說：「到抗戰前夕

<hr>

[13]　沈從文：〈一個傳奇的本事〉，《沈從文文集‧第 10 卷》，153 頁。

為止，縣城不到六千戶人家，人口還不及二萬，和附近四鄉卻保有了約二千下級軍官，和經過軍訓四五個師的潛在實力。」[14]如此龐大的現役和預備役軍人，不能不讓人吃驚。沈從文在《從文自傳》和〈一個傳奇的本事〉中都提到過，當地青年男子，莫不把前途和出路寄託在建立軍功上，全部的聰明才智，也都貢獻給征戰殺伐。這種尚武精神，又與遊俠風氣關係密切。沈從文說：「個人的浪漫情緒與歷史宗教情緒結合為一，便成為遊俠者的精神，領導得人，就可成為衛國守土的模範軍人。」[15]在這段話中，「浪漫情緒」可以理解成湘西人「特殊的少數民族氣質」，「歷史的宗教情緒」可以看成湘運中興以來湘西人所創造的顯赫業績，在後代子孫們身上激發出來的強烈的榮譽、使命感，二者結合，遊俠風氣生焉。當然，武力的崇拜和濫用，加之大量槍械散失民間，以及兵勇失去節制，極易生匪，滋長出匪氣。俠與匪，其實是一枚硬幣的兩面。在沈從文的小說中，這種尚武精神以及由此滋生的俠氣和匪氣，被大大地理想化了，成為他湘西世界的重要特色之一。

美國學者金介甫說：篁軍和綠營軍後來混為一體，「深深紮根於湘西，並直接演變為二十世紀地方集權的軍閥部隊。」[16]在辛亥革命以後，這支軍隊的控制權始終掌握在那些土著軍閥手中，而湘西則控制在軍閥手中。到 1935 年國民黨何鍵的部隊進入之前，湘西處於割據、自治狀態，像一個獨立王國。在境外戰爭連綿的情況下，這支子弟兵似乎能保境安民。湖南維新派的重要成員熊希齡的門徒陳渠珍，在他統治的湘西銳意改革，推行新政，並有效地抑制了地方不安定因素。這一點，更強化了這樣的印象。金介甫說：「『湘西王』陳渠珍符合沈從文的傳統軍人理想，也是沈從文當時心目中英明君王和真正

---

[14]　沈從文：〈一個傳奇的本事〉，《沈從文文集·第 10 卷》，155 頁。

[15]　沈從文：〈湘西〉，《沈從文文集·第 9 卷》，399 頁。

[16]　金介甫：虞建華等譯〈沈從文筆下的中國社會與文化〉，華東師大出版社，1994 年版，6 頁。

的英雄楷模。」[17]沈從文在陳渠珍、龍雲飛等人身上都寄託過地方復興、自治的理想和希望;在這樣一種浪漫情緒支配下,他反對長沙何鍵政府對湘西地區的滲透,並以悲壯的語調,書寫了篁軍的輝煌與衰落史。他努力消除外界對湘西的偏見。在抗日戰爭中,湘西人勇武、善戰,令沈從文自豪;但他看到蔣介石政府對湘西地方部隊不信任,使他們在抗戰中付出慘重犧牲,又極其痛心[18]。在沈從文作品中,比當代作家鄉土情緒要強烈得多的這種地方主義傾向和區域自治的設想,主要源於這樣的現實基礎和歷史傳統。

三

當代作家和批評家傾向於把湘楚文化概括為一種具有更多原始自然氣息的詩性的文化。有人把湘楚文化的特性概括為「厚積的民族憂患意識、摯熱的幻想情緒、對宇宙永恆感和神秘感的把握。」[19]還有人說它具有「強旺的生命意識,泛神思想,由此而派生了流美觀念,重情傾向。」[20]另有人說:「楚文化的特質,可以概括為直覺的思維方式,強烈的神話意識,濃厚的浪漫主義色彩。」[21]這些看法大同小異,也是當代湖南學者和作家的普遍意見。

當代湖南作家、學者在界定湘楚文化本質時,自覺地把它看成了北方漢儒文化對立面;漢儒文化是主流文化,自己則處在中華文化中的邊緣地位。

---

[17] 金介甫:虞建華等譯〈沈從文筆下的中國社會與文化〉,華東師大出版社,1994年,32頁。

[18] 沈從文在〈一個傳奇的本事〉中對此有沉痛描寫。

[19] 凌宇:〈重建楚文學的神話系統〉,湖南文藝出版社1995年,124頁。

[20] 劉一友:〈論沈從文與楚文化〉,《吉首大學學報》1992年3、4期合刊。

[21] 聶鑫森:〈楚文化傳統的弘揚和現代神話意識的強化〉,《湖南文學》1995年9期。

　　這種認識反映了一定的歷史真實。春秋戰國時期，楚人在北方列強的眼中，多多少少總有一些「異類」、「非我族類」的嫌疑，承受的指責很多：楚人的一些作法，經常被以正統自居的諸夏斥為「非禮」。《國語‧晉語八》云：「昔成王盟諸侯於岐陽，楚為荊蠻，置茅蕝，設望表，與鮮卑守燎，故不予盟。」周天子認為，楚人是荊蠻，連參加盟會的資格都不應該有，只配司「守燎」之職。《楚文化史》的作者張正明指出：「古代的史家評論春秋時代的戰爭，大抵揚晉抑楚或揚齊抑楚，晉齊的戰爭在『攘夷』，而楚在『滑夏』。」看來這是那個時期人們普遍的看法。甚至楚人自己也承認這一點，楚武王熊通就說：「我蠻夷也」[22]。

　　苗族及其他少數民族在中國歷史上始終是中央王朝討伐的對象，對苗族的非難就不絕於書。在歷代的官修史志和私人著述中，凡指涉苗族，那種對「劣等民族」的歧視比比皆是，「三苗無道」、「三苗不仁」、「三苗不遵教化」之類蔑稱，不勝枚舉。由於苗族漫長的歷史和頑強的存在，與中央王朝屢屢衝突，她所承受的非難尤多，遭受的打擊和苦難尤為深重。它在避居到西南深山密林後，基本上退出了中國的政治舞臺。

　　然而，我們也應該看到，當代湖南作家、學者據守文化邊緣，又有深刻的思想背景。在當今世界，文化的發展呈多元趨勢，邊緣文化得到重視，主流文化的正統性和權威性受到質疑和挑戰。作家們發現，不論政治對抗還是文化批判，邊緣或許是最好的一種位置；對於藝術創造而言，更是如此。長期處在邊緣的湘楚文化為湖南作家提供了「邊緣者」的身份，他們都喜歡把湘楚文化和北方中原文化相對照，突出湖南區域文化的非主流和邊緣性。韓少功在〈文學的「根」〉中已經認識到區域民間文化與規範化、經典化、正宗的文化之間固有的區對和對立衝突，他說：「俚語、野史、傳說、笑

---

[22] 見《史記‧楚世家》。

料、民歌、神怪故事、習慣風俗、性愛方式等等，其中大部分鮮見於經典，不入正宗」，它「巨大無比，曖昧不明，熾熱翻騰，……潛伏在地殼之下，承托著地殼——我們的規範文化」。韓少功謹慎地使用了沒有意識形態色彩的「規範」一詞，把兩種文化區別開來。

韓少功的觀點，被大多數湖南作家所接受，他們看到了處於邊緣的優越性和有利地位。他們不像一些老派學者，至多只敢把非主流文化看成主流文化的補充，而認為，非主流的湘楚文化自有其主體性和獨立的地位，與主流文化相比，它更健康，更有生命力。1996年，《湖南文學》第 6 期組織了一次主要由湘潭大學人文學者參加的座談會，對「湘學傳統和湖南人文精神」各抒己見。與會者都試圖概括湘楚文化的特質，且意見接近。孟澤認為，湘楚文化整體上並未改變遷客逐臣流放之所荒蠻之地的性質。他指出，當一種文化發展到頂點，過於成熟時，結局「往往是頹唐、渙散，以致不堪收拾」。這時，就需要一種樸質、拙野、健康的異質力量的介入，去消解它的繁縟、臃腫、墮落。他認為，之於中原漢儒文化，湘楚文化正具有這種力量。劉啟良說：「楚文化與中原文化，原本是性格截然相反的兩種文化。」季水河認為，「在我看來，儒家人文精神的總體特徵是溫柔敦厚，其基礎是中原文明；湖南人文精神的總體特徵是雄健樸野，其基礎是楚地土著文化。相對於儒家文化來說，湖南文化其實是一種異質文化。」

在湖南作家、批評家、學者紛紛為湘楚文化選擇「邊緣」身份時，我們還應該冷靜地觀察它的「身份」的複雜性。它的身份絕非「邊緣」二字能夠完全概括的。從歷史上看，早在春秋戰國時代，楚國疆域內就存在著先楚文化和被稱為「三苗」、「荊蠻」、「百濮」的土著民族文化，二者在征服和反征服中，相互發生過影響，但並不是一回事，也不能混同。雖然在北方諸夏眼中，楚人是蠻夷，有時，他們也自稱「我蠻夷也」，可在三苗之類土著蠻夷面前，他們又儼然諸夏。歷史上發生過許多次楚人討伐土著部族的事件，楚

國的疆域主要以這種方法擴大的。楚人實際上夾在北方諸夏和西方蠻夷之間，真正的身份是「非夷非夏」，楚人走的是一條「混一夷夏」的路線。楚文化的研究者張正明曾精闢地指出：「成熟型的楚文化，是以萌芽型的楚文化為本源，隨著楚國疆域的擴大和民族的增多，在楚國的集權統治和開放政策的推動下，以華夏文化為主幹，以蠻夷文化為助力，在這些文化交流、化合的過程中發展起來的。」[23]先楚文化的最後結局是，「在中央集權的統一的國家中，以楚文化為表率的南方文化終於同北方文化融合，成為水平比它們更高，範圍比它們更廣的漢文化了。」[24]所以楚人才會說出「撫有蠻夷，……以屬諸夏」這樣的話來[25]。楚人始終是向諸夏看齊的，而苗瑤等土著文化始終在「化外」，未與諸夏文化混合。

　　這種區域文化內部的差異，也使湖南鄉土作家具有了多重的身份。在針對北方漢儒主體文化時，他們都可以說自己是邊緣人，但湖南作家鄉土作家內部，韓少功、何立偉是湘東人，漢族；古華和葉蔚林，一個出生在湘南，一個創作基地在湘南，都以漢族身份創作；沈從文、孫建忠、蔡測海是湘西人，分屬苗族和土家族。他們各自依據的地域和民族文化不同，這使他們在處理區域內的「他者」文化時，態度和視角表現出極大差異。例如沈從文，他寫過一批苗族故事：〈旅店〉、〈月下小景〉、〈阿金〉、〈媚金·豹子與那羊〉、〈龍朱〉、〈神巫之愛〉、〈鳳子〉等。在這些作品中，他喜歡把苗人生活和漢人生活加以對照，並讓苗人具有文化優勢和道德優勢；他站在苗族的立場上，時時譏諷漢人，認為苗區的漢化，會使苗人喪失傳統的美德。出生在湘南各民族雜居地區的漢族作家古華，在〈美麗野雞坪〉、〈姐姐寨〉、〈金葉木蓮〉等作品中，寫瑤族少女的美麗、溫柔、熱情，也寫漢族青年和瑤族女子戀愛的

23　張正明：《楚文化史》，上海人民出版社1987年，64頁。
24　張正明：《楚文化史》，上海人民出版社1987年，320頁。
25　《左傳·襄公十三年》。

故事。但有趣的是，漢族主人公與瑤族少女的愛情從未導向最終的婚姻。這一點，超出了古華的想像力，他似乎沒有興趣，也沒有勇氣探索這種可能性。一個證據是，當兩情如膠似漆，必然要走向婚姻時，總有一些障礙出現，使婚姻推遲或者告吹。這些障礙，讓讀者自己看來，有作者故意「製造」之嫌，而非情節的必然結果。出生在長沙的湘東漢族作家韓少功的情形又不一樣，他很少有關於少數民族的直接生活體驗，他的《爸爸爸》就只能靠史籍中記載的苗族歷史傳說演繹故事，且掩飾不住對對象居高臨下的輕蔑和諷刺。一位湘西評論家曾憤憤地稱韓少功是「外來戶」，說「他把湘西的神秘給借用了，……掏空了湘西社會的實質而充塞進了自己的內容。」[26]這些反映了作家族屬和地域差異帶給創作的複雜影響，怎一個「邊緣」說得清？

　　一個更重要的問題是，一些湖南鄉土作家的區域本位立場也是值得懷疑的。他們對區域文化並不是絕對的皈依，而對國家主體文化的反叛意識和離心力也有個限度，事實上，他們很難決絕地舍此就彼，多數情形是在兩種，甚至三種文化之間遊走。言論和口號是一回事，可到了作品中，作家總是被下意識的判斷牽著鼻子走。前面我們已經提及，沈從文由於特殊環境形成了比一般作家強烈的多的地方意識，但正如美國學者金介甫所說：「沈從文的湘西人身份不可動搖地從屬他的中國人身份。」[27]他張揚區域文化精神，是為了把其蓬勃的元氣，注入中華民族衰微的軀體，使之重新煥發青春。他以苗族自居，謳歌苗族先人，寫苗族傳奇的時間也只限於1928-1932年，1949年後，沈從文把自己當成了漢族[28]。

[26]　張永忠：《遠離與回歸——簡論湘西當代作家對本土語言的探求》，《吉首大學學報》1996年1期。

[27]　金介甫：〈沈從文筆下的中國社會與文化〉，虞建華等譯，華東師大出版社，1994年版，110頁。

[28]　參見拙作《沈從文對苗族文化的多重理解和闡釋》，《21世紀》（香港）1994年10月號。

　　周立波在 50 年代創作的 20 餘篇以湖南為背景的短篇小說和史詩巨著《山鄉巨變》中，非常重視民間文化在鄉土生活中的合法性與主宰地位，對區域民間文化在社會主義改造大潮中面臨的巨大壓力錶達了由衷的關切；但他也從未懷疑過挾裹著政治意識形態的國家主體文化的權威和正確，他的真正意圖是希望二者保持良好的建設性關係。新時期以來的湖南鄉土作家，儘管將「邊緣」的旗幟舉得很高，可在他們的作品中，當區域文化與現代文明（常常是國家主體文化在新時期的體現形式）遭遇時，前者總是「落後」、「愚昧」的代名詞，受批判的對象。例如從 80 年代中期的《爸爸爸》到 90 年代中期的《馬橋詞典》，韓少功作品中拒斥和否定區域文化的立場就從未動搖過。

　　用國家主體文化取代、抹殺區域文化的時代一去不復返了；人們現已認識到區域文化與國家文化的巨大差異。可是如果簡單地將二者對立起來，看成水火不相容，正如我們證明了的，同樣與事實不符。對於兩種文化的代言人，如何建設性地處理二者的關係，恐怕會有很長的摸索過程，而在鄉土文學創作中，最大的真實和最有價值的存在，是文化認同時表現出來的搖擺和惶惑。它會給創作帶來豐富的歧義，並使作品充滿張力，由此產生多層次、富於啟發性和想像力的對話，必將極大深化作品的思想內涵。湖南鄉土作家已經從文化認同的矛盾中受益了。

原載《中國比較學》1999 年第 1 期

陳村小說的敘述問題

　　陳村的小說難以在茶餘飯後輕鬆地閱讀，因為其中沒有感官刺激，也缺乏暖人的詩意。陳村用一雙冷冰冰的眼睛把前來尋找激情、慰藉、教誨的讀者拒之門外。他的藝術世界只對智者和探險者開放。智者能領悟他追求敘述獨創性的苦心，探險者掌握著開啟他敘述迷宮的鑰匙。

一

　　陳村對敘述時間的自覺始於 1984 年前後。這時，已經擁有〈藍旗〉、〈癌〉等一批作品和相當聲譽的陳村開始談論福克納、喬伊絲。敘述時間在作品中大幅度的調整，顯然跟學習這些西方現代派作家的創作經驗有關。〈走通大渡河〉寫「我」陪同一位來自上海的女作家採訪。故事在兩個時間段展開：現在時和過去時。在現在時，我與作家交談，帶她在工地考察，引征資料；在過去時，是普通林業工人可歌可泣的業績。這不是傳統的插敘型，即由敘述人回憶往事，把過去的故事鑲嵌在現在的時間流程中，任意分割、調配。兩個時間段是各自獨立的，過去時不受現在時敘述支配，沒有敘述人告訴我們過去的故事，或在兩個時間段之間進行連接。這樣，過去時得以復活，與現在時共時地出現在同一個文本中。這種打破時間常態、規則的舉措，加強了作品的歷史縱深感。陳村在叩問歷史，與歷史對話，試圖在歷史與現實並陳和對照中揭示歷史的意義。陳村顯然得意於這一嘗試，他解釋說：「插敘似乎經歷了一個從少到

多，從偶然到經常的過程，插入越來越頻繁，它從原先補充式的插入，發展為真正意義的一個層次，最終與順敘分庭抗禮，形成作品中兩個或三個並重的時間層次。」

　　陳村對敘述時間的探索，迅速由技術層面上升到哲學層面。他解剖了幾種時間生活，以時間為測試手段，對他親身經歷，並在心靈留下累累傷痕的十年文革進行了深刻的反思與批判。〈我的前半生〉通篇可以看成一個漫長的句子，沒有標點，沒有段落，用特定歷史時期最為流行的兒歌、口訣、政治術語、誓言、順口溜連綴而成，用它們的替換，標誌時間的流逝和自己的成長。生命就這樣度過，不，是消耗掉，沉悶、無聊、荒誕。轟轟烈烈的政治事件紛繁演進，擠佔了從出身到成人的每一個時間單位，卻全然無益於人合乎目的的發展。作者用誇張了的輕鬆、流暢的語調敘述一個長句子，把對時間流逝的刻骨銘心的感覺和盤托出。結尾一遍又一遍重複「酒干淌賣無」，是對不可挽回的青春、時日發出的悲慟的噪叫。

　　時間的辯證法在〈一天〉中得到出色運用。陳村用冗長、單調、重複的句子摹仿了張三一天單調、乏味的生活：起床、走路、上班、吃飯、睡覺，周而復始。人人無法超越的生存方式被張三充分還原，成為目的的本身。張三的情緒也是單調的：「高興」、「平淡」、「比較好」，缺乏體驗的力度、深度和變化。工作更是單調：在工件上打眼，毫無技術與創造性可言。小說最震撼人心之處在這裏：作者引入雙重時間觀念：物理時間與心理時間，兩種時間相疊合、滲透，在一天時間裏，竟囊括了張三的一生。陳村說：「我想寫時間對人的意義，想寫人由於時間而產生的某種感覺」，於是，張三起床是青年，上班已結婚，下班回家已退休。艾特瑪托夫〈一日長於百年〉中葉吉蓋的一天涵蓋了一部吉爾吉斯民族悠遠的歷史，在他平凡的生命中閃耀著英雄主義的光輝。而張三漫長的日日月月，用心理時間的尺度衡量，與一天相同，單調、重複、沒有意義。

　　對時間變異在人的生存狀態中的意義，陳村有敏銳的感覺。張三的生存形態屬於陳村獨特的發展。在他創作的高峰期，有一系列張三的故事。〈故事〉裏，張三文革起家，當上造反派頭目，飛揚跋扈與自卑怯懦混合，鑄造了他的變態人格。〈一個人死了〉寫張三作為普通人卑微生命的終結。〈琥珀〉中，張三進入神話語境，反覆交替在牆上漆著紅黃兩種顏色，最終自己同老屋一起被風沙掩埋，變成了琥珀。當然還有〈捉鬼〉等。在這些作品中，我們驚訝地發現，外在的物理時間在張三身上失去了效用，他可生，可死，可年輕，可老邁，可踏訪陰陽兩界，可生存於個體生命無法企及的久遠歷史中，總之，他超越了時間，成為永恆，凝固了的生存模式的象徵。陳村解剖了這種生存模式：人失去了自身的定性，目的性，在洶湧的浪潮挾裏下只知道盲從、信奉、追隨。陳村由指涉「文革」出發，進而把它提煉為普遍的人生經驗。

　　理解了這一點，我們才不會驚異陳村用如此狂暴的激情去寫傅雷之死。理性、智慧，批判精神，作為那個瘋狂時代的絕唱，選擇死亡，同失去意義的時間對抗，同普遍異化的社會對抗。

二

　　按敘述人稱劃分，陳村的小說大致可分為兩類。第一類以張三系列故事為代表。敘述人退居幕後，成為虛所的假設，它所行使的職責，基本沒有超出傳統小說全知敘述人的職責範圍。只是解釋和評價的功能大大弱化了，敘述人變得客觀、不動聲色。另一類是「我」的故事，即由第一人稱「我」充當小說的敘述人。陳村的大多數作品都是由「我」來敘述的，主要有〈從前〉、〈走通大渡河〉、〈三個人的家庭〉、〈願意〉、〈最後一個殘廢人〉等。陳村顯然更喜歡由「我」來操作敘述。「我」與作家本人在人稱上暗含的同一關

係使作家得到在作品中公開現身的機會，不必像在第三人稱敘述中遮掩躲藏。這一點深合陳村之意，他說：「用第一人稱，以暴露癖的熱情來敘述，讀來如現身說法，異常可信。」陳村拋棄了張三故事系列中的節制、含蓄，變得放肆起來。有一個不很恰當的比喻：「我」就象〈故事〉中的張三一樣，充分體驗著「當家作主」後頤指氣使的快感。不是嗎？「我」正是陳村第一人稱小說中的主人公。

　　由於敘述人「我」在陳村小說中異常活躍，我們有必要對其特徵作一番考察。先看〈最後一個殘廢人〉。這部小說有兩點值得注意：（一）「我」是一個坐輪椅的殘廢人；（二）最新科學發明創造了康復奇跡，每一個殘疾人都走出了殘園，而「我」寧可到動物園與動物為伍，也不願過正常人的生活。從病理學角度，我們可以引出三個結論：（一）對殘廢的高度敏感和自卑使「我」自覺把自己與正常人隔絕開來，把自己看成「另一類人」；（二）「我」對正常人十分憎惡，嫉妒，不時揶揄，有機會就報復；（三）對被遺棄的恐懼，「我」最後安排自己進動物園很有象徵意義：不願外人進入自己的內心世界，卻希望不被世界遺忘。

　　敘述人「我」在陳村大多數作品中，都具有這種病理傾向。歡樂之情不多，憂鬱之色也很有限，最常見的是對敘述範圍內的人與事的嘲諷、挖苦、揶揄。「我」對人世懷著天然的敵意，不放過任何刻薄的機會，種種細微末節，都作極端引申，逼出尷尬、可笑、荒誕來。〈少男少女，一共七個〉、〈一個天才的起落〉、〈願意〉等等，都是如此。

　　陳村這方面的嗜好，在〈三個人的家庭〉中，登峰造極。小說由「我」敘述妻子的懷孕和孩子的降生。敘述是一種權力，由「我」敘述生命的孕育與降生意味著「我」對生命的操縱、支配。陳村顯然受斯泰恩的〈商第傳〉的啟發，把健康、鮮活的生命擺到異常狼狽的窘境中。孩子是「我」30歲生日（年齡增長能引起「我」不快的感覺），又逢報社退稿時，才決定要的，孩子的出生沒有充足的

根據，妻子在我眼裏也變得討厭了：肥胖的「屁股像個鐘擺」，以致「我」不得不考慮「換一個」。孩子的孕育、出生、成長過程被「我」漫不經心地隨意道來，以致秩序顛三倒四。過程中一切瑣事躲不掉被調侃的命運：孩子出生這個鄭重的時刻「來得毫無詩意」，送去的鮮花「是植物的生殖器官」。在這裏，「我」充分體驗到宣洩的快感，殘缺生命得以補償的滿足。借放縱自己，超越、戰勝了「另一類人」、「另一種生活」，確立了高高在上的優越地位。

　　敘述人稱不僅反映了人物之間的關係，也決定了作品的敘述形態，包括敘述風度，敘述視角等。陳村說：「在生活中不被歡迎的甚至有病理傾向的，卻並不妨礙他們以此作為動因，將此化為人們樂於接受的藝術美」，這裏，我將「藝術美」理解成它的物化形態——作品。這段話揭示了作者與敘述人「我」之間生理、心理特徵相似性與承繼關係。就創作規律而言，這本無可厚非，但問題在於，作者的偏狹、專斷不經絲毫過濾就移植給敘述人，使小說淪為作者宣洩一己之憤的工具，這不可能不影響作品的檔次和級別。至少有兩點是明顯的：其一，敘述人「我」與作者之間缺少觀點、視角、評價上的距離與差異，沒有更高層次敘述人對「我」的反諷、制衡，使「我」的審判成為終級審判，從而限制了小說獲得一種大家氣度和開闊、恢宏的視界。其二，敘述人「我」在小說中獨攬一切，對其他聲音缺乏起碼的尊重，進而消滅了其他人的聲音，「獨白」氾濫，「我」的聲音失控。

　　陳村的小說與西方古典小說相比，缺乏深刻的歷史感、對人類命運的關注和悲天憫人的博大情懷；同現代派小說比，缺乏包容性和「多聲部」，變成一花獨放。個中原因，當然十分複雜，但敘述人「我」要承擔主要責任。我們在前邊看到，敘述時間和第三人稱限制敘事的運用，給陳村小說注入多大的活力！而敘述人「我」，就其性質和功能而言，仍停留在歐洲 18 世紀小說的水平上，它給陳村小說帶來的影響主要是負面的。從「張三的故事」到「我的故事」，

陳村由對我們民族歷史命運的沉思、批判走向對自己生存處境的自怨自艾，陷入自戀之中不能自拔，就是明證。這一點，應該引起陳村足夠的注意。

三

〈象〉或許是陳村最具實驗性的作品。小說的基本思路是營造故事，通過故事的敘述，實現超出故事的作者的旨趣、理想。陳村在〈象〉中反其道而行之，消解了故事，向小說的意義提出挑戰。這樣，寫什麼就不再重要，能指與所指之間的聯繫中斷，敘述過程本身成為目的。評論界把包括馬原、格非等在內的這類作家的作品，放在後現代主義思潮背景中加以考察，故事的反叛首先被看成一個哲學命題，我以為，從目前看，這類作品的意義主要還在技術層面上。它們在打破傳統小說敘述定式，探索多樣敘述的可能性，增加小說「庫容量」方面作了有益嘗試。

儘管十分困難，我還是嘗試清理一下陳村消解故事的過程，即小說敘述過程。從文本提供的住處看，曾經有兩個故事（我這裏用「曾經」，是因為現在完整，不受干擾的故事已經不存在了）：其一是我和林一、林林的故事。我和林一在購書途中相遇，她送我回家，我告訴林一在寫象的故事，我們做愛，並討論故事的具體細節。其間，插入我與林林的交往。其二，象的故事。象從我構思的故事中復活，還原為實在的生命，在非洲叢林中孕育、出生、戀愛、受難。這裏引入馬爾克斯「在非神話語境中運用神話規則」的方法，敘述人參與了大象的生活，與大象對話，同象討論它的結局，最後自己和林一也變成了象。

對故事的消解，在三個層面上進行。第一個層面由敘述人「我」操作。博爾赫斯的敘述矛盾律顯然支配著這一消解過程。敘述與確

定性之間的聯繫被割斷，敘述本身呈現相互對立、否定的狀態：林一是林林的妹妹；林一不是林林的妹妹。林林死了，林林沒有死。林林回到了上海；不，她還在鄉下，和農民結了婚。象的故事亦可長可短，可隨意增刪，可以有多種結局。這裏，支撐傳統故事的因果關係，不矛盾關係土崩瓦解，上述兩個故事呈現出虛構性、可更動性和隨意性。我們無法判定何種選擇更接近作者本意。這還不夠，敘述人「我」對故事是否存在也提出質疑：林一和林林其實並不存在，她們「是為了小說而出現」的。

第二個層面是對敘述人「我」的否定。操作者成了被操作對象，剛才還在信心十足地宣稱：「象的故事是我臆造的，而我則實在有其人，阿城格非等都可以為我作證」，但馬上就沮喪地發現，「我」也是不存在的，「我」被「我」所創造的人物消解：「這樣說起來，我其實是他們與林一及象串通起來臆造的東西」。

第三個層面的消解由象執行。它對「我」編造的大象故事十分不滿，要重寫自己的故事。這個故事在結尾出現了，就是刪去「我」的 44000 字（小說的全部字數）之後留下的空白，「此處刪去十四節共 44000 字——象按」。象對故事的解構是終極的，它把兩重消解之後剩下的一堆文字材料也全部清除了。

平心而論，〈象〉算不上一部優秀作品。你可以感到陳村操作時的吃力、笨拙，至於賦予作品深刻的思想內涵，還只是奢談。但它卻預示了一種新的可能性，一個新的發展方向。陳村說：「作為一門敘事藝術，為使其不致衰退，需要通過各種探索和實驗來加深與擴展它的內涵與外延。」或許經由〈象〉，陳村會步入創作的新階段。陳村是不甘寂寞的，我們對他寄予厚望。

原載於《當代作家評論》1993 年第 2 期

第四輯

訪談・讀書・記人

與張兆和談沈從文[1]

劉洪濤（以下簡稱為「劉」）：我應上海文學發展基金會和珠海出版社之約，編選一本《沈從文批評文集》，此書需要作者或者與作者關係密切的人寫序，我想把我們這次談話的內容作為代序。

張兆和（以下簡稱為「張」）：搞這方面選本的，你是第一個，談談可以，但恐怕會讓你失望。

劉：系統看了沈從文的批評文章後，我最強烈的印象，是他的「不識時務」和倔強。他的批評文章，在文壇引起過不少風波，他敢直言不諱地批評權威，他只認真理。

張：是的，他寫文章從來不考慮利害關係，我們沒有門派觀念，他無所謂。上海時期，他給有南京政府背景的雜誌報紙寫稿；雲南時期，在《戰國策》上發文章，他與陳銓關係不錯，但又和他論爭。他從來不站在什麼派一邊，對什麼看不慣就批評，他太固執，他有他的看法，這是湘西人的性格，沒辦法。

劉：在二十年代中期，他就寫文章〈捫虱〉，自稱要在文壇捉蝨子，把名人的粗劣文章捉出來「示眾」。他與廢名同是京派成員，並且他還受過廢名的影響，但他還直言不諱地說，廢名後期的文字與聲譽不好的海派作家穆時英一樣，近於「邪僻」。

張：他得罪了很多人。

劉：是這樣，但他說的是真話，是行家說的話，他有他自己的標準，他的藝術感受力非常強，他敢去碰魯迅、郭沫若。

---

[1]　此次作者對沈從文夫人張兆和先生的訪談，於 1997 年秋天進行，地點在張兆和先生家中。

張：人家捧的，他要去碰，非要去碰一碰。其實他很佩服他們。我
　　們過去對郭沫若非常崇拜，上中學時，崇拜得不得了，那時我
　　們演戲盡演郭沫若的。

劉：我研究沈從文的作品，發現三十年代末以前，他的創作一直在
　　湘西─城市的格局中。在西南聯大時期，他希望從這一格局中
　　走出來，他的創作也表現了這種趨勢。〈看虹錄〉、〈摘星錄〉
　　和〈水雲〉〈青色魘〉一類作品，可以看出他的創作在往那個
　　方向轉，沉思與內省，象徵主義特徵越來越突出。這種轉換受
　　當時西南聯大風氣的影響。

張：是受影響。

劉：《從文家書》剛剛出版，我看了以後非常感動。原來很多材料
　　不太清楚，涉及到許多細節都沒有披露過。特別是後記，一個
　　飽經滄桑的老人的肺腑之言。這一句：「從文同我這一生，是
　　幸福還是不幸福，得不到回答。我不理解他，不完全理解
　　他……。」好像有許多隱情在裏面。

張：是的。書出來以後，我們這一代的朋友，看了以後，都感動的
　　不得了。李健吾的夫人尤淑芬說她拿到這本書看到深夜，被迷
　　住了。她說，我想你一定是帶著眼淚寫的。我也是帶著眼淚看
　　的。許多事情過去不清楚，糊裏糊塗就過去了。

劉：讀者都知道沈從文在 1949 年曾試圖自殺，當時他的思想很迷
　　亂，從《從文家書》看，當時他對你也有誤解。從保留下來的
　　資料看，沈從文對新的現實生活一時還無法適應，而你和龍朱、
　　虎雛則歡欣鼓舞，這就產生了隔閡。

張：有一些。當時解放軍進城，秩序好極了。他的學生，他的親
　　戚，都從解放區回來了，都覺得很好。可他總覺得有人在監
　　視他。

劉：真的沒有嗎？

張：事實上沒有。

劉：主要就是因為郭沫若的文章？

張：當時，北大的進步學生把郭沫若的文章抄在大字報上，他覺得壓力很大，老覺得有人在監視他。當時我有個同學，他和我的堂兄一同做地下工作，比較左。解放後，他來看我，說你我落後了很多年，應該去學習，不然沒辦法工作。當時正是洗腦筋的時候，勸我進華北大學。還有高放，現在在中國人民大學工作，他們都勸我去學習一段時間，就可以工作了。一方面我想分配工作，一方面沈從文搞成這個樣子，老是懷疑有人監視。我們的鑰匙出去時都放在固定的地方，誰要進屋就可以開門。當時住北大宿舍，他老覺得有人動了鑰匙。還有我們屋子後面有個小胡同，很窄，有個小窗戶，他老覺得晚上有人爬在窗子上往裏看，我和孩子都有些煩他了。我說你怎麼這樣疑神疑鬼，我們大家都高興，你怎麼這樣？他苦悶得不得了，寫了一些詩。有個叫馬逢華的……

劉：這人現在在美國。

張：對。最近他給我寄了一本《馬逢華散文選》。當時他對沈從文說，你寫的文章不行，這樣發表不行。詩呢，想要又不給，寫了就撕了。

劉：有沒有保留下來的？

張：只有幾首，最近把其中一首寄給馬逢華了。這首詩用的是第二樂章、第三樂章的標題。奇怪透了，他一點也不懂英文，二十六個字母都分不清，但聽音樂比我還容易受感動，寫東西非要聽音樂，只要有聲音，只要有聲音！有了收音機以後，他愛聽古典音樂，聽收音機時哇啦哇啦吵得要死，煩死了，我說，你這樣還能寫東西呀。就把它關掉，他又開開。只要有點聲音，就能進入寫作。他要聲音，沒有不行。音樂他又不懂，但他喜歡。什麼瓷器呀，綢緞呀，他都喜歡。

劉：剛才說到在解放前後他的精神危機。是不是只是政治原因？除了郭沫若的文章，有沒有創作上的原因？在四十年代，沈

　　從文的創作發生了很大變化，他的注意力轉向內心，注重精神探索。他在那時的一系列文章裏，都提到他的精神的雙重性，說他自己很難給內心的矛盾找到出路，說自己怕控制不住會自殺。這與後來的想自殺有沒有關係？

張：我看不出。解放時期，主要是政治壓力。〈水雲〉講他怎麼創作故事，我覺得他寫得有點牽強，我覺得他是在編故事。他把幻想和現實分不清了。

劉：他在講自己的創作經歷，創作〈月下小景〉、〈鳳子〉、〈八駿圖〉、〈邊城〉等作品的經過，看得出，那種對創作原因的解釋，有佛洛伊德的味道。

張：但情況是不是就是他講的那樣，很難說。

劉：您是說，他先寫了這些小說，事後，寫〈水雲〉時，把它們串在一起，用一個連貫性的解釋？

張：他把自己全寫到〈水雲〉裏去了。我對他早期的東西，看都不要看，我不喜歡它們。有許多不成熟的東西都發表了。他寫的那些下層生活、兩性關係我討厭得很。我們那時對這些都看不懂。

劉：特別是上海時期寫的作品。

張：那時，他們都說他寫得如何如何好，我說不好。

劉：（笑）您認為他的個人生活和那些作品有沒有關係？

張：那時我死念書，什麼都不懂。

劉：人們都說，一個傑出的作家的背後，常有一個不平凡的女人。比如許廣平、王映霞、陸小曼等，她們對作家的創作給予很大的幫助，甚至對其創作產生很大的影響。您也是這樣。

張：我不行，我很軟弱，有些逆來順受。但我還有個性。

劉：您相當了不起，特別是在那個戰亂年代，很多方面多虧您的支撐。我想就因為沈從文的身影太高大了，把站在身後的您遮掩了。您又不像陸小曼、王映霞她們，有許多故事，故不易為一

般讀者注意。我從《從文家書》中發現，您的文筆十分好，您還出過一本小說集，是吧？

張：我生平只有兩本書，一本是《湖畔》，巴金收集在文化生活出版社出的。再就是這一本《從文家書》，有我的名字在裏面。我成為作家協會的一員，主要是以編輯的身份，在五六十年代，我在《人民文學》幹了十幾年的編輯。後來就下放到幹校去了。有的人看了《從文家書》，說沈從文有些文字重重複複，還沒有你的好。我確實是做編輯做慣了，我很認真。

劉：你的文字很美。是不是沈從文太輝煌了，把您的才華壓抑了？

張：從文也曉得我。但他控制不住，寫得太放，太多了，重複。五十年代初，他到四川內江參加土改，那時寫的東西一大堆，都是重複性的政治語言，現在還在發現、整理。我對虎雛說，不要了，太多了。虎雛說，這是資料，研究一個作家要憑資料。

劉：現在，《沈從文全集》還沒有編完吧？

張：沒有。書信、佚稿、殘稿、不成篇的，一大堆，亂七八糟。

劉：是不是有些東西暫時不準備收到全集中去？

張：現在就看情況，現在有些發現太新鮮了。

劉：我現在在為珠海出版社編這本《沈從文批評文集》時，遇到一個版本問題。沈從文的作品，多半都有幾個文本，有些出入還很大。我一般都選早期的本子。但我發現，從文字角度上看，早期的本子沒有《沈從文文集》好，有些地方可能排版錯了，有些地方則粗糙，語句、標點符號有用錯的。

張：是用錯了。他特別喜歡用驚嘆號。

劉：還有分號。您幫他改過嗎？

張：改過。我看到就要他改。他不讓我看，看到了就幫他改。《沈從文文集》是我幫他改的，他後來病了，沒辦法。甚至他的那篇《自我評述》都是我寫的。沈從文自己也喜歡修改，新書拿到手就改，有的改的好，有的也不好，畫蛇添足。

劉：版本不一樣，本身就是資料。謝謝您的幫助。希望還有機會向
　　您請教。

張：好。

原載《吉首大學學報》1999 年第 5 期

錢谷融先生與外國文學

　　學界論及錢谷融先生（1919-），贈給他的頭銜往往是文藝理論家、現代文學研究家。錢先生 1957 年發表〈論「文學是人學」〉，20 世紀 60 至 70 年代，他又窮二十年之力完成〈〈雷雨〉人物談〉，都產生了廣泛而重要的影響，這兩個頭銜自然當之無愧。但事實上，錢先生無論在高中或大學學習，還是以後在大學從事文學教學與研究，都和外國文學不離不棄。翻閱錢先生的自選集《藝術‧人‧真誠》，以及《散淡人生》、《閒齋書簡》、《錢谷融論文學》等著作，會發現錢先生對外國文學的涉獵面之廣，議論之精闢令人驚歎，外國文學評論構成了錢先生思想與學問的重要組成部分。因此，從外國文學的角度思考錢先生，考察錢先生著述中的外國文學存在，探究錢先生的思想與國外文學的聯繫，我以為有助於展現錢谷融先生知識與情趣的豐富性、多樣性，有助於更全面、深入地理解他的文學思想的意義和價值。

一、基於「人學」的世界文學史論述

　　錢先生寫於 1957 年的代表作〈論「文學是人學」〉，是對他深湛的外國文學修養的一次全面檢閱，是他豐厚的外國文學知識積累的一次出色應用。雖然錢先生把「人學」當作一般文學的本質和規律，但這一結論卻主要是建立在對西方文學，尤其是俄羅斯蘇聯文學經驗和教訓的總結、概括基礎之上的。錢先生抓取了四個文學藝術界在 50 年代廣泛關注的基本問題：文學的使命，作家世界觀與創作方法

的關係，各種創作方法之間的聯繫與區別，人物的典型性與階級性。他通過闡述這些問題，弘揚了人道主義思想。而他在文章中，涉及到果戈理、屠格涅夫、岡察洛夫、托爾斯泰、車爾尼雪夫斯基、契訶夫、高爾基、西蒙諾夫、季摩菲耶夫、荷馬、高乃依、勒薩日、菲爾丁、拜倫、雨果、巴爾扎克、薩克雷、狄更斯、福樓拜、易卜生、左拉、蕭伯納、亨利・曼、德萊賽、湯瑪斯・曼、羅曼・羅蘭、琳賽、法斯特等 30 餘位俄羅斯和西方的古典與現代作家，用他們的創作和言論為自己觀點提供了廣泛、有效的支撐。

在〈論「文學是人學」〉第二部分中，錢先生以托爾斯泰和巴爾扎克這兩位西方經典作家為例，討論了世界觀和創作方法關係的問題。這一問題的起因與 50 年代中期批判胡風有關。胡風曾把盧卡契研究托爾斯泰時得出的結論推廣到整個文藝理論領域，特別強調所謂先進的創作方法對世界觀的改造作用。他舉托爾斯泰為例，認為托爾斯泰的世界觀是反動的，但現實主義創作方法卻衝破了世界觀的局限，創作出一流的作品。這一論點，被批判者不恰當地概括為「世界觀和創作方法分裂論」，即世界觀和創作方法沒有關係，反動的世界觀也能創作出優秀的作品，開始大加討伐。在這樣的背景下，學界產生了一批分析托爾斯泰、巴爾扎克等西方經典作家世界觀和創作方法關係的論文。為了論證托爾斯泰世界觀並不分裂，就講托爾斯泰世界觀中有進步的一面，隨後在作品中找它的反映；世界觀有反動的一面，也在作品中找例證。最後得出結論：「托爾斯泰世界觀和創作方法完全一致，他在藝術上的現實主義傾向便完全來之於這種思想上的傾向」[1]。這些論文中的絕大多數，不僅結論如此荒謬，論證方法也刻板、繁瑣、機械。其中只有個別論文，注意到托爾斯泰作品的客觀意義有時大於他的主觀思想這個現象，認識到「僅僅用他的世界觀來說明他的藝術創作方法是不行的，還有其他原因在創作中

---

[1]　林希翎：〈試論巴爾扎克和托爾斯泰的創作〉，《文藝報》1955 年 21 期。

發生作用。」[2]但文章最終仍然囿於先入之見，在一個緊要關頭，就匆匆地用一個已有的現成結論，結束了更進一步的探索。從 50 年代世界觀和創作方法討論的背景中看錢先生的相關論述，我們不能不再一次驚歎錢先生巨大的學術勇氣和遠見卓識。錢先生並不贊同胡風所謂先進的創作方法能夠改造世界觀的說法，但對胡風的批判者硬扣的「分裂論」和極力鼓吹的「一致論」更是保持了高度的警惕。錢先生指出，世界觀是人的各種觀點的總和，它們既統一又矛盾。而「在對待每一個具體問題上，並不是全部世界觀中的每一個觀點都起著同等的作用，而是有主從輕重之分的。」在文學範圍內，對創作起決定作用的世界觀是「作家對人的看法，作家的美學理想和人道主義精神」。錢先生以托爾斯泰和巴爾扎克的創作為例，為自己的觀點作了充分的說明。錢先生的觀點沒有什麼玄虛之處，但卻真正點中了雙方爭執的問題的要害。錢先生不可能沒有注意到這次討論的政治背景，但一個學者的良知與智慧促使他積極利用這次討論提供的平臺，為文學的自主性辯護，為人道主義辯護，努力克服文學所面臨的工具化危機。

錢先生在〈論「文學是人學」〉的第三、四部分，以人道主義為主線，對世界文學史的發展規律作了相當精闢的闡述。錢先生強調，一切優秀的文學作品，必須以人為出發點，以人為中心，以人為歸宿，必然「浸潤著深厚的人道主義精神」。「偉大的文學家必然也是偉大的人道主義者」，而「整個世界文學的歷史，都可以為這句話作證。」他從引述高爾基的相關論述出發，把人道主義當作貫穿世界文學史發展的一條紅線，廣泛討論了西方文學名家名著中人道主義精神的表現。錢先生承認現實主義與浪漫主義是文學的兩個基本創作方法：「世界文學中的傑出作品，大概不外如下的兩類：一類是對於『不完善的世界』進行揭露與鞭撻；一類是對於『更好的世界』表示嚮往與憧憬

---

[2]　王智量：〈列夫・托爾斯泰的世界觀和創作方法問題〉，《文學研究集刊》1956 年第 4 期。

的」。但他看到，二者殊途同歸，在人道主義的旗幟下統一起來，既「都是基於對人民的同情和熱愛，都是為了改善人民的生活，為了幫助人民爭取精神上的解放」，都貫穿著人道主義精神。

西方文學自文藝復興時代開始，進入思潮流派發展演進的階段，先後經歷了人文主義、古典主義、啟蒙主義、浪漫主義、現實主義、現代主義等大的文學思潮的交替更迭。上個世紀 50 年代的中國學術界，都把 19 世紀歐美現實主義文學看成文學史發展的頂點和最高典範。錢先生在〈論「文學是人學」〉中雖沒有就此明確表態，但從他大量舉證巴爾扎克、托爾斯泰等作家的情況看，他是認同這一主流意見的。差異在於，錢先生認同的出發點是人道主義精神，而不是那個時代時興的階級論。在他看來，歐美現實主義作家之所以偉大，是因為他們的人道主義思想更深刻。更進一步，錢先生甚至有意淡化思潮流派間的分野，強調人道主義在其中發揮的統合作用。在他眼中，優秀的文學作品可能有人民性的強弱，有民族性的差別，有創作方法和思潮流派的不同，但只有人道主義精神是必需的，也是共同的。人們並不因為拜倫和雨果是浪漫主義者，或因為巴爾扎克和狄更斯是現實主義者才喜歡他們，尊敬他們，而是因為他們的作品「滲透著尊重人、關懷人的人道主義精神的緣故」。受時代局限，錢先生對 19 世紀晚期興起的自然主義、象徵主義、超現實主義、存在主義等西方文學諸流派評價不高。但錢先生對這些流派的作家也沒有一味否定，而是以人道主義為尺規對他們進行檢驗。象徵主義者聶魯達、超現實主義者阿拉貢、存在主義者薩特能夠超越自身所屬流派的局限，就是因為他們是人道主義者，「人道主義的火焰在他們的心頭熾燃著，強烈地灼痛著他們，使他們不能不起來為保護人的尊嚴而與滅絕人性的法西斯主義，與反人道主義的資本主義制度鬥爭。」這是他們高於、優於其他象徵主義者、超現實主義者和存在主義者的根本原因。

錢先生以人道主義來勾畫西方文學發展的脈絡，在今天我輩看來，已經不算新鮮。但錢先生發表這些觀點是在文學界充滿蕭殺之

氣的 50 年代後期，同類討論西方作家人道主義思想的文章都在強調
人道主義的階級性質，對其所謂進步性和弱點進行機械劃分和歸
類。相比之下，錢先生把人道主義看成文學的靈魂，並給予高度評
價，這需要有絕大的道德勇氣！不僅如此，錢先生的見解還有重要
的學術價值。殷國明、季進等學者把錢先生「人學」思想在中國的
發源追溯到以胡適、周作人為代表的五四一代新文學家，我以為是
合乎實際的。尤其是周作人，從 1918 年開始，在《新青年》連續發
表〈人的文學〉、〈平民文學〉、〈新文學的要求〉等文章，對「人
的文學」作了系統的論述。周作人認為「人的文學」的核心是人道
主義，是尊重自然人性，重視個體的獨立和自由。容易被研究者忽
視的是，周作人也以人道主義的發展來解釋歐洲文學史。他把歐洲
文學的二希傳統（希臘傳統和希伯來傳統）內化為「人性的二元」，
希臘傳統代表肉慾與現世，希伯來傳統代表靈魂與永生，「這兩種
思想當初分立，互相撐拒，造成近代的文明，到得現代漸有融合的
現象。」他的《歐洲文學史》中，把古希臘至 19 世紀的歐洲文學史
描述為二希傳統（亦即人性二元）此消彼長、回環往復的歷史。周
作人之後，以人道主義思想的嬗變來解釋西方文學史，在中國有近
四十年的空擋期。其間，聞一多在 1943 年所寫〈文學的歷史動向〉
一文中發表過世界四個古老民族及其文化相互融合，從而形成世界
文化的見解，回應了歌德提出的各國文學逐漸打破孤立割裂狀態，
相互影響融合而形成一個有機統一體的世界文學理想，也暗含了「走
向世界文學時代」這種文學史的敘述模式。此外，四五十年代還產
生了大量以馬克思、恩格斯的歷史唯物主義和辯證唯物主義階級分
析方法建構世界文學史框架的論述。相比之下，錢先生標舉文學是
人學，把人道主義視為世界文學發展的內在動力，著眼於文學本體，
著眼於世界文學內在的生成轉換，這在方法論層面，無疑有重要的
啟示意義。就人道主義世界文學史的論述本身來看，周作人用人性
二元的鐘擺模式解釋西方文學史，陷入歷史循環論，忽略了文學的

發展與進化。而錢先生卻以西方文學史實際為依據，看到了其中人
道主義的豐富性和不同時期的變化。

　　錢先生還從人道主義視角出發，對不少西方重要的經典作家作
過精闢的論述。他寫過〈論托爾斯泰創作的具體性〉、〈關於陀思
妥耶夫斯基〉、〈讀〈高爾基與茨威格文藝書簡〉〉等研究外國作
家的專文，還在〈文藝創作的生命與動力〉、〈管窺蠡測——人物
創造探秘〉等文章中，對果戈理、屠格涅夫等俄國作家有過比較系
統的論述。

　　錢先生鑽研最深的外國作家非托爾斯泰莫屬，〈論托爾斯泰創
作的具體性〉則是他這方面的重要成果之一。所謂創作的具體性，
是指作家把握和表現個別事物，還原生活本相的能力；是把人及其
生活當作一個特殊的有機整體，當成個別的，活生生的，獨特的這
一個加以具體描寫的能力。錢先生一貫的立場，是反對文學創作片
面追求所謂「典型」，反對把揭示所謂「生活的本質」和「生活發
展的規律」作為創作的動機和目的，而認為文學作品的描寫要追求
具體性，如此才會產生永久的藝術魅力。由此看來，錢先生對托爾
斯泰創作具體性的分析，其實還是自己人學思想的又一次發揮和應
用。錢先生這篇文章寫於 1980 年，是國內在文革動亂結束之後托爾
斯泰研究領域產生的第一批重要學術成果之一，許多結論今天看起
來也仍有啟示意義。例如錢先生對托爾斯泰作品中道德評價與說教
問題的分析。我們都知道，托爾斯泰喜歡在自己的作品中進行道德
評價和說教，一般而言，這有別於 19 世紀現實主義文學普遍採用的
客觀化態度，與文學作品的「優秀標準」背道而馳，似乎也不符合
具體性原則。但托爾斯泰《戰爭與和平》、《安娜‧卡列尼娜》等
代表作中的道德評價和說教，對這些作品產生的卻是增色作用，為
什麼？錢先生認為，這首先是因為作家的說教是建築在人物形象已
經充分建立起來的基礎上的。其次，作家相信自己所宣揚的道理，
並且以全部的熱情和勇氣去探求這些道理，這使托爾斯泰在作品中

直接表達出來的道德情感高尚、真誠、可信。再次,托爾斯泰熱愛心靈生活,努力挖掘和表現人物心理活動的流動性、複雜性與豐富性;他也熱愛大自然,以詩意的眼光看待和描寫自然。這些都開拓了作家道德情感的維度和範圍。最後,錢先生指出,托爾斯泰在他最優秀的作品中,並非全憑熱情的驅使,議論說教毫無節制,而是「稍稍站在事物之外」,能「不斷地懷疑」,與描寫對象保持一定的距離,對描寫對象有一定的反省和思考的能力。錢先生就托爾斯泰創作中道德說教的意義所作的四點概括,其實觸及到了小說中敘事人態度一類敘述學的前沿問題,分析是縝密、深刻的,結論是令人信服的。更可貴的是,錢先生在文中緊扣托爾斯泰創作的具體性,從對作品中一些重要細節的分析入手,精確把握和揭示托爾斯泰創作的要害。例如他對《戰爭與和平》中納塔莎婚前輕率行為的心理分析,對《安娜‧卡列尼娜》中吉提在處理與沃倫斯基和列文關係時的矛盾心理的分析,安娜回家探望兒子過程中的心理變化的分析,都見出錢先生知人論世的深厚功力。

二、學養、趣味、方法及其西方文學影響

錢先生提到自己的老師伍叔儻先生時,說他不以做學問見長,卻對文學有真的愛好,而且「胸襟開闊,識見宏通,古今中外,不拘一格,多所涉獵。」(〈我的大學時代〉)錢先生寫有〈論「文學是人學」〉這樣劃時代的學術專論,在「做學問」上的成就當然遠遠超越了老師。但錢先生熱愛文學,學貫中西,追求生活的散淡和詩意,又完全承傳了老師的衣缽。

翻閱錢先生不同時期寫的學術隨筆和論文,與錢先生私下裏接觸,會發現西方文學對他的性情、趣味、學養等方面的影響是很深的。錢先生在小學階段和中學的大部分時間,都嗜讀中國古典小說。

大約在高中最後一個學期，錢先生愛上了外國的翻譯小說，讀了大量的名著。這些作品帶給他與中國古典文學完全不同的感受，開闊了他的眼界，豐富了他的思想和人生體驗。那時，他所在的四川中學師範部設在重慶北碚。那時抗戰時期，錢先生孤身一人在萬里之外，飄零之感，思親之苦，常令他陷入哀愁悲苦之中。加之錢先生正墜入到朦朧的初戀之中，尤其容易多愁善感。於是，施托姆的《茵夢湖》、洛蒂的《冰島漁夫》，歌德的《少年維特之煩惱》，給了他「無限的歡喜和憂傷」，屠格涅夫的《羅亭》、《貴族之家》等，引起了他「對人生的思考，在我心頭激起對青春、對未來歲月的朦朧憧憬和充滿詩意的幻想。」在錢先生早期的外國文學閱讀中，俄羅斯文學佔有很大的分量。錢先生最先是迷戀屠格涅夫，他作品中「清幽雋永的抒情氣氛」，「充滿感傷和哀愁的調子，與我自己思念親人和家鄉的淒涼悲苦心情結合在一起」，在錢先生心中激起強烈的共鳴。後來，錢先生又迷戀契訶夫，也是因為他的作品「彌漫著一種哀愁與憂鬱的氣氛」。進而，錢先生從果戈理、岡察洛夫等俄羅斯作家的作品中，都讀出了這種「哀愁與憂鬱」。錢先生指出，這種俄羅斯文學氣質的形成，與俄羅斯人民長期在封建專制高壓下遭受的苦難，與那片廣袤的黑土地上形成的民族性有關。而中國人民也經歷過類似的苦難，所以對俄國作品特別有一種親切感，容易接受。加上戰爭環境和個人心境，錢先生從俄羅斯文學的「哀愁和憂鬱」中，找到了與自己心靈的契合之處，精神上也獲得了滋養。錢先生接觸托爾斯泰和陀思妥耶夫斯基，是後來的事情。錢先生對這兩位 19 世紀俄羅斯文學中最偉大的作家都有專文研究，評價很高。但就個人趣味而言，錢先生更欣賞托爾斯泰心靈的健全、強壯，色彩的鮮麗明朗。

1938 年，錢先生考入中央大學師範學院國文系學習。執掌國文系的伍叔儻先生是蔡元培擔任校長時的北大學生，與羅家倫、傅斯年同屆。他思想開明，學識淵博，不僅在漢魏六朝文和五言古詩方

面造詣深厚，重視中國現代文學，對西方文學也有濃厚的興趣。他通英文，喜讀英文小說，與外語系的樓光來、范存忠、俞大綱教授，歷史系教西洋史的沈剛伯教授，哲學系教西方哲學、美學的方東美、宗白華教授過從甚密。受老師個人造詣和趣味的影響，錢先生對西歐文學，尤其是英國文學產生了濃厚的興趣。錢先生經常與伍叔儻先生閒談，並參加伍先生與友人的閒談。他還重視英文學習，經常到外語系旁聽范存忠、俞大綱、柳無忌等教授的英國文學課程，並從英文閱讀了大量的西方文學作品。

　　錢先生援引過英國浪漫主義時代的隨筆作家德·昆西把文學分做「知識的文學」和「力量的文學」兩大類的說法。德·昆西所說的「力量的文學」，是指那些以情感的撕裂和激蕩對讀者觀眾心靈產生強烈震撼效果的作品，莎士比亞的悲劇當屬這一類。錢先生說莎士比亞屬於「最最吸引我、最最惹我喜愛」的兩個戲劇家之一（另一個是契訶夫）。錢先生認為莎士比亞本質上是一位詩人，他寫戲就像寫詩，他的臺詞「簡直是辭藻的海洋，比喻的森林，使你目眩神迷，應接不暇。」而錢先生最喜歡莎劇「明朗的音調」、「瑰奇的想像和富麗的文采」。德·昆西所說「知識的文學」，自然非隨筆莫屬了。英國隨筆，追溯其源頭，可到 17 世紀初蒙田《隨筆》英譯本的出版。隨後經培根，到 18 世紀迎來了它的繁榮。由於各種評論性刊物紛紛湧現，隨筆得到廣泛應用，產生了如笛福、愛迪生、斯威夫特、詹森、哥爾斯密等一大批出色隨筆作家。19 世紀初期浪漫主義運動興起造就了蘭姆、德·昆西、赫茲里特等新一代隨筆作家，他們把隨筆的表現範圍拓展到日常生活領域，個性色彩更加濃重，隨筆的藝術水平也因之攀上新的高峰。錢先生因隨筆「文體的親切，隨便，侃侃而談，無拘無束」，而「很喜歡這一類文字」。在中央大學讀書時，他在外語系聽課聽得最多的，是柳無忌先生講的英國散文。柳先生最喜歡蘭姆，蘭姆的《伊利亞隨筆》也就成了錢先生的至愛。英國的隨筆親切隨意，娓娓道來，在臧否人事、品評風物、談學論道中見出才學、機智，而風格優雅、

從容、節制，對錢先生影響很大。在錢先生的著述中，卡萊爾是提及頗多的英國作家之一。〈繆慈禮贊〉、〈真善美的統一〉、〈論節奏〉等文章，多處引用卡萊爾論文學、音樂、節奏等的言論。卡萊爾的文體風格精博雄辯，錢先生也十分喜愛。錢先生經常提到的其他英國作家，還有楊格、班揚、拜倫、濟慈、阿諾德、王爾德、蕭伯納等。錢先生在私下交談時，說起一些英國作家的趣聞軼事，或脫口用原文背誦某位英國作家的名言時，那種如數家珍的會意和滿足感，讓我輩著實心生羨慕。

1945 年，已經到國立交通大學任教的錢先生寫了一組共 8 篇禮贊文學真善美的散文隨筆，而對西方文學知識的旁徵博引，是這組隨筆最重要的特色之一。排在這 8 篇散文之首的〈繆斯禮贊〉，如標題所示，從古希臘神話取喻，將文學這抽象的概念，具體化為光豔的女神形象。正文之前，他引用歌德《浮士德》中，眾天使接引浮士德靈魂上天堂時的合唱：「一切消逝的，不過是象徵。／那不完美的，在這裏完成。／不可言喻的，在這裏實行。／永恆的女性，引我們上升。」這四句詩，原本有對浮士德一生的探索作總結和嘉獎之意，錢先生卻挪來讚美繆斯女神賜予的藝術創造之美。他還引用濟慈所寫史詩〈恩底彌翁〉卷首的名句「A thing of beauty is a joy for ever」（美的事物是一種永恆的愉悅），用以加強對文學的禮贊。在正文中，錢先生又引卡萊爾〈英雄與英雄崇拜〉的相關論述，讚美文學藝術是人類發明的一件奇跡。通篇看來，〈繆斯禮贊〉的思緒完全在西方文學的傳統中運行。錢先生另外 7 篇散文，如〈靈魂的悵望〉、〈智慧的迷宮〉、〈道德的陷阱〉、〈真善美的統一〉、〈藝術化人生〉、〈論節奏〉、〈形式與內容〉等，也廣泛從西方文學、哲學、宗教中援引例證。更主要的是，這些隨筆都貫穿著根源於西方的唯美主義精神，尊藝術至上，強調藝術的獨立價值。從風格上看，這組隨筆不似蘭姆的閒適幽默，而更像卡萊爾的鋪張揚厲。那時候的錢先生剛剛二十五六歲，風華正茂，才華橫溢，卡萊

爾的博學和激越，肯定更對錢先生的胃口。而這些隨筆中燃燒著的對文學宗教般的熱情，那種佈道式的口吻，也是深得卡萊爾真傳的。

錢先生在〈我的大學時代〉中說自己的老師伍叔儻先生「很注意古今中外的溝通」，其實這也是錢先生治學的重要方法之一。錢先生遍覽群書，博聞強記，對文學理論、中國古代文學、中國現當代文學、西方文學都有很深的造詣，也正因為如此，他能夠出入中外，貫穿古今，打通國別界限，尋求文學的共同規律。這種治學的「會通」之法，已經引起了研究者的注意，如羅崗說：「很多人都說錢先生的理論沒有家法，其實是有家法的。五四以來文學研究的傳統，就是東西文心的會通。……他認為東西方文學有文心會通之處，所以他可以隨便舉例，比如〈論節奏〉裏的節奏感，東西方都有。從學理的角度，錢先生是沿著這個路在走的。」錢先生的文章中，將中西文學相互對舉闡發的情形，比比皆是。羅崗提到的錢先生的〈論節奏〉一文，闡述的是詩之音樂性的重要。文章並不長，但錢先生立足於中西會通，引用了科勒律治、卡萊爾、濟慈、萊勃尼茲、瓦萊里、浩司曼等西方作家學者的相關論述，又與中國的《世說新語》、《文心雕龍》、《文賦》，以及杜詩、歐陽修文等大量的古代詩文典籍中的相關論述參照對應，以印證東西文心之同。〈形式與內容〉一文是類似的思路。錢先生在中西作家中分別尋找內容論者、形式論者，以及主張形式與內容統一論者，不長的一篇文章，竟然信手拈來數十位中國和西方作家的相關論述。那種引經據典時的稔熟和自信，絕非靠從幾本分類文選中尋章摘句能夠做到的。像錢先生八十年代寫的〈談文藝批評問題〉、〈藝術的魅力〉等論文，也都是東西文心會通的典範之作。錢先生 1962 年寫的〈曹禺戲劇語言藝術的成就〉，雖沒有像上述文章一樣旁徵博引，但那些比較莎士比亞、契訶夫、曹禺戲劇風格、語言異同的段落，把握之準確、議論之精當，見解之深刻，文字之舒展華麗，令人嘆服。

　　錢先生以〈論「文學是人學」〉、〈〈雷雨〉人物談〉等著作奠定了他在學術上的重要地位，但正如他在多種場合表露過的，他早年並不想當什麼學者，也從未刻意追求過學問上的成功。錢先生真正心儀的，是從大量閱讀古今中外的文學藝術經典中得到智慧和樂趣，並把自己薰陶成一位博雅宏通之士。錢先生著重學養、談吐和趣味，看輕事功與著述，歷數十年風雨始終如一，為他的人格增添了獨特的魅力。對錢先生而言，幸運的是他一輩子除了讀書，就是教書。作為一所知名大學的教授，他的心靈有相對自由的生長空間，也有機會對學生言傳身教。學界經常樂道錢先生善於教書育人，而學界也都公認，這種獨特的人格魅力，對弟子發揮了極為重要的垂範作用。

原載《中國現代文學研究叢刊》2008 年第 5 期

比較文學的諸種可能

——臺灣比較學者張漢良教授訪談錄

　　張漢良（1943 年-）中國臺灣著名比較文學學者，臺灣大學英國文學碩士（1969 年 9 月-1972 年 6 月），比較文學博士（1973 年 9 月-1979 年 6 月），美國約翰・霍普金斯大學英國文學博士後（1979 年 9 月-1980 年 6 月）。曾任臺灣大學外國語文學系主任（1999 年-2001），臺灣比較文學學會理事長（1988 年-1990 年），現為臺灣大學外國語文學系教授、博士生導師（1987 年 8 月）。主要著作有《現代詩論衡》（1977 年），《比較文學理論與實踐》（1986 年），《文學的迷思》（1992 年），編有《東西文學理論》（1993 年）、《方法：文學的路》等。近年致力於符號學與比較文學關係的研究。

　　劉洪濤（1962 年-），北京師範大學文學院比較文學與世界文學研究所教授，文學博士，博士生導師。義大利特倫托大學、諾丁漢大學訪問學者（2001 年 1-4 月），英國劍橋大學英語系訪問學者（2004 年 9 月-2005 年 9 月）。著有《湖南鄉土文學與湘楚文化》（1997 年）、《荒原與拯救：現代主義語境中的勞倫斯小說》（2007 年）、《徐志摩與劍橋大學》（2007 年）等。

　　2005 年 3 月，2007 年 3 月，張漢良教授兩次應邀來北京師範大學文學院講學，筆者趁此便利，多次就比較文學學科的重要問題，對張漢良教授作了訪談。現將訪談內容整理如下，以饗同行朋友。

一、對大陸和臺灣比較文學的評價

劉洪濤（以下簡稱為「劉」）：張教授您好！很高興有機會向您請教有關比較文學的問題。眾所周知，臺灣的比較文學興起於 70 年代中期。1975 年，在臺灣召開的第二屆東西方文學關係的國際比較文學會議上，朱立民提出「運用西方的批評方法來研究中國古典和現代文學」的構想。1978 年臺灣比較學者古添洪在一篇題為〈中西比較文學：範疇、方法、精神的初探〉的文章中，將這種研究方法命名為「闡發法」，將其視為中國特色。比較文學在臺灣也興盛一時。但最近一些年，臺灣的比較文學似乎沉寂了許多。您是臺灣比較文學發展的見證人，想請您談談對臺灣比較文學的發展做一些評價。它是在什麼背景下發生的？有什麼特色？目前臺灣的比較文學是否面臨危機？

張漢良（以下簡稱為「張」）：臺灣比較文學教學的早年歷史都在削足適履、因陋就簡的情況下進行。由於台大外文系扮演著當代英美文學理論引介的重要角色，引介者多半先後自美學成歸國，很自然地把他們所研究、尊崇、信仰的文學理論介紹進來，如後現代研究、性別研究、後殖民主義、新歷史主義等。這些理論顯然會影響到比較文學的發展。我們都知道，比較文學從開始發展的一百多年以來，都在接受各種新理論、新學說的挑戰，也不斷在改變自己的方向，調整腳步，因此它與新興學術發展的結合是自然的事。在 1980 年代末，作為龍頭的台大比較文學研究所發生了質變。早年粗糙的課程全部被取消，提出的新功能表是兩門課：「文學理論」和「西方思想史」。修正課程的人清一色是英美文學和美國研究的當權派。修正固然是為了解決現實問題，但也有一個政治動機，就是消除比較文學的影響，使外文研究所博士班正式轉型。學生反彈之下的妥協是加授「比較文學方法」。90 年代的臺灣，比較文學主要受到文化研究的挑戰和取代。

然而，這裏面隱含了一些比較嚴重的問題，需要我們反思。傳統上比較文學處理文學關係，國與國之間、國家文學與國家文學之間、斷代與斷代之間、作家與作家之間、文類與文類之間的關係，甚至文學和其他學科之間的關係。總而言之，都以文學史為出發點與依歸。臺灣在 70 年代開始發展比較文學時，科班出身的比較文學學者很少，學生也沒有機會學習傳統上比較文學的課題，沒有機會瞭解這門學科本身的理論方法與發展歷史。早年在新批評影響之下的課程規劃很自然地走向所謂的「共同詩學」。我們知道，所謂的共同詩學是一種違反歷史的、真空的、不存在的東西，任何一個奢言共同詩學的人都有他的歷史性，他的闡釋領域。構成其歷史性和闡釋領域的因素是錯綜複雜的，語言、種族、身份、意識型態，所謂純粹的共同詩學已經是被闡釋過的、不純粹的東西。共同詩學在臺灣和香港，甚至中國大陸的命運都很短暫，除了違反歷史特定性外，它無法走出詩學系統和其他系統對話，也是早夭的原因之一。

　　我認為我們應當提供學生嚴格的歷史訓練，這包含比較文學史的講授，中西方學術史、文學批評史的開授，使學生在面臨當前任何一個問題，比方說全球化、後殖民論述這些熱門課題時，都能把它們放在學術史的架構中，理解它們的歷史淵源和發展，以及移位到中國學院時所產生的價值移轉問題。今天從美國回來教書的人愈來愈多，他們所攻所學也都是些熱門課題，但可能由於美國教育的缺陷，鑽研某一問題的學者大多明顯缺乏歷史觀照。臺灣前幾年非常流行拉康的精神分析理論，多半是由翻譯等二手資料得來，對拉康精神分析發展的背景、它和當年法國精神分析主流的傾軋、以及和索緒爾語言學的關係都缺少深入的、歷史性的瞭解。當代重要的學者，如福柯、德里達、克莉絲蒂娃等人對西方古典思潮都有深刻的研究。德西達的學術並非由現代語言學出發，而是來自他和柏拉圖本體論與知識論的對話。他的閱

　　讀策略其實源自中世紀手抄本的寫作閱讀策略，大家耳熟能詳的
　　中心／邊緣說、補充性閱讀、書寫痕跡等，無一不奪胎於中世紀
　　抄本的生產過程。一般青年學者解構、去中心等口號，成天掛在
　　嘴上，卻不知道這個背景。總的說來，我覺得臺灣學術通俗化的
　　趨向太嚴重，多元化的速度太快，學術很難生根。

劉： 近些年您參加大陸的學術活動十分頻繁。像 2003 年銀川會議，
　　2004 年山東會議，2005 年四川會議，2006 年 5 月山西會議都
　　有您的身影。此外，大陸還有多所大學請您作學術訪問。您的
　　注意力向大陸轉移，是出於何種考慮？能否請您談談對大陸比
　　較文學界的觀感？

張： 自從改革開放以來，比較文學的研究如火如荼，大量生產的教科書
　　也近 50 種。國內從事比較文學的人可能居全世界之冠，而且由於
　　政策的鼓勵與支持，還有愈來愈興盛的趨勢。國內有許多具有多種
　　語言背景的學者，懂得歐洲語言，包括俄文，以及亞洲少數語言的
　　學者在比例上比臺灣多得多，我們不妨把他們納入比較文學的陣
　　營，藉此修正以中文為主進行比較文學研究時，可能產生的偏失。
　　此外，加強中文系同學的外語能力，也是一個非常重要的課題。我
　　近年常來大陸，主要是文化與身份的認同。

二、世界文學的過去與未來

劉： 1998 年，國家教育部對學科進行大規模調整，原來的「比較文
　　學」與「世界文學」兩個二級學科合併，成為「中國語言文學」
　　一級學科下的一個二級學科。這一調整，把「比較文學」與「世
　　界文學」的複雜關係再一次凸現在學者面前。近幾年在學界也
　　時有人討論二者的關係。您如何看待世界文學？您覺得應該如
　　何理解世界文學與比較文學的關係？

張：自從改革開放以來，中國大陸比較文學的研究如火如荼，生產了大量的教科書。相形之下，世界文學研究的發展比較遲緩。其實原因很簡單，因為中國比較文學發展多少反映出國際比較文學的發展。比較文學歷經多次理論與方法論的革命，目前大家關懷的課題和半世紀以前顯然大異其趣。有趣的是，世界文學始終被冷落在一旁，甚至連裝飾的價值也沒有。我認為應該從歷史上來檢討這個問題。

劉：您是指回顧世界文學在西方的發展，以及它和比較文學的互動關係，來展望它在中國的未來嗎？

張：是的。眾所周知，德國作家歌德在 1827 年與艾克曼的對話裏提到：現今研究國別文學是沒有多大意義的，我們應研究世界文學。他提出了德語的 Weltliteratur 一詞，並指出，如果可能的話，他希望研究中國文學。上述談話是學界公認世界文學的開始。然而一個名詞的開始並不代表一門學科的開始，名詞往往曇花一現，驀然回首時已百年身。歌德的部分談話讓我們中國人聽起來特別舒心，而忽視了裏面可能隱含的問題。仔細推敲，難道研究中國文學不是研究國別文學嗎？你不研究德國文學，研究中國文學有何意義？如果我們只因歌德讚美他不熟悉的文學，而這文學恰好是我們的文學傳統，我們便沾沾自喜，那未免中了國別文學與民族主義的圈套。

劉：您提的這種情形在中國很普遍，我本人就因為歌德談世界文學時提到中國文學而感到自豪。但您似乎還看到了另一層意思？

張：歌德發表這一陳述時，顯然在建立一種相對的視域，也就是從他本身熟知並擁有的德國文學出發，來看一個遠方的中國文學。只有在這種條件下談國別文學才有意義。歌德所做的事，一方面指出了世界文學的遼闊，另一方面也指出了文學關係史建立的可能性與方向，這也就是比較文學的開始。當然我可以說，歌德的話還有另外一層意義。中國文學只是一個例子，我

們可以由它推而廣之，遍及其他文學。也許這就是大家所熟知的世界文學的粗淺定義吧。歌德之後，彷彿斷了層，因為後來在歐洲發展的，尤其是在法國發展的跨國別文學，是早期的比較文學，而非世界文學，因為大體上它局限在近世歐洲文學關係史的建立。這種做法也有人根據梵第根的用法，把它稱為一般文學，或國內習慣的總體文學。

　　讓我們跳過一百年，來看看 20 世紀前半葉美國比較文學的發展。我們會發現，大學文學系所開授的世界文學，大體上包括兩個範圍。第一個就是由各國別文學所構成的一般文學。舉例來說，如果你在比較文學系開授中國文學的課，就很可能被列入一般文學的範圍。這個一般文學似乎有貶謫的意味，也就是，在主流正統文學之外的文學。第二個範圍便是所謂的經典閱讀，或是文學名著選讀，這種通識課程往往開給非文學專業的大學本科生選修。臺灣的大學外文系有所謂的西洋文學概論、歐洲文學史等課程，其實是根據上述世界文學的第二個範圍發展出來的。在這種缺乏專業性、沒有理論和方法論為依據的課程制訂情況下，世界文學難免會淪為一個笑話。

劉：從您的簡要回顧來看，世界文學這個極富想像力和創造力的概念在西方的實踐並不太樂觀。世界文學難道沒有在其他的方向上進行過探索或實踐嗎？

張：有的，這就是世界文學的另一條路線。它是往往不被西方人熟知，或者說被他們故意遺忘、壓抑到潛意識或政治潛意識下面去的一股文學暗流。你知道，歌德的世界文學提出之後，馬克思在《共產黨宣言》（1848 年）中特別發揮了世界文學的概念。馬克思之所以會提到世界文學，顯然和他對布爾喬亞主導的世界性經濟生產和消費有關。他說：「布爾喬亞透過對世界市場的剝削，使得每一個國家內的生產和消費，都具有了世界性特色（用今天的話來說，便是全球化特色吧！）。……原先靠國

　　內生產便可滿足的需求，被新的需求取代了，能滿足我們的產品，來自遙遠的他鄉異國。從前的社會封閉自足，如今四通八達，各國往來頻繁。知識的生產和物質一樣，各國的智慧財成為公共財。單純狹隘的國別特色，愈來愈不可能。從無數的區域文學和國別文學中，世界文學誕生了。」

　　馬克思在這兒指出歷史發展的事實，並未褒貶國別文學和世界文學孰優孰劣。但是我們可以從這段話引申出兩個道理，和世界文學甚至比較文學的後來發展有關。第一，如果社會發展有所謂的規律性，這種規律性顯然會呈現在不同時空的社會中。因此，馬克思對世界文學的看法，已經具有初步的系統性。猶有進者，我們回顧世界的總體發展，從事政經地理學的考察，會發現進步、落後、貧富不均等現象，這些現象多少也反映在文學發展上。歌德時代的文學主流顯然是包括日爾曼的西歐大傳統，自然沒有人會顧及一些邊緣地區、落後地區、未開發地區的「文學生產」。馬克思提出世界文學時，其實已經呼籲我們轉向關注更廣大的文學社會。第二，國別文學發展史是國別文學互動史（亦即由近至遠的文學關係史）建立，乃至世界文學史建構的基礎。就第二點而論，馬克思的說法與歌德相去不遠，但更具歷史哲學意義。第一點的規律性已無異為後世斯拉夫比較文學家所樂道的類型論打下了基礎。

劉：您是指馬克思在《共產黨宣言》中提出的世界文學概念被後世的斯拉夫比較文學家借用和發揮？

張：不僅如此，這種借用和發揮還在冷戰期間引起過蘇美間比較學者的論戰。1968 年美國比較文學學會會長哈利・雷文在該會年會上發表大會演說。這是一篇很重要的文獻，題目有些耐人尋味，叫做 Comparing the Literarture。這裏的英文用法彷彿有語病，好像用錯了，因為我們知道英文的「文學」這個字 literature 是個抽象名詞，是不加冠詞的。可是 literature 這個字除了我們

用以外，別人也有權用，研究醫學的人也說 the literature。加了冠詞 the，他們所用的 literature 就不是指文學，而是文獻，因次雷文的演講稿翻譯成漢語應該是「比較文獻」。請問比較什麼文獻呢？就是比較比較文學的文獻。這麼一說便清楚多了。這份大會主席開幕辭在 1960 年代末比較比較文學的幾個傳統，各位可以想見主要是討論法國學派和美國學派的爭議，當時流行的話便是「大西洋彼岸」。這個課題今天看來已屬陳腔濫調，用不著我重複。有趣的是，在一篇比較學術傳統的演說中，怎能不提到法國和美國文學之外的傳統呢？雷文在文章後半提到東歐的發展，並且嚴格批判俄國當時的比較文學。

雷文主要的攻擊對象是蘇俄國家科學院的領導涅烏帕可依娃夫人，當時她正為蘇俄官方編撰世界文學史。1960 年代冷戰方酣，東西方壁壘分明，與西方稍有接觸的是匈牙利的比較文學家。1962 年匈牙利社會科學院召集比較文學會議，涅氏對所謂的美國比較文學學派大加韃伐，基本上是針對美國比較文學的違反歷史主義研究。若干年後，雷文利用美國比較文學學會年會的場合提出反駁，指出俄國提倡泛斯拉夫主義、反西方主義等教條式文宣。有趣的是，在這篇比較比較文學的演說稿中，雷文對法國學者倒是頗為寬容，甚至認為美國和法國的學者沒有太大不同。他把一般認為的美法之爭移位到西方世界與蘇俄之爭，使文學論爭淪為政治鬥爭的附庸。

劉：難道蘇聯比較學者對美國學派的批評沒有一點學術意義嗎？

張：涅烏帕可依娃為蘇俄官方文藝政策領導，如果我們認為除了政令宣導外，她的觀點無足可取，那不免落入泛政治化的圈套。首先，涅氏並不否定比較文學，但是和傳統歷史主義學者一樣，她對於從歷史脈絡中抽離出來的比較抱持懷疑的態度。從 1920 年代開始，俄國的比較文學一直都非常關心歷史發展過程，包括在歷史發展過程中的文學發展過程，英文稱之為

literary process，以及超越國家與語言疆界的文學發展過程，稱為 interliterary process，勉強可翻譯為文學史的互動過程。這種歷史發展當然有先驗的歷史哲學與律法為依據，例如馬克思主義。對他們來說，真正有價值的比較文學研究是處理文學史的互動過程。我們可以想見語言文化接近的區域，或如德國人所謂屬於同一文化圈（Kulturkreis）的地區，文學史的發展理應比較雷同近似。舉例來說，部分東歐和中歐國家屬斯拉夫語系，當時政治經濟社會體制也接近，他們的文學發展應該也較接近，研究他們之間文學史發展的互動關係，這種區域性研究是很合理的，不能以泛斯拉夫主義一竿子打翻一船人。我們再舉一個眼前的例子，華語文社會的文學發展應有相當的雷同性，東南亞地區新興經濟勢力的文學發展也可能有相關性。這種對國別文學發展過程以及跨國別文學發展互動過程的關懷，是所謂的美國學派從來不願意面對與考慮的。等而下之的比較文學便是把兩件作品抽離出來，從事所謂主題或形式上相同與相異性的比較，美其名曰為文學而文學。

劉：您提到蘇聯學者認為，「真正有價值的比較文學研究是處理文學史的互動過程」，您認為這方面蘇聯學者的具體成果有哪些？這些成果對中國比較文學界有什麼啟示意義？

張：1920 年代俄國的比較文學學者日爾蒙斯基原為俄國形式主義的第二代，形式主義經過整肅被禁後，日氏和巴赫金一樣將形式主義和馬克思主義做了完美的結合。大體上他們認為文學關係有兩種可能，一種稱為發生學的接觸（genetic contacts），另一種叫做類型架構中的類似（typological affinities）。換成一般熟知的說法，前者是影響，後者是平行或類似。不過，用什麼名詞並不重要，發生學的接觸未必一定勝過影響。重要的是，齊氏以及後來的斯拉夫學者，包括上述涅氏和斯洛伐克共和國的理論家戴奧尼斯・杜瑞辛，都同意這兩種關係構成一種

辯證關係。在接近的國別文學中所呈現的文學相似性可能是接觸的結果；由近而遠，兩個相距遙遠、沒有接觸的不同語系的國別文學，在基因傳遞關係不可能存在的情況下，它們顯現的相似性是類型學的近似。但這兩種關係不是截然劃分的，在兩種關係構成的場域中，有部分相似性我們很難釐清到底是基因遺傳還是類型的接近造成的結果。透過這個辯證思維可以看出，影響與類比研究並非涇渭分明，他們的區分也不再有多大意義。人類的知識形成莫非由此驅彼，由近至遠，文化詮釋的過程說穿了也都是由自身出發。古典傳統中喜歡用一比喻，其實有字源根據，闡釋學的字源和家庭密不可分，任何探索都由家出發往外延伸，最後以歸鄉做結，荷馬史詩《奧德賽》所揭示的真理之一便是這種文化詮釋現象。

　　美國學派批評衍生關係，誇誇其談作品美學上的相似性，但是他們的美學理論缺乏系統，無法像二十世紀10、20年代的俄國形式主義一樣提出系統論，他們也很少發展類型系統研究。因此在理論上他們沒有什麼建樹，雖有爭議但無方案。俄國學者討論世界文學時根據剛才我所勾勒的辯證思維出發，因此國別文學與世界文學不是相對的。由俄國國別文學推而廣之到泛斯拉夫文化是自然的、正常的發展，是一種較安全的做法。國內在推廣世界文學，應該揚棄我前邊提出的兩種世界文學定義，即一般文學與世界名著選讀，在方法論上重新檢討，汲取斯拉夫學者理論的營養，發展出可行的方案。可惜的是，開放改革以來，國內難免向太平洋彼岸取經，其實無經可取。所幸國內俄語人材濟濟，對該語系理論引介不少，應用方面如能加強，肯定會有成就的。

三、再說比較文學的「危機」

劉： 在比較文學學科發展的歷史上，「危機」說從來沒有停止過。您認為在當下國際形勢下，比較文學這一學科是否有危機？它能否適應文學研究的新形勢？它是否有前途？

張： 這種歷史性的認知，雷文（Harry Levin）教授曾經以一大喻詞（master trope）表達。他在香港中文大學第二屆國際比較文學論文集的序言〈不比較怎麼是文學〉中，對有志前往他人領域的探險者，發出航海的邀請。雷文的序文的啟示，不是界說、質疑、顛覆我們這行業的恒常危機，而是對知識的可能條件的探問。對他而言，「知識的構成是從眼前出發，邁向陌生」。然而，從「眼前」到「陌生」的路往往是兇險的，這是一條尤利西斯的慾望之路：自我擴張以征服他者，但也充滿了徹底自我毀滅的可能。這種知識的不穩定性，批評家葛茲奇（Wlad Godzich）曾經說明：「一方面，它必須保存過去的成就，以保障自己的延續性；另一方面，它又不容許過去的成就阻礙新發展與突破」。一切知識所面臨的兩難式，在比較文學中尤其明顯；作為一種全球性的學院訓練，它在過去這五十年之間不斷面臨危機，內容與方法皆然。我們這門學問既然這麼不穩定，我們怎麼可能不談它的危機？

劉： 正如您所說，比較文學總是在發生「危機」，這是比較文學的學科性質使然。但從比較文學的發展歷史看，「危機」常常也是機遇。

張： 是的。比較文學從開始發展的一百多年以來，都在接受各種新理論、新學說的挑戰，也不斷在改變自己的方向，調整腳步。因此它與新興學術發展的結合是自然的事。當然，從本質論與保守主義的觀點來看，你也可以說一部比較文學史，無異於一部危機史，因為他離開原始神髓愈來愈遠。

　　大家對韋勒克在 50 年代發出的「比較文學的危機」訊號已經很熟悉了。韋勒克認為卡瑞（Jean-Marie Carré）及其弟子圭玉亞（Marius-François Guyard）等人所提倡的譽輿學（doxology）研究，使比較文學淪為文學的「國際貿易」，而忽略了文學本身。這種歷史相對主義，其實和過時的實事求是論和科學主義結合，形成了比較文學的「恆常危機」（permanent crisis）。針對這種危機，韋勒克開出的處方是「總體」（holistic）文學論，即「視文學藝術作品為一多元整體，為一個包含意義與價值的符號結構」。韋勒克呼籲學者回到作品本身。

　　韋勒克的呼籲振聾發聵。但到了 70 年代，韋勒克堅持的新批評和形式主義立場，反而被姚斯（Hans Robert Jauss）當成了另一種危機；韋勒克視為法國學派危機朕兆的歷史主義，卻被姚斯拿來作為這種危機的解藥。姚斯具體提出的理論是接受美學，作為一種新文學史觀，其要點有四：（一）文學史是文學作品在讀者群中的美學接受史。（二）讀者不得任意把個人的心理因素投入作品中，而需要受到作品原來的預期視域所限制。這些預期基本上是美學的，它們可以系統化與客觀化。讀者在閱讀文學作品時也有其預期視域，如果他面對的作品是革命性的作品，他的視域便會調整。這個調整過的視域也可以客觀化。（三）這種新文學史融合了傳統歷史研究的貫時性以及文學理論（詩學）的並時性。（四）如果讀者的經驗進入生活實踐層次，上述的歷史瞭解也有相當的社會功用。

　　無可諱言的，姚斯所提出的「新文學史」觀念，不等於卡瑞和圭玉亞所謂的接受史（Rezeptiongeschichte）。然而，除了強調讀者的地位之外，姚斯的歷史方案充滿了折衷主義色彩（譬如：並時性與貫時性結合、讀者與正文的結合），並未超越後期的形式主義批評，譬如說提尼雅諾夫（Jurij Tynianav）的理論。姚斯的貢獻在文學闡釋學。話說回來，姚斯的立場

與韋勒克並非完全相反。韋勒克的文學史觀念部分淵源於英迦頓（Roman Ingarden），而英迦頓複影響到弗迪契卡（FelixVodičika）和康斯坦茨（Kanstanz）學派，包括姚斯本人。因此，韋勒克和姚斯兩人都推崇雅可遜（Roman Jacobson）與提尼雅諾夫合作的文學「系統」與「歷史」互補研究芻議。這一段文學批評史顯示出一個有趣的現象：接踵而來的危機成為歷史機械，透過這個機械，韋勒克和姚斯這兩位時空及典範皆迥異的學者，反倒在意識型態上結合了。

劉：是很有意思。這或許就是比較文學的發展規律吧。最後一個問題：韋斯坦因曾對比較文學的跨文化研究持反對態度，把這種研究也視為「危機」。您的意見如何？

張：遲至 1976 年，韋斯坦因仍然堅信一個顛撲不破的歐洲文化圈，因而對涉及非歐洲傳統的跨文化研究採取保留態度。埃提伯（Renié Etiemble）和喀爾文‧布朗（Calvin Brown）等人企圖超越文化圈的方案，他認為是「意識型態與方法學的自殺」。70 年代比較文學的全球性擴張，使他感到不安，他非但沒有殖民者的自滿，反倒深懷反殖民的恐懼。對於東西比較文學學者而言，韋斯坦因最先認可，後來放棄（如果真的放棄）了的歐洲中心主義其實是一種歷史危機。但這種危機祇是假相；它也不是「恒常的」，因為一旦學者把研究對象擴大到歐洲傳統之外，這個危機便不存在了。

劉：謝謝您接受訪談。

原載《中國比較文學通訊》2007 年第二期

世界文學的諸種可能

——美國《當代世界文學》雜誌訪談錄

　　《當代世界文學》（*World Literature Today*）雜誌由美國奧克拉荷馬大學學者羅依・坦普爾・豪斯（Roy Temple House）在 1927 年創辦，最初名為《海外書覽》（*Books Abroad*），1977 年改用今名，迄今已經走過了 80 年的歷史。這份雜誌以刊載當今世界各國優秀文學作品為主，兼顧相關作家作品的評論。它雖歷經滄桑，卻始終堅持其世界文學理想，發展至今，在全世界產生了廣泛而重要的影響。《當代世界文學》2007 年 6 月推出一期「中國當代文學專號」，並派專人到中國進行「專號」的出版研討活動。值此之際，作為此期專號重要策劃人的筆者就相關話題，通過電子郵件對負責該期專刊的常務編輯丹尼爾・西蒙（Daniel Simon）博士進行了專訪。以下是專訪內容的翻譯。

劉洪濤（以下簡稱「劉」）：西蒙博士您好。記得 1928 年《當代世界文學》的刊頭語引的是歌德的一段話：「那些讀者逐漸增多的雜誌，將會最有效地為促進眾望所歸的世界文學做出貢獻。我們只想重複這麼一點：這並不是說，各個民族應該思想一致；而是說，各個民族應當互相瞭解，彼此理解，即使不能相互喜歡，也至少能彼此容忍。」此後，這段文字始終印在雜誌的扉頁上。顯而易見，歌德的話表達了《當代世界文學》的世界文學理想。請問當初 Roy Temple House 先生是在怎樣的背景下起意創辦這份雜誌的？能否請您把《當代

世界文學》雜誌始終堅持的辦刊理念、原則、理想做一些具體說明？

西蒙：謝謝您，劉博士。趁此機會我想和您談談關於《海外書覽》和《當代世界文學》的故事。1927 年，羅依‧坦普爾‧豪斯博士希望創辦一份「包含真正有用資訊的小型雜誌」，主要關注非英語世界的圖書，這些圖書用西歐主要語言寫成。作為奧克拉荷馬州大學一名現代語言學教授，豪斯博士為這份季刊設計了一個圖標，它是一艘在大海上揚帆起航的船，刻有拉丁文的題詞 *Lux a peregre*（意為「海外的曙光」，或者我們更喜歡譯為「發現之光」）。這艘船象徵著《海外書覽》在內陸地區奧克拉荷馬的角色，也象徵著它在 20 世紀 20 年代奉行孤立主義的美國的角色。正如老編輯伊瓦‧伊瓦斯克所說，它是一座「秘密的內陸港口，接收並登記來自世界各地的大量書籍。」同時它又是一艘貨輪，將大量的書籍運往遙遠的海岸。這份嚴肅的季刊最初只有 32 頁，免費派發。不久，此雜誌介紹圖書的範圍便擴大到了拉丁美洲、非洲、亞洲，甚至還超出了這些地區。早在 1935 年，《海外書覽》的冬季號就刊登過一篇題為《變化中的中國新文學》的文章。《當代世界文學》1991 年的夏季號推出了中國當代文學的專欄，2001 年的冬季號特別介紹了高行健，他是 2000 年諾貝爾文學獎的獲得者。你引的歌德這段話最早刊登在 1828 年，它始終是我們雜誌努力的方向。尤其是在 21 世紀，我們雖然處在一個加速全球化的世界裏，卻仍然在民族、語言、和政治上充滿紛爭，歌德這段話更顯得尤為重要。

劉：像任何雜誌一樣，我們也看到，《當代世界文學》也在努力適應著時代的變化，它也在「變」。比如，1977 年它改了名稱，它的篇幅增加了，撤銷了一些欄目，增加了一些新的欄目，等等。請問近些年《當代世界文學》的辦刊方向是什麼？未來有些什麼新的計畫？

西蒙：刊物在 1977 年由《海外書覽》更名為《當代世界文學》，這不只是刊名的變化，也代表了辦刊方針的變化。舊名稱中稍稍地方性的、不合時宜的含義沒有了，取而代之的是更宏闊的視野和更大的抱負，同時也準確地反映出刊物對當代世界純文學的關注。在 2001 年 9 月 11 日之後，我們把歌德關於世界相互理解和包容的遠見卓識當成我們更重要的使命，同時也突破了純文學的界限，把文化、藝術，以及與文學產生交集的政治問題也吸納了進來。羅伯特・康・大衛斯・烏恩蒂亞諾博士從 1999年至今一直擔任《當代世界文學》雜誌社社長，他成功地將雜誌從僅僅（或主要）由文學作者創作和閱讀的專業刊物改變成「在不同地區觸摸知識地圖」的雙月刊。我們希望強調當代世界文學和文化在人類理解中扮演的關鍵角色。為了達到這樣的目標，雜誌力圖提供更具概括力、更精妙的知識見解，使之成為一面反映我們周圍世界的鏡子，也成為一盞照亮這個世界的明燈。這一創舉已經展現了美妙的前景：過去五年裏，我們雜誌的印刷量增長了 2.5 倍，並且已經開始執行雙月刊的出版計畫。《當代世界文學》如今已經在美國、加拿大成百家書店裏銷售，在許多國家的圖書館也能找到，並得到不斷增加的個體訂閱者的支持。

劉：我知道《當代世界文學》是英語世界中歷史最悠久的一份世界文學類雜誌，但後來美國也出現了若干同類的雜誌，在中國也有一些類似的雜誌。請問與其他雜誌比較，《當代世界文學》辦刊的特色和優點是什麼？這份雜誌在美國和世界的具體影響如何？

西蒙：《當代世界文學》的特色在於它的涵蓋範圍。正如作家喬伊絲・卡羅爾・歐茨所寫到的，「除了《當代世界文學》之外，沒有其他雜誌是按此規則行事的。」多年以來我們的影響也被瑞典的學術雜誌《文學半月刊》、《紐約時報》以及《基督教

科學箴言報》特別提到。我前邊也提到,我們最近將更多的注意力放在報導文學和文化事件,同時我們在對世界重要作家作品的報導中,也納入了政治的內容。我們雜誌的書評欄目有著悠久傳統,它依靠全球各地 300 多名批評家的專業知識,評論範圍覆蓋了世界上的主要語種創作和小語種創作。我們長期發表原創性小說、詩歌、遊記,也發表作家訪談、作家評論,以及與世界文學相關的重要話題。最近我們關注過的話題包括言論自由與審查制度(2006 年 9 月),插圖本文學(2007 年 3 月),以及瀕危語言文學(2007 年 9 月)。就最後一個話題而言,我們向來堅持報導各種容易被忽視的文學,這為記錄和保存文化作出了不可估量的貢獻。近年來,在刊物中被特別提到的語言包括基奧瓦語、約魯巴語、威爾士語、毛利語、納瓦霍語、巴斯克語;我們力圖將這些瀕危的語言文學納入到我們的版面中來。由於我們在這方面付出的巨大努力,《優涅讀者》雜誌最近指出,《當代世界文學》「是世界上那些將寫作視為生命的作家作品的卓越資源庫」。

劉:全世界有將近 200 個國家,每個國家都有自己優秀的作家作品。就我所知,《當代世界文學》編輯部的編輯人手又十分有限。請問你們如何從全世界浩如煙海的作家作品中挑選出優秀的作家作品來加以介紹?選擇的標準是什麼?另一個相關的問題是,貴刊對西方文學,例如美國文學、英國文學、法國文學、德國文學,還有俄羅斯文學、亞洲文學、非洲文學、南美洲文學是一視同仁嗎?或者說有所側重?如果有所側重,依據是什麼?

西蒙:《當代世界文學》編輯部只有四位固定人員:總編大衛・克拉克教授,主編助理、常務編輯丹尼爾・西蒙博士,書評編輯瑪拉・約翰森博士,以及助理編輯麥克爾・約翰森博士。要持續、全面地報導當代世界文學,僅靠我們四位是絕對不夠的。幸運的是,我們有一個包括個人和組織在內的龐大關係網,他

們分佈在世界各地，以各種方式幫助我們，這大大推動了我們的工作。同樣幸運的是，我們的編委會擁有一流的成員，其中包括在當代世界文學研究中堪稱一流的學者，還包括由奧克拉荷馬州大學英語及現代語言系全體教師組成的一個班子，他們在各自專長的領域中幫助我們徵集文稿。此外，每學期有多達25名學生在編輯部實習，他們也推動了我們的編輯工作。

　　我們對世界上任何國家和地區沒有特殊的偏好，但基於我們的所在地是美國，在歷史上由撰稿人組成的關係網往往以西方為中心。十分有趣的是，由於其他那麼多刊物已經涉及了英語作家，因此，比較而言，我們更傾向於報導非英語世界裏的文學。即使是這樣，我們仍竭盡全力，盡可能地展現開明的、真正全球化的視野和觀點。在過去若干年裏，我們既特別介紹了辛巴威、新西蘭、阿爾及利亞、韓國的作家，也介紹了加拿大、阿爾巴尼亞、薩爾瓦多、巴西的作家。

劉：《當代世界文學》雜誌每兩年評選一次紐斯塔國際文學獎（Neustadt Prize for International Literature）。這一獎項在國際上久負盛名，有「美國的諾貝爾獎」之稱。能否給中國讀者介紹一下這項文學獎的情況，比如評選模式、標準、影響等？

西蒙：作為《海外書覽》的世界文學獎項，它設立於1969年，之後在1972年重新命名為海外書覽／紐斯塔獎，直到1976年才確定現在的名字。紐斯塔獎是第一個影響範圍起源於美國的世界文學獎項，也是使詩人、小說家、劇作家擁有平等推選資格的少數獎項之一。紐斯塔獎的章程規定，該獎項授予被公認為在詩歌、小說或戲劇方面取得突出成就的作家，並僅以作品的文學價值為授予依據。一個由8到10名作家組成的國際評委會每兩年進行一次篩選，評委被召集到奧克拉荷馬州大學校園評選出獲獎者。這個獎項包括50000美元、一個銀鑄的獎章，還有一張證書。獎金來自紐斯塔家族的慷慨資助。最近的獲獎者包

括阿西婭・傑巴爾（阿爾及利亞）、努魯丁・法拉赫（索馬里）、大衛・馬婁夫（澳大利亞）、阿爾瓦羅・穆蒂斯（哥倫比亞）、亞當・扎加耶夫斯基（波蘭）、坎貝爾・阿朗哥（尼加拉瓜／薩爾瓦多）等。在這個獎項存在的 38 年間，與紐斯塔獎相關的 25 名評委、候選人、獲獎者都接連得到了諾貝爾獎，因此這個獎項的確擁有輝煌的歷史。

劉：紐斯塔國際文學獎自 1969 年評選以來，先後有聶華苓、蕭乾、巴金、北島等華裔或中國作家擔任過評委，有巴金、戴厚英、北島、莫言等作家成為文學獎的候選人，但遺憾的是，迄今為止還沒有一位華裔或中國作家獲得這一獎項。能否請您介紹一下紐斯塔國際文學獎與中國作家關係的內情？分析一下中國作家的優勢在哪裡？有什麼不足之處？這些作家是以何種理由成為評委或文學獎候選人？最終又為何沒有能夠獲獎？

西蒙：紐斯塔獎的評委由《當代世界文學》的社長和編輯們遴選，並要聽取奧克拉荷馬州大學校長的意見。總之，在推選評委時，我們要盡可能地照顧地區的多樣化，同時要求候選人的作品有英語、西班牙語、法語的譯本，以便每一個評委都可以對候選人的作品發表意見。從邏輯上講，把不同國家的評委召集到一起並不總是可能的，所以評委的構成往往是理想主義與實效主義的交融。評委並不一定提名自己祖國的作家，比如，哈金（Ha Jin）選擇提名維・蘇・奈保爾。此外，在歷史上，雖然大多數的評委是小說家，但絕大多數的獲獎者卻都是詩人。因為投票是機密的，所以我不便披露最近幾年被提名的中國作家所遭遇的事情，但我們強烈希望一位中國作家最終能夠獲得這個獎項。

劉：《當代世界文學》雜誌今年 6 月將推出一期當代中國文學專刊，您是這一期中國當代文學專刊的主要編輯，北京師範大學文學院也承擔了部分編輯和撰稿的工作。想請您談談推出這一期中

國當代文學專刊的初衷是什麼？您對這一期專刊抱有怎樣的期待？也請介紹一下這一期專刊的主要內容和特色。

西蒙：這份專刊籌畫於 2006 年 8 月。當時你們學校的代表——包括您，韓冰，高虹——訪問奧克拉荷馬州大學，並出席了奧克拉荷馬州大學孔子學院的成立儀式。我們那天會同文理學院院長保羅・貝爾，與你們北京師範大學文學院的代表進行了會談，從而推動雙方展開了卓有成效的合作。貴文學院的院長、中國當代文學研究專家張健教授也共同參與了約稿和編輯工作，他提供了由張檸、張清華、張頤武撰寫的三篇論文，都很有特色。這期專刊還發表了食指、陳東東、韓煙三位詩人的詩歌作品，由你們學院的張清華教授約稿和編輯。此外，這期專刊還發表了其他幾篇關於中國政治、詩歌、電影的隨筆，由彼得・格裏斯（奧克拉荷馬州大學）、奚密（加州大學大衛斯分校）、張英進（加利福尼亞大學聖地牙哥分校）撰寫。正如彼得・格裏斯在他的論文中提到，許多人害怕 21 世紀中美兩國之間的敵對關係將不斷升級，我們希望這份專刊「能夠喚起我們普遍的人性意識，在與損害美中關係的差異性言論抗衡中，發揮極其重要的作用。」我們也希望，我們兩所學校之間的合作將對促進美中之間、或超越此範圍的文化理解和友好交往有益。

原載《外國文學動態》2008 年第 3 期

藝術功用的後現代詮釋

——約翰·凱利《藝術有什麼用？》[1]批評[2]

　　文學藝術批評界總不乏離經叛道，英國批評家約翰·凱利（John Carey）就是新近出現的一位。這位前牛津大學英語教授、倫敦《星期日泰晤士報》首席書評家、2005 年首屆布克國際文學獎評委會主席，在其新近出版的《藝術有什麼用？》中，對藝術品的傳統定義、高雅藝術是否比大眾文藝更優越、藝術能否有效地改善人性等基本的藝術問題，提出了有力的質疑。他的結論是顛覆性的。他全盤否定了西方自 18 世紀以降，人們對藝術社會功用的正面看法，懷疑藝術存在的合法性。在他看來，所謂藝術是「神聖的」，藝術「在靈魂的最深處激起愛」，它比實際生活擁有「更高的真實，更堅實的存在」，它表達的是「永恆」和「無限」，它「揭示了世界最內在的本質」，等等，這些說法都是誇大其辭，是經不起推敲論證的。這種「汙名化」的結論由於作者提供的大量實例而難以撼動，因而對經典的藝術社會功用理論造成了巨大的衝擊。如何應對新形勢下的新挑戰，完善和發展我們的藝術功用理論，是擺在藝術美學工作者面前的艱巨任務。

---

[1]　John Carey. What Good Are the Arts? London: Faber and Faber, 2005.
[2]　此文係我與謝江南合作。《藝術有什麼用》一書由劉洪濤、謝江南翻譯，譯林出版社 2007 年出版。

一、你認為某物是藝術品，它就是藝術品

　　經典藝術理論告訴我們，藝術品屬於事物的特殊種類，它包含著某種神秘成分，如黃金分割比例，或先驗、普遍、永恆的真理；藝術之奧不是人人都能夠鑒賞領悟，只有那些天賦高超之人，在純粹沉思和內省狀態中，才能夠加以辨析和證實。習慣於接受這一理論的讀者聽了凱利的結論肯定會目瞪口呆，因為他說：「藝術品之所以成為藝術品，是因為有人認為它是藝術品。」「你認為是，它就是；如果你認為不是，它就不是。」（Carey：29-30）凱利的結論揭去了包裹了藝術兩百多年的神聖外衣，把藝術還原為庸常凡俗之物，並且把藝術的認定權利交到普通人手中。在此主觀性、任意性極強的標準面前，任何東西都可以成為藝術品。

　　你可以對凱利的結論嗤之以鼻，但面對凱利提供的大量實例未必能夠給予有力辯駁。大家都承認《最後的晚餐》、《哈姆萊特》以及貝多芬的《第五交響樂曲》是藝術品。當年馬塞爾·杜尚「惡搞」達芬奇，給他的蒙娜麗莎畫像添上一撇鬍子，取名為《L·H·O·O·Q》，現在人們或許也勉強接受這是一件藝術品。但如果有人給展覽會送上一件陶瓷小便池，或把自己的糞便裝在罐頭盒裏，或把血液冷凍後塑成一尊自己的頭像，或讓觀眾參觀一座空無一物的美術館，你還能說它們是藝術品嗎？事實上，這些與人們關於藝術的普遍認知相反的東西，都出自藝術家之手。陶瓷小便池的作者是現代藝術大師杜尚，罐裝糞便的作者是頂頂有名的義大利藝術家皮耶羅·曼佐尼，血液塑像的作者是雕塑家馬克·昆恩，把空空蕩蕩的美術館作為自己展品的是概念藝術的先驅伊夫·克萊恩。並且，這些「藝術品」還受到藝術節及收藏家的追捧。

　　上述事例說明，從客體類別上無法區分什麼是藝術品。那麼是否可以把作者的身份作為判斷的依據，只有藝術家完成的作品才是藝術品呢？的確，這種看法有相當的民意基礎。2003 年 10

月，一位名叫阿隆・巴沙克的男子擅闖威廉王子 21 歲的生日晚會，結果被告上法庭。就是這位巴沙克，曾在牛津的現代藝術美術館裏騷擾了查普曼兄弟舉辦的名為「對創造的踐躪」的展覽。查普曼兄弟在藝術大師戈雅的一系列版畫上添加上一些卡通人物的腦袋，然後宣稱這是自己的藝術創作。巴沙克一邊向查普曼兄弟的「作品」潑灑顏料，一邊高喊「戈雅萬歲！」在法庭辯護中，他聲稱他正在利用別人的作品進行創作，正如查普曼兄弟改編戈雅的作品一樣。但最後巴沙克還是以「肆意毀壞藝術品」被定罪。法官顯然認為，查普曼兄弟是藝術家，所以他們的創作是藝術品；巴沙克不是藝術家，所以他的行為就構成了犯罪。但如果依此標準衡量法國藝術家奧蘭的換臉手術，它就不是藝術品，因為手術的施動者是外科醫生。那場 90 年代初的手術轟動一時。奧蘭要求醫生為她實施了一系列手術，以重造她的臉，使之符合男性眼中女性美德標準。這一整容手術向全球的藝術美術館作現場直播，手術後留下的無用的皮膚還拿出來出售。可是，整個事件的確被冠以藝術作品，它的名字叫「聖奧蘭的輪迴轉世」。非藝術家製作而被當做藝術品的還有 1964 年在紐約斯特博美術館展出的安迪・沃霍爾的《康寶濃湯罐頭》，其作品中那些湯罐頭是直接從超市的貨架上拿來的。

　　既然作者身份也無法作為判斷藝術品的依據，那麼藝術品與非藝術品的界限到底在哪裡？凱利又例舉了「意圖」的標準。一些批評家指出，凡「帶著作為藝術品的意圖」而被創作的才是藝術品，否則就不是藝術品。藝術批評家丹托為了給「意圖論」辯解，假設畢卡索在後期把一條領帶畫成了藍色，而一個對畢卡索一無所知的孩子也把領帶畫成了藍色，兩條領帶外形一模一樣，使用同一品牌的顏料，技巧同樣嫻熟。畢卡索筆下的領帶「暗示了畢卡索反對 20 世紀 50 年代以紐約為中心的抽象表現主義畫派所追求的粗獷揮灑的筆觸和顏色滴淌的痕跡」，（Carey：19-20）因此是藝術品；

孩子畫的領帶是無意義的塗鴉，就不是藝術品。凱利就此反駁說，「根據創作意圖來評價一部藝術品純屬瞎兜圈子」。（Carey：22）且不說孩子所畫領帶同樣充滿「意圖」，如可能表達了父愛，也可能暗示了俄狄浦斯仇父情結；更重要的是，美術館裏充斥的絕大多數藝術品由於年代久遠，根本無從判斷作者的意圖，有些連作者的名字都無從知曉。即使我們知道歷史上許多藝術品的創作意圖，這些意圖與我們對藝術的認識也是完全不同的。

　　把決定藝術品的權利交給藝術批評家又如何呢？藝術批評家丹托就持這樣的看法。他認為，只有那些受過專業訓練和藝術薰陶的人才有資格確定藝術品。但事實上，當今人們越來越不信任藝術界，因為它已經成了金錢、時尚、名聲以及追求轟動效應的同義詞。正像在沙奇現象中看到的那樣，他們聲名狼藉，不斷受到嘲笑和戲弄。在隨後數天的報刊和電話連線節目中，公眾一致贊同這一觀點：英國藝術是一個狂妄的騙局，是一個由欺騙、金錢和無能組成的聯盟。只有在藝術界完全聲名狼藉的文化裏，藝術品的毀滅才會令人歡欣鼓舞。在這種氣氛中，丹托關於我們應該讓藝術界來裁定什麼是藝術品、什麼不是藝術品的訓示是滑稽而不現實的。改變的不純粹是藝術界，不願接受各種權威——醫學的、科學的和政治的——這種不斷增強的拒絕相信各種權威的願望很清楚地繪製出了 20 世紀後期的總趨勢。對裝腔作勢的藝術界的懷疑態度只是這一趨勢的一部分。另一個反對接受藝術界觀點的原因是大眾藝術時代已經來臨，生產大眾藝術的力量有社會的也有科技的。

　　在凱利所列舉的上述大量實例面前，原先人們頭腦中似乎清晰的藝術品與非藝術品的界限變得模糊了。但凱利的目的並非要自作聰明去「釐清」藝術品的定義，而是想給出藝術品定義的最大公約數。他認為這個最大公約數是個人的內心體驗和感受。藝術品不取決於客體自身的物理屬性，不取決於作者的身份及其意圖，也不取決於藝術批評家的權威意見，而在於個體的人如何看待它。凱利說：

「藝術品之所以成為藝術品，是因為有人認為它是藝術品。」「儘管也許只有某人認為某物是藝術品，但只要某人認為某物是藝術品，它就是藝術品。」因此，「任何東西都可以成為藝術品。」（Carey：29-30）

二、高雅還是大眾——藝術地位之爭背後的權利運作

　　長久以來，藝術的高雅和通俗之分，以及高雅藝術（指經典音樂、嚴肅文學和以往大師的繪畫等）更優越的觀念，可以說是深入人心。人們普遍相信，高雅藝術更深刻；高雅藝術超越了感官享樂，追求精神的滿足，帶給人的體驗在本質上比低俗的大眾藝術帶給人的體驗要有價值得多；而且，高雅藝術吸引的是那些社會地位較高、受教育程度較高的人群，不言而喻，對高雅藝術的喜愛，也就成了其社會身份和心靈境界的象徵。凱利在本書中，通過大量實例，駁斥了這些似乎約定俗成的觀念，昭示了高雅藝術的種種「原罪」，挖掘出追捧高雅藝術背後隱含的階級偏見和特權思想，彰顯了消費文化時代大眾藝術存在的重大意義。

　　在為高雅藝術張目的種種說辭中，一個有代表性的看法是認為高雅藝術喚起的情感更深刻。凱利認為，這是不實之詞，根本經不起推敲。我們只要稍微觀察一下就會發現，在現實生活中，喪親之痛帶來的憂傷和消沉會終生難以釋懷，而悲劇中的死亡帶來的悲傷最多持續半個晚上。與現實生活中感受到的情感相比，藝術喚起的情感只不過是贗品，是轉瞬即逝的，它遠不如現實生活中的情感「真切」和「強烈」，如果說「深刻」是「真切」、「強烈」的代名詞的話。從另一個角度看，高雅的現代主義藝術經常宣稱的那類「深奧」也站不住腳。有很多智力型的工作，比如一些數學難題、填字遊戲等才真正稱得上「深奧」。至於說到某一部現代主義藝術作品，例如 T.S.艾略特的詩

作《荒原》很「深奧」，真正的意思不過是「晦澀難懂」而已。然而事實上，「晦澀難懂」居然也成為高雅藝術要由公共資金支持的合理藉口。巴比肯藝術中心的管理總監約翰‧杜沙在他 1999 年出版的《藝術很重要：反思文化》一書中，在懇請政府增加對高雅藝術的資助時，就用了這個理由。他解釋說：「欣賞歌劇可沒有從巧克力盒子裏取巧克力那麼簡單，那是需要技能的，也是費力的。」凱利就此嘲諷道，去歌劇院的觀眾會遇到什麼困難？難道坐在舒適的椅子上聽唱歌費什麼力氣嗎？他們是「一群被服侍得舒舒服服的公共機構娛樂受益人，在看完演出後，招手叫來他們的私家車，離開考文特花園的皇家歌劇院。似乎看不出他們在精神上和肉體上有遭到摧殘的跡象。」凱利進而指出：「沒有任何一個機構像皇家歌劇院這樣，在公眾頭腦中留下如此持久的印象，即高雅藝術是與揮霍鋪張、莊嚴宏大、孤傲獨尊聯繫在一起的。」（Carey：47）它每年要吞食掉公眾大筆的資金，而它存在的目的，就是為少數「高雅人士」的「深刻」服務。

　　當凱利進而把高雅藝術與其他跨區域、跨時間的文化進行比較時，所謂高雅藝術能夠引起「普遍的」情感的說法立即就露出了馬腳。因為判定高雅藝術的標準，在不同時期、不同文化當中確有很大的差異。大多數高雅藝術的支持者都會用莎士比亞作品的廣泛聲譽證明高雅藝術的超時空價值。但凱利指出，實際上莎士比亞劇作曾經是通俗藝術，許多知識份子都看不上它。後來他的作品被許多人當作了高雅藝術，也仍然有很多人蔑視莎士比亞的作品。幾個世紀以來，在有才智和受過教育的人當中，對莎士比亞是否偉大沒有形成共識，如伏爾泰和托爾斯泰的詆毀之辭是眾人皆知的。上述變化本身就表明，高雅藝術與通俗藝術的區別不是天生的，而是文化構建的結果。莎士比亞的價值既不能通過「一致同意法」來建立，也不能通過數人頭的民主方法，或把投票權限定在不同時代有才智的受教育者中間的方法來建立。再以日本茶道為例。以西方高雅藝術的標準來看，把一杯茶這樣平凡的東西稱作藝術是很荒謬的。但

在日本，茶道卻有嚴肅的意義，就像禪宗的訓誡一樣，它的目的就是要消除所有的不必要的特性，包括智力。茅草披覆的小屋、樸素的器具，這樣的飲茶儀典傳達的是通過放棄達到一種解脫。這說明高雅藝術的標準是相對的，其被認可的範圍也是有限的。

在一些批評家眼中，高雅藝術是與「神聖」和「精神性」聯繫在一起的。他們認為，高雅藝術能把人類從西方生活方式的世俗淺陋中拯救出來，在精神境界上獲得昇華。凱利提醒說，在恐怖分子襲擊了紐約世貿大廈之後，這一結論需要重新思考了。應該注意到，劫機者可能正是受到蔑視西方的物質主義，追求聖潔、崇高和獻身的激進宗教教義驅使；與此同時，他們身上也具有類似於高雅藝術對其他「低俗」之人及其生存意義的漠然和輕視。凱利意識到，把恐怖分子與高雅藝術的支持者等同對待顯然不妥，他說自己無意暗示他們是一丘之貉。但凱利強調，高雅藝術鼓吹的「神聖性」，的確凌駕於人類利益之上，是對人類的輕視。如果把這種想法移植到國際恐怖主義的領域，就會助長殺戮。凱利對高雅藝術能夠提高生活質量的說法也嗤之以鼻。他指出，所謂智障者生活質量低的說法，本身就是一種主觀判斷。而一旦把這種主觀判斷應用到政治制度上，就關涉到許多人的生死。例如，在納粹德國時期，消滅有智障的人就是一項國策，因為當局認為這有助於提高全民的生活質量。

與對高雅藝術充滿敵意的態度相反，凱利對大眾藝術則讚賞有加。一方面，他回應了許多批評家對大眾藝術的尖銳批評，同時，他援引了一些人類學家的研究成果指出，大眾藝術表達的情感遠比高雅藝術表達的情感更廣泛、更持久、更符合廣大人類的需要，因此它比高雅藝術更優越。人類學家的研究成果表明，貫穿大部分歷史的藝術實踐都服務於人類進化的目的，它們是公共的，是實用的，因而是大眾的。再者，在漫長的人類歷史中，遊牧、狩獵、採集生活是人類正常的生活狀態，人類的心智和新陳代謝、人類的恐懼和

渴望，都是在這一時期形成的，只是到最近一萬年，這種生活才被村社農耕取代，而現代城市生活，就彷彿在昨天才剛剛開始。其結果，正如人類學家經常指出的一樣，當代人類仍然有著石器時代的心智，石器時代的需求。許多大眾藝術形式，如婦女時尚、園藝、足球等，為廣大群眾所喜愛；大眾文藝的特質包含的暴力、肉慾主義、逃避主義、對浪漫愛情的迷戀等，與人類在遠古時代形成的本能、最基本的人性保持著更密切的聯繫，因而更能夠滿足人類還十分原始的心智的需要，這種需要是從我們遠古先人經過成千上萬年遺傳下來的。從人類漫長的歷史來看，大眾藝術及對它的需要是一個常量，而所謂高雅藝術只是一個「偶然事件」。

三、藝術能否使人類更加完善？

早在古希臘時代，亞里斯多德就已經對藝術的社會功能有了充分的認識。18 世紀啟蒙主義運動以降，隨著宗教作用逐漸式微，精神價值觀從神界向世俗發生轉移，藝術能夠從道德、情感、精神上改善人性的觀念更彙成了一股強大的潮流。在此基礎上建立的對藝術的圖騰崇拜，堅若磐石，不容動搖。但凱利在這本書中，卻試圖以大量實例動搖這個基礎。

藝術社會功能論者認為，藝術具有心理治療功能，能夠淨化心靈，改善個性和道德，協調人際關係，彌合階級差別。在歐美各國，這種藝術觀念從 19 世紀開始，已經落實到政策層面，進入到具體的實施階段。1835 年，英國國家美術館把新址選在倫敦的特拉法加廣場，就是因為此地距窮人聚集的倫敦東區比較近，便於他們步行到達；而西區的富人們則可以驅車前往。到了 1857 年，特拉法加廣場附近的空氣污染已經影響到國家美術館藝術品的保存，有人建議將它遷到空氣清新的肯辛頓附近，但法官柯勒律治力排眾議，讓美術

館留在原處，他的理由還是窮人需要藝術「以淨化他們的品味，使他們戒除敗壞低劣的習氣。」這個事例說明，在面臨政治危機的時代，統治者常常把藝術當成提高公民道德素質、療救心靈創傷、根治社會問題的靈丹妙藥。同樣的情形也發生在美國。在 19 世紀 70 年代，紐約大都會藝術博覽館、波士頓藝術博物館、洛杉磯藝術學院等博物館紛紛建立，美國的百萬富翁們慷慨解囊，從歐洲購買了大量的藝術品，以豐富這些博物館的收藏。他們這樣做的目的，是認為藝術博物館能夠為社會的團結發揮作用，以減緩由於罷工和工人暴動帶來的恐懼，並且能夠引導居民追求超越物質生活層面的生活，進而改變看美國社會的面貌。但凱利認為，藝術品能夠緩解階級矛盾、彌合階級差別的看法是經不起檢驗的。例如 2002 年，英國國家美術館館長麥克格雷戈在一個講座上，引用了 19 世紀貴族內皮爾勳爵的一封信，其中描述了一個窮人在觀看繪畫《基督的靈魂凝視受過鞭打後的耶穌基督》時的反應，以此來證明藝術品在消弭階級隔閡方面所發揮的作用。那位明顯出身低微的老婦人一邊看畫，一邊帶著感動的神情不由自主地對也在一旁看畫的內皮爾勳爵夫人表達自己的見解。同時，還有不少來自下層的觀眾「看似津津有味地審視著這幅作品。」麥克格雷戈由此得出結論說，這幅作品已經起到了「加強窮人與富人之間聯繫」的作用，因為那老婦人已經鼓起勇氣與一個很顯然具有優越社會地位的女士交談。凱利諷刺說，「這種貧富聯繫好像並沒有改變內皮爾勳爵和內皮爾夫人」，因為他信中使用的詞語（「看上去修養較好的社會底層」、「出身卑微的人」）「表明其進行階級等級劃分的自信沒有絲毫減弱。」（Carey：99-100）而老婦人看起來對這幅畫完全不瞭解，這說明她表現的善良不能歸入受藝術影響的名下。再換一個角度看，老婦人的反應似乎也可以說明，她認為出身優越的人無法理解苦難，也不會對受難者產生同情，所以她試圖教會那位貴婦人熟悉並同情苦難。如果從這個角度來解釋，「那個老婦人的言辭正好表明她承認不同社會階

層之間的鴻溝，而不是相反」。如此以來，內皮爾勳爵像麥克格雷戈一樣，他們的結論「包含了他們誇耀的興趣和情感，而這種情感通常正是包括他自己在內的上層階級的特權」。凱利從這個實例中發現了上層社會成員的虛偽和矯情，暴露了他們力圖通過藝術強化階級差別、鞏固其統治地位的真正目的。

　　凱利反駁藝術社會功能論者的證據當然不限於此，他還援引了大量藝術調查和試驗的結果。《基因心理學專論》中發表了一項對戲劇工作者進行心理評估的結果，得出的結論是這些人很難擁有正常的家庭關係，離婚率也比一般人高出很多。調查還發現，戲劇工作者往往對他人的情感表現得十分冷漠，認為那是被娛樂、被取笑、被操縱的東西。凱利有理由質問，藝術的創造者連改善自己都做不到，又如何能夠要求藝術品達到同樣的目的呢？來自對監獄藝術活動的調查同樣得出了否定性的結論。歐美各國的監獄系統經常會開展各種藝術活動，以遏制犯人的暴力傾向，培養犯人的自信和自尊。在這樣的背景下，美國有一個叫傑克・亨利・阿波特的殺人犯在 1978 年與作家梅勒建立了通信聯繫，他們之間的通信後來結集出版，成為暢銷書。阿波特獲得假釋後，又在梅勒的擔保下，進入紐約的一個重返社會訓練所，並成為曼哈頓文學協會會員。正當梅勒為這名殺人犯通過藝術之路改過自新而歡欣鼓舞時，阿波特僅因一點小小口角就刺死了 22 歲的演員兼作家查德・阿丹。他被重新送回監獄，2002 年 2 月上吊自殺。再一個案例發生在瑞典。劇作家蘭斯・諾瑞恩應三個罪犯的要求，寫了一部供他們表演用的戲劇，使他們得以發洩自己極端的新納粹觀點。諾瑞恩相信，通過藝術宣洩暴力可以減少現實中的暴力，但三個罪犯卻利用離開監獄巡迴演出的機會逃跑，其中一個罪犯還夥同兩個偶然遇到的新納粹分子殺死了兩個員警。這些案例證明了藝術社會功能的不彰。

　　藝術能否加深我們對其他民族的理解？喚起我們對其他民族的同情心？凱利的回答也是否定的。約翰・杜威在《作為經典的藝術中》、

弗蘭克‧帕梅爾在《文學與道德理解》中都宣稱，藝術能幫助我們進入他人的境遇，瞭解他人的情感，使我們體驗那些自己無法直接體驗的東西。在此情形下，我們就能夠分享到其他民族的經驗和感受，種族之間的障礙和歧視也由此能夠被消除。這種對藝術社會功能跨民族、跨文化的利用，在當今西方社會十分普遍。但凱利質疑說，杜威沒有解釋自己是怎麼知道、又是在什麼時候分享了第三世界國家人民最深處的元素。他表達的只是一個願望，遠非一個經過調查確認的事實。如果只是通過閱讀文學作品，就能夠體驗在第三世界人民的感受，這種想法是自私的，它「不是在提高鑒賞力，而是輕視別人的苦難」。（Carey：109）更進一步，凱利還引用了大衛‧威廉斯《洞穴裏的意識》對阿爾塔米拉山洞和拉斯考克山洞中冰河時代晚期岩洞壁畫的研究成果，這項研究表明，藝術不僅無法消除種族界限，它恰恰是種族之間產生區域隔閡的重要標準。威廉斯發現，在這些岩洞壁畫產生的時代，西歐地區生活著尼安德特人，以及來自近東部的智人。這兩種類人動物之間最重要的差別在於，尼安德特人不能記憶象徵形象，但外來的智人卻可以。這就意味著那些智人可以用象徵符號進行思考，能夠創造美術作品、雕刻塑像，而這些對尼安德特人來說，就像動物對於這些東西的感覺一樣，根本是不可思議的。威廉斯指出，那些新移民之所以要創作岩洞藝術，其目的是要記錄他們相對於尼安德特人的優越性。他們能夠進行形象創作而尼安德特人卻永遠不能，這就是他們優越感的明證。通過把自身的優越性加以記錄，這些新移民清醒地意識到要消滅尼安德特人，並最終取得了成功。

　　凱利進一步注意到，在國家體制中，藝術品的社會功能如果被過分誇大和崇拜，甚至可能導致災難性的結果。在一些學者眼中，西方藝術史並不是人類文明的里程碑，而是特權、不平等和社會不公的里程碑，究其原因，就是藝術品被統治者當做虛假的精神維度，供奉在國家美術館、歌劇院等地方，以此來粉飾當前的社會體制和特權。而一旦藝術品被賦予神性的地位，比較而言，人就變得無足

輕重了。這種情形在危機關頭造成的危險尤其巨大。凱利指出，在第二次世界大戰已經迫在眉睫的 1939 年，英國國家美術館將其大量收藏轉移到威爾士的礦井裏精心保護起來，而平民百姓卻得不到類似的保護，大批死於戰火之中。這個事例解釋了藝術崇拜中固有的對人的相對漠視。凱利解釋說，他並不反對為子孫後代保護藝術品的這種謹慎的、有責任心的做法，但這種行為中暗含的藝術比人更具重要的思想，應該引起足夠的警惕。畢竟，納粹德國時期以希特勒為代表的納粹分子中許多人都是藝術忠實而狂熱的愛好者。納粹集中營的長官在處決猶太犯人前要欣賞他們彈奏絃樂四重奏，阿爾弗雷德·羅森堡研究過建築學，戈林是一位藝術品收藏家，希特勒 1933 年擔任德國總理後，在文化上的投資從來不遺餘力。希特勒甚至對盟軍轟炸德國城市持歡迎態度，因為他認為轟炸隊佈施新的城市規劃掃清了道路。凱利認為，英國皇家收藏了 7000 多件油畫、50 多萬件版畫和素描類作品，作為圖騰之用，以紀錄主人的精神權威，這種做法，與納粹分子的藝術崇拜在性質上是完全相同的。類似的事件還發生在許多第三世界國家的王權和軍事獨裁者身上。他們創建了許多西方風格的藝術博物館，以示作為西方軍事和經濟的受援國，對西方價值的尊敬。藝術之用如此，已經誤入了邪道。

　　儘管凱利用大量實例破除了籠罩在藝術上的神聖光環，但他也承認，藝術對人類道德的改善作用仍然是一個無法完全破解的謎。藝術體驗怎樣影響人的行為？藝術體驗是否會增加人的無私和慈善？藝術愛好的喪失與反社會行為之間是否有關聯？這些問題是至關重要的。這些問題的回答，需要建立在更細緻、更深入、更廣泛的研究和調查基礎之上，而不是如目前所做的那樣，只是提出一些散漫的、毫無根據的假設。

四、文學的特殊意義

　　文學是藝術的一個門類，但在凱利的眼中，它卻是一個例外。凱利認為文學優於其他藝術，能夠做到其他藝術做不到的事情。在本書附錄的兩章中，他分別從〈文學與批判智慧〉、〈創造性閱讀：文學和模糊性〉兩個方面論述了文學的特性和重要意義。

　　凱利認為，文學的優勢首先在於它能夠進行自我批判。在眾多作家、批評家筆下，與文學相關的形象都受到嘲諷和譏笑。例如薩特在《什麼是文學》中把批評家描繪成散發著腐臭氣味的守墓者。在彌爾頓的《失樂園》中，當撒旦向耶穌許諾讓他擁有全部人類知識時，耶穌卻說，讀書是有害的，也是不必要的。華茲華斯在詩歌中鼓動人們拋開無用的書本，到大自然中去汲取心靈的營養。狄更斯在其小說《尼古拉斯‧尼克貝》中諷刺了一位貴婦人，她在看完演出後過於激動而暈倒。醫生診斷說，這是她太有靈魂的緣故。而羅伯特‧勃朗寧更把反藝術作為自己詩歌的創作之源，他幾乎總是把藝術與焦慮和犯罪聯繫在一起。由此可見，文學在使人產生愉悅的同時，還能夠對包括自身在內的一切東西進行質疑和解構，這是繪畫、音樂或舞蹈等其他藝術形式無法比擬的。凱利因此說：「儘管文學不是唯一能夠進行自我批評的藝術，但它的確是能夠批評任何事物的藝術。」（Carey：177）

　　文學還具有道德教化功能。雖然凱利在此前的章節裏把藝術品的社會功能批判得體無完膚，但在《文學篇》部分，卻不得不承認至少在文學領域，道德教化是一個常數，也是其重要的社會責任。歷史上，各家對文學道德教化的論述可以說如汗牛充棟，凱利沒有重復舊說，而是另闢蹊徑，重點討論了文學道德說教的矛盾性問題。他把文學中對相同道德問題的截然相反的意見羅列在一起，強調了文學「多樣性」、「多聲部」和「複調」的本質。凱利指出，「科學屬於發現和探索的領域，在這個領域，正確的答案終會取代

或廢棄錯誤的答案。文學不同，他是一個積累的領域，由無數分叉的軌道組成，就像人性的多樣性一樣。」「從人類思想的全部領域任意選取一個話題，你會在文學中發現無數不同的觀點。」（Carey：201-202）

　　凱利最後還討論了文學的想像力和模糊性的問題。凱利指出，由於人類語言能力的發育比各個感官的發育晚得多，因此文字無法像攝影師那樣清晰地描繪一張臉，做不到像一支管弦樂隊演奏的那樣，精確地傳達一個和聲，也遠遠不能夠勝任觸覺、味覺和嗅覺所承擔的工作，所以指望文學原樣的複製、忠實地再現現實生活是不可能的。這種模糊性看起來是語言的不足之處，但從另一個角度看，它恰恰是文學的特色和魅力所在。文學語言的模糊性，激發了讀者的想像力。文學中的景物、音響、氣味、口感和質感雖然朦朧含混，但這恰恰意味著它們可以隨著讀者進行調整。當我們閱讀時，我們可以調動個人記憶寶庫中的同質感覺。這種由模糊性帶來的想像優勢是其他藝術的清晰明確性無法比擬的。像莎士比亞戲劇、布萊克詩歌中許多形象的描寫，都帶有極大的模糊性，人們很難確定它究竟指的是什麼，當它達到無意義的程度，或者說，達到不得不完全由讀者創造意義的地步時，那些辭彙所代表的明晰的、邏輯的分類就被拋開，藝術形象則渾然天成。

　　凱利不屬於學院派風格的理論家，它吸收和利用了當代藝術研究中試驗學派的最新成果，以大量實例，而非純粹的演繹、玄想和假設，系統論述了藝術的若干根本問題。其思想之敏銳，對藝術定見和常規的解構之徹底，給人以耳目一新之感。但凱利對藝術之用的批判，也有其極端和片面之處，粗糙的論述比比皆是。他混淆藝術品的界限，抬高大眾藝術，貶低高雅藝術，把藝術的社會功能一概抹殺，就其在書中提供的論據來看，許多也是難以服眾的。例如他對藝術的各項根本問題都作出否定性結論，卻把大眾藝術和文學排除在外，其代表性自然大打折扣。他將英國在戰時保存藝術品的

行動與納粹分子的藝術偏愛乃至「911」恐怖分子混為一談，這是缺乏是非的淺薄之見。他在討論藝術社會功能時所舉的監獄藝術教育的例子中，許多都是積極和正面的。但對這些例子，凱利往往強詞奪理，否認藝術本身在發揮作用。他關於文學的意見，許多也是老生常談。這些都是我們在閱讀此書中應該注意的。

原載《外國文學》2008 年第 1 期

評《全球化時代的世界文學與中國》[1]

2008 年 10 月 16 日至 18 日，由北京師範大學文學院與美國《當代世界文學》（*World Literature Today*）雜誌社共同主辦的「當代世界文學與中國」國際學術研討會在北京召開，來自中國、美國、德國、加拿大、韓國等國家和地區的 160 多位作家、批評家、學者應邀與會，探討當代世界文學的發展動態，探討中國文學與世界文學的關係，探討雜誌期刊在促進世界文學交流中發揮的重要作用，探討中國文學如何走向世界。這次會議因廣泛的國際參與，以及一流的學術水準而備受學界關注。本書是此次會議論文的選錄[2]。

自 19 世紀末 20 世紀初中國文學與傳統斷裂，邁上現代之路開始，與外國文學，尤其與西方文學的關係，始終占據著中國文學發展的核心。在當今愈演愈烈的全球化浪潮衝擊下，中國文學的發展遭遇到前所未有的挑戰。中國文學如何克服遭遇到的「瓶頸」？如何承擔起新的社會責任？如何尋找新的發展動力？作家和學者不約而同又一次將目光投向世界文學。作家張煒在〈茂長的大陸——對美國文學的遙感〉中認為，中國文學全球化的正確方向是把中國傳統文學的雋永精緻與美國文學的強悍、生鮮和野性結合在一起。莫言在〈影響的焦慮〉中認為，今天的中國作家如果要寫出有個性、有原創性的作品，必須盡可能多地閱讀外國作家的作品，必須盡可能詳盡地掌握和瞭解

[1] 原文為英文，發表於美國《今日中國文學》（*Chinese Literature Today*）第 1 期（2010 年 7 月），中文稿略有增補。
[2] 張健主編，劉洪濤、張清華副主編：《全球化時代的世界文學與中國——「當代世界文學與中國」國際學術研討會論文集》，北京中國社會科學出版社 2010 年版。

世界文學的動態，讓別人的作品喚醒、照亮自己所體驗和感悟到的生活。作家余華、畢飛宇，詩人伊莎、吉狄馬加等也都對汲取西方文學營養以推動中國文學的新發展持積極態度。

在現當代中國文學的發展歷程中，「世界性」始終是一個具有正面價值的重要概念，常被當成先進性、普適性的代名詞，用來衡量中國文學的優劣。因此，與會的中國學者都肯定當代世界文學對中國文學發展所起的促進作用，認為中國當代文學取得的成就，很大程度上是建立在對外國文學學習、借鑒的基礎之上的。有一批論文研究外國文學對中國文學的具體影響，研究學術期刊在傳播世界文學中發揮的作用，探討了世界性因素與民族文學創新的關係問題。也有的作者學者提出面對外來影響，中國文學應保持清醒立場與獨立姿態，應該同時重視吸收中國文學的優秀傳統，並從民間文化中汲取營養。

「面對世界，中國當代文學還缺少什麼？」是學者趙勇論文的題目，也是與會學者備感焦慮的一個問題。趙勇的答案是中國當代作家缺乏真正意義上的「創作自由」，因而造成了文學中道德感、責任感和使命感的缺失。作家艾偉批評當今中國在革命意識形態主導下的現代化進程，以及由此造成的思想荒蕪、精神畸變，認為這是中國作家無法有效表達人類正面的力量，無法莊嚴和宏闊的主要原因。德國漢學家顧彬批評當代中國小說家不懂外語，無法從其他民族語言文學中直接汲取營養，來改善自身語言貧乏的境況，認為這極大地限制了他們的發展。學者童慶炳就中國文學缺乏「世界性」提出三點改進意見：一，文學創作要有新的思想精神元素的深刻發現。二，要努力創作出具有新質的人物形象。三，要有文學文體意識真正徹底的覺醒。

創作界和學術界儘管不乏上述自省的聲音，但「中國文學走向世界」的慾望則更加強烈。如果說，在上個世紀 80 年代，「走向世界」意味著中國作家接受外國文學的廣泛影響，表達的是融入世界

文學大家庭的渴望，現在則意味著如何使中國文學更多、更好地翻譯成外語，被其他語言族群所接受，甚至對其他民族的文學產生重要影響。加拿大華裔學者梁麗芳以一個實踐者的身份提供了翻譯、組織方面的經驗。學者樂黛雲從文化的視角，認為中國文化與其他民族、區域文化之間應該彼此欣賞和全球共生，並通過相互間的「生成性對話」，創造出更高層次的新質文化。這是學者對中國文化參與世界文化創造的更加自信的表達。學者曹順慶的論文〈從比較文學學科發展史看文化軟實力較量〉把文學的國際影響看成是一個國家文化軟實力的表現，提出應該輸出中國文學，以鑄造中國作為世界文化強國的地位。「中國文學走向世界」命題在短短 30 年間即有了如此不同的理解和期待，不能不讓人感慨歔欷。

　　與中國學者觀察中國文學與世界文學關係的視角不同，與會的一些美國作家、學者更多看到的是中國文化和文學影響世界文學的現實。非洲裔美國詩人蔚雅風暢談了他嘗試用中文寫詩，並從這種寫作實踐中體悟和汲取中國文化養分的經過。美國詩人、學者坦尼·內桑森提供了禪宗影響「垮掉的一代」詩人的更豐富資料，並融入了自己對禪宗的深刻感悟。美國詩人、翻譯家托尼·巴恩斯通、石江山從自己的翻譯經驗出發，談了漢語詩歌在英語中的重組方式問題，包括如何保留原詩神韻甚至聲音的種種技巧。美國學者艾倫·維利研究了華裔美國作家裘小龍的英文寫作及其中國元素的應用。

　　在當今國際比較文學界，世界文學已經成為一個引起廣泛討論的前沿學術問題，此次會議也有多篇文章論及世界文學觀念的當代實踐。美國學者達莫若什的論文〈世界文學中的美國色彩〉中指出，「世界文學」的概念在不同國家的具體應用有很大差異。但在全球化背景下，「世界文學」似乎日漸成為美國的專有輸出品，壓倒了其他地區的模式。他將美國與亞洲國家的文學狀況進行了對比，主張將各國對待世界文學的方式進行比較研究，建立本國傳統與世界文學之間更緊密的聯繫。《當代世界文學》雜誌社社長戴維斯－昂

蒂亞諾在〈一個奇卡諾人在中國〉中，以拉丁美洲文化（尤其是奇卡諾文化）對美國文化、文學的內涵和結構的改造為例，論述了世界文學的多樣性和相互影響的問題。以戴維斯－昂蒂亞諾自己的奇卡諾人身份，他非常重視邊緣文化在世界文學中發揮的作用，這也是他領導下的《當代世界文學》辦刊宗旨。《當代世界文學》主編丹尼爾‧西蒙在〈世界文學的今天與明天〉一文中，從法國作家發表的一份〈致法語世界文學〉的宣言，說到《當代世界文學》雜誌80 餘年一以貫之的世界文學理念。認為前者迷戀擴大和加強「法語世界文學」在全球的影響力，而《當代世界文學》雜誌始終在秉承歌德的世界文學理想，致力於在英語世界傳播其他民族的語言文學，以促進各民族間的理解。臺灣大學外文系張漢良教授在〈世界文學與第三世界文學的再反思〉中，對中國學界將世界文學概念政治化和民族化的傾向流露出憂慮，主張對世界文學的理解英國回歸到歌德和馬克思的論述上來。自歌德提出世界文學的概念迄今，世界文學的實際發展取得了哪些進展？遭遇到哪些阻礙？這些論文提供了很好的思考。

在上述中心話題之外，美國作家詹姆斯‧拉根的〈藝術家的高貴與良知〉、里拉‧艾斯丘的〈美國中心地帶的種族和救贖〉、羅納德‧斯萊弗的〈美國文學研究、知識全球化及其交流機制〉、克瓦梅‧道斯的〈營造鮮明的雷鬼情調：〈乘巴士去巴比倫〉〉、羅素‧瑞辛的〈走出車庫，走進書店：搖滾樂與當代世界小說〉、琳達‧茲文格的〈亨利‧詹姆斯與世界文學主題〉、丹尼斯‧泰德洛克的〈兩千年瑪雅文學史：從瑪雅象形文時代到羅馬字母時代〉等論文都值得一讀。

後記

　　《二十世紀中國文學的世界視野》是我二十多年來所寫中國現當代文學、比較文學研究論文的一個選集。這些論文此前都在不同刊物上發表過，但收集成書還是第一次。事實上，這也是我出版的第一部論文集，欣喜之情自然是不言而喻的。

　　選用這樣的一個書名，是因為書中文章的論題集中在中國現當代文學與世界文學的關係方面：或研究世界文學、比較文學觀念和理論的中國化，或分析西方作家作品在中國的接受和影響，或探查中國文學的世界性因素，或追蹤中國文學在海外的傳播及其對所在國文學做出的貢獻……。這樣的研究取向本不是刻意為之。我在讀碩士研究生時，專業方向是世界文學，讀博士研究生時，專業方向是中國現當代文學，博士畢業後，又從事比較文學的教學與研究。這樣的學術經歷，使我在思考中國現當代文學問題時，自然喜歡從上述「外緣」的角度入手。久而久之，「比較」就成了習慣，也變成了所謂「特色」。

　　按比較學者韋勒克的說法，這類研究關注的是「作品本身以外的東西」，屬於文學研究的「外貌」，不足以把握文學的本質。這當然是韋勒克上個世紀 50 年代的說法。在文學研究的價值早已經超越新批評「內在性」傳統的今天，這類「外緣性」文學研究的價值是不言而喻的。就本書而言，它至少從某些特定的角度，凸顯了中國文學與世界文學的深刻聯繫，探索了中國文學的世界意義。

　　文學中的中國與世界關係是一個永恒的話題。縱觀近一百年中國文學史，這個話題時隱時顯，綿延不絕。中國是後發國家，這就注定了中國文學與世界文學之間不可能是自然而然的交流、影響、融彙，必然伴隨著劇烈的意識形態衝突與調整。我在《沈從文小說

新論》一書中曾經寫道，中國作為後發國家的現代化進程不同於西方，「它是一個被動的、外來的和強加的過程，並伴隨著殖民者的軍事入侵和經濟掠奪，同時，又與本國傳統發生劇烈的衝突。因此，現代化及其衍生的觀念在喚起民眾空前的皈依熱情的同時，也激發了民族的屈辱感和自尊心，引發了民族文化的認同危機。」這一百年文學中的中國與世界關係也大抵如此。在五四時期，周作人熱衷於譯介希臘文學，把希臘民族在近代的覺醒，當作古老中國在現代復興的隱喻。在 50 年代上半葉，中國學者響應蘇聯人提出的「世界進步文學」觀念，積極建構以蘇聯文學為核心的世界文學體系；50年代下半葉，又將目光轉向東方文學，為世界文學觀念增添了東方文學的維度。在 80 年代，有學者號召「走向世界文學」。在 90 年代，有學者呼籲外國文學研究要「超越殖民文學的文化困境」，也有學者在刊物上發起討論中國文學的世界性因素。一個世紀以來，隨著中國艱難曲折的現代化進程，不同版本的世界文學地圖不斷被繪製出來，我們的世界文學視野也越來越開闊。在當今全球化背景下，中國文學與世界文學的關係前所未有地密切。如何構建和諧的世界文學關係，其中有大量新的課題需要我們研究。本書如果能在這方面給人們一些啟發，我的目的就達到了。

在本書即將付梓之際，我想起在我學術成長道路上扶持、引導過我的前輩學者老師們：冉國選教授，牛庸懋教授，蔣連杰教授，錢谷融教授，王曉明教授，倪蕊琴教授，陳惇教授，樂黛雲教授，嚴家炎教授，錢理群教授……，我想借此機會向他們送上我由衷的感謝。今年我的兒子希原考上了他理想的大學和專業，這其中，凝聚了我的妻子謝江南女士太多的操勞。在此向兒子表示祝賀，向妻子表達感激之情。還感謝蔡登山先生向秀威舉薦此書，感謝孫偉迪先生辛勤、高效的編輯工作。

2010 年 7 月 20 日暑中記於北京

語言文學類　PG0436

二十世紀中國文學的世界視野

作　　者 / 劉洪濤
主　　編 / 蔡登山
責任編輯 / 孫偉迪
圖文排版 / 鄭佳雯
封面設計 / 蕭玉蘋

發 行 人 / 宋政坤
法律顧問 / 毛國樑　律師
印製出版 / 秀威資訊科技股份有限公司
　　　　　114 台北市內湖區瑞光路 76 巷 65 號 1 樓
　　　　　電話：+886-2-2796-3638　傳真：+886-2-2796-1377
　　　　　http://www.showwe.com.tw
劃撥帳號 / 19563868　戶名：秀威資訊科技股份有限公司
　　　　　讀者服務信箱：service@showwe.com.tw
展售門市 / 國家書店（松江門市）
　　　　　104 台北市中山區松江路 209 號 1 樓
　　　　　電話：+886-2-2518-0207　傳真：+886-2-2518-0778
網路訂購 / 秀威網路書店：http://www.bodbooks.tw
　　　　　國家網路書店：http://www.govbooks.com.tw
圖書經銷 / 紅螞蟻圖書有限公司
　　　　　114 台北市內湖區舊宗路二段 121 巷 28、32 號 4 樓
　　　　　電話：+886-2-2795-3656　傳真：+886-2-2795-4100

2010 年 12 月　BOD 一版
定價：360 元
版權所有　翻印必究
本書如有缺頁、破損或裝訂錯誤，請寄回更換

國家圖書館出版品預行編目

二十世紀中國文學的世界視野 / 劉洪濤著.
 -- 一版. -- 臺北市：秀威資訊科技, 2010.12
   面；　　公分. -- (語言文學類；PG0436)
 BOD 版
 ISBN 978-986-221-605-7(平裝)

 1. 文學評論 2. 中國當代文學 3. 世界文學 4. 文集

812.07   99017180

讀 者 回 函 卡

感謝您購買本書，為提升服務品質，請填妥以下資料，將讀者回函卡直接寄回或傳真本公司，收到您的寶貴意見後，我們會收藏記錄及檢討，謝謝！
如您需要了解本公司最新出版書目、購書優惠或企劃活動，歡迎您上網查詢或下載相關資料：http:// www.showwe.com.tw

您購買的書名：_____

出生日期：_____年_____月_____日

學歷：□高中 (含) 以下　　　□大專　　　□研究所 (含) 以上

職業：□製造業　□金融業　□資訊業　□軍警　□傳播業　□自由業
　　　□服務業　□公務員　□教職　　□學生　□家管　　□其它_____

購書地點：□網路書店　□實體書店　□書展　□郵購　□贈閱　□其他

您從何得知本書的消息？

　□網路書店　□實體書店　□網路搜尋　□電子報　□書訊　□雜誌

　□傳播媒體　□親友推薦　□網站推薦　□部落格　□其他_____

您對本書的評價：(請填代號　1.非常滿意　2.滿意　3.尚可　4.再改進)

　封面設計____　版面編排____　內容____　文／譯筆____　價格____

讀完書後您覺得：

　□很有收穫　□有收穫　□收穫不多　□沒收穫

對我們的建議：_____

_____

_____

_____

11466
台北市內湖區瑞光路 76 巷 65 號 1 樓

秀威資訊科技股份有限公司　　　收

BOD 數位出版事業部

....

（請沿線對折寄回，謝謝！）

姓　　名：＿＿＿＿＿＿＿＿＿　年齡：＿＿＿＿　性別：□女　□男

郵遞區號：□□□□□

地　　址：＿＿＿＿＿＿＿＿＿＿＿＿＿＿＿＿＿＿＿＿＿

聯絡電話：(日)＿＿＿＿＿＿＿＿＿　(夜)＿＿＿＿＿＿＿＿＿＿

E-mail：＿＿＿＿＿＿＿＿＿＿＿＿＿＿＿＿＿＿＿＿＿